蕭《しょう》紅《こう》評伝

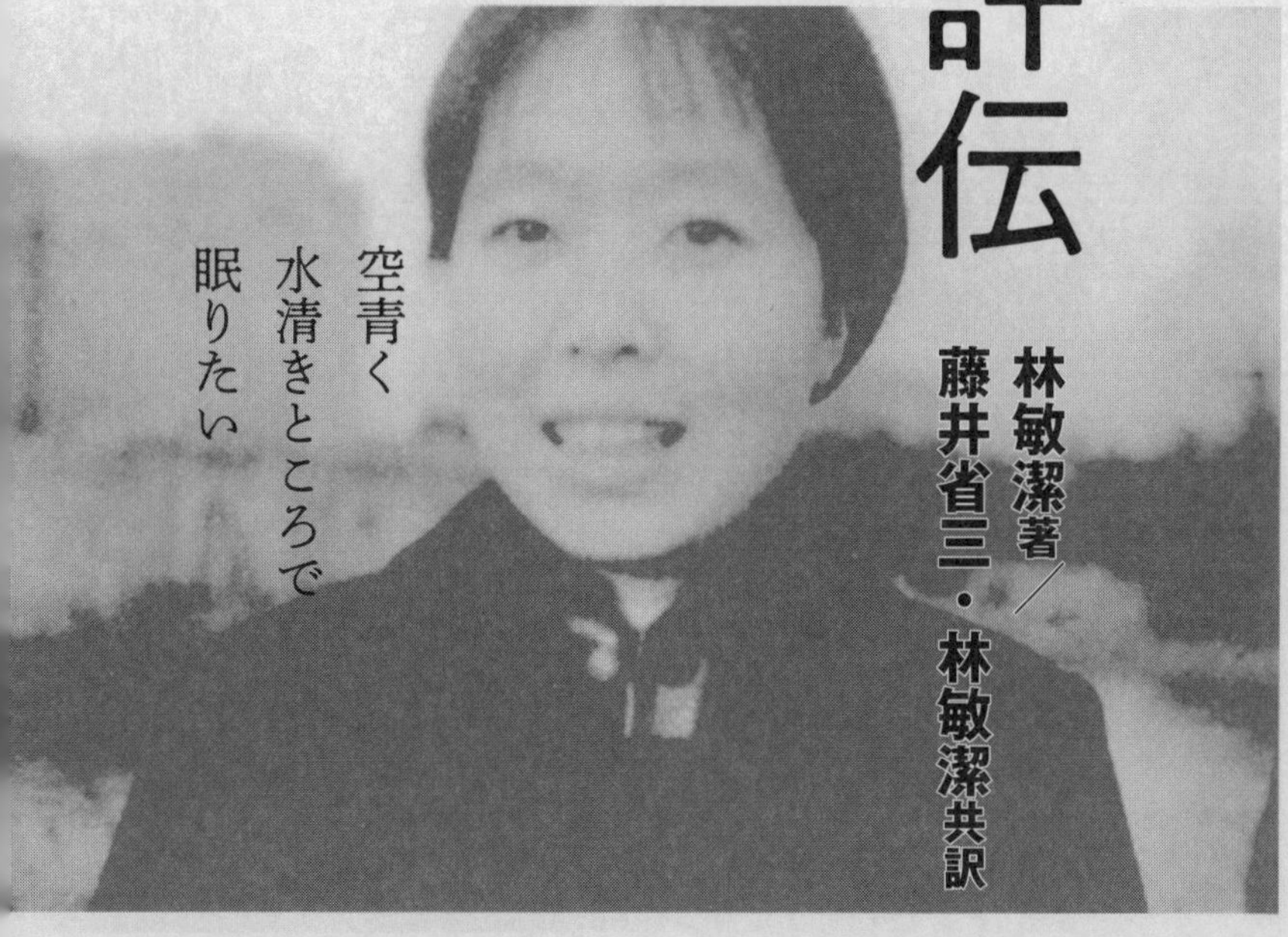

林敏潔著／藤井省三・林敏潔共訳

空青く
水清きところで
眠りたい

東方書店

日本語版序

魯迅《ルーシュン》（ろじん。一八八一～一九三六）から「中国で最も前途有為な女性作家である」という高い評価を受けた蕭紅《シアオホン》（しょうこう。一九一一～四二）は近代中国の動乱期を生きた作家です。彼女はわずか三一年の短い伝奇的な生涯において、自立を求めて父と闘い、中国の最も北にある故郷を去り、愛する男性と北はハルピンから南は香港までを流浪し、まさに『放浪記』のような人生を過ごしました。

蕭紅の生誕からすでに百余年、没後からも七七年が過ぎた現在、蕭紅の研究はますます盛んになっており、彼女は現代中国女性作家として最も著名で代表的な存在となっています、中国では彼女を主人公とする『蕭紅』（二〇一二年）と『黄金時代』（二〇一四年）と二作の伝記映画が公開されて大きな話題を呼び、その余波は今もなお広がり続けております。この二作の映画公開前後に、中国の出版界で空前の蕭紅伝ブームが巻き起こっている点も興味深いことです。蕭紅の伝記本が二〇一二年より約三〇点にも上っていることは、この出版ブームが伝記映画ブームと密接な関連を有していることを、如実に物語るものと言えそうです。

筆者は日本留学中に、現代文学の中における蕭紅の重要性を認識し始め、一九九五年より蕭紅に関する論文を書き始めたときには、よもや後にこれほどの蕭紅ブームが生じるとは思いもよりませんでした。二〇一一年に江蘇省特聘教授として帰国する際、日本での勉学の一つの区切りとして、『生死場中的跋渉者——蕭紅女性文学研究』（本書の原書名）を上梓したところ、幸運にも同書は二〇一二年三月に同年度の中国優秀女性文学賞の理論研究部門にノミネートされましたが、それは同年に始まる蕭紅ブームの予告であったのでしょうか。

蕭紅は日本と深いご縁のある作家です。蕭紅の日本留学は魯迅より大きな影響を受けたためと考えられ、そして蕭紅は一九三六年の日本留学中に魯迅の訃報を聞くなど、両者の師弟関係において、日本は一種の運命的な意味を持っていたと感じられます。東京で日本語を学んで、多くの作品も残しております。前述の映画の題名『黄金時代』は東京留学中の蕭紅が一九三六年一一月一九日に書いた言葉でありました。女性作家が自らの印税で外遊し見聞を広める――それは日本の同世代作家の林芙美子（一九〇三〜五一）にも共通する現象です。そして林芙美子も上海を二度訪ねて、魯迅を師と仰いでおります。蕭紅の生涯はまさに林芙美子の詩句「花のいのちはみじかくて苦しきことのみ多かりき」の通りでありましたが、数年前に林芙美子の直筆詩稿が「赤毛のアン」の翻訳者村岡花子の遺族宅で発見されて話題になりました。それには「花のいのちはみじかくて 苦しきことのみ多かれど 風も吹くなり 雲も光るなり」とのくだりが含まれているといいます。蕭紅の人生で「雲も光」った瞬間は、確かに彼女の「黄金時代」であったと言えるかもしれません。

蕭紅は上海で魯迅に出会い、彼に導かれて輝かしい作家人生を歩み出し、近代女性作家の中でもひときわ異彩を放つ明星となりました。その数奇な運命に彩られた短い人生にあって、私たちに多くの作品を残してくれており、人生の意義と女性の運命に関する描写は、現代の豊かで地位が向上した社会に存在する女性問題と、なおも密接な関係を有しているものと思われます。蕭紅文学はさらに深く読み込むに値する、と私は確信しています。

蕭紅作品は一九三七年以来、数多く日本語に翻訳されて現在に至っており、彼女は日本で最も親しまれてきた中国女性作家の一人と言えるのではないでしょうか。

私自身、一九八七年から二三年間、日本で留学生として、また大学教員として過ごしており、人生の半分を過ごした日本は私にとっては第二の故郷です。思えば、蕭紅研究を始めたのは二三年前の博士課程のときでして、あれから、彼女は最も人気が高い中華民国期の作家としてますます現代の人々に知られるようになり、これは私の研究の励みにもなりました。このたび拙い蕭紅研究の日本語版が刊行されることは、私にとって信じられないほどの幸せです。この機会にご指導して下さった先生方に感謝を申し上げ、日本の皆様とも蕭紅文学の楽しみを分かち合いたく、そして皆様によるご叱正をいただきたく存じます。

このたび、私が尊敬している世界でも著名な魯迅研究者の藤井省三先生が、本書を共訳して下さり、美しい日本語に仕上げして下さったことは、大変幸運なことでした。中国関係人文書の編集者である朝浩之さんが、今回も編集を担当して下さったことで、大いに勇気づけられ、安心してすべて任せられました。ここに深く感謝を申し上げます。

中国書専門書店であり、中国関係書版元でもある東方書店が、本書刊行をお引き受け下さったことに深謝いたします。同書店常務の川崎道雄さんには、大小さまざまなご相談をさせていただきました。同書店社長の山田真史さんはじめ、皆様へは感謝の気持ちでいっぱいです。

本書刊行に際しては、中国図書対外推広計画が多大なご援助を下さったことにも、深く感謝いたします。また、ここにお名前を挙げられなかった多くの方々にも多大なるご支援をいただきました。厚くお礼申し上げます。

本書がきっかけとなって、日本でも新しい蕭紅文学、新しい現代中国文学の読み方が行われることを願っております。さらに、中国と日本との文化交流がいっそう広がり、深まることをお祈りして、日本語版序の結びといたしたく存じます。

南京にて　林　敏潔

二〇一九年三月一〇日

＊本稿は原著者に日本語で寄せていただいたものです。

目次

※本文および原注における〔　〕内は訳者による注である。（　）内は書名などの日訳を除き著者による注である。

序詩　世紀の孤独　蕭紅生誕一〇〇周年に捧ぐ

何世紀もの孤独を、
なぜあなたが引き受けるのか？
いかんせん時代の砂嵐が、
あなたの夢の中の翼を撃ち破るのだ。
いかんせん歴史の風塵が、
あなたの胸の苦しい記憶を葬るのだ。

何世紀もの憤怒を、
なぜあなたが聞き取るのか？
いかんせん祖先の掟が、
あなたの抗う肉体を縛るのだ。
いかんせんこの世の苦しみが、
あなたの勇ましき反逆を押し止めるのだ。

流れ絶えざる「呼蘭河」は、
あなたのための友を探し求めているかのよう、
初春清冷たる「小城三月」は、
あなたのために悲しく思いを語るかのよう。

去りがたき喧騒の「商市街」に、
私は重苦しくまた軽やかな思いを抱き、
奇怪なる「生死場」を潜り抜けると、
私は激高し彷徨する。

私は揺れ動く「牛車にて」から、
あなたが女のためにつく永久《とわ》の溜め息を聞き、
私は人気のない「裏庭」から、
あなたが目覚めて失った秘密を探し出す。

あてもなく漂うあなたの命の舟は、
今も岸から遠く離れており、
あなたの短く薄幸の生涯は、
流星の如く天涯にて輝いている。

序詩　世紀の孤独　蕭紅生誕一〇〇周年に捧ぐ

あなたの驚くべき知恵と才気とは、
すでに不朽の文集となり、
あなたの彷徨える寂しき魂は、
いつ帰郷を果たせるのやら。

一九九七年六月吉日作
二〇一一年五月吉日蕭紅生誕一〇〇周年に捧ぐ

第一章　蕭紅研究の概況と課題

第一節　蕭紅研究の概況

一九三〇年代、長白山から黒竜江までの中国東北地方に鮮やかな個性を有する一群の作家が登場した。彼らの作品は「左翼文芸」や「抗日戦争文芸」「延安文芸」の精神に通じていると共に、重い歴史感覚と濃厚な地方色により独自の一派をなしていたため、「東北エミグラント文学」と称される。この東北作家群の中には、才華に輝く一人の女性がおり、彼女こそ著名な作家の蕭紅である。とは言え、衰えることなき「蕭紅ブーム」は、彼女の魅力が遥かに「東北作家群」の範疇を超えていることを十分に証している。

蕭紅は動乱の一九一一年に生まれた。魯迅は蕭紅を称讃して中国で最も前途有望なる女性作家であり、丁玲《ティンリン》（ていれい。一九〇四～八六）の後継者足りうる可能性が大いに高いと述べたが、蕭紅が丁玲を引き継ぐ時間は、丁玲が謝冰心《シェピンシン》（しゃひょうしん。一九〇〇～九九）を引き継いだ時間よりも遥かに短いのだ。[1] だが彼女は美人薄命にして、人生多難、わずか三一歳で激しく愛しまた憎んだ人生を終えている。

蕭紅の創作人生は一〇年に満たないが、小説、散文、詩歌など百余篇の作品を有する多産の作家であり、約百万字の古典的名作を残した。そのうち、小説が最も親しまれている。中国での各種の早期刊行の現代文学史においては、蕭紅の初期のデビュー作『生死場』に触れるものが最多である。だが蕭紅文学に対する研究、批評の視点はいまだリアリズム理論の枠組みを超えておらず、『生死場』に対する評価も抗日救国文学の範囲に限られており、作品中の明らかなヒューマニズムの流れを見落としている。一九七〇年代末の改革・開放政策の実施に伴い、中国文学史においては約四〇年来の蕭紅イメージは消えて、ついに彼女の身辺に降り積もった塵も払い落とされ、彼女の作品と共に新たな関心が呼び起こされ、「蕭紅ブーム」が歴史の覚醒の中から生まれたのである。人々は再び現代文学史における彼女の位置を定め直しており、こうして長期にわたる「蕭紅ブーム」が生まれたのだ。

蕭紅生前には、彼女の伝記と創作を研究した論著は少なく、比較的影響力のあった日本人の鹿地亘《かじわたる》〔一九〇三〜八二、日本の作家、政治家〕執筆の「交友録第一頁」が一九三七年七月一五日から一八日まで『報知新聞』に連載され、日本の長野賢執筆の「蕭紅に関して」が一九四〇年一月出版の『中国文学月報』第五八期に掲載され、谷虹の批評「呼蘭河伝」が一九四一年『現代文芸』第四巻第一期に発表された。一九四二年一月二二日、蕭紅が香港で病死すると、友人の丁玲、陳紀瀅、緑川英子（日本）、柳無垢《リウーコウ》〔りゅうむこう。一九一四〜六三、柳亜子の次女、柳亜子の息子の柳無忌の妹〕、白朗《バイラン》〔はくろう。一九一二〜九〇、女性作家、本名は劉東蘭、別名は劉莉など〕、劉白羽、孔羅蓀《コンルオスン》〔こうらそん。一九一二〜九五、作家、三〇年ハルピン政法大学卒業〕、景宋（許広平）、駱賓基《ルオピンチー》〔らくひんき。一八一七〜一九九四〕、聶紺弩《ニエカンヌー》〔じょうこんど。一九〇三〜八六〕、戴望舒、夏衍、高蘭、柳亜子《リウヤーツ》〔りゅうあし。一八八七〜一九五八、蘇州の人、詩人、革命家で民国期には孫文の総統府秘書を、人民共和国成立後には全国人民代表大会常務委員などを務めた〕、袁大頓らが前後して追悼の詩やエッセーを発表し、蕭紅伝記研究のために重要な史料を提供している。蕭紅の作品と伝記に関する研究論文・専著としては、四〇年代に影響力が最も大きかった茅盾《マオトン》〔ぼうじゅん。一八九六〜一九八一、本名は沈徳鴻、字は雁冰、当時プロレタリア文学の代表的作家）の「蕭紅の小説『呼蘭河伝』[2]」と駱賓基の『蕭紅小伝』[3]がある。一九五七年八月一五日、香港文芸界の人々の助けにより、蕭紅の遺骨は分骨されて広州銀河公墓に改葬されており、当時の香港と広州の新聞に関係記事と記念の文章とが掲載されている。

蕭紅生前の史実に対する広範な調査と蕭紅作品に対する全面的評価は、「文革」終息後に始まり、そして一九八一年に最高潮に達している。一九八一年六月一五日から一八日まで、中国作家協会黒竜江支部、黒竜江省社会科学院文学研究所、黒竜江文学会はハルピンで賑々しく蕭紅生誕七〇周年記念の学術討論会を開催した。北京、上海、天津、遼寧、吉林などの省市から著名な作家や学者、教授そして蕭紅研究者六〇人余が参加しており、その中には塞克《サイコー》（さいこく。一九〇六～八八、詩人、演出家、監督）、蕭軍、舒群《シューチュン》（じょぐん。一九一三～八九）、駱賓基らがいた。羅《ルオ》烽《フォン》（らほう。一九〇九～九一、遼寧省瀋陽の人、一九二九年中国共産党に入党）、白朗、蔣錫金は事情により出席できなかったが、大会宛てに書面を送って発言し祝辞を述べた。その他、遠来の参加者にアメリカのコロラド州立大学中文系主任で准教授のH・ゴールドブラット[4]および日本のお茶の水女子大学大学院生の前野（現姓は平石）淑子[5]がいる。

大会では、塞克、蕭軍、舒群らが講演し、彼らは悲喜こもごもにして、感情の高ぶりを抑えようもなかった。塞克は次のように語っている。「私が蕭紅と出会ったのは一九三五年の上海ですが、親しくなったのは抗日戦争勃発後の三八年、臨汾から西安に向かう汽車の中でして、道中、私と聶紺弩そして蕭紅は中国人民による日本侵略軍との戦いを描いた新劇『突撃』を集団創作し、私が執筆し演出したのでした。西戦団（一九三七年八月一二日に成立した「西北戦地奉仕団」の略称、第四章第二節で詳述）と甘粛省のある劇団とが別々に西安、蘭州で上演したのです。車中では、とても面白い遊びをしたことも覚えておりまして、それは一人ずつ一字書いて、四句の詩を書くというものです。残念ながら、昔のことなので、その詩はすべて忘れてしまいました」。蕭軍は大会で次のように述べている。「蕭紅研究に対しては、私は予てより彼女の人生の細かいことに関する文章を書くことはない、そのような文章には意義はないと思っている。もっぱら彼女の作品を読むべきなのだ。我々みんなにより記念されるべき理由は、彼女を記念する意義は、彼女の作品にこそあるのです」。舒群は次のように語っている。蕭紅の「短い一生において、著作の時間はわずか一〇年しかなかったが、彼女は百万字近くを書いた。このことは、彼女が勤勉に著述していたことを十分証明できるだろう。そればかりでなく、彼女の『生死場』は、稀に見る時代感覚を備えているのだ。彼女の著述の歳月とは、まさに日本帝国主義が大挙して中国を侵略していた時期で、我ら東北人民、全国人民は中国共産党の指導下で、民族解放、階級解放の地下闘争、武装闘争を全力で展開しており、楊靖宇、趙一曼、金剣嘯《チンチエンシアオ》〔きんけんしょう。一九一〇～三六、瀋陽の人、共産党員で詩人、画家〕らの烈士が、ハルピン他の各地で、永遠不朽の英名を残したのです(6)」。

この会議は中国国内にある程度の「蕭紅ブーム」を呼び起こした。これに先がけ七〇年代末に黒竜江省社会科学院文学研究所が蕭紅著作の刊行、彼女の伝記と創作の研究、旧居の保存、記念館の設立などの意義深い提案を行い、各界の広範な反響と黒竜江省とハルピン市指導部の支持を得ていた。黒竜江人民出版社は『生死場』『呼蘭河伝』をそれぞれ数万冊ずつ再版して、たちまち売り切り、外国の読者・研究者の好評を博していた。続けて蕭軍注釈の『蕭紅書簡輯存注釈録』〔ハルピン・黒竜江人民出版社、一九八一年一月〕を出版した。黒竜江省社会科学院文学研究所の研究員王観泉編著『懐念蕭紅』〔二八六頁の注(20)参照〕および『蕭紅短篇小説集』〔ハルピン・北方文芸出版社、一九八七年五月〕、『蕭紅散文集』〔ハルピン・黒竜江人民出版社、一九八二年五月〕、『蕭紅選集』〔北京・人民文学出版社、二〇〇四年一二月〕なども続々と刊行された。アメリカの友人H・ゴールドブラッドと香港の友人盧瑋鑾〔ペンネーム：小思〕の協力により、「完本」『馬伯楽』も黒竜江人民出版社より出版され、同時にゴールドブラッドにより英訳されアメリカで刊行された。これは蕭紅作品出版史における一大事であり、中米文化交流の実績でもある。

五・四運動以後の文学者研究において、一九七〇年代末から八〇年代初めの四、五年間に、蕭紅研究を超える盛況ぶりを示したのは、魯迅、郭沫若、茅盾など名高い年長者を除いては、ほかにはいないであろう。蕭紅作品と研究論文集は異なる出版社から続々と刊行され、蕭紅と同時代人の回想と新世代研究者の資料発掘により、初歩的整理を終えた基本的に信頼できる編年史料が大量に蓄積され、蕭紅研究推進の大きな原動力となった。

欧米では、最初の蕭紅研究として第一にアメリカのH・ゴールドブラッドの名前を上げねばならない。早くも一九八〇年第一期の『新文学史料』に「アメリカの読者からの意見」という一通の投書が抜粋掲載されているが、この読者こそゴールドブラッドであった。彼はこの投書で蕭軍『蕭紅書簡輯存注釈録』に対し熱心に補正を行っている。アメリカ人がなぜ蕭紅の人生と作品に対しこれほどまでに熱心であるのか？　それはゴールドブラッドが一九七九年八月に書いた「『蕭紅評伝』中国語版序」を読めば理解できよう。彼は次のように述べている。「一九七二年のある日、私はインディアナ大学の研究室でレポートを書いていたが、それは私の指導教授である柳無忌先生が開講していた伝記文学ゼミで、私のテーマは「蕭紅伝略」であった」。柳無忌《リウウーチー》とは柳亜子の息子である。ゴールドブラッドによれば、このテーマを受け取った当初は、「客観的、理性的態度で」この「学術研究のトレーニング」に従事していたが、蕭紅の人生と作品への理解が深まるにつれ、「自分がいよいよ不安になり、蕭紅が受けた苦痛が自分の感覚においていよいよ実感され」て、「ずっと苦しく」、「研究室を出て、散歩をして激した感情を鎮めなくてはならなかった[7]」。まさにこのような心情を抱きながら、彼は二度もアメリカ、日本、香港、台湾の間を飛び回り、蕭紅生前の友人を訪ね、蕭紅評伝の資料を収集し、ついに博士論文『蕭紅評伝』を書き上げ、一九七四年に無事に審査を通って、博士号を取得したのである。ゴールドブラッドは中国の蕭紅研究の論文に対し強い関心を抱いている。趙鳳翔は「蕭紅とアメリカ作家」という記事を書いて、『新文学史料』一九八〇年第一期に発表し、同時に一九八〇年一月二〇日の香港『文匯報』第一二頁と一九八〇年一月二四日のアメリカ『華僑日報』に発表した。ゴールドブラッドは『華僑日報』でこの記事を読むと、熱心に「蕭紅とアメリカ作家補遺[8]」を書き、蕭紅とアメリカ作家との交流について新しい資料を補充したのであった。

蕭紅は日本の読者にも比較的人気の高い作家である。尾坂徳司の『蕭紅伝』は日本の学術界で最初に蕭紅の苦難に満ちた人生を詳細に述べた良き参考書である。そして現在の日本の蕭紅研究の第一人者の前野（現姓は平石）淑子は「蕭紅狂い」と言えよう。彼女は深く民族解放のために闘った蕭紅の精神を尊敬し、蕭紅が描く重い苦難を背負う女性の運命に心底からの同情を寄せている。一九八一年六月、彼女は中国で蕭紅に関する学術討論会が開催されると聞くや、多方面にわたる努力の末、自費で中国にやって来て、日本の蕭紅研究者の宿願を果たした。前野淑子の父は日本の著名な中国文学研究者であり、母も教員であった。彼女は大学時代に初めて蕭紅の作品を読み、この中国女性作家の自然にして、純朴で明るく美しい芸術的風格に惹かれた。このため彼女の卒業論文は蕭紅をテーマとすることになったのだ。結婚後に再び中国現代文学の大学院に入学、蕭紅研究を続けて、二〇〇五年についに長年にわたった研究成果である『蕭紅研究』(9)で、日本最初の蕭紅専攻の博士となった。博士論文は主に歴史を縦軸として蕭紅の文学創作を三期に分けて考察し批評しながら、蕭紅文学の特色を描き出している。彼女が蕭紅資料の整理に費やした長年の努力には敬服すべきものがあり、それは一人の研究者の粘り強さと真剣さとを如実に示すものであり、後輩研究者は彼女に大いに学ぶべきであろう。

他の日本の蕭紅研究者としては、秋山洋子(10)、川俣優(11)も数篇の優秀な研究論文を発表している。中本百合枝は精密で、鋭敏な女性の視点から蕭紅の代表的小説を分析した。杏林大学の堀田洋子(12)の蕭紅研究に対する情熱と後輩に対する激励は、人々に感動を与えている。その他さらに現代中国文学研究者の池上貞子は、一九八一年三月に香港を経由した際に、香港の友人に九竜尖沙咀《チムサーチュイ》楽道にある蕭紅の旧居と蕭紅の骨を埋葬した浅水湾〔レパレスベイ〕付近の旧麗都花園墓地である聖セバスチャン中学への案内を依頼し、調査を行った。その他、日本で蕭紅研究に従事した方たちには、飯塚朗、小野忍、高杉一郎、立間祥介、岡田英樹、下出鉄男、中村竜夫、武田泰淳など多くの学者がいる。筆者の博士課程大学院時代および博士論文の指導教授であった村松暎、岡晴夫、小島久代、史有為、関根謙、游佐昇、市川桃子らの先生方も蕭紅を深く研究しておられ、筆者に多くのご教示をくださったことに対し、ここで深く感謝申し上げたい。日本における研究状況に関しては、別の章で詳しく述べたい。

その他の国でも蕭紅研究者は少なくない。一九八五年二月五日『書訊報』掲載の「ドイツ連邦共和国で蕭紅研究の専門書出版」という小さな記事は、ドイツ・ミュンヘンの出版社が一九八四年に出版した蕭紅研究の専門書『自伝と文学――中国女性作家蕭紅の著作三篇』を紹介している。著者は中国学者のルート・キーズ女史である。同書は西ベルリンの自由大学東アジア研究所編集の中国研究叢書の一冊で、序言部分で蕭紅の伝記を紹介し、本文で『呼蘭河伝』などを含む蕭紅作品を紹介している。デンマークでも私たちは蕭紅の作品を読むことができるのであり、これはデンマーク中国文学討論会シンポジウムから伝わってきたニュースである。[13]

「蕭紅ブーム」の影響下で、歌劇、ラジオ・ドラマ、テレビ・ドラマなどの作品も製作された。『黒竜江戯劇』一九八〇年第二期には邵宏大の歌劇脚本『蕭紅』が発表されている。黒竜江放送局はラジオ・ドラマ『蕭紅』を上、中、下三回にわたり、一九八一年六月一五日から一七日まで放送した。一九八一年八月三一日には、黒竜江テレビ局が『蕭紅故郷雑記』を放送して、呼蘭県の変化を紹介している。同局撮影の全八回連続テレビ・ドラマ『蕭紅』は、一九八九年五月九日から放送開始となっている。

時代の変遷と共に、九〇年代にも再び「蕭紅ブーム」が巻き起こった。一九九一年、蕭紅生誕八〇周年記念のため、黒竜江省作家協会など一〇の組織が蕭紅文学学術討論会を開催し、六十数名の専門家、学者、作家が会議に参加し、約三〇篇の論文を提出した。会議は百家争鳴の精神に基づき、蕭紅文学作品自体から出発して議論を行っている。参加者は憚ることなく発言し、愛国主義、審美観、文化意識、創作心理、郷土文学、比較文学など異なる角度から、蕭紅の創作に対する各自の意見を述べた。

一九九一年五月、哈爾浜《ハルビン》出版社が『蕭紅全集』を出版しており、これは同社女性編集者の韓長俊が二年もの歳月を費やし、広く資料を収集し、心を籠めて編集したものである。謝冰心が書名を揮毫した。エッセー、小説、詩歌、戯曲、書簡の五部に分かれ、全一四〇篇の作品、百万字を上下二冊セットで刊行している。このような全集でも瑕瑾が見られ、たとえば一九三九年八月一八日香港『星島日報』副刊『星座』第三七五号掲載の蕭紅作「梧桐」の一文が収録されていないのだ。一九九八年一〇月には資料が最も完備され、印刷も最も精巧な別の全集がやはり哈爾浜出版社から出版されたが、中、下両巻には蕭紅作品の詳細な目録がなく、使い出がひどく悪い点は、大変残念なことである。

一九九二年、呼蘭県人民政府は蕭紅の故郷に蕭紅の墓と記念碑を建造することを決めた。七月、呼蘭県文化局と蕭紅旧居の責任者および工事技術者は北京に行き、八宝山革命公墓を調査し、さらに端木蕻良《トワンムーホンリアン》〔たんぼくこうりょう。一九一二〜九六〕を訪ねて蕭紅生前の黒髪一筋を受け取り、このたび建造する蕭紅の墓の埋葬品とした。端木はその他に一千元を寄付して「蕭紅霊魂の帰郷と蕭紅の墓建造のため千元を奉納して追悼の意を表す」と題字した。一九九七年、呼蘭県政府は九八万元を投じて、三一戸の住民に転居してもらい、原状通りに蕭紅旧居を修復して、二〇世紀初頭の東北の屋敷の風貌と蕭紅の筆になる童年時代の状景を再現した。

一九九三年九月五日から八日まで、呼蘭県は第一回蕭紅文化祭を開催し、日本、香港、ロシア、カナダなど国内外より迎えた二千八百人の貴賓と呼蘭県一〇万余の人民とが共に祝日を過ごしたのである。文化祭期間中には、国際蕭紅学術シンポジウム、蕭紅故郷詩集会、文化芸術作品展などを同時開催した。作家の白樺、蕭紅の甥の張《チャン》抗《カン》、日本の村田裕子、モスクワ大学のコーリエナら大勢が来訪して蕭紅学術シンポに参加した。シンポには国内外の学者から論文一〇九本が寄稿され、これに蕭紅研究に関する七篇の原稿も追加され、シンポ会場で討論された。研究会は蕭紅研究の歴史と現状を振り返り、蕭紅作品の思想傾向、社会的価値、美学的追求、芸術的風格などをめぐり深い議論と、蕭紅とその他の関係する作家との比較研究を行った。文化祭叢書としては、哈爾浜出版社が『蕭紅研究』三巻を刊行し、各巻には蕭紅作品および伝記研究など百篇もの論文エッセーが収録され、「蕭紅ブーム」に対し、強力な学術的支援となった。

二〇世紀末には、北京中央実験話劇院〔「話劇」とは新劇の意味〕が田沁鑫改編の新劇『生死場』を上演して、再び「蕭紅ブーム」に鮮やかな色彩を添え、社会的に大反響を引き起こし、文芸界の専門家関係者に重視されるに至った。筆者は当時、特に日本から南京に駆け付けてこの新劇を見たが、残念なことはこの芝居は抗日戦争時代の情緒を強調しているため、観衆が十分に蕭紅原作の精神を感受できなかった点である。

二一世紀に入ると、中央評劇院〔評劇は二〇世紀初頭に成立した中国の地方劇〕が評劇『呼蘭河伝』を上演した。二〇〇八年初頭には、中央評劇院と深圳市駿辰影視制作有限公司、深圳市莱斯達広告有限公司が協力し合って全六回の評劇テレビ・ドラマ『生死場』を製作し、中央テレビ局の戯曲チャンネルで放送した。この劇では「すべてロケーション撮影を採用し、評劇の節回しの原形を残した以外、その他の部分は基本的に映画・テレビの表現手法と台詞の形式を用いた」。専門家は「この劇は現実化の美学的原則に従い、……戯曲とテレビ・ドラマの多様な芸術的要素を融合している」(14)と述べている。

統計によれば、これまでに国内外の人々が書いた蕭紅の伝記は三〇作前後にのぼり、創作したテレビ・ドラマ脚本は数十作に達している(15)。

蕭紅研究史には長期にわたって次のような傾向が存在することは確かである。蕭紅の恋愛や結婚の枝葉末節にこだわって彼女の作品解読を疎かにしている。作品研究も前期作品（たとえば『生死場』）に限られ、彼女の芸術的風格が成熟に向かう後期作品が疎かにされている。蕭紅作品を評価する際に、ややもすれば思想評定が創作芸術の具体的分析に取って代わっている。そして作品の思想的価値もほとんどすべて「抗日文学」という角度からのみ評価しており、彼女が魯迅から受け継いだ「民族の魂の改造」という文学観と鮮明な女性的立場を疎かにしている。

一九八二年、銭理群は季刊文芸誌『十月』第一期に「「民族の魂改造」の文学——魯迅生誕一〇〇周年と蕭紅生誕七〇周年を記念する」というエッセーを書き、現代中国文学史における「父」と「娘」との二代の文学の血縁関係において相似する遺伝子を明らかにした。

鄒午蓉は「独自の視点、痛切なる鬱憤」という文章で、蕭紅は中国の下層労働婦人の忠実な語り部であり、彼女の作品は独自の視点を確立しており、「女性の生命価値と意義という角度から彼女たちの悲劇的運命を表現し、平凡な日常生活から驚くべき残酷な事実を描き出し、女性の生命に対する究極的な同情と深い憂鬱とを表現した[16]」と指摘している。曹利群も「時代、女性的同情とフェミニズム・テクスト」というエッセーで次のように指摘している。他の作家にとって及びがたい点は、蕭紅が「常に時代性という主題を表現すると同時に、一貫して強い女性意識と独特の審美的表現に立脚しながら型や潮流に囚われることがなかった点である。たとえ民族的危機と社会革命とが絶え間なく女性意識と女性エクリチュールを弱めようとも、たとえ時代から女性への配慮を放棄せよと要請されても、彼女は終始自らの女性的立場を失うことはなく、女性への配慮を忘れなかった[17]」。これらの論文は前後して発表され、蕭紅研究の新しい視野と空間を切り開いた。

蕭紅の創作の中で、最大の割合を占めるのが小説であり、代表作に『生死場』『呼蘭河伝』『馬伯楽』『小城三月』などがあるが、学界におけるこれらの小説に対する解釈は多様である。

長期間、研究者は魯迅の評価を踏襲し、『生死場』は東北人民の帝国主義と封建主義の抑圧という二重の困難の下での「強靱なる生」と「死の身悶え」（魯迅『且介亭雑文二集』に収録の「蕭紅作『生死場』序」）を表現したと考えてきたが、文化大革命終息以後は多くの研究者がフェミニズム批評の方法で、この小説の女性の生存というテーマと女性への配慮の意味を明らかにして、同作に籠められた明らかな女性的立場と強烈なジェンダー意識を深く探究している。[18]このフェミニズム批評の方法は、『生死場』研究の理論的空間を拡大し、蕭紅の小説テクストをただ「抗日文学」といった範疇にのみ置いて分析・理解してきた不十分さを大いに補ったのである。

同様に、『生死場』の芸術性に対する評価も、ほとんど魯迅と胡風《フーフォン》〔こふう。一九〇二～八五、魯迅の弟子の文芸批評家〕の議論で定まっていた。魯迅は同書初版のために書いた序で二点を指摘している。一つは「叙事と情景描写は人物の描写よりも優れている」、二つは「細やかな観察と常識を越えた筆致」である。この二つの評価は共に高評にして悪評でもあり、序の「さらっと触れる程度」式文体の特徴のために議論は展開されていない。胡風の同作に対する批判は主に次の三点である。「第一に、題材の有機的結合が不足しており、全篇が散漫な素描のように見え、求心的展開が感じられない……第二に、人物描写において、総合的想象的加工が非常に不足している……第三に、文法構文が非常に特殊で、作者が新鮮なイメージを表現しているところもあれば、方言採用によるものもあるのだが、多くは修辞に対する訓練不足である[19]」。

近年では、魯迅の上述の評価に対し具体的にして深い解釈を行う研究者も現れ、たとえば杜玲は「蕭紅の「常識を越えた筆致」を論じる」という論文で、蕭紅の他の同時代作家とは大いに異なる創作の特徴を指摘しており、それは自らの表現と活用に最も適した言語構造と表現戦略を探るためのものであり、常に内容から形式まで一般的文章規範を突破しているというものだ。蕭紅の言語は、女性の鋭敏さ、繊細さ、平凡煩瑣な日常生活の断片から深い暗示を探り当てる巧みさ、そして子供の言葉の率直さ天真さをも備えているため、いっそう直感をいやまし、五感多重機能によって真理を語る。彼女はさらに東北方言風の日常用語を巧みに操り、作品のローカル・カラーを強化する。蕭紅が受けた教育は純粋正規のものではないので、彼女は常識に囚われることなく多方面の芸術的栄養素を吸収でき、新しい言葉遣いによる文体を創造し、知らず知らずのうちに、現実に還元し現実を再現する円熟した叙述効果を収めるのだ。[20]

別の研究者である范智紅は、蕭紅は個人的表出のため、自在に言語を変形し、文法規則と修辞規則を無視して、自分の文学言語を十分に個性化する必要があった、と考えている。彼は「小説執筆から蕭紅の世界観と人生観」という論文で、『生死場』の構文の特色は、「状態構造」を提示することであって伝統的文法に拘泥することではなかった、と指摘している。この「状態構造」が強調するものとは描写性であって叙述性ではない。蕭紅は芸術的直覚により外在事物に対し直感的表現を行い、風物の状態を突出させてそのような状態を見る者に視覚的効果と心理的効果を創り出し、しばしば画面と画面との間の論理的関係を省略したのだ。その他、『生死場』には生命的主語と「人物の物質化」という二つの極めて突出した言語現象がある――修辞学の視点では「擬人」(人格化)と「擬物」(物質化)となる。たとえば、「太陽の光が高い空から憂鬱そうに下りてきて、陰湿な息を吐きながら、畑の中を至るところ歩き回った」とは、自然界の行為は「主体的」であるので、生命があり生気に溢れた生き物に変化し、それらは「人」と平等な地位にあり、人の感覚と通じ合う。読者は自然と人と物との間に極めて豊かな五感多重機能の空間を産み出せる。蕭紅文体のもう一つの特色は受動態をほとんど使わないことである。『生死場』の第一節「麦乾し場」の五〇三の文章の中で、受動態は九しかなく、二パーセントにも満たない。[21] これらの研究は私たちが蕭紅作品の中の特別な文法と語法そして「常識を越えた筆致」を深く理解する助けとなるだろう。

『生死場』の不十分な点に対しても、蕭紅研究界は回避することはない。幾つかの論文は『生死場』は蕭紅の出世作だが、円熟した作品ではないと明確に指摘している。この小説では二人の蕭紅が対話しているかのようで、一人は彼女自身が熟知している東北の隣人たちの生・老・病・死の陰惨な暮らしと東北農村の風物光景、世態人情を語っており、もう一人が彼女自身も直接参加したことがなくすべて噂で聞いただけの東北抗日軍民の物語を語っている。前者の語りにおいては、蕭紅の声には自信と重みがあるが、第二の蕭紅の声は単調で、青白く、芸術的想象力を欠いており、見知らぬ現実の材料を前にしては手の打ちようがない。

『呼蘭河伝』は蕭紅後期の最高作であり、蕭紅文学の成果を評価する鍵となるような作品である。だがこの作品の材料と当時進行中だった民族解放戦争とは直接の関係がないため、『生死場』出版時のように強烈な社会的反響を引き起こすこともなかったし、批評界より不足なく重視されたわけでもない。あまつさえ同作を蕭紅後期創作が「降り坂」であったことの証拠とする者さえいるのだ。中国では改革・開放の新時期に入って以来、研究者の文学観の刷新と研究視点の転換により、この作品から『生死場』に備わっていない鋭い思想と深い哲理とが発掘されたのである。

研究者は広く次のように考えている――『呼蘭河伝』の文化批判としての価値は、現存する封建的秩序と封建的陋習とが共同して産み出した精神的魔力の愚弱な者の生存状態に対する規制が、彼らを泥沼の運命に陥れて自力で抜け出せなくさせているようすを力強く描いた点にある。

沈衛威は論文「東北の生命力と東北の悲喜劇」の中で、『呼蘭河伝』の「どろの穴」「巫女」「お湯に入れ込み」「見物人」という四つの顕然たる文化現象が、最も突出して蕭紅のこの種の精神的魔力に対する分析を現す、と指摘している。呼蘭県都のあの手付かずに残された二メートル近い深さの大きなどろの穴は、国民の進取の精神を抑圧する魔障と国民を害する精神的阿片を象徴している。巫女は本来は東北民間の迷信的習俗で、蕭紅はこのような文化現象と「トンヤンシー」（成年前の幼女、少女を買い育てて将来男児の妻とする旧中国の婚姻制度の一つ）を迫害する「お湯に入れ込み」および内的生命力が委縮し枯渇して鈍い表情となった「見物人」とを関連づけて、さらに歴史文化に対する批判の中に国民の魂を改造したいという強い願望を籠めたのだ[22]。

研究者たちはさらに鋭くも『呼蘭河伝』の「反小説」的特徴に注目してもいる。この作品には小説叙事のプロットも論理もなく、時間の連続性も事件の全体性もない。この小説に入り込んだ素材は雑然とした無秩序状態に置かれているかのようで、しかもこれらの素材を結合し貫徹しているのは「情緒」なのだ。この「情緒」は見え隠れしつつ、断続的に流動し、段落と段落との間の、あるいは短いあるいは長い「空白」を埋めているのだ。全巻で用いられているのは詩形式の風格である。段落によっては完全に「情緒」を行文の主体としており、詩的婉曲さと音韻的優美さを備えた散文詩である。全巻の第一、二章は回想により呼蘭河県都の民情風俗に対する全体的描写を行い、各章各節は美しい散文である。第三、四章は「寂寞」と「荒涼」とを主旋律として、幼年期の寂寞と故郷の家の荒涼を描き出す。第五、六、七章に至ってようやく「トンヤンシー」と彼女の姑、有二伯、馮歪嘴子《フォンワイツィッ》（みつくちの馮という意味）が現れ、人物はぼんやりとした映像から次第にミディアムショット、クローズアップされていき、作者の回想も曖昧なイメージから次第に輪郭を顕わにしていくのであり、この過去の回想には深い人生への嘆きが宿っているのだ。

蕭紅の長篇小説では、『馬伯楽』は『呼蘭河伝』よりもさらに長期にわたり冷遇されており、その原因は同作が未完成であることのほか、「抗戦文芸」の創作モデルに符合しない、という点がさらに大きかった。長いこと「抗戦文芸」は読者に特定のリーディングポジション（Reading Position）を設定しており、読者の関心を一定方向に焦点化し（民衆宣伝、民衆扇動、民衆教育機能を備えるべき等々）、同時にこの位置以外の読書の可能性を疎かにするのだ。こうして『馬伯楽』は「抗戦文芸」に拒絶され、「抗戦時期」創作の網の目から漏れた魚となったのだ。

疑いもなく、蕭紅は偉大な民族解放戦争を忘れることのなかった進歩的作家であり、彼女が発表した「異郷を流離う東北同胞に送る手紙（原題：給流亡異地的東北同胞書）」はそれを証明するものである。しかしポスト文革の研究者は、その慧眼により『馬伯楽』から彼女の「抗戦文芸」に対する距離感を見つけだすのだ。香港の研究者である陳潔儀は、蕭紅がこの作品で主動的に「抗戦文芸」創作の公式に依存することを拒絶しただけではなく、同作第一部の前半には繰り返し「紋切り型抗戦文芸」に対する風刺が登場することを指摘している。「抗戦文芸」は「英雄」を描き出せと要求したが、『馬伯楽』は「反英雄化」（Anti-Hero）の傾向を帯びており、力を入れて描いているのは戦火に囲まれた中での別ものの卑小さ、退屈、混乱、慌てふためく「抗戦生活」であり、一部の民衆における「江山は改め易く、本性は移し難し」の曲がった根性を暴露したのである。この作品で、蕭紅は「抗戦術語」に対するパロディと破壊を通して一部の文化人の体裁のよいスローガンの下での醜悪な行為をすっぱ抜いたのだ。「馬伯楽」のモデルに関しては、研究者はさまざまに推測しており、蕭紅と逃亡の歳月を共にした某氏を暗に指す、と断言する人さえいるが、そのような推断には確かな証拠があるわけではなく、「馬伯楽」のモデルが誰であるか、も重要ではない。陳潔儀の次の説は正しい指摘と言えよう。「『馬伯楽』という書は蕭紅が青島から香港に至る長い日々の中で、彼女の「進歩的文化人」に対する印象を積み重ね、自らの逃亡時の中国人に対する観察と結合し、再びこれらの断片を寄せ集めて、『馬伯楽』のモデルとしたのだ」[23]。

蕭紅作品は長期にわたり読者に人物形象があまり鮮明ではないという印象を与えていたが、『馬伯楽』の出版はこのような印象を一変させた。研究者は次のように言う。この蕭紅お馴染みの風格に反する作品は、主人公馬伯楽その人を中心にプロットが展開する。この人生の居場所を間違えた小人物とは、文にして商、文にあらずして商にもあらざる文化遊民である。彼はでたらめで誠意がなく、不自然な家庭の出身で、幾度も混乱が繰り返され、どこも騒然としていた乱世に暮らしている。阿Qが奉る「精神勝利法」とは異なり、馬伯楽が奉るのは、自己を中心として、逃走行為を特徴とする「精神失敗法」である。彼の身体には、戦時期民衆の自分の安全のみを求め、他人を配慮しないという精神状態が刻み込まれている。馬伯楽のイメージは近現代中国において沈殿してきた民族的悲観主義の心理を基礎として生み出されたものである。この人物への風刺批判を通じて、当時の民族的悲観主義を批判することにより、強い社会批判の意味を有することになり、民族の潜在的活力を活性化し、民族の魂を再度鍛錬し、民族精神を奮起させ、民族の偉力を発揚するという客観的効果を備えており、これは「抗戦文芸」が体現する時代の要求と矛盾しないのである。

それでも次のように考える研究者もいる――典型的な文化風刺小説として、『馬伯楽』の国民性に対する戒めには正しく鋭い一面があるものの、小説が国民の曲がった根性に関する基本的観念から出発して構想されたものであるため、雑文形式の漫画的手法を採用していることもあり、小説の文化批判は基本的に表面的なイデオロギーに留まっており、どたばた劇風の描写も少なくなく、小説の芸術的な香りと味わいを破壊してさえいる。

文革後の中国の蕭紅研究は作品内容に対する理解が深まったばかりでなく、蕭紅小説の形式に対する研究も理論的高まりを見せている。その中で最も評価すべきなのは趙園である。一九八六年、彼女は山西省の雑誌『批評家』第五期に「小説構造の散文化――文学史に対する小さな思索〔原題：関于小説結構的散化――対文学史的一点思考〕」という文章を発表した。一九八七年浙江文芸出版社刊行の『小説十家論』という本には、再び趙園の「蕭紅小説および中国現代小説の散文的特徴〔原題：論蕭紅小説兼及中国現代小説的散文特徴〕」が収録された。この理解力が極めて高い女性は次のように指摘している――五・四時期以来、新小説には「散」の一派があり、しかも時折佳作を生んでおり、当時『中国新文学大系』に収録する際には、郁達夫《ユイターフー》〔いくたっぷ。一八九六～一九四五〕と廃名《フェイミン》〔はいめい。一九〇一～六七、本名は馮文炳〕の作品を小説、散文の形式から厳格に区分するのは非常に難しかった。「新時期の一部の小説の構造の散文化は、さらに大胆であり、活発な「構造―形式」創造の一部であった。蕭紅の小説創作は、中国現代小説形式変遷の歴史過程で、前史を受けて未来を開く重要な作用を果たしたのだ。

続けて蕭紅小説の重要な文体的特徴に対し理論的に詳しく展開したのが著名な批評家の楊義であった。彼は次のように深みのある指摘をした――蕭紅の中国近代文壇に対する重要な貢献には女性の生存状況に対する特別な同情と中国の国民性に対する深い解剖のほかに、他者が反覆したり、代替できない小説作風、すなわち小説の散文化、抒情詩化、そして絵画性を創造したという、重要な点がある。[24]『中国現代小説史』第二巻で、楊義は特に一節を設けてこの蕭紅という「才能に溢れた写実・抒情作家」を論じている。彼は次のように考えているのだ――蕭紅は本質的には才能に溢れた散文家であるが、結局は知らず知らずに詩人の姿で作品において抒情的役割を演じてしまう、これに加えて蕭紅は物事に対する鏡の如く透き徹った感受性に助けられているほか、彼女が早期に好んだ野外写生と個展の準備のために鍛えた絵画の才能にも助けられていた。これらの条件が総合して、蕭紅の作品は散文詩のような抒情的風采と水彩画描写のような格調とを帯びたのであり、小説の花園において最大限に溢れんばかりの散文家の才能を取り込めたのであった。蕭紅作品の絵画性とは「自然の情緒を味わうときに現れるだけではなく、さらに重要にして、ますます重要となるのは風俗画的色彩なのだ」。彼女のこのうえなく風格のある作品は「すべて抒情的「詩精神」としての自己イメージを帯びているのだ。この自己イメージ自体は一首の詩であり、詩のような思いを抱き、詩のような情緒を有する……蕭紅小説の「詩精神」としての自己イメージとは、薄命にして才能溢れ、心広くして見識高き作家の詩形式化なのである」。批評家として認められる者の基本的な務めとは作家の芸術的自己判断能力を高め促進すること、と楊義は考える。そして楊義はすでに述べた慧眼の持ち主による評価は、作家に自己判断能力を与えるだけでなく、読者に鑑賞力を与えるのだと言う。

蕭紅の創作生涯において、先に述べた小説作品のほかに、彼女は読者に広く読まれてきた多くの散文を献じている。彼女の散文集には『商市街』(25)『橋』(26)『蕭紅散文』(27)『魯迅先生の思い出』(28)がある。その内容は大きく二つに分けられるだろう。一つは自伝的抒情小品あるいは記念のためなどの哀悼の小品（『商市街』『魯迅先生の思い出』など）、もう一つは散文と小説の中間にある準小説風小品（『橋』『蕭紅散文』など）である。

蕭紅小説研究の成果と比べて、蕭紅の散文に対する研究は弱いと言えよう。范培松の『中国現代散文史』では、蕭紅は麗尼、繆崇群、陸蠡らと共に「孤独型」散文家に分類されている。作者は次のように述べている。「回想的抒情小品は蕭紅の散文の中で最も感動的な文章であり、彼女の文学創作全体の中で最も傑出した文章である。蕭紅は回想を得意とし、回想を熱愛し、運命は彼女に対しかくも不公平で、彼女を苦しめ抜いて孤独な人に仕立て上げたが、ただ一つ真に彼女のものであるものとは自己回想だけであり、彼女が真に遣り遂げられたことで遣りたかったことも自らの回想だけである。こうして自己回想に、彼女は真にすべての精力とすべての感情とを投入したのだ。孤独なる者として、彼女は一物とて所有しなかったが、精神的富者として、彼女の最大の精神的財産とは自己回想なのであった。同時に感受性の豊かな女性として、抒情も天生の才能であり、こうして彼女の自己回想は水を得た魚のように自由自在に展開して、現代散文史に独特の地位を築いた(29)」。

蕭紅の伝記的事実に関する研究は、中国では文革以来多くの重要な収穫を得ている。一九八一年一月、黒竜江人民出版社は蕭軍の『蕭紅書簡輯存注釈録』を出版し、蕭紅研究に一次資料を提供した。前後して発見された蕭紅の逸文には、一九四一年二月より香港『時代批評』半月刊に一五期連載された『馬伯楽』第二部、魯迅博物館魯迅研究室が初めて公開した『蕭紅自集詩稿(30)』がある。日本の平石淑子の「東京における蕭紅の事跡に関する調査(31)」、香港の盧瑋鑾の「蕭紅が香港で発表した文章(32)」、丁言昭《ティンイエンチャオ》（ていげんしょう）の「上海における蕭紅事迹考(33)」なども、蕭紅伝記研究の空白部分を埋めた。すでに述べたように、蕭紅の伝記として、最初に発表されたのは駱賓基の『蕭紅小伝』である。新時期以来、蕭紅に関する伝記の新著は一〇作前後あり、そのうち、歴史性が強いのは肖鳳の『蕭紅伝(34)』、丁言昭の『蕭紅伝(35)』、秋石の『蕭紅と蕭軍(36)』、『二つの意志強き魂(37)』、肖鳳の『蕭紅蕭軍(38)』などである。伝記小説に属するものには台湾の謝霜天の『呼蘭河の夢(39)』、慧心と和松鷹の『蕭々たる蕭紅(40)』などがある。そのうちで影響力が大きいのは上海の丁言昭の『蕭紅伝』である。香港のベテラン作家の劉以鬯《リウイーチャン》（りゅういちょう。香港の作家。本名、劉同繹。代表作「酒徒」は意識の流れの手法で売文業暮しの文化人の苦悩と孤独を描く。一九一八〜（『広辞苑』第六版による））は同書に序文を寄せて次のように述べている。「良き伝記作者は真実の探究者であるべきというのは、真実は伝記の優劣を量る尺度であるからだ。丁言昭はこの道理をわきまえており、有利な条件を確保したのち、真実を求めるために大いに努力し、正確に、詳細に、信頼に応えるべく蕭紅の一生を記録しており、彼女の『蕭紅伝』は小説として読めるものの、小説ではない。蕭紅は呼蘭河のために伝記を書き、優れた小説を書いた。丁言昭は蕭紅のためにその生涯を書き、一冊の優れた伝記を書いたのである」。

早くから研究者は、蕭紅研究において「蕭紅の幼年期の暮らしが最も鍵となる[41]」と考えていた。蕭紅作品のうちで本当に幼年期に属すると言えるものは「車上に蹲って」、すなわち「皮球」「牛車にて〔原題・牛車上〕」「家族以外の人〔原題・家族以外的人〕」「永久の憧憬と追求〔原題・永久的憧憬和追求〕」『呼蘭河伝』の五作ある。そのうち「家族以外の人」は蕭紅の自己確立完成のメルクマールであり、作家の自覚的精神的欲求、幼年期イメージの感情移入などの幼年期をテーマとする文学の特徴がこの作品ですでに十分に現れている。ある研究者は次のように指摘している。「蕭紅が幼年期という基本的テーマに踏み込み、その心理的ルーツを幼年期体験から溯る自己人格の原泉として創作するのは、生存困難な現実に陥った自己のために超越と解脱の方法を探るためである。こうして、ひとたび記憶の識閾《しきいき》が開かれると、心理的補償要求が蕭紅をして自覚的あるいは無自覚的に関心をあるパターンの幼年期体験に集中させるのは、至極当然のことである。注意深い読者であれば、蕭紅が描くあの妖精のような少女には、好奇心やわがまま、意地っ張り、空想癖など多くの子供に備わっている特徴のほかに、蕭紅が本当に気合いを入れて書いた自主性と独立性も備わっていることを発見するだろう」。この研究者はさらに踏み込んで次のように述べてもいる――蕭紅は幼年期テーマの近代文学叙述文体の枠組造りにより、このテーマにおける魯迅の後継者として最も優秀にして重要な作家となった。さらに次のように指摘している。蕭紅の貢献は「彼女は自らの天才的な芸術的感受性で正確に、わかりやすく、明晰に幼年期テーマ文学創作における重要な内容、枠組、色合い、情緒と伝承関係を把握し、これらの基本的文体のためにかなり模範的なテクスト形態を確立した[42]」点にあり、その形態とは同一人格における善悪併存や、人間関係における祖父母と孫との隔世疎通、風景描写における「自然の汎神性〔原文・自然霊化〕」などである。

空間イメージから蕭紅の深層意識を探る、というのも最近の蕭紅研究の新しい視点である。香港の研究者陳潔儀がこの方面を試みている。彼は蕭紅の散文集『商市街』を例として、同作の四つの主要な空間イメージを分析している。一．都市景観、二．ホテル・ヨーロッパ、三．商市街の「家」、四．アサガオの家〔二九五頁の原注(29)を参照〕。陳はまず大角度から蕭紅の筆になる三〇年代ハルピンの都市景観を解明し、繁華な都市と病的な都市との両者の矛盾が形成する「都市幻想」を通じて、蕭紅の都市文明に対する「幻滅」を表現した。そのあとに他の三つの相対的に独立した空間イメージに微視的分析を加えている。「ホテル・ヨーロッパ」とは三〇年代ハルピンの「ロシア化社会」の縮図であり、「アサガオの家」とは現代「都市生活」の縮図であり、「商市街の「家」」は常にハルピン社会と相当な距離を保っており、蕭紅の「商市街」に対する感情の多くは「家」の感受性に由来するのだ。陳潔儀の結論は以下の通りである。「『商市街』の中の一つながりの空間イメージは作者により転化され隠喩化され、改めて別の内在的な意義を付与されている。蕭紅の寂寞感とはその表面に現れた情緒にすぎず、その内容には実は彼女のロシア化社会に対する不満と都市文化への不適応が含まれており、さらにこのため外在世界のイメージを書き直したのだ」(43)。陳潔儀の以上の研究は、さらに全面的にしてより深く『商市街』の内容と蕭紅の感情世界を理解するのに役立つ。

蕭紅の内面世界における宗教的体験に関しても、研究者は注目し始めている。彼らは蕭紅のような天賦の知恵に恵まれながら不運な人生を生きた女性が最も宗教哲学に接近しやすいと感じている。早くも『生死場』の時期に、蕭紅は「生老病死」の四苦に対し無自覚的に仏教的人生観の影響を示しており、いったん蕭紅が現実観照から自己省察に戻り、苦難の描写から解脱の道を求めるに至れば、宗教観念の影響はたちまち強化され突出するのも意外には感じられない。しかし、この点をテーマとする文章はいまだ出現していないようである。

蕭紅が延安に行かずして香港に向かった人生の選択に対し、過去の研究者は多くの遺憾の意を表しており、それはたとえ政治的立場からの批判ではないにしても、蕭紅が狭い私生活の範囲に囚われて労働者農民の勤労大衆および生死をかけた闘いの広大な天地と隔絶していたため、悄然として閉じ籠もり寂寞苦悩に苦しめられる結果となった、と考えていた。茅盾の「蕭紅の『呼蘭河伝』を論じる」[44]の一文は、まさにこのような代表的見解を述べたものである。

新時期の研究者は蕭紅の個人的理念と創作の現実から出発して、上記のような伝統的見解に疑問を呈した。たとえば艾暁明は「女性の洞察」という一文で次のように指摘している――抗日戦争期間になおも著述を職務としたことは、蕭紅が当時ある個人的立場を堅持していたからである。蕭紅の南下はまさに彼女が女性の個人的著述の立場を選択したことを表明している。蕭紅が当時重視していたのは作家が従軍して農村に至ることではなく、文学という持ち場を強調し各自最善を尽くすことであった。彼女にとって、作家は本来暮らしの中に身を置いており、特にどこかに暮らしを体験しに行く必要はないのだ。香港蟄居の日々は彼女に相対的に平静な著述環境を提供しており、そこで、彼女は「一人の戦争」を行っていた――人類精神における愚昧・卑劣に対する戦いである。この平静と寂寞が彼女に驚くべき速さで『呼蘭河伝』『馬伯楽』という最も重要な長篇二作を完成に導いており、どんでん返しの構想により女性の視野の広さを示したのである[45]。蕭紅は感慨深く語っている。「香港では友人も少なく、生活費も高い。良いことと言えば作品をついに書き出したことで、書くためだけにもう少し住んでみるつもりだ」[46]。私たちはこの史料が艾暁明の前述の観点に対する有力な証左であると考えている。ただし「卑劣さに対する戦い」であったのか、についてはさらに検討に値する。

蕭紅がお手本にした作品については、彼女は老舎の風刺芸術に学び、老舎の風刺の伝統を継承した、この点は『馬伯楽』にはっきりと現れている、という説もある。しかし蕭紅が真に継承したのは魯迅であって老舎ではないと考える研究者の方が多い。中国現代文学史において、「国民性改造」という重大テーマは五・四時期に展開されたものの、三〇年代には文学の階級性が強調されたため抑圧され、四〇年代末にはまったく中断されたが、蕭紅はまさにこのテーマが衰弱していく時期に国民性の真相を伝えんとして努力し続けたのである。彼女は魯迅の作品を創作のお手本としただけでなく、紙面において魯迅を越えて行こうと努力した。彼女は原始的な衝動と野蛮さが満ち溢れる生死場で女性が発する苦痛の叫びという伝統的な重大テーマを描くために、新しい内容と新しい視点とを提供したのである。

蕭紅の小説創作と魯迅の小説伝統とは親密な血縁関係がある。秦林芳は次のように指摘している——魯迅小説の蕭紅小説に対する最も突出した影響は、第一に固有の規範を打破する創造意識に現れている。二人は共に作家個人の独自性を強調し、創作に際し自らの道を歩むことを堅持した。二人の小説観は功利意識と哲学意識を備えており、功利意識とは核心であり、哲学意識とは霊魂である。題材の選択とテーマの錬成においては、二人は共に懐旧的傾向を持ち、プロットの展開過程で社会風俗を生き生きと描写し、民族（特に農民）の精神的病を集中的に提示し、人生の実存と生命の価値に対し哲学的思索を行うのだ。二人が最も関心を寄せたのは全社会における最も一般的な人物と最も普遍的な事件であり、故意に典型化の手法を捨てておいてスケッチ風手法で非典型的人物を描いた。二人の作品は第一人称限定叙述の視点を重点的に活用し、純粋客観描写でその傾向性を暗示することは少なく、主に心理的視点からその主観的感情評価を直接表現した。構造形式において、二人の小説は非プロット性、非ドラマ性の散文化の特徴を呈しており、このような散文化構造は自由な発想の中でなおも隙のない構造性を有し、自由な執筆の中でなおも内在的な統一感を有している。これらのことはすべて、魯迅小説伝統の蕭紅小説創作に対する直接的「影響」と蕭紅の魯迅小説伝統に対する自覚的「受容」を表しているのだ(47)。

蕭紅の伝記的史実に関しては、なおも多少不明瞭な点があり、特に彼女が一九三〇年夏に家を出て北京まで行ったことおよびこの体験がその後の創作に及ぼした影響については、大いに研究の余地があるのだが、生前の友人も事情を知る人もほとんど故人となっており、関係する文献資料にも記述がなく、新資料調査は大変困難である。蕭紅研究者の秋石は史実の考証においても作品研究においても大いに努力しそれなりの貢献をしており、その新作品集は大変良くできた参考書である(48)。しかし二〇〇〇年一月一二日『文匯報』第六頁の李鵬飛執筆の「作家秋石が長年調査で書き上げた新著は蕭紅と蕭軍との間に存在した真摯な感情を証明する〔原題：作家秋石経多年調査写成新著証明蕭紅与蕭軍存在真摯感情〕」は、文中で「さらにこれまでに二首しか残されていない蕭紅の旧体詩を発見」したことにも触れている。一九九九年一二月一八日の『文匯報』第九頁には、秋石自身も「蕭紅の旧体詩二種に関して〔原題：関于蕭紅的両首旧体詩〕」を書いているが、そこで紹介されている逸作の詩の二首目は「方曦〔すなわち方未艾《ファンウェイアイ》（ほうみがい。一九〇六～二〇〇三）に致す」である。

高楼は目を挙げて望めば、咫尺《しせき》〔近い距離〕も天涯の間たり。
百たび喚けべども一つとして応えなく、誰ぞ知る離恨〔わかれのうらみ〕の多しを。

実はこの詩は丁言昭の著書ですでに言及されているのだ。丁言昭の『紅花は蕭々と散り思慕は恋々たり〔原題：蕭蕭落紅情依依〕』は一九九五年三月に四川文芸出版社から出版されている。同書の八四頁にはこう書かれている。「そこで蕭紅は筆を執って詩を一首書いて、「友人に寄せる」と題して、ホテルの徐という姓の老給仕に方未艾まで届けさせた」。詩の原文は先に引用したものと同様である。このことは新資料発掘の仕事がすでにひどく困難となっていることを物語っている。

数年来、蕭紅に関する研究はさらに広がりを見せており、その研究領域には主に以下の課題が含まれている。

一．蕭紅の伝記に対する疑問点の全体的追跡と発掘。

二．蕭紅作品に対する歴史的定説の検討。
三．蕭紅作品の芸術的特質に対する議論。
四．蕭紅の個性・特質と作風の帰属に対する検討。
五．蕭紅作品の美学的価値に対する評価分析。
六．蕭紅後期作品の創作モチーフおよび思想性に対する詳細な考察。
七．蕭紅とその他の作家との比較研究。
八．蕭紅思想の論理的変遷と生存の現実環境との関係に対する再認識。

筆者が考えるに、数年来の蕭紅研究の最もめざましい進展は主に以下の三方面にまとめられる。一．「左翼」的思考パターンとリアリズムの単一価値基準を打破し、「民族の魂の改造」という基本的創作意図から出発して、蕭紅一〇年間の創作を有機的体系として全体的に考察し、その作品が現実社会構造から社会心理構造へと次第に深まっていくという発展傾向を理解し、その作品が時空を越えた芸術的魅力を産み出す根本的原因を明らかにする。二．フェミニズム批評の方法を用いて、蕭紅作品の女性の生存というテーマと女性への配慮の意味を明らかにし、そこに含まれている鮮明なる女性的立場と強烈なるジェンダー意識を深く探究する。三．具体的に蕭紅の常識を越えた筆致を論述し、十分に個性的文学言語を考察して、彼女の小説の散文化・抒情詩化傾向と絵画的作風の特徴を明らかにする。

注目すべきことに、中国新時期の蕭紅研究は上述の重要な突破点のほかにも、十分に斬新であるもののさらに深い検討が待たれる課題を提起している。たとえば蕭紅創作における幼年期のテーマ、蕭紅作品における空間イメージ、蕭紅内面における宗教的体験、蕭紅の一般とは異なる人生の選択、蕭紅創作の文学的師弟関係、さらには蕭軍・蕭紅の間の文化的個性、芸術的活動、審美的思考の差違などである。研究者各位の止むことなき真理探究と同様に、現在の蕭紅研究にはなおも弱い部分が存在しており、多くの学術的空白部分と論争課題を残しており、たとえば蕭紅の東進して日本に渡り南下して香港に赴いた原因は畢竟個人的感情のもつれによるのかそれとも文学創作に対する飽くなき追求に基づくのか？　蕭紅作品の特徴はすべて長所であるのかすべて肯定すべきなのか？　蕭紅作品はもとより「小説の散文化」「散文の小説化」あるいは「小説の散文詩化」という芸術的特色を示しているが、彼女は小説創作と散文創作に対してそれぞれいかなる独自の芸術的探究を行ったのか？　蕭紅の伝記的史実に関しては、数年来広範な収集調査が行われたが、なおも若干のあまり明晰ではない点が残されているのである。

第二節　研究課題

蕭紅は文壇で一〇年足らず活躍した女性作家にすぎないが、現代文学史上では揺るぎない地位を与えられている。中国では、蕭紅作品解読の歴史はすでに七〇年の時を刻んでおり、長期にわたり、中国の現代文学研究者は伝統的方法、国家、民族、階級のディスクールで蕭紅を解釈して、彼女の作品をもっぱら「抗日愛国小説」「反帝反封建作品」として解読してきた。中国が新時期に入って以来、蕭紅研究は目覚ましく発展し、その作品テーマに対する全体的理解も「反帝愛国」から「国民の魂の改造」へと深まっている。しかし時間の推移に従い、このように解釈したとしても、多くの同時代の名作家の作品と比べて蕭紅作品がなぜさらに長い生命力を保っているのかという問いに対しては解答はますます難しくなっている。

わずか三一歳の美しい盛りで亡くなった蕭紅は、創作人生は流れ星のように短かったが、この世に残した文学作品はむしろ読者に歓迎され学界で大変重視されている。それればかりでなく、『呼蘭河伝』の夕焼け雲を描く文章は小学校国語教科書に収録されたこともあり、いよいよ誰もが知るほどの作家となった。改革・開放後には、国民の思想観念の改新と大きな変化に伴い、蕭紅およびその作品は忘却されたり冷遇されることもなく、逆に未曾有の生命力と活力を見せている。国内外の多くの学者は再び蕭紅研究に対する情熱を燃やして、大量の研究成果を生み出し、しかも次第に非常に大きな「蕭紅ブーム」を形成したのである。

これは疑いもなく一つの文学現象であり、同時に熟考に値する歴史文化現象でもあるのだ。筆者はまず本書でこの現象を考察する――すなわち蕭紅およびその作品がなぜ久しく広がり続けるのか、異なる歴史の時代に熱い注目を浴びて歓迎されるのかという問いに理性的に答えたい。

いかなる物事の存在と発展も、外部の条件が必要であるばかりでなく、自らにその理由ときっかけがあり、逆戻りできない規律性があるのだ。そのため、筆者は前述の蕭紅ブームは深い社会・歴史的背景と人文的背景を備え、十分な根拠と必然性を備え、火のないところに煙が立ったわけではなく、さらに人間の力の及ばぬことでもないと考えるのである。換言すれば、まさに時代精神であり、社会的需要と蕭紅の伝奇的色彩に満ち溢れる人生経験およびその作品に備わる内在的な潜在能力と魅力が然らしめたのである。この点を認めないとすると、唯心主義の不可知論に陥ることだろう。

当然のこと、ある作家が長期にわたり注目され歓迎される原因は、決してその作品の思想にのみ存在するわけではなく、同時にその作品の芸術的な品位と価値にも存在し、その思想性と芸術性とのみごとな統一にも存在する。この角度から蕭紅を観照し、その作品の形式的範疇、審美的情緒、芸術的視点、芸術的感覚そして技術的進歩性を分析し考察すること――それには言語運用とイメージ創造も含まれるが――それも重要な意味を有する。

蕭紅は魯迅の親身な世話と私心のない教えを受け、魯迅一家と深い友愛の絆を結んでいた。これは彼女の思想と創作の傾向に影響を与えただけでなく、彼女の知名度を高めた。中国近代作家の中で、魯迅に親しく教えを受けた幸せ者は多くなく、作品精神、特に人類の愚さを批判するという方面で直接に魯迅を継承した者はさらに少ない。このため読者と学界が蕭紅に興味を抱き、大いに注目しても不思議はない。

中華人民共和国成立後から一九七六年「文革」終息まで、中国では基本的に「階級闘争を基本とする」思想政治路線が行われていた。そして蕭紅作品には資本家や地主階級の労働者農民への残酷な搾取抑圧を暴露し批判するものが少なくなく、明らかな階級意識と階級的連帯感も少なくないため、「文革」終息前の主流イデオロギーとぴったり合ったので、異端と見なされて冷遇されたり批判されることもなく、それどころか「活性化」され利用される機会もあったことは、腑に落ちる。

改革・開放政策実施後には、中国人は思想統制を解除したので、価値傾向は次第に多元化状態を呈し始め、「人間本位」「人文的配慮」そして「弱者集団の重視」という呼び声が日増しに高まった。こうして人文的配慮、特に女性配慮の声が高まり、女性の代弁者と言えて、女性の苦しい人生を描き切り、男性中心社会に容赦なく鞭を振るった作家蕭紅は、自ずと誰からも注目されるホットな研究対象となったのだ。

豊かな思想性、深くして鮮やかな時代感覚のほかに、蕭紅作品は芸術方面でもしばしば独自の新境地を切り開き、新分野を開拓して、確かな芸術的美感と啓発とを与えてくれるのだ。この二つの方面で現代文学史における蕭紅の重要な地位が固まったほか、その作品は時空の変化という試練の前でも、活力を長く保ち、何度読んでも常に新鮮な印象を与えるのだ。

しかしこの幾つかの面からだけでは、蕭紅が常に注目され歓迎されてきた理由は十分には説明できない。筆者が考えるに、その中で最も根本的あるいは重要な原因は彼女の作品にあり、作品が広く多岐にわたり、時代に合ったヒューマニスティックな内容を備えていることにある。筆者は蕭紅作品（小説、散文、詩歌、書簡を含む）の思想性に対し多少の分析を行い、空前の叡智と思弁を備えた彩り豊かな精神価値の追求を発見したのだ。

蕭紅の性格は反逆的にして強情、暖かい愛情を求めて困窮流浪の一生を送り、運命と苦闘したが、連戦連敗、一人の女性が経験しうるあらゆる悲哀と不幸を嘗め尽くし、ついに香港で客死した。彼女は目覚めた知的女性が伝統文化、伝統勢力とたゆまず戦い最後には鎧も失って、大敗を喫したという代表的人物であり、非常に典型的な意義を備えている。その人生は伝奇的色彩に満ちており、悲愴悲惨なる美は深い感動を与える。これが読者を惹きつけ、関心を呼び起こす原因の一つなのだ。

さらに筆者は次のように考えている。蕭紅の強い女性意識は長期にわたって「抗日救国意識」と「国民性テーマ」により覆い隠されて、この作家の鮮明な女性的立場は失われてしまい、蕭紅研究は長期にわたって「霧の中のお花見」状態に置かれていたのだ。たとえ魯迅のように鋭くも、一九三〇年代中期にはこの「女性作家の細やかな観察と常識を越えた筆致」に注目していたにもかかわらず、時代の雰囲気と「序」という文体との二重の制約により、蕭紅作品に深く入り込み女性独自の人生境遇に対する感覚と魂の世界を発掘することはできなかった。[49]

ここで言う「女性意識」「自己意識」とは女性研究の中心的用語で、この言葉は女性的自我を探る過程で出現したもので、鮮明な個体性と主体性そしてジェンダー的特徴を有する。英語のconsciousnessは「意識」とも「覚悟」とも解釈できるが、「覚悟」と訳されて中国語テクストに出現すると、私たちが今日使っている「意識」とは大きく懸け離れてしまう。「覚悟」は現代中国人の用語では、特定の政治的コンテクストを備えた言葉であり、通常は「階級」「革命」と連結して使用されるため特殊な語義を獲得しており、肯定的、誉め言葉的な意味になる。これと対照的なのがまさに「意識」であり、それは通常「個人」「ブルジョワ階級」と連結して使用される。今日の婦人解放運動において用いられると、「覚悟」のうえの反逆のように、個人的、自発的にして「有性」的内容を突出させる。[50]長期にわたって歴史的制約により、蕭紅の女性意識は例外なく階級意識、民族意識の付属物と見なされ、彼女の『生死場』も民族解放と民族意識覚醒のお手本として読まれており、これは女性テクストの唯一の不運でもなければ、偶然でもない。

蕭紅、この中国東北の霊感に溢れた女性作家は、実は文壇に登場するや彼女の独自性、周縁性を表現していた。彼女がその時代の左翼作家と異なる点は、戦争を描いても、階級を描いても、さらに長期にわたって「女とは何か」という彼女を悩ませ苦しめた問題に注目し続けていたことだ。奥の花園の小さな瓜の蔓でも棚を這い上がらんと願えば這い上がり、キュウリも実を一つ結ばんと願えば実を結び、トウモロコシも伸びたいと願うだけ伸びるというのに、生存困難に陥った女性には憧憬を抱く自由はない。蕭紅は弱い女性であったが、同時に強い女性でもあり、明るく美しく常軌を逸した女性的筆致で女性の世界を描いた。

蕭紅の文学作品は女性文学と称しても良いだろう。彼女の作品が表現する強い女性意識を解明し論じ、蕭紅の生活とその時代背景などを理解するために、私たちは中国女性解放運動の特徴と女性文学・女性意識の定義を論じ、その後に蕭紅の伝記と作品の目的をさらに正確に解読するという目標に至らねばならない。

女性文学の誕生・女性意識の出現と中国婦人解放運動の発展とは互いに因果関係を結び、互いに支え合っている。婦人解放運動の出現は女性意識の覚醒に始まり、女性意識の覚醒はさらに婦人解放運動の盛んな発展を促した。このため中国婦人解放運動は独自の特徴を有すると言えよう。まず、中国の婦人解放運動は開始当初から社会政治革命に合流していた。中国婦人解放運動は辛亥革命期に始まり、当時この封建的帝制打倒の革命の嵐に参加する女性の一群がおり、中華民国臨時政府成立後には、一群の女性が政治参加を要求して議員に推挙されている。彼女たちは男女同権、教育平等、婚姻の自由、蓄妾による一夫多妻制の廃止を提唱した。中国婦人解放運動の最初の高まりは五・四時期に生じており、あの救亡が啓蒙を圧倒する歴史の瀬戸際において、女権主義の思想が中国に取り入れられ、広範な女性に民族解放運動に身を投じようと呼びかける大きな流れを旨とした。この時期には、女性は家族―家庭、民族―国家の間に置かれて、反帝反封建を自らの任務とした。その後、中国婦人解放運動はいかなる政党の指導下にあろうと、民族革命の軌道から外れたことはない。秋瑾《チウチン》〔しゅうきん。一八七五～一九〇七、魯迅と同郷の女性革命家で、武装蜂起に失敗して処刑された〕の婦女界革命から始まって、新中国婦女連合会組織の設立まで、一つとして例外はない。

　多くの研究が遺憾なこととして次のように指摘している――中国婦人解放運動の主体は女性ではなく、男性であった。婦人解放運動は「男女平等」の旗の下、民主革命運動および社会主義運動と合流し、男性中心の政治革命の一部分となった。女権主義は本来は男性中心に反対するものであったのに、男性に接収され、男性が婦人解放を試みる武器となったのだ。これと同時に、最初期に婦人解放を呼びかけそれを行動に移したのも男性で、その目的は当然女性のためだけではなく、主に中華民族全体のためだった。五・四運動から第一次国内革命戦争時期に至るまで、婦人解放を提唱したのは主に陳独秀《チェントウシウ》〔ちんどくしゅう。一八七九～一九四二、中国共産党の創設者の一人〕、李大釗《リータチャオ》〔りたいしょう。一八八九～一九二七、中国共産党の創設者の一人〕、魯迅、周作人《チョウツオレン》〔しゅうさくじん。一八八五～一九六七、魯迅の弟で著名な文化人〕、胡適《フーシー》〔こてき。一八九一～一九六二、魯迅・周作人と並ぶ著名な文化人〕、毛沢東らで、鄧穎超《トンインチャオ》〔とうえいちょう。一九〇三～九二〕、蔡暢《ツァイチャン》〔さいちょう。一九〇〇～九〇〕、向警予《シアンチンユィ》〔こうけいよ。一八九五年～一九二八年〕らの影響は明らかに前者とは比べものにならない。陳独秀は『新青年』創刊の日から、折に触れ婦人解放問題を提起し常に関心を寄せていた。李大釗は「戦後女性問題〔原題・戦後之婦女問題〕」などの論文を書いて、男子専断の社会とは「半身不随」の社会であると指摘した。魯迅、周作人は旗幟鮮明に封建的節烈観と貞操観とを批判し、民主的意識に富む新しい倫理観とジェンダー観を提唱した。胡適も女権闘争に対し多くの洞察力に溢れる提案を行った。

　中国婦人解放の歴史を見渡すと、中国婦人解放とは実際には女性の役割の文化的解放であったことが、明確に見て取れる。事実、階級が出現してのち、女性は階級とジェンダーの二重の抑圧を受けてきた。ジェンダー観念がすでに文化観念の中に擦り込まれているので、婦人解放も当然階級と文化に対する全面的反抗となるのだ。さらに広範にして全体的な意味から言えば、婦人解放は文化革命であった。

始まりと同時に社会政治革命の主流に合流したため、中国婦人解放運動は急速な発展を遂げた。一九二三年六月、中国共産党第三次全国代表大会は「婦人運動に関する決議案」を制定した。だが実際には、当時さらに大きな影響力を持っていたのはキリスト教の婦人運動だった。キリスト教婦女青年会、中英米婦女会、婦女産児制限会などの歴史は長く、人数も多く、科学的育児の宣伝、女性労働者の権利保護の方面で多くの有益な仕事を行ったが、かつての研究者はほとんどそれに触れなかった。一九三一年、国民政府は新「婚姻法」を公布し、その中で女性の権利保護の条項の民事法規に言及している。これと同時に、共産党ソビエト区では最初の婚姻法を公布した。

しかし実際にはこのような潮流は主流にはなれなかった。現実生活では中国のいかなる方面でも男女不平等は相変わらず深刻な問題であり、特に学習・就職・政治参加の方面ではいっそう目立っており、根が深くて容易には変えられなかった。当時の社会条件下では、女性の就職の機会は大変少なく、ほとんどの女性がもしも家庭を離れたら自分に属する経済的資金源はなく、このため人格の独立、政治的平等などはみな真の実現は不可能であった。

ここに中国女性のあらゆる幸不幸がある。女性は表面的な「男女平等」の認知を得たのち、事実上の父権主義下の不平等に包み隠されたのである。実はこのことは、中国の女性が当時解放における客体的地位から主体的地位へと進むには、なおも長い行程があることを意味していたのである。なぜなら一定の歴史的条件の下で、女性に対する伝統的な束縛と抑圧は、階級的抑圧と民族的抑圧が女性にもたらす苦難よりもさらに極めて大きく長期にわたっていたからだ。そしてこのようないわゆる伝統的抑圧は、夫権と父権など伝統的「男性上位の発言力」を核心とし、さらに階級的抑圧、民族的抑圧と混交するため、格別に血なまぐさく、残酷な性質を帯びていた。(51)

本書が論じる作家の蕭紅が暮らした時代とはまさにこのような転換期であり、蕭紅は比較的辺境の東北地方で生まれ育ったため、伝統と反伝統との解きがたい対立から抜け出すのはさらに難しかった。

一般に、中国女性観念の変化をめぐっては、「女界」という言葉の出現がメルクマールであると考えられている。清末民初に、「女界」は新概念として「男界」に対応し、女性ジェンダー認識に対し新しい視点を展開した。一九〇七年中国駐フランス二等参事官の劉式が翻訳した『泰西礼俗新編』[52]が出版されると、たちまち「女界」の必読書となった。同書は中国と西洋の女性観を一々対照し、中西相異なる精神文明を比較して、中国人の女性差別、女性蔑視の伝統的観念を批判、女性の独立した人権を尊重し、女性を愛護する新観念を持ち込んだ。同書の出版は清末中西文化交流が深まるに従い、先進と落伍、文明と野蛮との衝突がそれまで数千年も続いてきた伝統観念の権威がまず知識人の世界で動揺し始めたことを反映している。男尊女卑という中国人の心理的壁に穴が開けられたのだ。同時に、同書の出現は中国女性が新理念を吸収する歴史過程の逆転不可能性を反映してもいるのだ。

女性文学はフェミニズム理論と比べてそれほど「純粋」ではなく、その内容は豊富多彩で、思想形式を含むだけでなく芸術と言語の形式も含む。いったいどんな文学が女性文学なのか。いわゆる女性文学とは、一定の歴史的条件下で出現した概念であり、文学史と女性の全体に対する私たちの基本的見方に関係すると言わねばならない。女性文学が真に出現する歴史的条件とは現代的知的女性の出現と平等な人としての女性意識の覚醒である。このため、たとえば中国古代にも蔡琰《ツァイイエン》〔さいえん。生没年不承、字は文姫、漢代末期の才女〕、薛濤《シュエタオ》〔せっとう。七六八頃〜八三二、中唐の女性詩人〕、李清照《リーチンチャオ》〔りせいしょう。一〇八四〜一一五五頃、北宋末の女性詞人〕ら一群の女性作家が湧き出し、その詩文作品も少なからぬ影響を与えたが、厳格な意味での女性文学とは一九世紀から二〇世紀までの現代思潮の産物である。

二〇世紀中国女性文学発展の道は、二〇世紀中国社会の発展と進歩の道と相伴っている。中国女性文学は中国新文学の組成部分であり、その発生・発展と中国新文学とは歩みを同じくする。中国女性文学は本来整った理論体系はなかったが、西洋文学芸術思潮と文学芸術運動の啓示と影響を受けている。

女性文学はフェミニズムと内在的精神的関係を有し、フェミニズムは自らの文学批評と理論を有するが、女性文学の内容とその呼称の対象に関しては、文芸理論の世界では従来異なる意見が存在してきた。中国文芸理論の世界で八〇年代中期以来発表された関連文献と幾度かの中国女性文学シンポでの論争から判断するに、見解に大きな相違がある。具体的な作家作品について述べるにしても、単一のモデルではなく、女性意識が強いもの、薄いものとがある。筆者が考えるに、いわゆる女性文学とは創作主体が女性であらねばならないだけでなく、作家が故意であろうがあるまいが、基本的に女性意識により女性の歴史的状況、現実的環境および生活経験に対して探究し描写しなくてはならない。一般に男性作家が女性を描いた作品は、女性を題材とする作品と呼べるだけであり女性文学と称することはできない。

魯迅、茅盾、周作人、阿英〔銭杏邨〕らは女性作家の創作に対して批評を行い、中国女性文学理論構築の先駆けとなった。中国女性文学発展史において、秋瑾は創始者として不滅の功績を有する。中国民族民主革命と近代婦人運動の先駆者として、秋瑾は二〇世紀中国女性文学のために精神的基礎を定めた。秋瑾は男尊女卑の封建的社会環境で育ち、女性のあらゆる不平等な状況を自ら体験したため、その作品は当時の女性の客観的要求を反映しえているのだ。彼女は女性が容姿を重視し、着飾って男性の玩具となることに反対した。彼女はいまだ覚醒せざる女性の同胞に次のように警告している。「このような花は、翡翠の鎖、黄金の枷のようなもの。あのような絹織物は、錦の縄、刺繍の帯のようなもの。あなたをきつく縛るのだ」。彼女は「女権に勉むる〔原題：勉女権〕」の中で次のように唱っている。「吾輩《われら》自由を愛す、自由を勉励す一杯の酒。男女平等権天賦に就き、豈《あ》に甘んじて牛後に居らんや」〔初出は秋瑾自らが創刊した『中国女報』第二期（一九〇七年三月）〕。彼女は啓蒙運動において文化教育がとても重要であると考えていた。彼女は単に男女は平等互助であるべしと考えていただけでなく、救亡自活の歴史過程において女子の力は不可欠だと強調していた。

秋瑾が『白話報』『中国女報』などを創刊し、男女平等権を提唱したことは、当時の思想界における最前線の陣地となった。秋瑾から始まって、女性作家は次々と時代の呼びかけに答えて、多種多様の文学作品を創作し、社会進歩と婦人解放とを推し進めた。

五・四時期以後三〇年の女性作家グループは、二世代に分けられる。第一世代は謝冰心、廬隠《ルーイン》〔ろいん。本名黄淑儀、一八九八〜一九三四〕、陳衡哲、馮沅君、石評梅、蘇雪林、凌叔華、袁昌英、白薇らであり、彼女たちほとんどみなが良い教育を受けている。疾風怒濤の五・四時期にあって、個性の解放を要求し旧式結婚に反抗し、強烈な女性意識を持っている。謝冰心は次のように述べている。「もしも世界に女子がいなかったら、この世界は少なくとも五割の「真」を、六割の「善」を、七割の「美」を失うことだろう」(53)。謝冰心と肩を並べられるのは廬隠である。彼女の「ある人の悲哀〔原題・或人的悲哀〕」「麗石の日記〔原題・麗石的日記〕」「海浜故人」は中国初期女性文学を彩り豊かなものとした。これらの作家の作品には強烈な感情と多彩な個性が流れており、創作には日記と手紙が多用されている。彼女たちの作品には胸中の苦悶と矛盾とが浸透しており、その悲哀に満ちた情緒と、繊細優美なる作風が、女性文学の陰翳の美を形成し、中国古代の女性作品には見られなかった新しい精神を表現しているのである。三〇年代の批評家の毅真は「現代中国女性小説家たち」(54)という評論で、当時の女性作家を、謝冰心、蘇雪林を代表とする閨秀派作家、凌叔華を代表とする新閨秀派作家、丁玲、馮沅君を代表とする新女性派作家の三つに分けている。長年にわたり、この観点はその後の女性文学研究に影響を与えてきた。この見方には合理性があるいっぽう、不合理な一面もあり、たとえば謝冰心は問題小説の創作で注目された作家であり、彼女の作品は明らかに「閨秀派」というような単純な分類法で括ることはできないのだ。

第二世代の女性作家とは五・四時期以後の三〇〜四〇年代に登場した、丁玲、蕭紅、羅淑《ルオシュー》〔らしゅく。一九〇三

～三八）、羅洪、謝冰瑩、馮鏗、白朗、草明、張愛玲《チャンアイリン》（ちょうあいれい。一九二〇～九五）らである。第一世代と比べて、第二世代女性作家の女性意識は比較的淡白で、その作品からは悲哀、温柔、清麗の風格や情緒はほとんど見られず、客観描写が多く、主観的抒情が少ない。彼女たちの多くは左翼と自由主義の二大陣営に属している。自由主義の女性作家の作品作風は比較的平和で、常に古琴の余韻を奏で、夕暮れの山道に広がる野草の花の香りを発している。しかし、左翼女性作家の作品は日増しに政治化しイデオロギー化していき、作品中の革命叙述により現実で湧き起こる革命の大波に呼応せんとしており、青春の熱血を革命文壇に捧げた人さえいる（たとえば馮鏗）。この時期には、日本占領下の上海ではいわゆる「張愛玲現象」が出現しており、北方では梅娘（孫嘉瑞）の作品が、当時の一世を風靡していた。同時に上海ではなおも主に「自分」の暮らしを書いた蘇青《スーチン》（そせい、本名は馮和儀。一九一四～八二）と潘柳黛《パンリウタイ》（はんりゅうたい。一九二〇～二〇〇一）らがいた。

抗日戦争期と解放戦争期（一九四五年八月の日本敗戦から一九五〇年六月の中国共産党の大陸統一、国民党の台湾への敗退までの国共内戦期間を指す）において中国文学は二つの発展の道を歩んだ。一つは国民党統治区の文学、もう一つは解放区の文学である。当然のことながら、この二つの道は共に完全に独立していたわけではない。その他に、第三の道も存在した。

これらの女性作家の中で、蕭紅は比較的特殊な存在で、彼女の作品は強烈な現実性を備えていたが、芸術的追求にもこだわっており、内容的先進性と芸術的独自性を結合して比較的完璧な優秀作家となっている。そして彼女は女性意識が最も強い女性作家でもあった。

フェミニズム的人文主義の視点から蕭紅を研究することは、近年の蕭紅研究の新しい学術的方法である。すでに述べたように、早くも一九八九年には、孟悦と戴錦華は共著『歴史の地表に浮かび出る（原題：浮出歴史的地表）』という本で女性の角度から蕭紅の小説『生死場』を批評して[55]、女性の身体的体験から生と死の意義を考えることにより、蕭紅研究の従来の枠組を打破しようと試みた。鄒午蓉の「独自の視点、痛切なる鬱憤」という文章は、蕭紅作品が女性の生命的価値と意義の角度から、平凡なる日常生活の描写を通して、驚くべき残酷な事実を描いており、女性生命に対する究極的同情と鬱憤の思いを表現していると指摘する。(56) また曹利群は『時代、女性的同情とフェミニズム・テクスト』という文章で、その他の作家が蕭紅に及びがたい点として、次のように述べている。「蕭紅は「時代性というテーマを表現すると同時に、終始頑強なる女性意識と独自の審美的表現に立脚しているのであって、型や潮流に囚われてはいなかったことである。民族的危機と社会革命とにより絶えず女性意識と女性言語とが稀薄化されようが、時代が彼女に「女性への同情」を棄てて社会的政治的意識の表現に力を入れるよう要求しようが、彼女は終始自らの女性的立場を失うことはなく、女性への同情を忘れることもなかった(57)」。これらの論文は前後して発表されて、蕭紅研究の新生面を切り開いた。

二一世紀に入ると、フェミニズム研究は飛躍的な発展を遂げた。このように指摘する学者もいる。「フェミニズム的人文主義〔原文：女性人文主義〕とフェミニズム〔原文：女性主義〕は字面的に二字の差にすぎないが、両者は本質的に異なる。フェミニズムはジェンダーと女性の運命との関係を過剰に強調し、ジェンダー的抑圧と差別を女性の屈辱的な地位の根源と見なすことさえあるが、それは次の問題を正視していない――女性の受難史は男性の受難史でもあり、人類の生存状況から女性の運命を見て取ることはできない。フェミニズム的人文主義は人間的角度から女性の世界を分析するのであって、ジェンダー的角度から女性の生存状況を見て取るのではない。このとき、私たちの視線は女性の世界に限定されることはなく、比較的全面的客観的に人間の全体的生存状況を考え、探究するのだ(58)」。この研究者は『生死場』を例として、蕭紅が関心を寄せていたのは女性だけではなく、彼女が探究していたのは全人類の生存状況であったとする。まさにこの一点で、蕭紅は情感を尽く傷つけられた女性作家として、その他の作家とは異なっている。筆者が考えるに、フェミニズムとフェミニズム的人文主義とを細かく区分することは、蕭紅研究に大いに理論的啓発を与えてくれるのだ。

フェミニズム理論を単純に運用して蕭紅作品を研究する論文が近ごろ目立つ。ある研究者はこの作家の初期の小説と散文から次のような発見をした——蕭紅は伝統的女性の生存状況の周縁性に対する「反逆者」となる前には、喜んで伝統的習俗・倫理規範における女性的役割を受け入れており、さらには女性のナルシシズムの天性が伝統的役割を体得する促成メカニズムであると表現していた。この指摘は、蕭紅研究の空白部を埋めるものである。(59)

男権の牢獄からの逃亡、父権文化重力の場からの逃亡は、女性文学の重要テーマであった。逃亡の形式には「異郷への逃亡」「自由な身体への逃亡」「創作への逃亡」と何種類もある。ある研究者は蕭紅の「逃亡」の特徴は家庭との決裂から彼女の人生の旅を始めたことだ、と指摘している。彼女はまず父親の家から逃亡して、「父は女《むすめ》の綱たり〔父に従い娘は行動する〕」に反抗して勝利を収め、続けて再び「夫は妻の綱たり」の主人の家から逃亡した。二種類の逃亡は当時の原生状態の女性の体験と経験とを自然と語っており、女性が「第二の性」として家庭に入ることの共通する本質的状況を示している。しかし、蕭紅の逃亡は結局は帰依を伴い、結局は家を離れる—家を思う—家に帰るという循環の表現なのだ。彼女は巣を恋しがる小鳥のように、ぐるりと一回りして元の場所に戻るのだ。このような根深い家に対する迷想とは数千年の男権文化による教化に由来し、これにより蕭紅は物質的にも精神的にも家に対する無限の依頼心を育て、真の自主自立を難しくしたため、父権制家庭の厳重な包囲網からは逃亡できなかった。(60)

蕭紅作品におけるフェミニズム思想の表現に関しては、ある研究者は二方面からまとめている。一つは、彼女は女性を讃美し、『呼蘭河伝』と『生死場』での女性描写において、高尚なる人格と、強固にして剛毅な性格をもって、封建道徳観念と暗黒勢力に屈服することなく、運命と闘う女性を称讃している。もう一つは、彼女は男性を軽蔑し非難嘲笑し、「逃亡」と『馬伯楽』などでは、このような思想は特に突出しており、次のように考えるのだ——男は強く大きく偉そうなようすをしているが、実は卑しい考えで、利己主義的なのだ。男は憶病なだけではなく、女性よりも軟弱で愚かである等々。蕭紅の筆になる男女の形象描写は大いに彼女の作品中のフェミニズム思想を反映しているのである。(61)

今世紀に入ってから、フェミニズム文学研究の方法を用いて最も有力な蕭紅研究を行ったのは香港浸会〔バプティスト〕大学中国語中国文学系の林幸謙博士である。彼がこれまで発表してきた論文には「蕭紅小説における妊娠母体と病体描写――フェミニズム叙述と魔術的リアリズム文体」(62)「蕭紅小説の女体記号と郷土叙述――『呼蘭河伝』と『生死場』のジェンダー論述」(63)「蕭紅初期小説中の女体描写と隠喩」(64)がある。林幸謙は、蕭紅の小説テクストは両性関係／ジェンダー意識と国民国家の文化歴史という二重のテーマを表現する、と考えている。国民国家文学のほかに、女性テクストの多元的特色は彼女のテクスト描写がさらに継続するところにあり、中国現代女性文学遺産のために、記号的意識を担っている女性空間と女性的郷土想像文体を開拓した。蕭紅の『呼蘭河伝』において、彼女は大量に女体空間が搭載できる限りの各種の記号形態、特に巫女《みこ》の儀式化された女体現象を描写した。蕭紅の筆先の女性が構成する女体の記号空間は、その基礎が民間文化の上に立てられ、郷土想像と密接な関係を有している。事実、蕭紅の女体に対する想象描写と郷土文化空間の構築とは平行しており、一つとして欠いてはならない。この種の女体／郷土叙述は歴史文化が織りなす記号空間を突出させており、郷土の象徴的機能は女性作家がこれによって女性の奥底と社会文化および人生運命の欠いてはならない文体を秘かに探る文体戦略なのである。蕭紅の『生死場』において、女体の記号化と郷土の女体化は、蕭紅が描く農村女性を女性意識に富む大地に帰属させ、また郷土を同様にそこに暮らすこれらの女性集団に帰属させている。このような郷土経験は伝統的父権／男性の視野に置かれる郷土経験とは異なるのだ。林幸謙はさらに次のように指摘している――蕭紅は若いときに未婚で妊娠した経験があり、彼女のその後の現実体験と女性経験は、彼女の作品――初期の「棄児」から後期の『呼蘭河伝』までの作品に比較的濃厚な自伝的色彩を持たせている。事実、蕭紅はまさに女性独自のジェンダー経験の視点を通してテクスト構築の叙述過程に携わり始めたのである。若き蕭紅の成長受難経験と未婚妊娠体験は、片手で文学の殿堂の正門を押し開かせて、現代社会で打ち捨てられて災難に遭った女媧〔泥をこねて人間を造った中国神話の女神〕の精神状況で著作を始めるのだ。彼女の〈女性〉言語は各種の分裂した自我を社会から隔絶された女性〈身体〉叙述の中に織りなされたのだ。女体／母体の病体病的描写〔原文：病態銘刻〕、たとえば、病気、奇怪、卑賤、不正、不潔、歪曲と奇形などの現象がいつまでも次々と生じ、叙事詩の風格の女性病体病的描写を構成した。この独自の女性叙述は、奇怪／醜悪の身体描写戦略を結合し、人々に横睨みされる、リアリズムの荒唐無稽な叙述風格を完成させたのだ。この蕭紅の女性身体描写は極めて錯綜とした周辺描写的表現手法である。筆者が思うに、一家の言として、林幸謙の上述の研究は鮮明なる学術的特性を備えており、大変注目に値する。

比較文学研究の方法で蕭紅研究を広げ深化させるのは、数年来の蕭紅研究のもう一つの注目すべき傾向である。研究者は蕭紅を張愛玲、丁玲、盧隠ら女性作家と比較し、以下のような示唆に富む結論を得ている。蕭紅の言語は自然で、朴訥としており、しきたりにこだわらず、装飾を重んじないが、張愛玲の言語は華麗にして熟練しており、極立った聡明さを自分のものにしている。蕭紅の言語は心の赴くままに筆を動かしているかのようであり、技巧を感じさせない技巧で、その作品は彼女の言葉と同様に、率直で飾り気がない。彼女は自らの体験を最もわかりやすい口語で書いており、精緻にして華麗なる装飾はないものの、「遠くにあれど結ばれている」かのような尽きることのない親近感に満ちており、読者を惹きつける別種の魅力を備えている。張愛玲はこれとは異なり、言語と技巧にこだわり、細部から豊かで計り知れない人の心を示すことにより愛読されているのだ。蕭紅の文章を軽快な運筆、悠然とした語り、稚拙で素朴、自然にして単純、人情味ある美というのなら、張愛玲の文章は緩やかなリズムで、さわやか、小声でハミング、華麗にして幻想に富み、絢爛とした美を誇ると言える。(65)

受容美学の角度から蕭紅と張愛玲における魯迅の影響の異同について語る研究者もいる。同様の点は二人が「国民性」批判の一大テーマを継承した点であるが、張愛玲の魯迅受容は自覚的なものではなく、彼女の小説家としての個性が期せずして魯迅の思想と一致したのだ。張愛玲は終始個人本位主義の作家であり、作品にはしばしば人生は辛くて短い、楽しめるときに楽しもうという人生観が流れている。魯迅と蕭紅との関係は誰でも知っていることで、二人は文壇内の「父と娘」と称されるように、蕭紅は魯迅の「嫡子」と称すべきであろう。蕭紅は最初の創作で自由主義作家の立場を表現したが、魯迅の影響を受けた以後には自由主義的立場は弱まった。張愛玲は蕭紅のように魯迅と親密な関係を有していないが、その創作は明らかに魯迅精神の継承を示しており、その意味では、張愛玲は魯迅の「庶子」である。しかし張愛玲の創作は魯迅精神に従うだけでなく極端へと進んでしまうのだ[66]。

中国現代文学発展史において、廬隠、蕭紅、張愛玲はみな際立った時代性を有する象徴的女性作家である。彼女たちはそれぞれ真の意味での「女性」的視点から、中国現代女性が自己解放の道を追求する際の如実な体験と理想の破局とをまざまざと具体的に描写した。彼女たちは微に入り細にわたって物語り、広範な読者に向かい女性主人公が現実で直面する困難を展開すると同時に、女性の男性権力言語に対する反発と拒絶とを深層に踏み込んで解釈した。ある研究者は以下のように結論せざるをえなかった。「廬隠の五・四時期婦人解放に対する動揺と懐疑、蕭紅の女性の悲劇的運命に対する諦めと絶望から、張愛玲の女性の人格的欠陥に対する反省と批判に至るまで、三人の女性作家の作品テクストの潜在的意味は、まさに中国現代の知的女性の精神史を構成している。中国現代の知的女性は自己解放を求めたくないのではなく、長期にわたる思想的閉塞と男性言語の絶対的支配とが、彼女たちに男性社会から提起された婦人解放運動に対し、常にとても大きな警戒心を抱かせた。男性権力文化による承諾を信じることなく、外の世界からの救済を拒否したのだ。女性は自らの生理的心理的特性から改めて自身を認識する、これが欧米現代フェミニズム運動の基本的思想原則である。私たちは確信をもって次のように考えている。廬隠であろうが、蕭紅あるいは張愛玲であろうが、中国現代女性作家は彼女たち自身の生命体験と表現方式を用いて、徐々に彼女たちの自らの価値と存在意義に対する深い認識を明確に表現したのであり、これはまさに現代人文主義思想体系の重要な要素の一つであると同時に、現代人類文明社会の顕著な時代的メルクマールである」[67]。

丁玲と蕭紅との異同に関しては、ある研究者は次のように指摘している。二人は共に鋭敏な観察力と思想的洞力により創作主体の認識を深め、人物像を創り上げる際において「女性への思いやり」傾向を表現しており、共に強烈な女性意識を抱いている。だが丁玲の女性の運命に対する関心は、伝統と現代との衝突に偏重しており、女性の権力奪取と女性意識の覚醒に努力して、時代の様相を示している。だが蕭紅は女性の原生態生活の描写を通じて、伝統的礼教の罪悪を描いている。比較すると、丁玲は女性と時代の間の現実的関係を反映させることに重点を置き、蕭紅は女性と伝統文化の間の歴史的関係を描くことに重点を置いたのだ。二人の作家は共に二種の性質の女性の悲劇的運命を通じて、悲劇を創り出す社会的根源を描くことができた。丁玲は知的女性の精神的悲劇により、暗黒の社会現実を描いたが、蕭紅は女性の生存苦難により男性中心主義の脱構築に至り、さらに封建倫理的秩序の女性に対する迫害を描き、女性意識の着実な深化と強化を明示したのだ[68]。

さらに蕭紅と外国女性作家とを比較する研究者もいる。たとえばヴァージニア・ウルフは二〇世紀イギリス小説の意識の流れを代表する重要な人物であり、フェミニズム批評家でもある。ある研究者は平行研究〔直接影響関係のない二つ以上の民族の文学に関する比較研究〕の角度から蕭紅とウルフの創作における孤独と死の二大テーマの異同を整理分析し、以下のような結論を得ている。蕭紅の寂寞感は思想的先駆者の精神的孤独な環境によるもので、その時代を超えられずして同時代人からも理解されなかったことによる。蕭紅の孤独とは異なり、ウルフの孤独は彼女の神経質な性格と、自己疎外によるもので、個人的な肉体と精神、行動と思想感情とが激しく衝突し、人格の分離を引き起こしたのであり、自己形成の過程で深い精神障碍の苦しみを味わっており、鏡を見られなかったのは、自分になりたくなくて絶望し、「買い物に行き、試着し、新しい服を買うのを嫌った。写真を撮られることはほとんど我慢できなかった」のである。ウルフは精神病の発作をしばしば起こし、人間関係にも不和がもたらされた。他人を遠ざけ、他人への疑いでいっぱいになり、安心感を得られなかった彼女は現実を臆断し誇張して、幻想の中で人と人との交流を隔てる垣根を打ち壊そうとしたが、幻想と臆断とは彼女の孤独を深めるだけだった。死に対する見方では、蕭紅は儒教的楽観にして進取の死生観を継承しており、生と死は共に初めから終わりまでを全うすべきもので、生存に関しても積極的に社会で活動すべしという精神を抱いていた。儒教的観点に蕭紅の強靭な反逆的個性が加わり、創作においては生に苦しみ死に抗すという態度となり、彼女の死の意識には抗争という積極的要素が含まれている。ウルフはモダニズムの角度から死の人類に対する脅威、人類はこの悲劇的結末から逃れられない点を強調しており、霊魂不滅によって生命の重荷を和らげ、否定的な苦痛を受け止められず、死を生命のもう一つの形態と認識して生命組織の一部と見なし、肉体の消滅により生じる恐怖を避けようとした。死が生を圧倒する彼女の死生観はキリスト教の生死に対する態度と同じ流れをくんでおり、キリスト教は死は幸福の彼岸であり、生は罪悪に満ちた此岸であり、このような死に向かい合う態度により、ウルフは創作において生を苦しみ死を楽しむ観点、死に対する消極的見方に傾いたのである。(69)

新時期以来の蕭紅研究新成果を集大成して新局面を切り開いた伝記体著作が、林賢治著『漂泊者蕭紅』である。同書は二〇〇九年一月に花城出版社より出版された。「漂泊」は蕭紅の中国現代作家における独自のイメージを浮き彫りにしている。作者によれば、この伝記には以下の三点の特色がある。一．伝記主人公と主要「関係者」との関係の変化に関しては、基本的流れ以外は、感情関係を中心に整理した。たとえば蕭紅の内面的矛盾の表現は、蕭軍とカップルになる前後の矛盾と、端木蕻良とカップルになる前後の矛盾、さらには彼女と蕭軍・端木の間の取捨選択の矛盾は、みな異なり、具体的にして微妙な問題である。伝記は真実の表現に努めた。二．女性と貧者という二重の視点から出発し、作家蕭紅の創作心理を重点的に描き、彼女の明らかに低く評価されてきた文学的成果を明示した。伝記における蕭紅小説に対する解読、胡風と茅盾の評価に対する批判は、以前の伝記ではなかったことである。三．生活経験から文学経験への切り換えを重視し、愛と自由を蕭紅の人生と創作の中の異なる表現形態における理想的価値として突出させ、両者に内在する一致性を貫いた。作者は胡風ら旧世代の批評家による蕭紅に対する低い評価を改めたうえ、一九九〇年代以後の文芸界における魯迅および左翼進歩的作家を貶める思潮に反対し、これにより文学史上の蕭紅に新たに崇高な地位を与えたのである。林賢治は次のように述べている。「中国現代文学史において、蕭紅は魯迅のあとを継いだ偉大な平民作家である。彼女の『呼蘭河伝』と『生死場』は、中国の大地のために伝記を創り、その深みのある悲劇的な内容、および天才的創造者の自由に富む詩的作風は、二つとないものと私は考えている(70)」。

目下、中国の研究者はすでに欧米フェミニズムの理論的知識と理論的枠組、言語形式ひいては「身体で書く」を真似しても通用しない、ということを知っている。フェミニズムはジェンダー差別とジェンダー束縛、ジェンダー奴隷にのみ反対すべきであり、極端に走り、文化秩序において男女の位置を置き換えることはできない。

筆者は博士課程に進学した一九九五年より蕭紅研究を始め、十数年来すでに二〇篇近い文章を書いてきたが、大多数はいまだ世に問うに至らない。本書の目的は先人の研究成果を継承し、より広い文化的視点から、真実を求めて事実を探る学術的態度により、蕭紅の人生と作品に対し全面的研究と新たな位置づけを行い、いまだ学界で解決されていない課題の解明を試みて、先人と一部異なる結論と観点を提出し、蕭紅作品の思想および芸術的特徴を全面的に分析・総括し、そのうえで蕭紅がそれぞれの時代に歓迎され注目されるさまざまな内在的原因を解き明かすことにある。

第二章　蕭紅の生涯——苦しい人生の旅

生涯、それは人ひとりの人生の経歴であり、人が生まれてから死ぬまでの暮らしの全過程であり、特定の時空の条件下で客観的に存在する歴史の軌跡である。それは大いに人の思考、情感、意識、性格、気質から人生観、世界観の形成までに影響を与え、運命に対しある種の決定的な作用さえ及ぼす。このため、ある人を全面的に考察し研究するには、その生涯を深く研究することが不可欠な一段階となるのである。

この点は、ある作家の作品を研究する際に特に重要であり、それはその作家の作品の題材、思想内容、芸術形式、そして芸術手法などがいかに形成されたかという内在的原因を示しているからだ。古今内外の文学史と文学批評史は、異なる人生経歴の作家は、異なる時代において、明らかに異なる作品を生み出していることを、つとに証明している。

蕭紅の人生はわずか三一年にして、創作履歴は一〇年に満たないが、約百万字の芸術的独創性を備えた文学作品を残しており、これらの作品の思想の中味と人文学的価値は半世紀以上の風雨に曝されてきたが、その輪郭は褪せることはなく、むしろ時が経つにつれ世の人々の関心を集め、特にその時代を先取りした強い女性意識と女性の人生に対する全面的にして深い関心が、さらに広大な読者に驚嘆と深い尊敬の念を抱かせている。

三十数年前から、珍しくもあり興味深くもある「蕭紅ブーム」が続いている。この現象は、「聡明」や「文学的才能」「驚くべき才気」などの言葉だけで解釈しようとしても、十分に説明できないのは明らかである——無論、これらの好条件も蕭紅が巨大な文学的業績を達成したことの重要な要素ではあるが。

しかし、学術的に彼女の思想形成の原因と作品の真の意義を理解し、その作品のさまざまな創造性の源泉を探求しようとすれば、結局のところ、やはり「人を知るには世を論ずべし」、すなわち当時の社会的、歴史的、文化的背景に関心を寄せ、その人生履歴を深く考察してこそ、初めて学術的結論を得られるのである——「存在が意識を決定する」とは不滅の真理であるからだ。このため、本書は第二章に「蕭紅の生涯」を置くことにした。

本章〔第二節〕の副題の中の「跋渉」という言葉は、蕭軍・蕭紅の一九三三年の共著短篇小説集の書名から取ったものである。一般の伝記と比べると、本章では常識的な史実は記述されていないが、極力作家の人生経験と創作実践とを有機的に関連づけて考察している。史実の正確さを追求すると同時に、読みやすさ、面白さにも配慮した。それは学術論文における新しい試みでもある。本章は全四節に分かれる。

第一節　童年——苦しみと楽しさとが併存した歳月

茅盾は一九四六年八月に蕭紅の『呼蘭河伝』に「序」を寄せて次のように述べている。「ことのほか物わかりが良い幼き少女の日々の暮らしがこれほどまでに単調とは！　毎年キュウリとカボチャを植え、毎年春と秋の好天には蝶やイナゴ、トンボが現れる裏庭、不用品が山と積まれ、暗くて埃っぽい裏の部屋が、彼女の遊び場だった。やさしく童心を抱く老祖父が彼女のただ一人の仲間だった……」(1)。

この「ことのほか物わかりが良い幼き少女」とは、蕭紅のことである。蕭紅は、幼名を栄華《ロンホワ》（えいか）、学名〔旧時、読み書きを始める際に名付けられる正式の名〕を張秀環《チャンシウホワン》（ちょうしゅうかん）と言い、年配者の名に似ていたので、のちに張廼瑩《チャンナイイン》（ちょうだいえい）に改められた。彼女は一九一一年六月一日の生まれで[2]、それはちょうど旧暦五月五日の端午の節句に当たる。どの家でも菖蒲の葉を飾って魔除けとし、子供の額には雄黄で「王」の字を書いて、悪鬼を払うことにした。この日の生まれが不吉とされたので、家族は一日ずらして蕭紅は六日の生まれと称した。蕭紅は母のお腹から生まれるや、時に合わず、反逆者として人の世に闖入し、生まれ落ちるや、魔除けで迎えられたのである。「魔」とはすなわち「凶」であり、「凶」は「避」けねばならない。小さな蕭紅が「悪鬼払い」の日に人の世に闖入したことは、のちに彼女の祖母と父が彼女を冷遇した主な原因の一つである。

蕭紅は黒竜江省呼蘭県の生まれで、呼蘭とは「煙突」という満州語の音訳であり、この地域では初期には海西女真人が代々住んでいた。この小さな街のそばを流れているのが呼蘭河である。当時両岸は草地であり、柳の林や未開の沼が続いていた。春には草地は絨毯のよう、点々と野の花が咲き、夏には柳の影が帯のように連なり、さまざまな野鳥の声が聞こえた。秋には涼風が吹き抜け、花が乱れ散り、冬には雪と氷に閉ざされて、銀色に包まれた。呼蘭河には鯉に鮒、白魚《バイユイ》などがおり、漁獲量が多く内外にも「三花」魚として知られていたのが、鰲花〔鰲は伝説上の大亀〕、鯿花、鯽花であり、さらに「五羅」魚、すなわち同羅、哲羅、法羅、葫羅、雅羅もいた。河辺にたたずみ、遥かに見渡すと、河はゆったりと流れ、天は高く対岸には大地が広がっている。

蕭紅は寂しい幼年期を過ごした。幼児の彼女には、なぜ大人が彼女を邪魔者扱いするのかわからず、ただ遊びたいと思っていた。東北農村の窓には、外側に紙が貼られ、下部にガラスが嵌められていた。祖母は潔癖症で、屋内の障子は真っ白でなくてはならなかった。誰かが蕭紅を祖母のオンドルの上に置くと、彼女は窓辺に駆け寄り、小さな人指し指で障子を突いて穴を開け、ポンポン鳴る音を、面白がっていた。祖母が止めると、彼女は却って穴を開けたがり、さらに笑って手を叩いて跳びはねたものである。

「悪鬼払い」の日にこの世にやって来た女の子は、やはり特別頑固であり、大胆かつわがままだった。あるとき、蕭紅がまたもや障子に穴を開けようとすると、なんと祖母が針を持って窓の外で待ち構えており、突き出てくる蕭紅の小さな指は、針の先に刺さり、彼女はその痛さに泣き叫んだのだった。子供というのはそもそも好奇心が強く、悪戯で、しばしば「破壊的」行動を取るもので、幼年の蕭紅も確かに少し悪戯が過ぎた。それでも、年配者がこんな方法で懲らしめたりするものだろうか。蕭紅が祖母から感じ取っていたのは、愛ではなく、嫌悪であり、自ずと蕭紅も祖母にはなつかなかった。このことは彼女の幼い魂に見えない傷を与え、後年になっても癒えることはなかった。

祖母が亡くなった日、五、六歳だった蕭紅は、一人で裏庭で遊んでいた。空から雨が降って来ると、蕭紅は漬物がめの蓋を傘代わりにしていたのだが、この蓋は蕭紅と同じくらいの高さで、頭の上に置くと、重くて大きいので、彼女は面白がって、祖父に見せに行った。彼女が走りながら、祖父を呼んでいると、父親がボンと彼女を蹴り上げたので、危うく彼女は竈の火の口まで飛ばされるところで、かめの蓋が地面を転がっていった。

蕭紅が九歳になる前に、母が亡くなると、父の性格はさらに悪くなり、茶碗一つ割っても、震え上がるほどに罵倒した。蕭紅はそばを通るたびに、身に棘が生えるようだった。「父は横目で睨み、見下すような視線は鼻から口を経てさらに下へと流れていった(3)」。

蕭紅の母姜玉蘭《チアンユイラン》は一九一九年八月に亡くなったのだが、数か月後、すなわち一九一九年一二月に、父の張廷挙《チャンティンチュイ》は継母の梁亜蘭《リヤンヤーラン》と結婚している(4)。この継母はとても若く、二〇で三人の前妻の子供の母となった。客観的にいって彼女は継母としては蕭紅に対し遠慮がちな方で、殴ったことはなく、怒鳴るにしても当てこする程度、テーブルや椅子を指して怒鳴るのであり、さもなければ張廷挙に頼んで、彼に父親として叱ってもらうのであった。

父親に殴られると、蕭紅は祖父の部屋に逃げ込んで、夕方から深夜まで窓の外を見ていた。窓外では白雪が綿花のようにフワフワ飛んでおり、あたかも祖父のやさしい手がトントンと蕭紅の傷ついた幼い魂を叩いているかのようだった。実は、幼いながらも蕭紅は継母も父親のことを恐れているのに気づいていた。父親は機嫌の良いときには、継母に対し笑顔で話していたが、怒り出すと怒鳴り、これが当時の蕭紅にはよくわからなかった。父親の張廷挙は「常に強欲で人間性を欠いていた。彼は使用人に対しても、自分の子供たちに対しても、私の祖父に対しても、吝嗇で疎遠であり、感情というものさえ持たなかった」(5)。あるとき、店子が家賃を滞納したため、父は店子の馬と車をすべて取り上げてしまった。店子の家族が泣いて祖父に向かい土下座したので、祖父は手綱を解いて馬を店子に返してやった。このため父は一晩中祖父を相手に大喧嘩をしたのであった。

蕭紅は大きくなってからも、幼年期に父が彼女の精神と肉体に加えた暴力が心の底の澱となって、彼女の内面の一角を暗く閉ざし、その短い生涯においていかなる楽しみも幸せもこの一角を明るく照らし出すことはできなかった。長ずるに及び祖父が逝去すると、蕭紅と父親・継母との関係は日ごとに悪化し、家出してハルピン流浪に至るまで、一触即発の状況が続いたのである。どん底状態の蕭紅に会った弟が「寒くなってきたよ、もう放浪生活はできないから、家にお帰りよ！」「瑩姉さん、やっぱり家に帰った方がいいよ！」と言ってくれたので、その眼差しに蕭紅は胸が熱くなったものの、結局はこのように断っているのだ。「あんな家には帰れない、人を家畜のように飼い馴らす父のやり方に私は絶対反対で耐えられない……」(6)。

「めぐり合わせの悪さ」により、蕭紅は生まれながら両親の愛情を受けられず、さらに幼少期に母を失うという悲しみに耐えねばならなかった。祖母も継母も彼女を可愛いと言うことはなく、実の父はしょっちゅう彼女を大声で叱りつけ、さらに殴る蹴るの暴力を加えた。まさに蕭紅は「青い杏よりも酸っぱい」幼少期を過ごしたのである。そんな幼少期の蕭紅にも人情の温かさを感じられるときもあったのであり、それはやさしい祖父の誠の愛が彼女に注がれるときであり、祖父のもとで彼女は生涯忘れられない楽しさを味わったのである。冷たい父、棘のある言葉の継母、針で刺す祖母に囲まれていても、祖父の愛に触れれば、すべて癒やされたのは、まさにロシアの偉大な作家ゴーゴリが祖母から楽しみと希望を教わったことを連想させられる。

蕭紅がものごころついたときには、祖父はすでに七〇近くになっていた。蕭紅の記憶に残る祖父は常に目もとに笑みをたたえ、子供のように天真爛漫だった。祖父は財産管理ができず、すべての家業は祖母が仕切っていた。祖母が祖父に向かって「間抜け野郎」と怒鳴り、蕭紅に向かって「チビ間抜け」と怒鳴り出すと、老人と孫は手を取り合って、裏庭に逃げたものだ——そこは二人の天国だったのだ。

裏庭には蝶やトンボ、イナゴ、みつ蜂などの昆虫がおり、李《すもも》や山査子などの果樹や楡の木に柳など東北でよく見かける樹木が多く生えていた。大きな楡の木が最も神秘的で、風が吹けば最初に枝を鳴らし、雨が降れば最初に煙を上げ、太陽が出れば葉が輝いた。花園は明るく輝いており、赤いものは赤く、緑のものは緑で、蕭紅の幼い心の内では最も美しき色彩であった。トンボが目の前に飛んで来ればすぐさま追いかけたが、トンボはスーッと飛び去り、どうやっても追い付けず、仕方ない、やっぱりイナゴを捕まえることにする。捕まえて、糸で足を縛るので、ピョンピョン跳ねるうちに、糸にはイナゴの足が一本残っているだけだった。

蕭紅は祖父と裏庭で好きなだけ遊び、花を摘み、青梗菜《チンゲンサイ》を植え、草取りをして、喉が渇けばキュウリを摘んで食べ、疲れると地面に横になった。祖父が野菜に水をやるのを見るや、彼女は駆け寄って瓢《ひさご》のひしゃくを奪い取り、空に向かって水を撒き、「雨だー、雨だー」と大声を上げた。(7)

あるとき、悪戯好きの蕭紅が麦わら帽子にいっぱいバラの花を摘んで、草取りをしていた祖父の帽子に挿してあげたところ、瞬く間に、真っ赤なバラで覆われた麦わら帽子となり、祖父は蕭紅が何をしているのか知らなかったのだろうか、良い香りを嗅ぎながら、この花園のバラの香りは芳しいと自慢したので、蕭紅は一人で面白がり、やがてバラは自分の頭の上にあると知った祖父が、孫といっしょに大笑いすると、笑い声は風に吹かれて空高く飛んで行った。幼少期の大自然に包まれていた喜びとこのわずかな楽しい記憶とは、その後の蕭紅の文学創作の源泉となり、その文章には珍しくも温かみが漂っているのである。

秋風が吹き出すと、ひと雨ごとに、寒くなり、裏庭の木葉は黄色くなり、花は散り、小鳥は飛び去り、すべてがもの寂しく感じられる。このとき、蕭紅はことのほか寂しく感じ、いつも暗い貯蔵室に入って長い時間を過ごす。きれいな絹糸や絹の細帯、腰帯、ズボンの裾、折り袖、刺繍した襟、観音粉〔飢饉の際に代用食となる土の一種〕、可愛い灯籠などである。蕭紅は「宝探し」をしながら、来年になって暖かい春が来て花が咲いたら、再び裏庭に遊びに行けるんだと考えていた。

祖母が亡くなると、蕭紅は祖父の部屋で寝たいと大騒ぎした。朝目覚めると祖父に従い詩を読むことになり、とても真面目に勉強した。「夜が明ければ詩を読み、夜も詩を読み、夜中に目覚めても詩を読んだ。ずっと読み続けて、どうにも眠くなると再び寝るのであった[8]」。

祖父が蕭紅に教えたのは子供向きの入門書『千家詩』である。祖父は教科書がなくとも暗誦できた。祖父が一句読むと、蕭紅もそのあとについて読み、節回しも上手に、朗誦するのだ。詩の意味は蕭紅にはわからないところもあったが、彼女はとても面白がっていた。たとえば、

春眠《しゅんみん》　暁《あかつき》を覚《おぼ》えず
処処《しょしょ》　啼鳥《ていちょう》を聞《き》く
夜来《やらい》　風雨《ふうう》の声《こえ》
花落《はなお》つること多少《たしょう》なるを知《し》らんや

〔訓読は高木正一著『唐詩選 中』朝日選書、一九九六年、一五頁による。〕

蕭紅は第二句の「処処」の二字が特に好きだった。さらにもう一首挙げよう。

重重畳畳　楼台に上り
幾度か　童を呼ぶも　払ひて開かず
剛《まさ》に太陽に収拾し去られ
又明月をして送りて将来せしむ

〔南宋の謝枋得（一二二六〜八六、一説に一二二六〜八九）の詩に「花影」がある。重重畳畳　瑶台に上り／幾度か　童を呼ぶも　掃ひて開かず／剛《まさ》に太陽に収拾し去られ／又明月をして送りて将来せしむ（幾重にも幾重にも重なっている神仙界の玉の楼台に登って、／何度か仙童を呼んでみたが、どこかで落花の掃除をしていて、天門は開けられない。／丁度その時太陽が受け入れてくれて、／その上、さやかな月に送り返させてくれた）。訓読および現代語訳は黒田真美子博士のご教示による。なお「花影」は北宋の蘇軾（一〇三六〜一一〇一）の作という説もある。〕

蕭紅は第二句を「西瀝忽通掃不開《シーリーフートンサオプーカイ》」と読んでしまい、しかも読めば読むほど好きになり、読めば読むほど面白くなった。

あるとき、祖父が彼女に賀知章の「回郷偶書」を読ませたところ、蕭紅は「少小　家を離れ　老大にして　回《かへ》る……」〔「わかいときにふるさとを離れて、歳をとってから帰ってきた」http://www5a.biglobe.ne.jp/~shici/r13.htm〕と大声を張り上げたので、近所の五つの部屋に響きわたった。祖父は喉を壊してしまうのではないかと心配して、屋根がひっくり返るよと注意した。二人のとても楽しそうなようすが窺えよう。

祖父が新しい詩を教えようとしても、蕭紅は最初の一句が面白くないと、別の詩にすると騒いだものだ。祖父のお腹にはたくさんの詩が詰まっており、蕭紅が満足するまで、次々と取り替えていくことができた。しばらくすると、蕭紅は多くの詩を暗誦できるようになり、客の前で暗誦することもあった。丸暗記で、意味がわからないのではいけない、といつの頃からか、祖父は蕭紅に詩の意味を解説するようになった。祖父は蕭紅にとって文学の道の入門の先生であり、さらには蕭紅の幼い魂に愛の種を播いた庭師であったのだ。

啓蒙は火種であり、熔鉱炉の烈火も火種から始まる。どの作家にも自らの入門の先生がおり、心に文芸の火を点した者がいるのであり、師なくして習得できた者などはいない。ゴーリキーはこう述べている——私の頭には母方の祖母の童話が詰まっている、蜂の巣が甘い蜜で満たされているように。ゴーリキーはロシアの民間童話に啓発され、蕭紅は中国の古典詩に啓発されたのである。まさしくこれらの火種は作家たちに最初に豊かな滋養を与えたのであり、文学の種を植えたのであり、彼らはこうして本に対する憧れを抱き始め、書の殿堂に沿って、一歩一歩と力強く登っていったのだった。

祖父は八一歳で亡くなった。追悼の儀式は荘重で、チャルメラと太鼓が悲しい曲を奏で、白い幟が高く掲げられ、中庭に霊柩を置く仮小屋が設けられ、哀悼のため多くの人が訪れ、白い絹布に書かれた対聯〔左右一対の追悼の句〕が中庭の四周の塀に掲げられた。蕭紅には祖父が本当にこの世を去ったとは信じられず、「祖父の白い髭を見たくても、どうやって見るのか。顔を覆う紙を取っても、髭も目も口も、動くことはなく、本当にすべての感覚を失ってしまったのだろうか。私は祖父の袖の中に手を入れて触れてみたが、その手も動かなかった。祖父はこのときに本当に亡くなってしまったのだ(9)」。

祖父が埋葬された日は、まさに花園ではバラが満開だったので、蕭紅は恐くなり、叫び声を上げながら、裏庭へと駆けて行き、祖父が使っていた酒杯を持ちお酒を飲む真似をして、バラの木の下に横たわり、花園で飛び回る蜂や蝶、トンボを眺めていると、祖父の麦わら帽子にバラの花を挿したことが思い出され、涙が止め処なく流れた。

彼女は思い出した。「祖父がしばしば皺だらけの両手を私の肩に置き、それから頭に置くと、私の耳元ではこんな声が響いていた。「早く大きくおなり。大きくなればうまくいくから」」。彼女は「祖父から人生には冷たさと憎悪のほかにも、温かみと愛とがあることを学んだ」のだった。以来、蕭紅は「この「温かみ」と「愛」に対し、永遠の憧憬と追求を抱き続けた[10]」のである。

「「大きく」はなったものの、「うまく」はいかなかった[11]」。これは蕭紅が一九三六年一二月一二日に語った言葉である。一九四〇年一月、二九歳の蕭紅は香港に行ったものの、暮らしは侘びしく、気持ちも侘びしく、ただ創作だけが侘びしさを忘れさせてくれた。気持ちが静まると、幼少期の風景が映画のように目の前に現れた。このような心境が彼女に再び筆を執らせて『呼蘭河伝』の創作を続けさせたのであった[12]。

彼女の郷土に対する思いはとても深く、暮らしに対する理解はとても細やかで、悲しき情感は、書き尽くせないほどであった。彼女は自らの家を書き、近隣の人々を書き、自らの幼少期の暮らしの感覚を書き、それは自伝のようでありながら、自伝でもなかった。たとえば、この呼蘭県という小さな街に関して、蕭紅は本来多くのことを書こうと思っていたのであり、第一、二章であのように大きな場面展開を行っているのを見れば、彼女の意気込みと気迫が見て取れるだろう。しかし、その後に書いたものは簡略化されており、自らの幼少期と幼少期に深い印象を受けた人物と事件のみを書いており、力を入れて描いたのは故郷の風土の絵なのである。

蕭紅は一九四〇年一二月二〇日に香港でこの最後の長篇小説『呼蘭河伝』を書き終えており、同書を書いていたときとは、まさに彼女の私生活において最も苦しい段階にあった。愛情に挫折した傷の痛み、息子の夭折、暮らしの術《すべ》、病身の境遇が、彼女の若い魂に、数え切れない傷跡を残した。しかし蕭紅は暗黒で寂寥とした環境に負けることなく、熱気の中に身を置くことをさらなる喜びとしたが、彼女の前に待ち構えるものはさらなる深い孤独と悲惨であった。

まさにこのような暮らしの体験が、彼女独自の芸術的風格を創り出したのである――優美にして悲惨、涙を含んだ微笑。『呼蘭河伝』は比較的集中的にこの種の風格を体現している。それは茅盾の言う通りである。「それは一篇の叙事詩であり、多彩な風土の絵であり、悲しい歌なのである」[13]。

蕭紅は『呼蘭河伝』で主に祖父と有二伯を描いたが、祖父に関する記述が最も多い。祖父は「私」の同伴者であり、「私」の性格と人生観、世界観が形成される際の重要な要素である。祖父は祖母や母、父、従兄など他の家庭内の人物とは対照的であり、有二伯とも対照的となっている。この二重の対照の中で、父親に代表される封建的家父長制下の冷たさを描き、「私」と祖父および有二伯の閉ざされた愚かしい環境の中にあっては居場所のなさ、軽視されることのやりきれない悲しみを描き、それと同時に温かみと家族愛とを描いたのである。『呼蘭河伝』にはほかにも多くの隣人――養豚家、粉ひき屋、臼ひき、御者がおり、周三奶奶《チョウサンナイナイ》〔父方の祖母または祖母と同年輩の女性を指す〕、楊老太太《ヤンラオタイタイ》〔既婚女性に対する敬称〕、トンヤンシー、粉ひき職人の馮歪嘴子《フォンワイツイツ》、王大姐《ワンターチェ》〔王家の長女という意味〕などがおり、これらの人物イメージは生き生きとした村の群像画を構成しているのである。

蕭紅は跋渉の歌手であり、生涯自らの魂の安息の地を探し求めていたのだ。このため彼女は傷だらけであり、愛のすべてを代償とし、最後に得たのは限りない失望と苦悩であった。それが故に、蕭紅にとって、幼少期の暮らしの体験と記憶とは、人格形成と人生の道の選択、さらには痛ましき心の慰めに、大きく作用したのである。

蕭紅の幼少期は愛を欠き、家族の情を欠き、家にあっては、父親から差別され、継母に冷遇された。路頭では、孤独と、人の人に対する抑圧と残忍さ、そして女性の身心に対する傷害と女性自身の堕落を感じていた。たとえ愛を得たとしても、それは流れ星のようなもの、サッと燃え尽きてしまうのだ。

人は愛を必要とし、当然のこと愛に支払うこともせねばならない。蕭紅は幼少時に得た愛はわずかなものであったが、ひとたび筆を執るや、社会に対し、特に女性に対し、愛を大いに降り注いだ。彼女の熱愛は、今も巨大なエネルギーを放出しており、弱者に対する抑圧、愚昧に対する感覚麻痺、愛情に対する不誠実を糾弾しているのだ。これは一塊のダンコの心臓であり、熱き心より取り出したものではあるが、ダンコとは異なり、この熱き心は暗黒の森を照らし出すことはできず、ただ失望の中で砕けてしまうだけなのだ〔ダンコはゴーリキーの一八九五年作の短篇小説「イゼルギリ婆さん」で語られる若い勇士。彼は暗い森に閉じ込められた部族の人々を明るいステップへと救い出すために、自らの心臓を捧げた〕。

それだけではなく、幼少期の回想――それは苦く、酸っぱいもので、恨みや憎しみも含み、さらには幸せな美しいものも含み、すべては後年の文学創作に際し題材の宝庫となり、さらには汲めども尽きぬ創作の源泉となるのである。そのため、読者も蕭紅の短い生涯がその作品における喜怒哀楽に反映されているのをよく理解できるのであり、それは当時の歴史的背景の下、中国の数千年間にわたり抑圧されてきた女性の、生存および理想と現実との衝突により導き出された内面の不断の苦闘なのである。そして幼少期の回想は蕭紅の創作にとって、凝集凝縮された美酒のように、置けば置くほどに濃くなり、古くなれば古くなるほどに芳しくなり、いよいよ貴いものとなったのだ。

第二節　手を携えて――支え合う跋渉者

一九三三年一〇月、五画印刷社の名義で出版した『跋渉』が読者の前に現れており、それは蕭紅と蕭軍との愛の世界と創作生涯との結晶であり、一里塚であった。同書にはそれぞれ蕭紅五篇、蕭軍六篇の作品が収録されている。

蕭紅は生き生きとそして事実の通りに同書の出版事情を説明している。その文章の中で彼女は苦しみ、楽しみ、怒りの三段で気持ちの変化を述べている。たとえば、「私」が清書をしていると、蚊が来て仲間入りし、部屋中を飛び回り、「私」の足、「私」の顔を刺し続ける。「私」は書きながら、侵略された場所を掻き続けるのだが、ついに手では足りないと思うに至る。書き続けて来た腕がしびれ、目が厚ぼったくなり、口は刺されて腫れ上がる。

しかし印刷された一冊一冊の本を見ると、すべての苦労は雲の彼方に飛んで行ってしまうのだ。彼女と蕭軍は叫び声を上げ、大声で歌い、大笑いしたいのだが、どのようにしてあの自らの達成感を現すべきかわからず、手元に唯一残っていた二〇銭を使い果たしてしまうのだった。船を借りて遊び、服を脱いで川遊びに興じ、その結果、服が流されてしまい、死んだ魚一匹だけが見つかるが、それは願ってもないことで、二人は魚のスープを作って『跋渉』の出版を祝ったのである。まさに貧しい作家のいじましい祝いではあるが、そこに楽しみを見出しており、それで文人は楽しめるのである。

最も大事な点は、このような文人の楽しみが、「愛」の海へと展開していくことである。蕭紅・蕭軍は愛し合いながら、東北地方の零下数十度という長くて厳しい冬を過ごしながら、ついに互いに寄り添い、頼り合う頑丈な、柔軟な肉体を持つに至り、黒い瞳、甘い唇こそが愛しき彼、彼女であった。

この愛の『跋渉』の印刷部数は一千冊であるが、「反満抗日〔満州国批判、対日抵抗〕」の嫌疑で、数日後には発売禁止となり没収されてしまった。この悪運に見舞われた書は、一九七九年一〇月に至り、ようやく黒竜江省文学芸術研究所より蕭軍提供の原本に基づき、五千冊の覆刻本が出版されている。覆刻本は簡体字に改めたほかは、すべて原本通りである。同書の目次の頁の空白部には、蕭軍自身が記した短い言葉が印刷されている。「本書は一九四六年に私がハルピンに帰ったときに、偶然古書店で買い求めたものである。愛により結ばれし夫婦、今生冥界とに別れども、二人の書がなおも存するとは、悲しみもひとしおである」。蕭紅作品の前には、彼女自身の短い詩「春曲」が置かれている。

こなたの木に緑の炎が灯れば
かなたの清流に歌声が木霊する
——乙女よ
春は来ぬ(14)

この短詩は蕭紅の当時の心情をよく伝えるものである。春が来て、緑の草が芽生え、樹木は厳寒より目覚め、腰を伸ばして、青々とした枝を伸ばし、凍っていた小河も溶けた、お聞きなさい、あの春の歓びの歌を——すべてはかくも美しく、作者は暮らしに対し大きな希望を抱いているからこそ、心を込めて歌うのである。それは蕭紅が蕭軍と結ばれていたからである。愛の甘露が渇ききった魂を潤し、若い娘の恋心が甘い愛の河に流れ入り、これまでにない歓楽と幸福とを味わっているため、思わず春の曲を歌い始めたのである。清新で生き生きとした文章で、リズミカルで躍動感に溢れている。かつての暮らしを思い出そうにも、過去など思い出したくもないのだ。「春曲」ではさらに一節が続く。

去年の北京は
青き杏《あんず》を食べたとき
今年の私の運命は
青き実よりもなお酸っぱい！(15)

それは蕭紅が中学二年に進級したときから説き起こさねばならない。当時の彼女は六番目の叔父の張遠猷の仲人で、汪家の若旦那の恩甲と婚約していた。(16)汪恩甲はすでにハルピンの政法大学夜間部を卒業しており、ハルピンの浜江県三育小学校の教師となっていた。知り合った当初は、二人はとても仲が良く、日曜日には蕭紅は呼蘭県の実家に帰らず、顧郷屯の汪家に遊びに行くことが多かった。その後汪恩甲が隠れてアヘンを吸っていることを知り、彼女は何度も忠告したが聞きいれてもらえず、次第に彼に対し嫌悪感を抱くようになった。やがて蕭紅は父方の叔母の息子が好きになり、大胆にも家出してこの従兄と共に北京での進学を目指し、女子師範大学の付属中学に入学したのである。

まもなく蕭紅が再び上京した際に、汪恩甲は蕭紅の住所を聞きつけ、蕭紅を探し当てたのだ。このときの蕭紅は進退窮まっていた。従兄は実家の圧力に屈して帰ってしまっており、彼女は父に対し降参したくはなかったが、一人暮らしをするにも経済力が伴わなかった。汪恩甲に会ったとき、蕭紅の気持ちは複雑だったに違いない。客観的に言って、汪に対する思いはまだ残っており、何と言っても彼女が最初に接した男性が彼なのであり、初恋とは常に美しい思い出として残るものなのだ。しかも彼は北京まで追いかけて来て、今でも彼女を慕っている、愛していると胸の内を明かし、きっぱり悪習を断つと誓うのだ。蕭紅は善良にして単純な性格なので、この言葉を聞くと、やはり感動してしまった。しかも、彼女は異郷に身を置き、孤独で、これに加えて経済的に困窮し緊急援助を必要としていたので、ハルピンに帰り、彼と同棲を始めたのであった。

このことからは、蕭紅が地の果てまで逃げようとも父権社会の男性中心的思考の影から逃れられないことがわかるのであり、このときの蕭紅と、その後に作家となった蕭紅、そして多くの中国女性が踏襲してきた男性に対する従順と忍耐、怨恨はすべて共通し一貫するものなのである。これが蕭紅生涯の弱点と見なされるものの、この弱点全体の背後に聳え立つ巨大なる父権社会の影は見落とされることが多い。女性として、蕭紅の生涯はすべてこの影に覆われていたのである。彼女は父との戦いに勝って家出したものの、この父権社会の影からは抜け出せなかった。父権の家から抜け出したものの、経済的独立が伴わなかったため、彼女は街頭を流浪するのみであり、夢見ていた幸福な暮らしは得られなかったのである。

蕭紅と汪恩甲はハルピンに戻ったものの、汪恩甲は蕭紅を家に連れて帰ろうとはしなかった。公平を期して言えば、帰ろうにも難しく、蕭紅の従兄との北京行きを知った汪家は、激怒していたのだ。そこで二人は旅館を探して住むことにした。

天の配剤とはこのような歴史の展開なのであろう——もしも二人が肝を据えて実家に帰り、結婚して子供が生まれれば、中国に東北の大地に地主の若奥さまが一人増えるだけであり、その命は流星落下の如く、その作品が常緑樹の如き作家蕭紅が現れることはなかったのだ。

蕭紅と汪恩甲はハルピンの道外区正陽十六道街の東興順という旅館に部屋を借りて、半年あまり住んだ。汪家は経済的補給路を断ったので、二人は旅館に六百元余りもの借金ができてしまった。その後汪恩甲は蕭紅を人質として旅館に残し、自分は帰宅してお金を取って来ると言って出かけたきり二度と戻って来なかった。旅館の主人は蕭紅を妓楼に売り飛ばすと脅して借金の催促をした。哀れにも蕭紅はこのとき妊娠しており、今か今かと汪恩甲が家からお金を取ってきて彼女を幸福な暮らしへと導いてくれるのを待っていたのだ。この悲惨さこそ世間の彼女に対する仕打ちであった(17)。

「青い杏よりも酸っぱい」運命に直面し、危機に陥った蕭紅は、誰に訴えようもなく、女性はたとえ封建的家庭を飛び出して、異性と接触する自由を獲得しても、結局、傷つくのは女性自身であることを思い知らされたのである。この骨身にしみる体験は、その後の作品に非常に深刻に反映されているだけでなく、彼女の女性観の形成にも決定的な影響を与えた。

このときの蕭紅は苦しき運命を味わいながらも、いかにして目前の苦境から脱するのかを考えており、そこで、彼女は『国際協報』に救いを求める手紙を書いたのであった。同紙編集長の裴馨園《ペイシンユァン》は手紙を受け取ると、これを蕭軍と琳郎《リンラン》（方未艾）、南蛮子《ナンマンツ》らの若い友人たちに見せたところ、皆は蕭紅の不幸に深い同情を覚えた。数人が連れ立って東興順旅館まで彼女に会いに行き、安心して住み続けるようにと彼女を慰め、彼女を身売りしないよう旅館と交渉すると約束した。その後、蕭軍が一人で蕭紅に本を届けに行ったとき、二人の間に劇的な変化が生じたのであり、蕭軍の話によれば以下の通りである。「私と彼女とは偶然出会い、偶然知り合い、偶然結ばれた「偶然の縁組み」[18]である」。

蕭軍は「偶然」と言うが、そこには当然のこと必然的要素があり、いわば神様の気紛れである。この貧乏どん底の若い男女は、なんと共に文学を愛し、創作が好きで、いわゆる類は友を呼ぶであり、ひと目ぼれであったのだろう。こうして互いに胸の内を打ち明け、思う存分に話し合い、知り合って数時間で、一心同体の恋人同士となったのである。

まさにその瞬間、蕭軍は「世界が変わり、季節が変わり、人が変わったかのように感じ、私はそのとき自分の思考と感情も変わったと思った……私の前に現れたのはこれまで会った女性の中で最も美しい人だった。世界で最も美しい人であったのかもしれない。当初、彼女から受けたすべてのイメージと印象はまったく消えてしまい、消滅してしまい……私の前にはただ一つの明るく、美しく、愛らしい、光耀く魂が残されていただけであった……」。蕭軍はただちに自らに誓った。「必ずやすべてを犠牲にして、彼女を救おう。この美しい魂を救おう。これは私の義務である……[19]」。

これより、二人手を携えての「跋渉」が始まるのである。

愛情には各種ある――実用的愛情に頼りがいのある愛情、プラトニック・ラブ等々。蕭軍は自分と蕭紅の結婚を

「偶然の縁組み」と称したが、実は哲学的には「衝動的愛情」と称すべきであり、その特徴は強さと速さであり、直接に相手の不幸あるいは身体イメージなどの強い要素に惹かれていることである。その反対が「同伴者的愛情」で、これはゆっくりと発展する愛情であり、両者は初めは友人や同僚で、次第に同じような趣味や嗜好を持つことを発見し、そうして愛情へと進んでいくのである。

　蕭紅・蕭軍の電撃的な「衝動的愛情」による結合の過程から、二人に共通する性格上の欠陥が容易に見出せる。いっぽうでは、単純で、情熱的、激情的、行動的であり、大変ロマンティックである。もういっぽうでは、人生経験、生活体験が不足しており、理性的思考が薄く、深慮遠謀に欠け、このため事の処理に慎重さを欠き、感情に左右されやすいのである。そのあわただしい結合の過程、特に二人に共通する性格上の弱点は、その後の同棲生活に不安の種を播いており、最後に二人が感情的に決裂し、袂《たもと》を分かつに至る重要な内的原因となるのであった。

　蕭紅はいかにして東興順旅館から脱したのか？　舒群によれば一九三二年に「ハルピンでは洪水が発生し、未曾有の洪水で、街中が一メートル以上も水に沈んでしまい、この洪水が蕭紅の人生全体を救ってくれたのだ[20]」という。

　その日、水位は二階に届きそうになったので、方未艾が小船を漕いで蕭紅を迎えに行ったのだが、蕭紅は蕭軍の迎えを待ちたいと思った。ところが蕭軍はこのときには船頭と人助けをしたい、終わったら五元払おうという交渉中であった[21]。蕭軍が旅館に駆け付けたときには、蕭紅はすでに蕭軍が以前残していった住所に従い裴馨園の家に行っていた。蕭軍は大急ぎで裴家に駆け付け、蕭紅を見てようやく安心したのである。

　蕭紅のお産が間近いようすを見た蕭軍が、彼女を入院させると、女の子が生まれた。入院費、医薬費、食費なども払えず、暮らしのあてもないため、退院に際しては悲しみをこらえて赤ちゃんを病院に置いてきぼりにせざるをえなかった。蕭紅の初期の作品「棄児」は当時の追い詰められた状況と、救いようのない貧困、万策尽きて、やむをえずお腹を痛めた赤ちゃんを棄てねばならない女性の悲惨な運命と凄惨な心境を生き生きと描いている。それだけでなく、羞恥心も交えた感情体験と骨に刻み込まれた出産体験は、蕭紅に深く女性であることの不幸を覚悟させたのである。このため、その後の文学作品における女性描写に初めて、深みを帯びた適切な思いやりが見られるようになるのであった。

蕭紅・蕭軍は道里区十道街（現在の西十道街六号）のホテル・ヨーロッパに小さな部屋を借りて、なんとか定住の場を確保している。部屋の内装は個性的で、壁も白、枕も白、シーツも白、テーブルクロスも白で、純潔と上品さが連想され、二人の仲睦まじさが連想される。

しかし仲睦まじさはたちまち記憶の中のものとなり、白い枕も白いシーツも、白いテーブルクロスも、アッと言う間に旅館の女主人に取り上げられてしまい、続けて警官が凶器検査にやって来たのは、蕭紅・蕭軍が部屋代を払えないのではと心配した女主人が、わざと警察を呼んで脅したのであった。これほど劣悪な環境ではあったが、二人が消沈することもなかったのは、一文なしでもこの世で最も貴いものを持っていたからである──それは真心から愛し合う二人の心。蕭軍はプレゼントとして愛の詩三首を蕭紅に献じている。

浪児　国無く　亦た家も無し
只だ是れ　江頭　暫く槎《いかだ》に寄するのみ
結び得たり　鴛鴦　眠り更に好く
何ぞ関はらん　夢里　路の天涯なるに
〔風流人士には国も家もなく、／川のほとりに浮かべた筏にしばし身を寄せるだけ。／だが鴛鴦の契りを結ぶことができたので、眠りはいよいよ素晴らしく、／夢の中で、天の果てのように遠い道も、大したことはない。〕

浪《みだ》りに紅豆《あずき》を抛《なげう》ちて　相思を結び
結びて相思を得るも　恨むらくは已に遅し
一様たり　秋花　苦雨を経て
朝来　猶ほ傍《よりそ》ふ　並頭の枝
〔やみくもに相思相愛の象徴とされる紅豆を投げて、愛が実った。／愛は実りはしたけれど　恨めしいのは、あまりに遅かったこと。／秋の花と同様、長雨に打たれても、／朝になってもまだ寄り添って、頭を並べる枝のように仲睦まじいまま。〕

涼月　西風　漠漠たる天
寸心　霧の如く　復た烟の如し
夜闌《やらん》にして　露点　欄干を湿し
一に是れ双双　悄悄《うるうる》はしく肩を倚《よ》す(22)
〔（旧暦）七月、秋風吹いて　空はどんより暗い。／我が心も霧や靄《もや》に閉ざされる。／夜半に露降りて　欄干を濡らし、／いつまでも二人仲よく　肩を寄せ合う。以上三首の訓読および現代語訳は黒田真美子博士のご教示による。〕

警官と女主人が立ち去ったのち、蕭軍がドアに鍵を掛け、蕭紅が灯りを消して、二人は眠りに就いた。街灯の光が小さな窓から差し込んで、寂しげだった。二人はホテル・ヨーロッパに越して来た最初の日はあわただしく過ごしたが、それでは二日目、三日目……はどうなるのだろう。

熱い恋の最中でも、食はなしでは済まないもの。俗に人が鉄なら、飯は鋼〔腹が減っては戦ができぬ、の意味〕、一食なしでも飢えに脅える、と言う。蕭軍が朝早くから仕事探しに出かけて、蕭紅はお腹を空かせて家で待つ毎日だった。パン屋が籠を提げて廊下でパンを売っており、しょっちゅう、ドアの隙間からパンの美味しそうな匂いが忍び込んできたり、隣にパンと牛乳を届ける者がいた、売りに来る者もおり、荷物運びの者が近所のドアの前に置いていくのだ。あるとき、パン屋がなんと蕭紅の部屋のドアを叩いて、焼き立ての香ばしいパンを蕭紅の目の前に差し出したので、お腹を空かせた彼女はいっそうひもじくなってしまった。

中国には、人は貧して志《こころざし》短し、馬は痩せて毛《け》長し（共に貧すれば鈍する、の意味）、英雄も一文銭に窮する、ということわざがある。確かにその通りである。飢餓の苦しみに、蕭紅はしばしば間歇的な腹痛に苦しめられ、この痛みは冷たい鉄のベッドにお腹を貼り付けても収まらなかった。飢餓により人は理性さえ失うこともあり、悪魔にさえ変身するのだ。あるとき、蕭紅の心が熱くなり、顔も真っ赤に火照ったのは、なんと泥棒しようとまで考えたからである。「幼少期の記憶が蘇ってきた——梨を盗んで食べる子は恥知らず。しばらくしてから、私は固く閉じたドアに貼り付いた——魂が抜けた、切り紙の人のようにドアに貼り付いていたのだ」。

「馬車の音で目が覚めると、蹄がカタカタ、車輪がギーギーと鳴って過ぎて行く。私はギュッと胸を抱き締め、顔を胸元に近づけ、自分の心に向かって言った。私は飢えているの！「盗む」んじゃないの！」[23]。最後にはやはり蕭紅は耐え忍び、ベッドに横たわって、作家の想像の翼を広げ、想像をたくましくした——テーブルは食べられる？椅子は食べられる？掛け布団は食べられる？と。蕭紅の描写から、当時の蕭紅・蕭軍の暮らしがどれほど窮迫していたか、どれほど辛く苦しいものであったか、知ることができる。これも後日蕭紅が病に苦しむことの遠因となったのだ。

一九三二年一〇月、蕭紅・蕭軍は彼らにとっては高価な部屋代のホテル・ヨーロッパを引き払い、商市街二五号に転居した。

その前には友人の家に住み、旅館に住んでいたのだが、ついに今こそ自分の家を持てたのだ。歌にもあるように、埴生の宿もわが宿、玉の装い羨まじ、である。蕭紅の胸には言うに言われぬ喜びが溢れ、夫には一刻でも自分から離れて欲しくなかった。彼が出かけると、寒けを覚え、飢えを覚え、腹痛を覚え、「なんてつまらぬ、なんて寂しい家だろう。井戸に落ちた鴨のように寂しくて孤立していた。腹痛と寒さと飢えとが私の伴侶とは、……なんという家だろう！　つまり夜の広場、陽差しもなく、暖かみもない」。しかし夫が帰宅するや一変し、陽差しと暖かみがもたらされ、彼女の冷えきった血液が沸騰し始め、彼女のぼんやりとした頭も冴えてくるのだ。「彼がそばにいてさえくれれば、飢えも我慢できたし、腹痛も楽になった」[24]。

蕭紅は蕭軍を深く愛していた。彼を頼りにしており、彼は彼女の安らかで幸せなる港であり、魂の支配者であり、彼女のすべてであり、このときの蕭紅は完全に自分を失っていた。これはもとより愛の河に浸りきっていた当時の蕭紅の感情をそのまま映し出したものであり、大変感動的ではある。しかし、経済的能力のない女性が、男性に頼り切るとき、支払う代価も痛ましいほどであり、それを蕭紅は作品『商市街』において迫真の描写で表現している。「『商市街』は彼女が「悄吟」〔静かに口ずさむ、の意味〕の署名で出版したノンフィクションの、シリーズものエッセー集で、上海文化生活出版社から出版された[25]」とは蕭軍の言葉である。

『商市街』という本は、蕭軍・蕭紅の当時の暮らしをそのまま映し出したものであり、最も基本的な生活のために、二人は苦しい跋渉を続け、窮迫した日々を過ごしていた。蕭紅は「彼の上唇に着いた霜〔原題：他的上唇掛霜了〕」という文章で、糊口を凌ぐため、蕭軍は毎日寒風の中、大雪を冒して数キロ離れた家まで国語を教えに、武術の稽古をつけに、さらに借金をしに出かけなくてはならなかった。帰宅した彼の上唇には霜が付いており、靴は雪で湿っていた。夫の苦労に、妻は胸を痛めた。しかし彼女は彼に対し何ができただろうか。彼のただ一足の靴下を炙ってあげることか。さらに忘れられないのは、あの凍りつく寒さの日々にあって、蕭紅は凍えながら、頑張ってドアの外で彼の帰りを待ち続けていたのだ。

鉄門の音が鳴ると、たちまち彼女の神経は震え出した。ようやく彼の帰宅を迎えられたというのに、彼は暖まる暇もなく、彼女のために焼餅《シャオピン》〔小麦粉を捏ねて発酵させ丸く焼いたもの〕の数個を置くと、再び仕事を探しに出かけて行くのだ。新婚の苦しさを、タップリ味わった彼女は、最後に「私の家は？　私の家……」と溜め息をつく——豊かな父の家を飛び出して、貧しい夫の家に頼っている蕭紅にとってこのときの家とはいったい何を意味していたのか。幸せか、それとも苦しみなのか。

人は非常に困ったときでなければ、自分の大切な品物を持ち出して換金することはない。蕭紅はついにやむをえず質屋に入った。蕭紅がこの一件を書くとき、筆致は軽やかであるが、このような苦しみを楽しもうとする描写を読むと、いっそう辛く感じられる。「質屋〔原題：当鋪〕」は、彼女が質入れして得た一元で、米を買い、料理の素材を買い、肉饅頭を買い、さらに乞食に銅貨を一枚あげたことを書いている。

突然、蕭紅は大富豪になったようで、手の痛みはなくなり、足には、力が入り、早く歩けるようになった。まもなく家に着く頃になって、ようやく現実に戻って考えてみると、転居以来、今日初めて外出したのだった。目は陽の光の刺激で痛み、足から力が抜けてしまい、背中には冷や汗が流れていた。なぜ外出しなかったのか。飢えのためか。病気のためか。着る服がなかったからか。今日はとうとう外出したが、お目当ては質屋で、これはなんと辛いことだろうか。

蕭紅は幼少時から美術が大好きで、もっと稼ごうと思って、映画館で広告アシスタントになっており、「広告係の夢」は彼女のこの経歴に基づく実話である。それは次のように記されている——妻は生活のために、映画広告係のアシスタントに求職しようと思った。夫はそんな映画広告など「みっともなくていやらしい」と怒る。蕭紅が看板を描きに行くと、蕭軍は心配で、二、三度探しに行くのだが彼女は見つからず、焦るいっぽう口惜しくなり、酒を飲んで酔っ払い地面をのたうち回って言うのだった。「職が見つかると、あとさき考えずに飛び出し、職を得ると、夫も要らなくなるんだ[26]」。

「運命を共にする小魚」で蕭紅は書いている。

妻は魚の命を取れず、夫が魚の腹を割くとき、妻は見たくもあり、見たくもない。魚が油を敷いた鍋の中で焼かれるとき、妻の涙が目から溢れ出る――魚はもはや腑を取られたというのに、どうやって生きているのだろうか。残された一匹の小魚はまだ生きているので、妻は洗面器に入れて飼うことにする。台所に置いておくと、少しは暖かろう、毎日帰宅すると、元気かどうか見にいくのだ。最後には、小魚はやはり死んでしまう。妻の胸には限りない悲しみが広がるのだった――命短き小魚は死んだ。誰がおまえをイジメて殺したのか。おまえはまだこんなに小さく、もっと大きく育つべきだったのに、おまえは死んだ[27]。

社会の底辺に投げ出された貧しい作家と、人にさばかれてしまう小魚との、二つの異なる生命体ではあるが、その運命は驚くほど似かよっているのだ。

作者は小魚に同情し、憐れみ、心を寄せる「私」の描写を通じて、生死場に直面した「私」の抑圧された心理を表現している。作者は魚を書くというよりも、人を、自分を書いているのである。社会の底辺で抑圧されている小人物とは、その運命はさばかれ、焼かれる魚と同じではないか。このような魚を人に喩える手法は実に巧みではないだろうか。

この時期の蕭紅と蕭軍とは真剣に愛し合っており、共に苦しみ、共に手を取り合って生きていた。

一九三四年の夏、蕭紅と蕭軍はハルピンを離れ、商市街を離れ、青島経由で上海に来ており、以後、蕭紅は二度とハルピンに戻ることはなかった。

蕭紅は情にもろく、いざ離れるときには、深く別れを惜しんだ。この小さな家を見渡しては、一つ一つの物にまつわる楽しかった思い出、辛かった思い出に浸っていた。彼女は「最後の一週間」で次のように記している。「小さな鍋、小さなやかんは、とうとう古物商に持って行かれたが、商人の手の内で鳴りながら、輝きながら、ドアから出て行った。あれは一昨年の冬のこと、郎華がボロ市から買ってきたものだ。今再びボロ市に帰って行くのだ」。荷造りが終わったときには、「壁が四方から垂直に落ちて、天井はところどころ黒みがかっており、それは長いことロウソクを点していたので煤で黒くなっているのだ。話し声が少し大きく響く。空っぽ！　家の中を歩くと広々としている……」(28)。行こうか、と思い切って首を回したが、やはり忍びがたく振り返ってしまう。さらば商市街！さらば、わが家！

蕭紅・蕭軍がハルピンで劇的に出会い知り合い愛し合ったことから見れば、二人の結び付きは早すぎ、急ぎすぎの印象を免れないが、二人はやはり苦楽を共にする真の愛で結ばれていたのだ。のちに二人の間には愛の危機が訪れ、最後にはそれぞれの道を歩むことになるのだが、二人にとって忘れがたきこの恋愛時代は見落としてはならないものであり、二人が助け合った暮らしの体験を否定することはできないのである。

第三節　破綻――頼もしき人が嵐に変じて

シェークスピアの演劇『ロミオとジュリエット』では、愛について次のように語られている――ああ、いけませんわ、月にかけて誓ったりなんぞ。一月ごとに、円い形を変えてゆく、あの不実な月、あんな風に、あなたの愛まで変っては大事だわ〔『ロミオとジュリエット』中野好夫訳、新潮文庫、一九五一年発行、二〇〇四年三月八八刷、七三頁〕。

この啓示を蕭軍と蕭紅との愛の前に置いて比べてみるのも興味深い。

蕭軍はしばしば以下のように二人の愛を解釈し蕭紅について語っている。「単純、純朴にして偏屈、才能があり、私は彼女を愛していた。しかし彼女は妻ではなく、とりわけ私の妻ではなかった」[29]。蕭軍は晩年にこのような言葉も書いている。

文学六年間の同伴者そして戦友として、彼女を懐かしむ。才能があり、名作があり、影響力がある……作家であったのに、不幸にして短命で亡くなった彼女を惜しむ。「妻」という点から言えば、彼女が私から去ったのであり、私には「遺憾」の情などない。魯迅先生はこう言っている――女性には母らしさ、娘らしさがあるだけで、「妻らしさ」などない。いわゆる「妻らしさ」とはまったく後天的ものであり、社会制度が創り出したものである〔およそこのような意味の言葉〕〔魯迅が一九二七年一二月に発表したエッセー「小雑感」に見える言葉。『而已集』収録。原文：女人的天性中有母性，有女児性；無妻性〕。

蕭紅とは「妻らしさ」のない人であり、私もそのような「妻らしさ」を彼女に要求したことはない[30]。

「妻らしさ」とは何か、蕭軍は説明しておらず、おそらく性的行動を指しているのであろう。しかし蕭紅は二度小さな命を宿したことがあり、「妻らしさ」を発揮する能力も持っていたに違いない。この蕭軍の言葉、蕭軍の言う「妻らしさ」とはおそらく程度の問題であろうが、「妻らしさ」の欠如には基準はないため、蕭軍が語る言葉が正確か否かについての判断は、非常に難しい。

当時の社会では一般の男性から見れば、女性は家庭を持てば十分であったが、蕭紅はそれは普通の女性の単純な人生であり、それではとても満足できないと考えていた。これは女性解放の途上で生じる解きがたい大問題であり、現代風に言えば、性別役割矛盾の問題である。この問題においては、男性と女性とは異なっている。「社会的地位と事業における成功は男性の雄々しく天下統一せんという気質を代表している。女性の方はみなが彼女が持つべきと考える女性気質を表現せねばならず、常に柔順で、男性に求められ所有され、ひとたび所有されれば、独立自主の追求を放棄する」[31]。

女性が男性の従属的地位に甘んじることなく、事業における成功と社会での独立自主の地位を追求せんと努力すると、女性らしさに欠ける、あるいは女性として失格、女性らしくない、妻にあらず、「妻らしさ」に欠けるなどと批判されることがある。蕭紅・蕭軍の矛盾は、実質的にはこの範囲を越えておらず、それは蕭軍の思考の奥深くでは女は女性の役割の本分を厳守すべきであり、男性が女性を支配するという伝統的観念から抜け出ていなかったからなのである。こうして見れば、蕭軍の幾度かの不実も不思議ではない。

蕭軍は蕭紅と知り合う前に結婚歴があった。戦乱期に蕭軍は女性側に手紙を書き、再婚を勧め、これにより二人の関係は終わった。

蕭紅と共に暮らし始めて以後、蕭軍の最初の「不実」の相手は陳涓《チェンチュアン》という娘だった。当時蕭軍は蕭紅と商市街に住んでおり、陳涓はまだ一七、八歳であった。

一九三三年のある日、陳涓は上海からハルピンまで兄の陳士英《チェンシーイン》を訪ねた。あいにく、兄は出張中で、従兄が彼女の世話をした。ある日、彼女は『流浪』という題名の小説エッセー集を見つけたところ、著者は三郎と悄吟であった。その後まもなく従兄の友人の王氏の紹介で、陳涓は商市街二五号の蕭紅と蕭軍を訪ねている。

この日、陳涓は普段と同様に、頬紅も白粉も付けず、旗袍《チーパオ》を着て、頭に赤いリボンを付けていただけだった。このような飾り気のない自然な美しさが、彼女の青春のエネルギーをよく表していた。ドアを開けたのは蕭紅で、陳涓を見ると、彼女が誰なのかピンときた――二、三日前に、蕭軍が自動車の運転の稽古から帰宅した第一声が「新しい友人ができた、上海から来た高校生だ。二、三日したら家に遊びに来るだろう[32]」だったのだ。

その後、陳涓はしばしばやって来て、ときには蕭軍・蕭紅を誘ってスケートに行き、ときには家で一緒に食事した。彼女は蕭軍を兄と思い、蕭紅を姉と思い、二人の作家と一緒にいると、多くのことを学べると思っていた。ある日のこと大家から「彼にあまり近づいちゃダメ、焼きもちを焼く人がいるからね」と言われて驚いてしまったのだ[33]。

陳涓はよく考えると思い当たることがあった。たとえば三人が一緒のときには、蕭紅はいつも鬱ぎ込んでおり、元気がなく、何か隠しごとをしているような目つきなのだ。蕭紅は自分のことを煙たがっているどころか嫌っているのだろうか。陳涓は辛くまた不満で、「私が誠実で率直に接しているのだから、相手も私に対し誠実率直であるべきよ」「人と人との間にはこれほど恐ろしい壁があるんだ[34]」と考えた。こうして彼女は去り行くことにした。

その前に、陳涓は蕭家に行って別れを告げた。蕭軍は留守で、蕭紅は舒群のおしゃべりの相手をしていた。陳涓が来意を説明して立ち去り、蕭紅もさらりと別れの言葉を言った。翌日の朝、陳涓がわざわざ再び蕭家を訪ねると、蕭軍一人が在宅しており、二人が話をしているところに、蕭紅が帰って来たのだが、ドアを叩く音がすると、蕭軍がソッと陳涓の手に手紙を渡したのである。陳涓は蕭軍の表情から、この手紙のことは蕭紅に知られてはいけないと察し、急いでこれをハンドバッグにしまった。入って来た蕭紅は、ただならぬ二人の顔つきに気づいたが、見て見ぬふりをした。まもなく、陳涓はきまり悪そうに別れを告げて立ち去ったのである。

陳涓が帰宅してすぐに蕭軍から渡された手紙の封を切ると、まず現れたのが枯れたバラの花だった。驚いた彼女が、さらに手紙を読むと、ひたすら勉強に励んで向上心を忘れぬようにと励ます言葉で、何も特別な内容ではなかった。

しかし陳涓に蕭軍の気持ちが読めたのは、バラの花は恋人に贈るものであり、蕭軍がこのときにバラを贈ったことの意味は明らかであった。しかし陳涓の「気持ちは却って落ち着かなかった。これでは、嘘から出たまことになってしまうではないか。私は申し訳なく思った。彼女が私のことをどれほど嫌っていても、彼女に対する私の気持ちには変わりがないのだから、もう一度彼女に会って二人の間の神経過敏による誤解を解かなくてはならない」(35)。

陳涓は過去と将来とを考えて、二人に明確な意思表示をしようと決意し、その日の午後五時に、わざわざ一人の男子に付き添ってもらい、蕭家を訪ねた。中に入ると、陳涓はロシア語で、「この人は私の夫です」と言った。この言葉が口から出ると、蕭軍は愕然とし、蕭紅も冷ややかに驚きの表情を見せた。やがて、みなでウォッカを飲み始めたのである。

蕭軍はガブガブ飲み、蕭紅は少しずつ飲み、陳涓は実は酒は飲めないのだが、グラスを重ねていったので、一瓶の酒がたちまち空いてしまった。苦い酒は飲みがたく、涙は止めがたしではあるが、負けず嫌いの娘は懸命に涙を耐えて、帰宅した。

陳涓が帰宅するとまもなく、蕭軍が来たが、部屋にこの娘を送別に来た人たちが詰めかけているのを見ると、落ち着かないようすであり、陳涓はこのときにはすでに立っていられないほど酔っていた。陳涓が再び酒を買いに外出すると、蕭軍が彼女のあとから門より外に出た。東北の夜はとても暗く、東北の風はとても冷たいが、このときの娘心は闇夜よりも暗く、風よりも冷たかった。二人は黙したまま歩き続け、酒を買うと、蕭軍は再び黙したまま彼女を家まで送って行った。陳家の門まで来ると、蕭軍は足を止め、突然彼女に口づけすると、飛ぶように駆けて行った。

娘が正気を取り戻したときには、彼の姿は、すでに消えていた。あの口づけは、お詫びの意味なのか、愛の表現なのか、それとも最後の別れだったのか？　陳涓ははっきりとした答を聞きたかったが、それはもはや不可能であった。翌日、彼女は南下する列車に乗った。陳涓は自分は、と考えていた。「本来は心の清らかな良い子であったのに、なぜ卑劣な人たちは自分の卑劣な心でもって罪なき人を疑うのだろうか。松花江はこのようにして私の人生に最初の傷を刻んだのでした[36]」。

何の結果もない、プラトニックでもない男女の私情の接触が、いきなり襲ってきて、たちまちこのように大きな波風を立てたが、それはやはり当時は最先端の階層にいた文人三人の間のことであった。それは西洋フェミニズムが二〇世紀の中国で遭遇した居心地の悪い状況であった。

蕭軍の陳涓に対する感情は陳涓が去ったことで弱まることはなかった。一九三七年、陳涓は生まれたばかりの赤ちゃんを連れて上海にやって来て、母の家に住んでいた。その家は薩坡賽路（現在の淡水路）にあり、蕭紅・蕭軍も偶然にもこの通りの一九〇号の友人宅に住んでおり、両家はとても近かった。蕭軍はしばしば彼女の家まで遊びに行き、ときには陳涓を食事に連れ出していた。その後陳涓たちが四川北路に転居すると、彼はまたしてもやって来た。

あるとき、蕭軍が陳涓のもとに駆け付けると、こう言った。「『彼女』が、あそこに行くの、と聞いたんだ。私は誤魔化して、いいや、本屋に行くんだ、あんなに遠いところにどうして行くもんか、って」。そう言い終わると、蕭軍は顔を赤らめ、笑い、そしてこう続けた。「でもこうして君に会いに来たろう[37]」。さらに別の夜のこと、蕭軍がまたもやって来て、部屋に入るとひと言話した。「私は四川路の新亜で食事をしたんだ」。その後は何も話さないので、陳涓はとても困ってしまった。ようやく蕭軍を門から送り出すと、突然、彼は身を翻して彼女に口づけした。陳涓はこう言った。「あなたのこんな態度にとても不安を感じます。私にはあなたの目を覚まさせる手段はなく、あなたと一緒にいるのが恐いのですが、どうにもあなたのお招きを拒絶できないのです。私は人の失望した暗い顔は見たくないので、あなたがお出でになると、自分がどれほど嫌気がさしていようと、無理をしてでもお相手しているのですが、こんなことだから、すべて悪くなってしまう、それはみな私の間違いだったのかもしれません[38]」。

当時、一九三六年に『商市街』が出版されると、ある日、ある友人がその本を陳涓に見せて、その中に彼女のことが書かれていると言った。陳涓はこれを読んでひどく怒り、一九四四年に公開書簡「蕭紅没後――某作家に宛てて」の中で次のように述べている。

最初に私があまりブスではないという彼女の過分のお誉めを受け入れるとして、のちにこの娘が「あなた方の生活」圏内に闖入して、二人の外面的生活に影響を与えただけでなく内面の魂をも脅かしたとのこと、この一篇の記述は全体的に、彼女が面白おかしく私をからかっているほかは、かなりの部分が彼女の個人的報復です。彼女は私があなたに対して「コソコソと、わけのわからぬ行動に出ていた」と侮辱しています。これを読んだ私は本当に怒りを覚えました。

怒りを覚えた主な原因は以下の通りです。彼女は私を攻撃するのであれば、どうして正々堂々とせずに、闇討ちするのでしょうか。さらに怒りを覚えるのは、彼女が口から出まかせに人を侮辱するにしても、あなたは何もせずに傍観して何もしないとは何事でしょうか。あなたは当事者で、事の真偽を証明できるだけでなく、あなたは彼女の「良人《おっと》」なのですよ、あなたは彼女に警告する義務があり、清廉潔白な人に対し良心による責任を負わねばならないのです。あなたはなぜ過ちであることを知りながらそのまま押し通し、誤りを繰り返すのですか。

私が真に怒りを覚えるのは、今日思い出しても、やはりとても不愉快だからです。彼女がまだ生きていることを望んでいますし、さらに彼女が私のこの送ることのできない手紙を読んで、事実を明らかにして、色眼鏡で世の中の人を観察するのではないことを希望しており、私は胸に手を当て顧みても、一つとして彼女に対し申し訳ないことはしておらず、ささいな行動さえしていないのです。彼女は私が彼女の「愛する人」を奪ったと思っていますが、それはあまりに神経過敏と言わざるをえません[39]。

蕭紅はもちろんこの手紙を読んではいない。人々は、善良な蕭紅が、陳涓を傷つけようと本気で考えていたのではないし、蕭軍を傷つけるつもりもなかった、と信じている。逆に、彼女は蕭軍のために、心に反して陳涓をもてなしていたのであり、心の傷に耐えながら彼女と交際していたのだ。

彼女は蕭軍なしではいられなかったのであり、安定した環境を必要としており、羽を休めるべき巣を必要としており、男性の丈夫な腕による支えを必要としていたのである。しかし彼女の心は極端にアンバランスであり、それは愛情とは利己的なものであり、二人の世界には、第三者の闖入は許されなかったからであり、彼女の虚弱な身体は新たな打撃に耐えられなかったのである。しかも蕭軍には妻がおり、その妻に一通の手紙で再婚を勧めたことを蕭紅も知っていたはずである。当時の蕭紅は蕭軍を深く愛しており、再び捨てられるのではないかという卑屈な気持ちも強く抱いており、このような感情も抑制しがたいことは、彼女の身になって考えれば、理解できると考えられよう。陳涓は若くて美しいがあまりに単純で、傷だらけの女性の心理状態には理解が及ばず、陳涓の不満は蕭紅の苦痛とは比べようがないのである。あるいは陳涓はその若さのために、上手に蕭軍に対処できなかったのであろうが、そのため知らず知らずのうちに繊細な神経の蕭紅に大きな圧力と刺激を加えていたのである。

陳涓の本名は陳麗涓《チェンリーチュアン》で、浙江省寧波の人である。一九一七年一月生まれで、小猫、一涓、女客、涓などのペンネームを使っており、陳涓も彼女のペンネームで、のちに通り名となった。一九四九年一〇月以後は上海映画翻訳製作場で映画の翻訳工作に従事し、『牛虻〔邦題・うま蜂〕』、『一九一八年のレーニン』など六〇作以上の映画を翻訳し、一九九一年八月に病死した。一九八〇年代以来、陳涓は蕭紅研究者たちの訪問を受け入れており、彼らが当時の蕭紅・蕭軍の状況を理解する手助けをしていた。あるとき、上海の丁言昭《ティイエンチャオ》が一九三八年に蕭紅・蕭軍の住居が上海薩坡賽路〔Rue Chapsal〕のどこにあったか調べようとして、彼女に手紙を書いて問い合わせたところ、まもなく彼女から返事が届いた。返信には次のように書かれていた。

同志丁君、今日は！

貴信拝領。私は一九三六年二、三月の間に妹と共に蕭軍・蕭紅の家に行ったことがあり、その場所はあなたが言っている淡水路、半世紀近く前のことなので、番号は変わっているかもしれません。あなたが見に行きたいのでしたら、明後日（二一日）午前一〇時頃に私は復興中路と重慶路との十字路の二四号線バス停でお待ちしています（つまり公園の向かい側）。私は一〇時半までお待ちしますが、ご用があってお出でになれない場合はそれで結構です。(40)

一九八三年陳涓は丁言昭の『蕭紅記念カード』のために詩を書いている。

二艘の小舟のように
私たちはどこまでも暗い夜の人の海を漂流し
あなたの灯光が、一度私を照らしたが
疑惑の風が吹き寄せて
小舟は東西に別れてしまった……

いつから陳涓と蕭軍が仲直りしたのか不明である。一九八一年六月、ハルピンで蕭紅生誕七〇周年記念の会が開催され、蕭軍、舒群、駱賓基、塞克らの老作家たちが参加し、陳涓も参加した。その後陳涓は北京にも行き蕭軍一家の家探しを手伝ったという。おそらくその後に蕭軍は陳涓が彼宛てに書いた手紙を見たのだろう。陳涓はこう書いている。

あなたに私が手紙を書くとあなたは考えなかったのですか。さらにあなたに私がこの手紙を書いてからすでに七年の歴史が過ぎているとは思わなかったのですか。私はずっとあなたに対しとても残念だと思い、またとても失望しておりました。なぜ私たちの間にはあのような大きな誤解が生じたのでしょうか。何年も前のことではありますし、「彼女」はすでにあなたと別れ、某作家と結ばれております。伝え聞くところによれば、「彼女」は肺病のため寿命はもう長くないとのことです。我らが老人たちによれば「仇は解くべし結ぶべからず」でして、あなたに対して報復清算する必要はなさそうです。しかし私は胸の内はたいそう鬱々としており、長い間の不遇の環境により、私の心は今にも窒息しそうなのです。私には「彼女」による侮辱は耐えがたく、あなたの誤解が生涯続くことも願いません。私は常々詳しい手紙をあなたに書いて、私たちの間の誤解による恨みを解きたいと思っていたのです。

私もこれまであなたのお帰りを期待し、あなたに私の心を打ち明けたいと高望みしておりました――あなた方お二人の作家の心に対しては、どれほど誠実で、どれほど純粋なことでしょう。しかし歳月は無情にして、人事は変化し、私にどうしてあの将来の一秒に、どのような変化が生じるか、予測ができましょうか。私のこの多感多病の身体、私のあのロマンティックで流浪を好む性格では、おそらくあなたのお帰りは待てず、私が飽き飽きしているこの世と別れてしまうことでしょう。私のこのような愚かな計画はあなたに嘲笑されることでしょうが、私は魂の解放と平静を得られるのです。少なくとも私はすでに話したい話をお話ししましたので、他人がどのように感じるか、それは私が問うべきことではないのです。
今夜も私は眠れず、静まり返った病院の中で眠れぬ夜を過ごしています。ああ、眠れぬこととはなんと苦しいことでしょうか。どれほど固くまぶたを閉じようとも、私の至るところの思いは激しく沸き上がり、回想の縄が私を一〇年前に引き戻すのです。(41)

手紙はこれほど悲しく、沈み込んで書かれていても、受取人は当時すでに王徳芬《ワントーフェン》と結婚し、子供連れで延安にいたのである。この手紙を蕭軍が読むのはのちのことである。
陳涓のほかにも、現有の資料を分析すると、蕭軍の不実が見つかる。駱賓基はこう書いている。

そのとき、蕭紅は一人で彼女の友人のHの家に出かけたのであり、その友人は有名雑誌の編集者であり、二階に上がった蕭紅ははしゃいでおり、Hの寝室からは、蕭軍とH夫人との話し声が聞こえていたが、蕭紅が現れるや二人は突然話を止めており、蕭紅がそのときには別に疑っていなかったのは、それは夫人の暮らしではすでに習慣になっていたからで、彼女はH夫人に向かって言った。「こんなときには公園を歩いたらどんなに素適かしら！」。H夫人はベッドに横になっていたようすで、しかも窓は開いていたので、彼女は「こんなんで寒くないの！」と言って、オーバーを彼女の肩に掛けようとしたところ、このときにHがこう言った。「どうぞお構いなく」。
蕭紅はただちに三人の押し黙り強張った表情からこの場の不快の原因が何であるのかを察した。(42)

蕭軍自身は次のように述べている。

愛情において一度彼女に対し「不誠実」であったことがあった——私たちが愛し合っていた時期に、彼女には不誠実なことはなかったことを私は認める——これは事実である。それは彼女が日本にいた時期で、私は某君と短い期間感情的なもつれ合いがあったが——いわゆる「恋愛」——私と相手とは道義的に考えて結ばれる可能性はないことを十全に考慮していた。このような「実らぬ恋」を終わらせるために、私たちは蕭紅に日本からただちに帰国するように促すことを互いに同意した。このような「終わり」も互いに苦しまなかったとは言えない[43]。

蕭軍のその他の恋情に関しては、驚き呆れるものがあり、ここでは評論しないことにする。蕭紅と蕭軍との艱難を共にした交わりが、天意による結合ではないのは、二人の結び付きは蕭紅自身の慎重な選択と理性的な決定によるものではなく、大きくは天命に従ったものであり、相当なる偶然性を帯びているからである。蕭軍は豪快で、義理堅く、勇者の気概を持つ東北男児であり、このように言っていた。「私の資本は——首一つ。私の武器は、ナイフ一本。私のやり方——代金引換、必要とあればこの首を投げ出してやるんだ[44]」。彼はこうも言っていた。「いかなる外来の、私の尊厳を侵さんとする人間や事物に対しては常に一歩も譲らず、命懸けで闘う。しかし弱者に対しては、私は我慢する。我慢して自ら涙を流すまで、自らの肉体を痛め虐待して爆発せんとする激怒を押さえるのだ……この苦しさは、自分にしかわからない[45]」。

ここからは当然蕭軍の武将としての気概と蕭紅に対し耐え忍ぶ時期があったことが窺える。だが二人の性格の違いはとても大きかった。一人は細やか、一人は粗い。一人はしなやか、一人は堅い。一人は弱く、一人は強い。

蕭紅は幼少期から家族の愛に欠けており、内向的な性格であった。そして蕭軍は下級将校になったことがありました砲兵学校に入学したこともあり、軍人気質を拭いきれなかった。蕭紅は蕭軍と暮らしを共にした六年の間、健康が回復することはなかった。

許広平はこう述べている。「いつもひどい頭痛持ちで、虚弱体質、顔面蒼白、一目で貧血症だとわかった」[46]。梅志《メイチー》〔ばいし。一九一四〜二〇〇四〕も彼女の作品の中でこう述べている。「蕭紅は憔悴した容貌で、顔が細長く見え、顔色も青白かった」[47]。蕭紅のこの不健康な体質は先天的なものではなく、不正常な暮らしにより形成された後天的なものであった。長期間にわたり寒さと飢えに苦しめられ、栄養不良で、これに加えてバラバラな夫妻生活が彼女の健康を害したのである。頑強な蕭軍を前にして、蕭紅は常々無念に思っていた。「あなたも人間、私も人間、あなたは健康、私は多病、常に健康な牛と病気の驢馬のような感じで、いつも秘かに無念に思う」[48]。

これは生理的肉体的な問題のように見えるが、実はその奥には社会的、歴史的原因があるのだ。父権社会では婚姻は男尊女卑を基本的特徴としており、両性間の自ずから相求め合う関係は、強制的な権利と義務の関係に改変され、権利の重心は、慣習的に男性に傾斜し、義務の重心は常に女性の身体にのしかかる。蕭紅の自己卑下の心理とは、このような強制された重い役割義務という抑圧によるものだった。

あるとき、蕭紅は親友だった聶紺弩にこう言ったことがある。蕭軍の妻であることは「とっても辛いの。私にはわからない、あなた方男性はなぜあんなに癇癪持ちなの、なぜ自分の妻に八つ当たりするの、なぜ自分の妻を裏切るの」[49]。

蕭紅が殴られたことについては、当時の蕭紅と同年代の人たちが回想している。胡風の妻の梅志は次のように記している。


小さなコーヒー店に、蕭夫妻が到着し、ほかにも数人がご一緒だった。しかしみなが不思議に思い興味を抱いたのは、蕭紅の目で、彼女の左目に大きな青あざがあり、私たちは期せずして客人に背を向け彼女のそばに歩み寄って小声で尋ねた。

「どうしたの、目をぶつけたの？」

「危なかったね。目には怪我がなくて良かったけど、痛みますか？」

「何をしたの？　気をつけなくっちゃ」。

こうした親切な問いかけに、彼女は淡々と答えていた。

「大丈夫、自分が悪いの、固いものにぶつかっちゃって」。さらにひと言言い足した。「夜だったので見えなくて、大丈夫……」。

その答えは少し口ごもってはいたものの、不審に思う者などいなかった。

客人を送り出し、みな一緒に外の通りをブラブラしていると、奥さん方が親切にも再びこの件を話題にして、もっぱら蕭紅にこれからは気をつけてねと声をかけ、蕭紅も何度も私たちに向かって頷いていた。ところがそばを歩いていた蕭軍が我慢できなくなり、男なら潔く罪を認めるぞという勢いで、こう言うのだった。

「私をかばって隠すことはない、私が殴ったんだ……」。

蕭紅がなんとニコリと笑って言った。

「彼の言うこと本気にしないで、わざと殴ったんじゃないの、お酒を飲んで酔っ払ったから、私が注意すると、手を振り上げて私を押したら、目に当たっちゃったの」。続けて彼女は小声で私に打ち明けた。「彼は飲みすぎで病気になりそうなの」。

「私のために言い訳せんでもいい、……自分が飲みたいだけ飲んでるんだから……、」。

私たちは言葉を失い、そのまま解散となった。(50)

蕭軍の回想によれば、彼が彼女を殴ったのは二度だけで、一度は夢の中で、「誰かと争っていたようで、ついに一発お見舞いした。なんとこの一発が彼女の顔に当たり、翌日彼女は「目の回りに青あざ」ができていた」。二度目は二人が何かのことで争いになり、蕭紅は「口げんかでは私に勝てず、ひどく怒って、ついに私を捕まえようと跳びかかって来たので——そのときの私はちょうどベッドの縁に座っていた——私が避けると、彼女は空を切って、自分からベッドの上で腹ばいになった、それに乗じて私は彼女の太腿を手の平で思いきり二度叩いた——これが私の彼女に対する最大の人身虐待であり、彼女に対し私が生涯申し訳ないと思うことであり、それ以外には何もない(51)」。

蕭紅は殴られただけでなく、精神的にも愉快ではなかった。ある夜のこと、蕭紅はベッドで横になっていたが、実は眠っていなかった。彼女は蕭軍がH夫妻や友人たちと話しているのを聞いていた。蕭軍が「彼女のエッセーなんて何がいいんだ」と言った。友人が「構成もしっかりしてないよ」。そのような軽蔑した口調が蕭紅にとってはひどく不愉快だった。彼女がベッドから起き上がると、「彼らの食後の愉快なおしゃべりは止まってしまった」、「君は寝てたんじゃないのかい！」、「ええ、寝てないわ(52)」。

蕭軍と蕭紅の関係悪化は、蕭紅が蕭軍の読者あるいは原稿清書係であった時期には生じておらず、蕭紅文学が名声を得たのちに生じており、これは蕭紅・蕭軍の衝突の実際の原因を説明するものである。蕭紅は、もはや屈辱には耐えられない、と思い、蕭軍は蕭紅の自尊心は過剰であると考えた。こうして蕭紅は家を出たのだ。

一九三六年の夏から一九三七年の春にかけて、彼女は三回家出している。最初は日本へ、二度目は白鵞画会へ、三度目は北京へ。彼女はなぜ何度も家出し何度も帰って来たのか。これには言いがたい苦しみがあった。蕭紅はしばしば一人で魯迅宅を訪ねており、そのたびに許広平が彼女の相手をしていたが、一度来訪すると半日を過ごしており、胸の内に不愉快な思いを抱いているようすが見て取れた。あるとき、梅志が魯迅宅に行くと、蕭紅から話を聞かされたので、身体に気をつけてね、と慰めるしかなかった。蕭紅は「そのときには体調が悪く、不眠と腹痛が続いていた。もちろんさらに耐えがたかったのは精神的苦痛であった。許広平先生と私は、蕭紅に忠告するのは良くない、慰めてあげるしかない、と相談したものである。しかしこのおしどり作家が、暮らしにおいてこのような不調和の現象を生じているのはなぜだろうかとも悲しみ惜しんだものである。二人は人生の苦しみを良く理解し、情に熱いのではなかったのか。なぜ相手を苦しめるのだろうか(53)」。

それでは、蕭紅・蕭軍の暮らしにおける不調和とは何を指しているのだろうか？　一般的に知られているのは二人の間に性格面で相違があったり、蕭軍が蕭紅に対し何度か不実であったことである。この二点はもとより暮らしを不調和に導く要素となった。しかしこの二点以外に、他の要素はないのだろうか？　それは直接的な材料の不足と研究者の保守的な発想により、これまでほとんど検討されてこなかった。しかし筆者の考えでは、蕭紅・蕭軍の間の不調和とは、夫婦生活面を意味してもいるのだ。関係資料を詳しく吟味すると、このような結論に至るのは難しくはない。

前にも述べたように、蕭紅は虚弱なること「病気の驢馬」の如く、これに対し蕭軍の身体は「健康な牛」の如くであった。二人の健康状態がこれほど大きく異なるため、夫婦生活も完全に調和してはいなかったことは明らかである。この点では蕭軍が蕭紅には「妻らしさ」がなかったと責めている点はもっともである。いわゆる「妻らしさ」とは、率直に言えば、女性が妻としての義務を果たしていないことであり、すべての点で夫に尽くし、一生懸命に夫の生理的要求と心理的要求とを満足させることである。実は蕭紅は「妻らしく」ありたいと願わなかったわけではなく、身体があまりにも虚弱であり、心理的圧力が重すぎたため、体力が思うにまかせなったただけなのである。

さもなければ、たくましい蕭軍を前にして、彼女が「秘かに無念に思う」ことはなかったであろう。
ところで、病弱な妻を前にして、もしも蕭軍が真に彼女を愛していたとすれば、病弱な蕭紅に対し過分に「妻らしさ」を求めることはなかったであろう。実際には蕭軍は蕭紅の「妻らしさ」をとても重視していたのであり、そうでもなければ、蕭紅が蕭軍と別れて端木蕻良と結婚した最初の夜に、品性よろしく「古訓」（女性が妊娠しているときには性的関係を持たない）を厳守した端木に対し、蕭紅があれほどまでに感動することはなかったであろう。蕭紅は端木の言葉を聞き終わると、彼を固く抱き締めて、口づけし、我が身の幸せを祝してこう言ったのだ。「私は礼儀正しき人、わが身内、わが兄弟に出会えたのね(54)」。この言葉からは蕭軍は礼儀正しくなかったという言外の意を推測せざるをえないのではないだろうか。

封建思想の影響、特に宋明時代の儒学の影響により、長期にわたり中国人はセックスを語ることを恥じてきた。これは実は耳を覆って鈴を盗むような欺瞞的な考え方である。古代の聖賢は「食と色は性なり」（『孟子』「告子 上」）と言い、「飲食男女は、人の大欲存す」（『礼記』）と言ったのであり、セックスに対する態度はむしろ客観的で率直であった。

セックス談議を恥とする文化的雰囲気に長期にわたり覆われてきたため、また蕭紅・蕭軍は著名な作家であるため、二人がセックスを公開せず、セックスを直接語ろうとはしなかった点はよく理解できる。しかし、語らぬことイコール存在せぬことではない。しかも、前に引用した蕭紅・蕭軍の関連する発言は、実はすでに「琵琶を抱えて顔の半分を遮る〔あまりの恥ずかしさで、物事をはっきりと言いたくないこと〕」式の言葉なのである。このため、蕭紅・蕭軍の間のセックス問題を避けて語らないという必要は実はないのである。

実際には、蕭紅は良妻賢母となる条件を欠いていたわけではない。友人たちの回想によれば、蕭紅はロシアのボルシチを作れたし、平底の鍋を使ってピロシキも作れた。「餃子作りにも、特別な技術を持ち、早くて上手、茹でても餡が漏れることがなかった。ほかにもローストダックを食べるときに使う二層の薄い薄餅《パオピン》も、彼女は上手に作った。もしも安定した、それなりにかなりお似合いの家庭があり、蕭紅先生が家政を切り盛りすれば、申し分なかったことだろうと私は信じる」(55)。

しかし蕭紅・蕭軍の愛情はすでに袋小路に入り込んでいた。第一に愛情に対する不実で、蕭軍はつとに心が離れており、しかも相手は一人ではなかった。第二に性生活のすれ違いで、一人は牛の如く壮健でセックスを武芸の稽古のように見なして、再婚後には続けて六人の子供を設けており、一人は幼少時より病弱でセックスを苛酷な政治のように見なしており、苛政は虎よりも猛しである。第三に性格の相異で、蕭軍は流麗な文筆で、動きは武人のようだが、蕭紅は幼少時から暴力を毛嫌いし、また神経敏感で、非常に自尊心が強かった。

作家の創作は現実に由来し、現実のすべてに立ち向かっており、蕭紅は一九三七年一月三日に、東京で一節の詩「苦杯」を書いている。蕭紅の詩は、自由詩であり、各首共に節数にこだわらず、各節は行数にこだわらず、各行も字数にこだわらなかった。格律も気にせず、押韻も重んじず、浮雲流水の如く、流れに任せて、ダッと来たり、ヒュッと止まったり、自ずと音節を成し、自ずとリズムを備えていた。

ほとんどの蕭紅の詩は自らの暮らしを反映し、個人的な歓びと苦しみとを歌っている。しかし生前にはこれらの詩は発表されることはなく、その原因を考えると、これらの詩は実は蕭紅の愛情体験に対する不満と恨みであり、そのために公開が憚られたのであった。

幸せを追求するのでなければ、人生は無意味である。しかし幸福とは何か？　幸福とは愛である。歴史上の多くの哲人がみな、愛のために生き、愛のために死んでいる。あまりに深く愛し、あまりに愛に溺れすぎたために、ひとたび変化が生じると、その苦しみと痛みは、言葉では表現できなくなってしまうのだ。

愛の蜜はいまだに飲み足りぬというのに、蕭紅は「苦杯」を飲み始めたのだ。現実においては常に楽しい恋歌が奏でられているわけではなく、蕭紅・蕭軍の間には感情の亀裂が生じるのだ。強烈な哀愁と感傷が、しばしば蕭紅の心に侵入し、彼女は自らの力でこれを制御していたが、それは紙で水を包むかのよう、何の役にも立たない。包み切れない苦い水は、滴り落ちては毎行人の心を切り裂く詩となり、これが蕭紅の「苦杯」一一首なのである。

第一首はこのように書かれている。「彩られた恋歌、一つずつ彼女に献げられた、三年前に彼が私にくれたのと同じ。人はみな同じなのかしら、恋歌もまた三年過ぎればさらに別の娘に献げられるのか！」。詩の中の「彼」とは蕭軍を指し、「私」とは蕭紅を指す（以後各節とも同様）、「彼女」とは蕭軍が新たに愛した恋人を指す。蕭軍がすでに新しい恋を始めており、しかも「彼女」のために多くの恋歌を書いているのを蕭紅は知っていたので、もはや蕭軍の自分に対する愛情をなかなか信じられなくなっていたのである。

第二首。「昨夜も彼は詩を書いた、私も詩を書いた、彼は新しい恋人に宛てて、私はわが悲しき心に宛てて」。ここで蕭紅は蕭軍がすでに心ここにあらざることを感じて、限りない悲しみを抱いているのだ。

第三首。「愛の家計簿、失恋のときに至らんとして清算するが、いくら数えようとも元本割れ」。自らは蕭軍に対し真の愛情を注いだにもかかわらず、最後に得たものは「失恋」という苦い結果で、「愛の家計簿」をつけてみると、「元本割れ」と蕭紅は思うのだ。

第四首は、蕭紅・蕭軍の後半期の結婚・家庭の真実の描写である。蕭軍はもはや自分を愛していないと蕭紅は感じており、しかもなお「毎日喧嘩して」おり、それは「しばしば殴り蹴られる」に止まらず蕭紅の心は苦しみのあまり折れてしまったのである。「すでに私を愛してはいない。それでも毎日私と言い争い、私の心は折れてしまい、それを知りつつ、彼は私の毒に浸された苦しい心を、しばしば殴り蹴る」。

第五首では、蕭紅はかつて蕭軍と互いに心底から愛し合っており、これにより蕭紅が精神的に大きな幸福と安定を得ていたことを認めている——蕭軍が自分を暴風雨から守ってくれていたと思うのだ。しかし今では、蕭軍は自分を傷つける暴風雨となってしまい、事実上の「敵」となっており、このことを蕭紅は嘆いてやまない。「かつて愛した人は、私を暴風雨から守ってくれたが、今や彼が暴風雨となってしまった。私はいかに抗うべきか？　敵の攻撃、愛した人への哀悼」。

蕭軍は「鳥のような少女」にすでに思いを移し、しかもこの新しい恋人に露骨な恋歌を書いており、蕭軍の胸の内では蕭紅はすでにどうでもよく、蕭紅の気持ち（たとえば「一緒に行くわ」）には耳を貸さない、このような態度が、蕭紅の胸を深く傷つけたのであった。

第六首は次のように記している。彼は再び公園に行くと言うので、私は「一緒に行くわ」と答えた。「何しに行くんだ？」と彼は一人で出かけた。彼は新しい恋人に宛てた詩でこう語っている。「鳥のような少女は愛せざるをえない！」、「少女の赤い唇は拒めない！」、「私は少女ではなく、赤い唇もなく、身に着けるのは台所で油まみれとなった服。生きるために流浪して、もはや美しき少女の心も失った。彼は一人で出かけ、黄昏の美しい公園のひとときを一人楽しんでくるのだ。私は家で待ち続け、朝になればまたおさんどん」。

第七首は蕭軍の「暴虐」を直接語っており、第五首で言うところの「暴風雨」の脚注となっていると同時に、蕭紅の内面の非常な苦しみと矛盾を表してもいる。「幼少期には父の暴虐を受けた私にとって、彼は父と同じ。父は私の敵であったが、彼はそうではなく、私はいったい彼に対しいかに対応すればよいのか。自分は君と同じ戦場の仲間だと彼は言う」。

蕭紅・蕭軍が結ばれたあと、蕭軍は蕭紅の「唯一の人」であったため、蕭軍の心変わりと蕭紅に対する態度の変化に、蕭紅はすべてを失い、対応しがたく抜けがたい泥沼にはまったと思った。「私には家はなく、故郷もなく、そのうえ友さえ失って、彼一人しかいないというのに、今や彼もまた私に対しこのような態度に出るのだ」（第八首）。

諦めよう、泣くんじゃない、泣いても問題は解決しないのだから、と蕭紅は自らを慰めている。「涙は目もとに逆流し、逆流してわが心を浸食するのだ！　泣いて何になろうか！　彼の心にもはや私はいないのだから、泣いてもどうにもなりはしない」（第九首）。

第一〇首では、不倫に直面した蕭紅は、泣きたくても涙も出ず、辛さ悲しさを心の内に溜め込むしかなかった。「最近はいつも泣きたくなるけれど、泣くべき場もない。ベッドに座って泣けば、彼に見られてしまう。台所に入って泣けば、隣人に見られてしまう。通りで泣けば、見知らぬ人たちの笑いものとなってしまう。人はみな私に対し無情」。

第一一首では、蕭紅は過去の蕭軍の自分に対する永遠の愛の誓いをすべて否定し、あの誠実なる誓いの美辞麗句とは、かつては自分の生きる道を照らしてはくれたものの、今や過去のものとなったと語る。「何が愛情よ！　何が受難者が共に困難な道を歩き通そうよ！　すべては昨夜の夢、昨夜のともし火となった」[56]。

疑いの余地もなく、以上の一一首の短詩は蕭紅研究の貴重な資料であり、蕭紅・蕭軍の感情的決裂、最後の別離を解読する際の重要な証拠である。なぜなら短詩は当事者の直筆で書かれたものであり、その真実性、信頼性は他の誰が書いたどのような文字資料も及ばないからである。

蕭紅の一一首の短詩を通読し、前述の情報を総合して、筆者は次のように考えている——結ばれたのちの蕭紅・蕭軍は、真剣に愛し合い、苦楽を共にして流浪の人生を送り、身を寄せ合って美しい時間を過ごしたが、のちに蕭軍の気が変わり、蕭紅に対し冷たくなり、蕭紅を尊重せず、毎日蕭紅と口論し、蕭紅を「風雨から守る」人から事実上蕭紅に危害を加える「暴風雨」に変じた。蕭軍の愛情に対する不誠実と「暴虐」とが、すでに深く蕭紅の心を傷つけており、蕭紅は最終的にやむなく蕭軍との離婚を要求するに至ったことがわかる。これが蕭紅が蕭軍と別れるという考えを抱き始めた最も決定的な原因である。当然のことながら蕭紅・蕭軍が最終的に別れてわが道を行くに至る直接的な導火線とは、二人が臨汾にいたときに下した決定であった。

「そこでこのように決定した。二人を運城〔山西省西南部の都市で、臨汾の北に位置する〕に行かせて、私は臨汾に留まれば、水が抜けて石が現れる——私はあの二人よりも強いんだ」。

「あなたはいつもこのように他人の忠告を聞こうとしない、……私は夫婦関係のためだけにこのようにあなたに忠告し、あなたに憎しみと軽蔑を抱かせたのではない……これは私たちの文学という事業を考えてのことだった。……」

私はすべて忘れることなどはなく、私たちはやはりそれぞれわが道を行くことにしよう、万が一、私が死ななかったら——死なないと私は思う——二人は再会し、そのときに一緒にいたいと思うのなら一緒になるし、そうでなければ永遠に別れよう……」。

「わかった」。

……紅は車窓に寄りかかり、外の賑わいを見ているようす——あるいは誰かを待っているかのようであった。……私のことを見ていた彼女が、続けて目に溢れんばかりの涙を浮かべると耐え切れずに目を閉じた……

彼女はきつく私の手を握ると早口で言った。

「運城には行きたくないわ！　あなたと一緒にこの街で下りたい……生死を共にしたいの！　一緒にいましょう……さもなければ私と一緒に来て……あなた一人をこの街に残すのは心配だし、あなたの性格はよくわかっているから……」。

「何度も言っただろう……あなたのことが心配なのは夫婦同士だからということだけではないんだ！　同志関係だけでもやっぱり……こんな風にして欲しくない……でも結局、私の言うことなんか聞いてくれない……

君っていう人は……」。

「勝手にして……」。そう言いながら彼女は顔を背けるとノッポの魯や鼻ペチャの杜たちのところにおしゃべりに行った。……

以上の言葉は蕭軍の「臨汾から西安まで」の中の実録で、この対話は『蕭紅全集』の中の「談話録」にも収められている。この対話から、当時の蕭紅・蕭軍の関係は蕭軍の決意により完全に切れていたことがわかるのである。蕭紅がほとんど祈るような気持ち——哀願とも言えよう——で引き止めたにもかかわらず、まったく事態は変わらなかった。このときの蕭軍にはもはや蕭紅を思う気持ちはなかったのである。

蕭軍は聶紺弩にこう語っている。「私は彼女に愛している、と言ったが、それは彼女に合わせてもいい、ということだ。しかしこれは辛いことであり、彼女も辛かった。でも彼女が先に私と別れると言わなければ、二人は永遠に夫婦であり、私から彼女を捨てることなどありえなかった(57)」。

しかし、「永遠に別れましょう(58)」という言葉は蕭紅が先に言い出したのだ。「すでに初めから「約束」があり、彼女にはすでに「他の人」がいたのであり、しかも彼女が先に「永遠の別れ」を言い出したのであり、これは「約束」の原則に一致し、現実的展開の論理に一致するのだ(59)」。

もしも蕭紅が先ほどの一首の短詩を残さなかったら、人は蕭軍のこのような言い方を真剣に分析し、吟味し、さらには蕭紅の異常な性格に蕭軍が苦しめられていたが、蕭軍は深く蕭紅を愛していたので、蕭紅が別れると言い出しさえしなければ、蕭軍が蕭紅を捨てることはなかった、という結論に達していたかもしれない。

しかし蕭紅の短詩があり、さらに蕭紅と蕭軍の臨汾での別れの対話があり、両者を比べ、両者を相照らし合えば、蕭軍の言い方にはやや説得力に欠けるように感じられるであろう。個性と才気と自尊心を有し、自立している女性が、夫のたび重なる裏切りと止むことのない言い争いを前にして、怒りをこらえ我慢することを選んだとしても、すべては過去の愛情であり、ピリオドを打たざるをえないであろう。

蕭紅・蕭軍の「愛の破綻」の原因とその経過および避けようのなかった結末とは、蕭紅の胸に突き刺さる苦痛をもたらしたほかに、彼女の思考意識の行方と世界観に重大な影響を与えたに違いない。なぜなら蕭軍は山奥の野蛮人ではなく、教養があり理想を抱き、社会改造の責務を追う著名作家なのである。このような品性豊かな、「先覚者」であるべき進歩的知識人が、女性と自分の妻に対する態度において、このような理解不能な点があったということに、蕭紅は深く苦しみこれを自らの教訓として、「男権」や「夫権」と女性の運命についてさらに深い思索へと進んだことであろう。

マルクスはこう言っている。「いくらかでも歴史を知っている者なら誰でも、大きな社会的変革は婦人を醗酵剤にしてしか起こりえないことも知っています。社会の進歩は美しき性の社会的地位を尺度として、正確に測ることができるものなのです」(『マルクス＝エンゲルス全集 第三二巻 書簡集』大月書店、四七九～四八〇頁、「一八六八年～一八七〇年マルクスからルートヴィヒ・クーゲルマンへ 一二月一二日」) 蕭紅はこの理論をそもそも読んだことがなかったのかもしれないが、彼女の聡明さと思考能力をもってすれば、この社会的基本的人権、社会文明、社会解放の問題の深刻さを曖昧ながら感じていたに違いない。

蕭紅の各種の人間像に対する長期にわたる細かい観察と、彼女の叡智と思弁をもってすれば、自らの本来の女性観を深めて固め、社会歴史文化の範疇と文化的伝統の範疇に属し、本質的意義と哲学的意義との普遍性を有する結論を得て、その後の文学作品に反映できたに違いない。彼女の創作実績は十分にこの点を証明している。彼女は自らの筆を執り、新たな装いで、女性と女権と社会的弱者のために鬨《とき》の声を上げたのだ。

第四節　逝去──『紅楼夢』後半の執筆を別人に残して……

蕭紅と端木蕻良との間には果たして愛情は存在したのか？　端木は蕭紅を二度捨てたのか？　友人はなぜこのように語るのか──「私にはわからない、誰がこんな人と三、四年も共同生活を送れるのか？　あまりに辛すぎる！」(60)。蕭紅は香港で臨終を迎えるとき、最後まで端木蕻良を許さなかったのか？　これらの問題はほとんど解けぬ謎である。蕭紅と端木蕻良との間の問題は、蕭紅と蕭軍との間の問題よりもさらに理解しがたい。しかも長い時間が経過しても、当事者がひと言も語らなかったため、謎は深まるばかりであった。二一世紀には誰かがこの二人の作家の恩讐の謎を解くべきであろう。

蕭紅と端木蕻良とが互いに大変好感を寄せ合っていた時期──〔以下は端木の妻の言葉〕端木の「私と蕭紅〔原題：我与蕭紅〕」によれば、彼は蕭紅と上海で知り合っており、胡風の家で『七月』について討論したときには、二人の「意見はしばしば一致」し、常に共に散歩し、食事して、蕭紅は彼のボタンを付け直してあげるなど、彼の世話をしていた。この時期の蕭紅はいつも端木にこんな詩を朗唱していた。「君は知る、われに夫のあることを。真珠二粒を贈られれば、君の真珠に感じ二筋の涙を流す──嫁ぐ前に会わざることを恨みて」。これだけでなく、蕭紅は西洋の名画を端木に見せており、その「内容は貴婦人がローマの廃虚で愛人に会う」ものである。

ほかにも、二人で一緒に橋の上で河に映じる月を愛でて、蕭紅が端木のために詩を二句吟じたことがある。「橋頭に明月を載せ、同《とも》に観る橋下の水」。彼女はさらに端木に向かい、魯迅がいつも手に取る小さな画があり、それは「大風の中を一人の女性が髪を乱して進んで行く」もの、と話したこともあった。蕭紅と端木との親しい接触は、蕭軍の焼きもちと不満を引き起こし、彼はいつも端木の前でこう言っていた。「君のやり方は認められない、君子は未然に防ぎ、瓜田に履《くつ》を納《い》れず、李下に冠を整《ただ》さず」。

その後、端木と蕭紅・蕭軍、そして艾青《アイチン》〔がいせい。一九一〇~九六、浙江省金華県生まれの詩人。フランス留学から帰国後、「中国左翼美術家連盟」に参加し一九三二年に逮捕され、獄中で作詩を始めた〕、聶紺弩らは臧雲遠《ツアンユンユアン》〔ぞううんえん。一九一三~九一〕の招きに応じて、揃って山西省臨汾に行き、民族革命大学で教えた。臨汾陥落後、蕭軍は学生たちと共に洛川に至り、その後行き先を延安に変えた。端木と蕭紅、聶紺弩、塞克、田間らは丁玲の戦地奉仕団に加わり、西安へと撤退した。蕭軍と蕭紅が臨汾での別れの際に交わした対話がその証左である[61]。蕭軍は延安から西安に戻ると、蕭紅・端木にこう語っている――あなたたち二人は結婚するとよい、私は丁玲と結婚する。その後、蕭紅・端木の関係はいっそう明らかになった[62]。

端木と蕭紅・蕭軍との三人の間の感情のもつれを整理するに、蕭紅は当時端木を嫌っていたわけではなく、これは当然彼女と蕭軍との間にすでに存在していた愛の危機とそれなりの関係があり、蕭紅が平静で安定した家庭生活に憧れていたこととそれなりの関係がある、と筆者は考えている――蕭紅の胸の内では、蕭軍はますらおぶりと亭主関白が過剰であるのに対し、端木は上品で、礼儀正しく、蕭紅が当時望んでいた家庭生活により近かったのだ。

蕭軍と別れたのち、蕭紅は愛情の象徴である小竹棍〔細長い竹の棒〕を端木に贈ったのだ。彼女は聶紺弩と話したときに、このことに触れている。

「例の小竹棍のこと、D・M〔端木のイニシアル〕はあなたに聞かなかった?」

「聞かなかった」。

「たった今、彼にあげたの(63)」。

端木自身も秦牧《チンムー》（しんぼく。一九一九～九二）にこのことを語っている。「端木が私に、二人がまだ結婚していなかったときに、蕭紅に好意を寄せる作家が何人もいた、と話したことがある。蕭紅はあるときある品（杖だったろう）を買って来たので、みなが欲しがった。すると蕭紅はみなにこう告げた――これを隠すから、みなで探して、見つけた人のものにしていいわ。そのいっぽうで、端木にこっそりとありかを教えた。結果は、もちろん端木が「見つけた」のだ。こんな些細なエピソードからも、蕭紅が早くから彼に対し真剣な思いを抱いていたことがわかるだろう(64)」。

蕭紅が端木に贈った結婚の契りの品には、小竹棍のほかに、四粒の唐小豆《とうあずき》がある――南国の愛情の豆である。それは魯迅と許広平が蕭紅に贈ったものである(65)。

端木と蕭紅は「一九三八年五月下旬、漢口の大同酒家で結婚した。結婚式の立会人には端木の三番目の兄の婚約者の父親である劉鎮毓《リウチェンユイ》（号は秀湖）を頼み、さらに胡風、艾青ら文化人、それから劉国英と彼女の武漢大学の学生仲間も招いた(66)」。

蕭紅と端木の結婚写真は一般の人が見れば、とても正常に見えるのだが、知り合ってから恋愛に至り（契りの贈り物）、そして結婚に至った（蕭紅と蕭軍とは同棲していただけで、現代的な意味ではとても結婚とは言えない）ということだが、友人たちの間では多少の意見があった。聶紺弩はこう考えていた。「私にはわかっていた、すべてを見るよりもさらにはっきりとわかっていた。あの大鵬《おおとり》金《こん》翅《じ》鳥《ちょう》は、彼女の自己犠牲の精神に疲れ果て、天空から真っ逆さまに「奴隷の死に場」に墜落したのだ(67)」。

「あるとき、蕭紅が梅林に出会ったときにこう言った。「私の暮らしの処理の仕方が良くないの？」」。「それはあなた個人のことよ」。「それなら、どうしてそんな目つきで私を見るの?」。「そんな目つきって何?」。「その視線をそらす目つき、何か言いたげな目つきよ」。梅林は黙っていた。蕭紅は続けた。「実は、私は過去を振り返るのは好きじゃないの」。「知ってるでしょ、人は一つの方式では暮らせないし、一つの単純な関係の中でも暮らせない。今の私が辛いのは、自分の病気のためなの……」。この「病気」とは、蕭紅が妊娠していたことを指しており、それは蕭軍の子供だったという(68)。

蕭紅・蕭軍の夫婦関係は前後六年の長きにわたっているが、その間に蕭紅は一度も妊娠していない。それは二人が暮らしを共にしていても、妊娠の可能性は極めて低いことを意味する。これは蕭紅・蕭軍が暮らしの環境を考えて避妊していたためかもしれない。それならば、両者の気持ちが極めて食い違って断絶さえしていた状況下で、妊娠に至る可能性は微々たるものである。ところがさあ別れようというときに、運命はまたもや非情にして残酷にも蕭紅を苦しめたのである。

結局、子供は不幸にして夭折した。子供に関しては、すべて謎である。もちろん、星が移り季節が変わり、時が移り事情が変わるにつれ、当事者もみな亡くなり、その真相を天下に明らかにすることは、永遠に不可能であろう。現在、筆者が蕭紅・蕭軍と端木の三者の愛の葛藤の過去を再提起しているのは、決して三者のうちの誰かを貶めたり誉めたりするためではなく、また三者のうちの誰かの既製イメージを書き変えようという意図もなく、ひたすら自らの考えを広く世間に問い、蕭紅の真の人生と真の心理変化の過程に少しでも近づき、これにより関連作品の解読をさらに進めたいと願ってのことなのである。

端木と蕭軍との間に矛盾があり、しかも蕭軍は端木を風刺する文章も書いてはいるが、端木は反論していない。八〇年代に至り、秦牧がこれについてそれなりに客観的な発言をしている。

端木と蕭紅の結婚については、外では噂が流れていた。私個人としては、二人の考え方や感情がピッタリ一致していたいっぽうで、暮らし方ではとても不調和な部分があった、と信じている。端木はあのような家庭に生まれ育ち、とても繊細であったが、蕭紅はタバコを吸って酒も飲むという、放浪者の烙印が押されたそれなりに自由奔放な女性であった(69)。

周鯨文《チョウチンウェン》〔しゅうげいぶん。一九〇八～八五〕も同様の見方をしており、こう述べている。「端木は男性だが、子供のようで、ますらおぶりはなかった。蕭紅は女性だが、気が強く、男性的な性格だった。そういうことで、私たちの結論は、端木と蕭紅が結ばれたのは、主導権は蕭紅が握っていたのかもしれないが、それは端木が阿呆だったということではなく、彼にも柔よく剛を制するという一手があった(70)」。

その後周鯨文は劉以鬯の質問に答えて、同様の話を語っている。

問：H氏はアメリカから手紙を下さり、私に二つの問題に回答するように求めておりますが、私には答えようがないので、周さんに教えを乞う次第です。第一の問題は、蕭紅を記念する多くの文章が端木を冷たい人だと悪く書いていますが、端木から受けたあなたの印象はいかがでしょうか。

答：（しばし考えて）これは……これは難しい質問です。

問：彼の人柄はいかがでしょうか。

答：端木さんはとても子供っぽいところがあり、たまにだだをこねることがありました。

問：彼には協調性はありましたか？

答：いつもワハハッと機嫌良く、他人の前で目立ちたがる人もおります。端木蕻良はそのような人ではありません。彼から受けた印象は俗に従う性格ではなく、孤高の人でした。

問：才を誇り傲慢だったのでしょうか。

答：彼のように才気のある人は、有名になると知らず知らずに偉そうにしてしまうもので、仕方のないことなのです。

……

問：蕭紅の病が重くなると、端木蕻良はベッドの脇に立って大泣きして、蕭紅に向かいこう言いました。「きっと助けるから」。こうして見ると、端木の蕭紅に対する気持ちに嘘はなかったようです。あなたはどのようにご覧になりますか。

答：二人の気持ちには基本的に嘘はありません。端木は文人気質で、身体も弱く、幼少期には末っ子だったので、「甘える」癖があり、先天的に軟弱なところがありました。しかし蕭紅は幼少期に母の愛を受けることがなく、若くして家を出たので、気が強い性格となりましたが、何事でも支援され愛されることを望んでいました。この二つの性格が一緒になったのは、互いに求め合うものがあったからなのですが、共に不安定な時代に生きたので、互いに相手から満足できるだけのものを与えられなかったのです。(71)

生涯にわたり、母となる機会を失い続けた蕭紅は、最初の子供は産院に入院費の抵当物件として渡しており、二番目の子供は夭折し、これに加えて自ら幼少期に母の愛を失っており、このため彼女は端木に対し知らず知らずに母性的なやさしさと寛容を注いでいたのだ。重慶にいたとき、蕭紅は買い出しから食事作り、縫い物、原稿清書、原稿執筆まで、母が大きな子供を世話するように端木の面倒をみていた。あるとき、端木が四川人のメイドと衝突したときにも、蕭紅が表に立って解決したのであり、「町役場に行っては相手の要求に答え、病院に行っては傷の具合を調べ、最後にはなにがしかのお金を払って落着させた」[72]。

このことは当時の重慶では大きなゴシップとなった。梅志によれば隣の部屋に住んでいた隣人がバカにした口調で私にこう言った。「奥さん、あなた方文学者って、大したもんですね、夫が人を殴って女房に町役場まで走らせるわけだし、その女房っていうのも文学者、賢くっておやさしいこと！」。この言葉を聞くや私には誰のことかすぐにわかった。しかし信じられなかった。「何かのお間違えではないですか？」。私は固い表情で彼に答えた。「ワッハッハッ」と彼はうれしそうに大笑いした。「間違えるわけがないですよ。今では誰もが知っている、誰もがわかっていることなんですから」。その後、梅志は波止場で靳以《チンイー》（じんい。一九〇九～五九、中国の作家、ジャーナリスト、本名は章方叙。一九三二年復旦大学国際貿易系卒、三三年から鄭振鐸、巴金と文芸誌を共編、日中戦争中は重慶に疎開した復旦大学国文系教授となり、新聞文化欄の編集長を勤めた）と出会ったので、蕭紅の家で起きたことについて話すと、「彼は耳まで真っ赤になって、怒って話しながら、絶えず眼鏡を手で押し上げていた」。そのときの梅志は次のように感じていた。「彼に対し蕭紅と暮らしているD君を責めるべきではないと説くべき理由はなかった。その後、靳以は蕭紅追悼の文章を書いたときには冷静のうえにも冷静になっていた」[73]。

このメイドの雇い主は国民党で、端木ら左翼が目障りだった。このメイドはいつも靴を蕭紅の家の窓台に乾していたので、端木がこれを見て、怒ったのだ。「うちの窓台に二度と靴を乾かすんじゃない、今度乾かしたら、その靴は捨ててしまうぞ」。ある日このメイドがまたもや靴を端木たちの窓台に乾かした。原稿を書いていた端木は激怒して、手を伸ばすなり、靴を窓台から払い落としたのである。「他のメイドたちが端木が靴を払い落としたことを賛美したのは、問題のメイドが日頃から主人の権力を笠に着てえばっていたからである」[74]。

端木は「しばしば蕭紅を姉として見ており、彼女のことを自分の姉と同様に信頼でき頼れる人と考えていた」[75]。蕭紅と端木が結婚すると、「端木は自分のお金はみな蕭紅に渡して管理してもらっていた。一人で出かけて用事を済ませるときには、蕭紅からお金をもらうのだ。端木はお金の管理が最も苦手で、わずらわしく、しばしばお金をどこに置いたか、忘れてしまうからだ」[76]。一九三八年、端木が武漢を離れるときには、蕭紅の手許には五元しかなかった。彼女はみなにアイスクリームやかき氷、ビールをご馳走して二元あまりを使うと、残りはみなウェイトレスにあげてしまった。錫金が彼女を責めると、蕭紅はあっさりしており、こう答えた。「これは私の最後のお金で、残しておいてもしょうがないから、気前良く使ってしまったの」。その後、〔蔣〕錫金は彼女のために一五〇元を借りてきて、「非常用」にしっかり取っておくようにと諭したのである。

一九三八年八月、武漢が大空襲を受けて、戦局はますます厳しくなり、文化人は次々と香港、広州、昆明、重慶へと撤退していった。蕭紅と端木も武漢から去ろうとしたが、結局は端木が一人で先に行き、妊娠している蕭紅を武漢に置き去りにしており、これが文壇で言い伝えられている端木が最初に蕭紅を捨てた事件であった。しかし端木はこのことに関してはずっと黙して語らず、端木が逝去したのち、初めて二番目の妻が表立って語るのであった。駱賓基は『蕭紅小伝』で次のように述べている。

T君は有名な某新聞の戦地特派員になって、単身で前線に行きたいと相談していた。

それは七月の雨天の日のことだった。Mが武昌から船に乗って長江を渡るときに、昇降口でマントを羽織って一人座っている蕭紅を見かけた。

「どうしたの、一人でいるなんて」。

「一人じゃ長江を渡れない、ってわけじゃあないでしょ」と蕭紅は彼とおしゃべりを始めた。MとFが四川行きの切符を買ったと知ると、彼女は突然顔を輝かせて言った。「それじゃあ私も一緒に行くわ、いいわね？」。

「あなた一人で？」

「そうよ。どこに行くのも私は一人でしょ……」と彼女は答えた。

「このことはTと相談しなくては」。

「どうしてTと相談しなくちゃならないの！」。

……

船の切符を入手したときには、武漢はすでに極めてパニック状態になっており、T君はMに頼んだ。「蕭紅が行かないというんだ。もう少しここにいて別の船にするというんだ」。そして彼は船の切符を手にして、MとFと出発したのだった。それと言うのも、彼の戦地特派員となる夢は、実現しなかったからである。[77]

文中のT、M、Fとはそれぞれ端木蕻良と梅林そして羅烽である。梅林は回想録でこう述べている。「七月になると、武漢の状況は厳しくなり、蕭紅の「病い」はいよいよ進行し、私たちは一緒に重慶へ行こうと約束した。ところが八月上旬の船に乗ろうという日に、蕭紅は直通の船が遅れたため、私と羅烽と某紙戦地記者となる願いを叶えるための端木蕻良が先に重慶へと向かった」[78]。〔孔〕羅蓀はこう言っている。「船の切符を買うのはとても難しく、蕭紅と声韻は気持ちを落ち着けてしばらく留まるしかなかった」[79]。〔蔣〕錫金はこう言っている。「七月になると、彼女が自分で私のところにやって来て、漢口に引っ越したいと言うので、私たちの階段口に仮の寝床を作った」[80]。

当時の蕭紅の友人たちはみな、端木が一人で先に行き、蕭紅はその後に馮乃超《フォンナイチャオ》〔ふうだいちょう。一九〇一～八三〕夫人の李声韻《リーションユアン》（りせいいん）と共に出発したのを見ているのだ。これはいったいどういうことなのか？　その後に端木の妻となった鍾耀群《チョンヤオチュン》（しょうようぐん）の説明を聞くことにしよう。彼女は次のように述べている。

そのときには、羅烽と白朗は両人の母と共に武漢におり、船の切符を買って重慶へ行こうとしていた。蕭紅は端木に羅烽と会い、彼が船の切符を買う際に、自分たち二人の分も買うことを頼むように言いつけ、羅烽らと共に出発する用意をしていた。しかし羅烽が最初に買えた切符は二枚だけだったので、彼はこれを端木と蕭紅に渡して先に行ってもらおうとしたのだが、二人は切符購入を引き受けてくれただけでもありがたい、しかも羅烽たちには老人もいる、ということで、白朗と老母に先発してもらうことにした。数日も経たぬうちに、羅烽はさらに二枚の切符を買えたので、小金竜小路にやって来て端木にこう話した――君と蕭紅が先発するかい、自分一人ならなんとかなるから。しかし蕭紅が、白朗と老母がすでに重慶に着いて彼が世話しに来てくれるのを待っているのだから、とても彼をあとにするわけには行かない、と言うのであった。

端木が言うには、それなら蕭紅と羅烽が先に行くべきだ。

蕭紅は端木に言った。「あなたと羅烽が先発して――私のお腹はこんなに大きいから、羅烽と一緒に行って、万一のことが生じたら、彼も私の面倒を見切れないでしょう。そもそも私が行ったら、あなた一人でここに残ることになり、私はとても心配だわ」。

端木は笑った。「何が心配なの？　私が狼に食われてしまうとでも言うの？」。

ちょうどその日には安娥が蕭紅に会いに来ており、彼女も笑いながら冗談を言った。「狼に食われるんじゃなくて、人に食われるんじゃないかって心配なのよ」。蕭紅は笑いながら腕を伸ばして手の平で安娥をポンと叩いた。「なんというおっしゃりよう！　私が言いたいのは、端木のような人は、私がいなくなったら、自分では切符が買えない、ってこと。迷子になっちゃうかもしれないわ」。再び端木の方を向くと「やはりあなたが羅烽と一緒に行くといいわ」。

端木は真剣になって言った。「それはいけない。君一人を残すなんて、心配だよ。君が先に行くか、二人共に残るか、だよ」。

蕭紅は焦りまた怒って言った。「やっと一枚手に入ったのに、何をゴチャゴチャ言ってるの、私は女だし、お腹も大きいから、きっと誰かが面倒見てくれるけど、あなたが残ったら、状況が厳しくなったとき、誰が面倒見てくれるの？　私は安心できないわよ」。

安娥も横から口を挟んだ。「蕭紅の言う通りだと思う——あなたが羅烽と先に行きなさい、私たち女性の同胞はきっと誰かしらに面倒見てもらえるから」。羅烽も言った。「端木は僕と一緒に行こう、先に重慶に着いて、先遣隊を務めれば、蕭紅が来たときには落ち着き先ができているじゃないか。現在の重慶はすでに人で溢れていて、旅館は超満員、家賃は高騰しており、そもそも住まいが見つからない、って言うんだ」。

蕭紅が思い切ってテーブルの切符を取ると、こう言った。「グズグズしてられない、羅烽、この切符は持ってて。明日の午後、私が彼を船まで送るから」。

事の大小にかかわらず、蕭紅がどうしても自分の意見通りにして欲しいと言うからには、それに逆らえないことを、端木は承知していた。同時に羅烽の言う通りとも思っていた——先に重慶に行き逗留先を探すべきであり、蕭紅は身重なのだから、事前に彼女の住みかを確保するべきである、と。そこで羅烽と先発することに同意したのである。安娥は辞去するときに、端木に安心するようにと言った。「蕭紅のことは私たちに任せて！」(81)。

ここでついでに例を上げて、端木の家族がどれほど彼を溺愛していたかを説明したい。それは一九四八年の年末のこと、端木は方蒙《ファンモン》（ほうもう。生没年不明）と汽車に乗り香港へと向かった。「出発の夜、端木の二番目の兄と兄嫁が駅まで見送りに来て、冗談を言った——端木は小さい頃から病弱でしたので、この「生鮮御荷物」はあなたに託します。私は、きっと安全に鮮度良い状態で届けます、と答えた(82)」。

一九四二年一月二二日午前一〇時、蕭紅は香港で病没した。そのとき、蕭紅の身辺には二人しかおらず、一人は蕭紅の夫の端木蕻良、もう一人は端木に頼まれて蕭紅の看病を手伝っていた青年作家で、同じく東北出身の駱賓基である。道理から言えば、端木は蕭紅の最も親密な人、最大の理解者であり、最も発言権を有する当事者であるのだが、この肝腎な時刻の状況については終始沈黙しており、その理由は不明であり、むしろ駱賓基が多くの文章を書いて蕭紅の苦しみを訴えている。

影響力が最も大きいのは『蕭紅小伝』に違いなく、これは中国で初めて蕭紅の伝記を書いた本であり、その後の蕭紅研究者たちは、同書の内容をすべてあるいは多少なりとも引用している。

駱賓基は『蕭紅小伝』の末尾に「一九四六年一一月一九日杭州、袁化に訂正稿を待ちつつ」と記している。なぜ「杭州」でもあり、「袁化」でもあるのか？　もともと、駱賓基はまず杭州に約一か月滞在したが、近所に挙動不審者がいたため、硤石袁化の村外れにある孤立した農家に移動し、そこでこの『蕭紅小伝』を完成させたのである。まずは上海の『文萃』に連載し、その後一九四七年七月に上海の建文書店から出版、同年九月には再版されている。『蕭紅小伝』出版時、作者はすでに一九四七年三月にハルピンの解放区に向かっており、その後、長春市郊外で逮捕投獄されて、一九四九年の春節〔旧正月〕の夕方に出獄した。その後、再び上海に来たが、遠回りして香港経由で北京に至り、中華全国文学芸術工作者第一次代表大会に参加したため、当時の彼は自分の著作を目にしていないのである。

『蕭紅小伝』の出版に対しては、すぐに反響があった。一九四七年九月一日と八日の『時代日報』第三版に正端の「『蕭紅小伝』私の読み方」と欧陽翠の「『蕭紅小伝』を読む」が掲載されている。この二篇の作者は同書を読んで初めて蕭紅を理解したのである。二人は感慨深そうにこう言っている。「彼女がどれほど自由にして広々とした天地を渇望していたかがわかる。彼女は地主の家の嫁にはなりたくなく、一人の人間として新天地を追求したのだ。こうして彼女は文学作品の中に幸福な慰めを得て、封建的家庭の中から逃げ出してきたのだ」[83]。

二人は蕭紅の人生を理解したのち、次のような道理を悟るに至る。「一人の蕭紅がこの社会に反抗できなかったのであるから、一〇人の蕭紅も同様であり、民族の独立と自由、民主のために戦う運動の中で、婦人解放運動が民族解放闘争の一環であることを認識するほか、さらに理解すべきことがあるのだ——全国の女性が団結してこの壮大なる隊列に参加し、一分の熱を持つ者が、その一分の光を発することによってのみ、生まれんとするものの生を早め、死なんとするものの死を早める、そのときに至って、蕭紅の時代は「過去」となり、彼女は笑みを浮かべるのである」。さらに感慨深く述べている。「私が蕭紅小伝を読むと、概括が多すぎ、激動と苦難が多すぎて、同時代の姉妹たちの境遇のために声を上げて泣かざるをえない。蕭紅に対し、私は心から尊敬し、限りない親しみを感じるのである」[84]。

この正端という批評家は、おそらく当時の駱賓基の状況を知っていたのであろう、文章の結びでこう言っている。「本書の作者は駱賓基さんで、少し前に逮捕され、今なお行方不明であり、筆者はここにて遥かなる敬礼を送りたい！」[85]。残念ながら駱賓基はこの評論の存在をずっと知らず、一九四七年の敬礼は、一九八〇年にようやく届いたのである。

一九四〇年の春、蕭紅は飛行機に乗って香港に行き、九竜の尖沙咀《チムサーチョイ》波止場の北側にある楽道〔Lock Rd〕に仮住まいしており、それは一間だけの小さな部屋だった。当時、蕭紅の体調はとても悪く、しばしば咳き込み、頭痛に襲われ、不眠に苦しめられていたが、この重病にあって、彼女はなおも勤勉に書いていた。一九四一年の夏、蕭紅は友人の勧めで、ついに香港瑪麗病院〔Queen Mary Hospital〕に入院した。病院では、三等病室だったため、冷遇され差別された。彼女は病院の暮らしに飽きて、一一月になると、再び九竜の家に戻ったが、病状は悪化した。このときに、駱賓基は初めて彼女に会ったのだ。

駱賓基は一九三九年九月に、皖南〔安徽省南部〕から桂林に行き、共産党組織との関係を失っていた。この時期に彼は多くの小説を書いており、中篇小説『呉非有《ウーフェイヨウ》』を『自由中国』に発表した。文化供応社は彼の童話『オウムとツバメ〔原題：鸚鵡和燕〕』を刊行している。まもなく、皖南事件〔一九四一年一月、安徽省南部の茂林で起こった国民党軍による新四軍攻撃事件（『広辞苑』第六版による）〕が勃発したので、彼は転々と逃亡を続けて香港に至り、九竜の太子道〔Prince Edward Rd〕奥の森馬実道〔不詳。九竜塘の南に森麻実道 Somerset Rdg がある〕に住んでいた。

駱賓基は丁言昭に宛てた手紙で蕭紅が瑪麗病院を出たのちの状況を述べている。

> 瑪麗病院を出てまもなく、すなわち退院して同居人のいる家に戻ったものの、彼女はなおも寝たきりで起きられなかった。顔色が青白いだけではなく、話し声に力がなかった。あまり話さぬうちに、例のTに私を外の食事に案内するように命じ、戻ると、洋食は美味しかったかと聞く（もちろんハルピンのロシア料理には及ばない）。しばらくしてから、辞去した。二度目はもう少し多めの話をして、さらに私の長篇小説『人と大地〔原題：人与土地〕』のために作った新聞題字風の題字画は、高粱の葉が元気良く大きく、晩夏の高粱の茎だと言った。（彼女が聞いてきたので）私がちょうど書いていた短篇小説「生活の意義〔原題：生活的意義〕」の物語のあらすじを話したところ、彼女は大笑いして止まらなくなり、さらに私の物語に「枝葉を加えて」くれ、お加減は当然のこととても良かった！

一九四一年一二月八日太平洋戦争が勃発した朝、端木は人に頼んで柳亜子に手紙を送っている。このことは、柳亜子の子供の柳無垢が「蕭紅を思う」という文章で触れているのだ。

一九四一年一二月八日の朝、端木さんが人に言付けて手紙を届けてきて、こう書いていた――朝の飛行機の音や機関銃掃射、そして爆撃の音は、「本当の戦争」であって、「偽の演習」ではない。蕭紅はひどく驚いているので、父に慰めに来て欲しい、と。私たちはそのときにはまだ「演習」だと思っていたので、父は返事で「本当の演習」だから、安心して休むように、と書いた。しかしその後、新聞社で働く友人が来て、ようやく太平洋戦争が人々の夢の中で爆発したことを知ったのだった。そこで父は再び空襲をものともせず、楽道まで蕭紅に会いに行き、彼女に本当のニュースを告げたのだ[87]。

柳亜子は書いている。「太平洋戦争が勃発すると、女士は端木に頼んで書いてもらった手紙で私を招いたので、家に行くと激しく恐怖しており、こう言った。「体力が続かず、飛行機の音を聞くと、胸の動悸が止まらない」。私は固い表情で彼女を慰め、悄然と帰宅した[88]」。駱賓基もこう書いている。「戦争勃発の日、柳亜子さんは約束通り楽道（九竜）まで見舞いに来たが、その場にいたのは私だけだった[89]」。

翌日、すなわち一九四一年一二月九日、蕭紅は思豪酒店〔ホテル・セシル。香港島雪廠街にあった高級ホテル、一九三〇年頃に前身のサボイ・ホテルをリニューアルしてオープンした〕に宿泊した。駱賓基は自分が「蕭とTの頼みに応じて蕭紅を思豪酒店まで送り届けた……[90]」。駱賓基は晩年に至ってもこの説を堅持していた。彼は次のように述べている。「太平洋戦争勃発の当日早朝、私が彼女に会いに行ったのは、共に九竜郊外に避難する相談をしようと思ったからだ――まず彼女の住まいを手配し、私はもう一度戻り原稿と衣類を取って来て、隣同士に住み、互いに面倒を見合おう、と思ったのだ。ところが行ったものの抜け出せなくなり、彼女を香港半山〔香港島ヴィクトリア・ピーク中腹の高級住宅街〕の住宅区まで護送し、その後銅鑼湾へと転じ、さらに思豪酒店に移動したのであり、そのときには翌日の夕方になっていた[91]」。

しかし当時思豪酒店に宿泊していた張慕辛《チャンモウシン》〔ちょうぼしん。生没年不詳〕の回想は駱賓基に触れていない。張は端木宛ての手紙で次のように述べている。

まもなく「太平洋戦争」が始まり、あなたと蕭紅は九竜を撤退して香港に至り、宿舎まで私たちに会いに来ましたが、私と林泉は不在でした。張学銘がピークに住んでいたので、山を降りた際には一時滞在して休める場所があり、それは長期予約していた、大きなホテルのスイート・ルームで設備も完備しているので、私と林泉はそこに住んでおり、あなたがホテルまで私たちに会いに来たので、私たちは部屋をあなたと蕭紅が住むべく譲ったのです(92)。

文中の「あなた」とは端木蕻良を指す。「スイート・ルーム」とは、思豪酒店の客室を指している。柳亜子も言っている。「翌朝、私は海を渡り西摩道〔Seymour Rd〕に行ったが、女士はすでに思豪酒店にありと聞いた(93)」。「翌朝」とは太平洋戦争勃発から二日目を指している。

蕭紅と駱賓基は思豪酒店で、文学を論じ合っていた。駱賓基は手紙で次のように述べている。

「赤いガラスの物語〔原題・紅玻璃的故事〕」に関しては、太平洋戦争開始後の香港で、蕭紅が思豪酒店五階での避難期間、砲声轟く夜に、私の執筆前の短篇の素材として話したものであり、戦争の砲火が時々ホテルの窓ガラスを振るわせていたが、私たちはむしろ現実の外に身を置くが如く、ときに語り手は突然両眼を大きく見開き空間を凝視し、砲弾の落下地点を耳頼りで探っていたのだが、この世の外にいる私という聞き手の聞きほれているようすに慰められたかのように、話し続け、のちに彼女は私を「やはり観念の中に暮らす人」と称した(94)……

蕭紅は思豪酒店に一〇日住んだのち、六階被弾のため転出した。駱賓基は次のように記録している。

思豪酒店五階から（六階が被弾したのであり、先に五階と言ったのは間違いである）最初は山中に逃げたが、一人はすでに逃走しており、物が何もない一軒家で、しかも多数の人がここに集中してそれぞれの場所を占めており、私たちは床に敷いた毛布に直接座りそして寝たが、とても混んでいた。梅蘭芳が当時ここに出現したことがあり、夜になると、砲弾が連射され、次第に近づいてきて、しかも命中した。翌日、再び市内に戻り、『時代批評』書店宿舎の脇、皇后道（クイーンズ・ロード）の裏の裁縫店の仕事場（暗い部屋で、昼間でも電灯が必要だった）に住むことになったが、書店宿舎から二、三百メートル離れており、しかも両者は同じ街だ。日本は香港を占領しても、何も捜査し逮捕したりしないので、再びこの書店の職員宿舎に引っ越して、まあまあ光が差し込む小部屋を借りたが、この頃には、戦争の脅威などは基本的に解消されていた(95)。

「一人はすでに逃走しており」とは端木蕻良を指す。

周鯨文は次のように述べている。

蕭紅は思豪酒店に四、五日ほど住んだが、理由は忘れたが、それ以上は住めなくなった。端木と私は次の住みかを相談した。私が突然思い出したのが、士丹利《スタンリー》街（皇后道と威霊頓街との間にある繁華街）の「時代書店」の宿舎だった。「時代書店」は『時代批評』を発行するため私が設立したもので、皇后道八八号にあった（戦時中、書店は日本軍に接収され、戦後になっても私はこの建物を回収しておらず、鑽石酒家〔ダイアモンド・レストラン〕が借りており、ここが金儲けと蓄財の源となった)。

書店の裏側の士丹利街にさらに二階建ての家を借りて、一階を書庫、二階を書店職員の宿舎としたが、書庫の階に保管した本は少なく、広々としていた。この場所を思い出したからには、端木と相談して、ぜひ蕭紅をここに移そうとなった――静かで広々としており、しかも書店の職員はみなよく知っているので、面倒を見てもらえるではないか。端木も私のこの意見に同意したので、蕭紅はこの家の書庫の階に住むことになった[96]。

駱賓基は「一人はすでに逃走しており」と述べているが、それでは蕭紅が『時代批評』の宿舎に転居したときに、端木は現れようもないはずだが、周鯨文の文章は端木については触れているいっぽうで、駱賓基については触れてはいない。周鯨文は端木の方が駱賓基よりも重要と考えて、駱賓基を省略したのだろうか？　それは不明である。一九七九年、劉以鬯はある文章で次のように記している。「蕭紅が養和医院で治療を受けていたとき、駱賓基は滅多に彼女の見舞いには来なかった[97]」。駱賓基は一九八〇年にこの文章を読んだのち、次のように記している。

最近、香港側で出版した雑誌に劉以鬯という者が、養和医院入院後には私は滅多に蕭紅の見舞いに行かなかった、と書いているのを読んだが、実際には私たち当事者二人しか知らないことであり、名を表記していない引用は正しいのか？　事実とは異なる。

事実は以下の通りである。一九四二年一月一二日の蕭紅入院の当日、例の「T君」が突然やって来て、しかも荷物持参で、病院に泊まり込んで蕭紅の看病をして欲しいと言うのだが、この「T君」とは、実は一二月八日太平洋戦争勃発前に蕭紅を捨てており、それは武漢以来二度目の遺棄であった！　蕭紅看病の責任をこのように私と相談なしで、無理やり私に押し付けるのである、つまり、戦争も終わり、平安無事となったので、この憶病者が戻って来たというわけなのだ。

もちろん、私には望外の喜びであり、快諾するほかに、次のように答えた——この二晩、私は実に疲れ果てたので、書店の宿舎に戻って一晩過ごし、ぐっすり寝たい、条件（蕭が出した）は九竜には帰れない、それと言うのも明日は医者の共同診断日だから、ということで、私は承知して、こうして夕方病院を離れ、例の「T君」が看病することになった。翌日早朝に戻ると、蕭を手術室に送り、それから一月二一日、すなわち蕭逝去の前日、私は遠出するつもりのないままに、瑪麗病院を離れたのであり、翌日九竜から戻ると、蕭紅は退院しており、臨終状態であった。語るべきことは多いものの、とりあえずここまでにしておくが、劉以鬯の文章を読むと、やはり話の出所がある。(98)

蕭紅入院の経過については、端木はＨ・ゴールドブラッドとの談話の中で次のように述べている。

二五日のクリスマスになると、日本と平和条約を結んだので、私は街に出て病院を探したが、すべて開院していなかった。当時の香港ではアメリカ・ドルは使えなくなっており、日本の軍票というものだけしかなかったが、私たちに軍票のあろうはずがない。当時は大通りの至るところ軍票取り替え場で、一ドルが最も通用し、一〇ドルはだめで、香港では税値と称された。私は養和医院を探し当てており、これは私立では最高の病院で、公立では瑪麗が最高であり、〔養和〕医院の最も良い医者は李素培といい、彼だけはなおも診療しており、私が接触したのは彼の弟で、今ではもう亡くなったことだろう。

この人は、私から金を騙し取ろうとしていたと、のちに私は思うようになった。それと言うのも当時最も必要とされていたのは軍票で、このため彼は、一部屋紹介してあげますが、アメリカ・ドルはいらない、軍票しかいらんのです、と言うのだが、当時の私に軍票のあろうはずがない。たとえ友人を探してお金を借りようとしても、銀行の金庫は凍結されている。私はニム・ウェールズ（エドガー・スノーの前夫人）の原稿料（つまり蕭紅の「馬屋の夜〔原題：馬房之夜〕」の発表に対して郵送されてきたアメリカ・ドル）さえ受けとれなかった。ちなみに、駱賓基は文章を書いているが最低の常識もなく、香港の病院では先に手付け金と一週間の入院費、さらに一週間の特別看護婦費も払わねばならないが、駱は百元の金がどうしたと言って、最低の常識もない、デマを飛ばすにしても少しは常識が必要だろう。私はそのお金をすべて準備せねばならず、それでようやく入院が許可されたのであり、特に看護婦費は一日ごと、ひと晩ごとに二五元が追加されたのだった。(99)

この共同診断が、蕭紅の死を早めた。彼女は無責任なやぶ医者に喉頭癌と誤診されて、それにより病状は急変し、痛みは激化した。その夜、蕭紅は静かに折りたたみベッドの背にもたれており、端木と駱賓基がベッドのそばに座り、アルコール蒸気のストーブ〔アルコールを燃焼するとき、蒸気が立ち上がり、熱を出す原理を使うストーブ〕を囲んでいた。

蕭紅が言った。「人類の精神には二種類しかない、一つは上昇発展型、一つは下降型の卑劣でエゴイスティック……作家はこの世で何を追求しているの？　もしも大いなる善でなければ、大いなる憤慨でしょ。たとえば、T、私の話を聞いてね——もしもあなたが通りで孤立無援の乞食を見かけたら、ポケットに余分な銅貨があれば、一、三枚をくれてやる、こんなものをあげて何になる、とは考えない。乞食が手を伸ばしてきたら、あげてしまう、それが役に立つかどうか、とは考えない、役に立つかどうか考えても何になるの？　何事も自分にとって大した損失とはならず、相手には少しは良いことになる場合には、それはすべきことだわ。私たちの暮らしはこの世で獲得したものではないのだから、与えるべきなの」。

蕭紅はこうも言った。「私は本当はとっても書きたいんだけど、そろそろお別れということはわかっているから、『紅楼夢』後半の執筆を別人に残しておくわ……二人は何を辛そうにしているの？　死なない人なんていないでしょ。いつかは死ぬ日が来るんだから、二人は八〇まで生きられるの？　現実はこういうものだし、肉体の虚弱さもこんなもの。死が何だと言うの！　私は平気よ」。続けて駱賓基を慰めた。「泣かないで、あなたはちゃんと生きてね……私もあなたたちとお別れしたくないのよ！」。蕭紅の目が濡れて、小さな声がした。「こんなふうには死にたくない……」。端木はベッドの脇に立ち泣きながら叫んだ。「二人できっと君を助けるから[100]」。

続けて、端木は駱賓基を外に呼び出し、どうやって蕭紅を救うかを相談した。「一月一八日の昼、ＣＴの二人が蕭紅に付き添って養和医院の赤十字救急車に乗り、瑪麗病院に転院した[101]」。しかし端木はこう述べている。「香港はこのときすでに交通は断ち切られており、瑪麗病院から市街地まで二〇キロ、往復四〇キロもあり、自動車があると便利なので、そのとき私が一人で歩いて行ったのは、車を探し出せるという望みを抱いてのことだった[102]」。その後、端木は日本人の車を借りて、蕭紅を病院へと送り届けた。

瑪麗病院に着くと、長期にわたり最終的な診断治療がなされていなかったので、最後に再び手術が行われ、咽喉部の呼吸管を取り替えた。一九四二年一月一九日の夜、蕭紅は手振りで駱賓基に向かいペンを欲しがり、メモ用紙にこう書いた。「空青く水清きところで眠りたい、あの『紅楼夢』後半の執筆を別人に残し」。さらに次のようにも記した。「半生耐えた白眼視、……身先ず死するや、耐え難し、耐え難し[103]」（杜甫の諸葛孔明を謳った詩「蜀相」に、「出師《すいし》未だ捷《か》たざるに身先ず死し」という一句がある）。

一九四二年一月二一日、駱賓基はタバコが吸いたくて、階下に行きマッチを探したが、見つからない。そこで街に出て、一箱買ってこようと思った。このときふと一か月半も帰宅していないことを思い出し、一度帰ってみることにしたのだが、階上〔の病室〕に戻り海を渡って〔九竜へ行って〕くると声掛けせず、なんとこの一時の油断が、大きな間違いとなり、尽きることのない遺恨となるのであった。

駱賓基が九竜の住まいに戻ってみると、部屋は他人に占拠され、二〇万字の原稿を含むあらゆる財産が行方不明となった。駱賓基は怒りに燃えながら帰って来るしかなく、一月二二日の夜明けに瑪麗病院に戻り蕭紅の看病を続けるつもりであった。病院に着くと、玄関に「大日本陸軍戦地病院」の旗が立っており、一般人は立ち入り禁止となっていた。駱賓基はさんざん口数を費やしてようやく玄関を入って階上に辿り着いたが、病人の姿は消えており、彼は恐慌を来すこととなる。

駱賓基が大急ぎで書店の宿舎に戻ると、端木が彼を探しに来たという人がいて、蕭紅が危篤、しばらくしたら再び探しに来るので一緒に蕭紅のところへ行こう、と書かれたメモが残されているだけであり、駱賓基が端木と共に赤十字が臨時に設立した病院に駆け付けたときには、蕭紅はすでに臨終を迎えていた。

駱賓基は『蕭紅小伝』でこう述べている。

まもなく、T君が案の定やって来て、蕭紅はすでに人事不省となっているが、一八元の火葬費が足りないということなので、駱賓基はしっかり書店の経理係に一八元の借金を頼み込み（二〇元貸してくれた）、そのままT君に渡したのだが、なんと二人が臨時収容所に向かう路上で「乱仔」に遭遇したのだ。(104)

駱賓基は晩年にこのことについてこう語ったことがある。「一九四二年、私が九竜から戻ると、T君が私を蕭紅に会わせに病院まで連れて行った。路上で匪賊に遭遇し、私からは数元の香港ドルをすべて奪い、彼からは百元紙幣の香港ドルとアメリカ・ドルのぶ厚い束を奪った。蕭紅だけがアメリカ・ドルを持っていたのは、柳亜子さんが治療費として彼女に渡してくれたからである。これに本当に驚いたのは、直前にT君が一八香港ドルの火葬費もないと公言したので、私は二〇ドルを借りて彼に渡したからだ。しかも彼はこのアメリカ・ドルと香港ドルを取り戻そうとして、自分は日本人だと名乗ったのだ。私はこれを聞くなりすぐに「違う！　私たちは上海人、日本人のわけがないだろう」と言った。その結果、私たちは匪賊に何もかも巻き上げられてしまった。[105]

蕭紅の最後の四四日について、本来は何も言いたくなかったのだが、その後、ある人の文章を読んで言わざるをえなくなった、と駱賓基は語っている。

彼は次のように述べている。

　この最後の日（すなわち一九四二年一月二二日）、彼と例のT君とは「聖ステパノ」臨時医務所へ行くときに、「乱仔」による強盗に遭遇したのだが、馮雪峰《フォンシュエフォン》〔ふうせっぽう。一九〇三〜七六、中国の文学者、政治家〕や邵荃《シャオチュアン》麟《リン》〔しょうせんりん。一九〇六〜七一〕という文芸界の二人の指導者には話したかもしれないが、それ以外は（それから当時は桂林にいた胡風がおり、楊剛同志が私を連れて行き、〔楊も〕一緒にそばで耳にしている。これは一九四二年の春に私が桂林に戻って以後のことであり、のちに楊剛同志が『大公報』記者の名義で私を訪ねて来て胡風が蕭紅逝去の経過に関心を寄せていることを伝えてくれ、話して聞かせるようにと、私を誘ってくれたのだ）、三五年近くの間、私が二度と話さなかったのは、解放後、世界観を改造した方が良い、という観念を抱いていたからで（ただし別の面を忘れていた——さらに悪くなる人もいるということを）、過去は永遠に過去たらしめよ、と思っていたのだ。「文化大革命」開始後には、自分の考え方はあまりに単純だと思い始めた。

しかし四四日に関して、私がなおも話そうとしなかったのは、当時は形而上学派が実権を握り、盛んに嘘を言い、偽証がなされており、しかもひと言のために人が死地に追いやられることもあり、そのようなことは私はしたくない、というわけで蕭紅に関してある革命的女性幹部が単独で私に面会し、調査したときも、私は『小伝』で語ったのと同様に、事実通りの話をして、最後の四四日については、確かに保留したのだ。

〝四人組〟粉砕後は共産党の実事求是の精神が主流となったが、蕭耘《シアオユン》〔しょううん。生没年不詳〕が最初に私との面会を申し込んできたとき、私はなおも話そうとはせず、その後、一九七八年の初秋に私が小湯山療養院〔北京市昌平区の温泉地にある療養所〕にいたときに、彼女が送ってきた『哈爾浜《ハルピン》師範学院院報』を見たのち（おそらく一九七八年三月号）、私は病気だが死んではおらず、このような白黒を逆転した文章が、『蕭紅小伝』を批評するという名目で出て来たので、蕭耘に対し四四日間の主なことを語り始めた——その中には一月二二日に私たちが路上で強盗に遭遇したことも含まれる。

前週には、蕭耘夫妻はテープレコーダーを持ってきたが、三月七日以後は、すでに私の市の中国文学芸術界連合会への党支部入党申請が通過しており、一九七八年に療養院にいたときとは異なり、内外を分けるべきであった。しかし事実はやはり事実であり、私はすでに話を始めており、録音されるのを断るわけにはいかない、このため蕭耘に問われるままに再び過去の話を繰り返し、おそらく二、三時間の談話となったのだ。その後、私が彼女に手紙を書いて、国外には録音記録の整理を提供しないように、国内の雑誌の場合は、二、三行の引用ならば構わないが、と言ったのは、今は健在だが、死んだら話せなくなるからだ！(106)

一九四二年一月二二日午前、蕭紅が逝去すると、二四日に遺体は跑馬地〔ハッピー・ヴァレー〕の背後にある日本火葬場で火葬され、二五日香港浅水湾〔レパレスベイ〕の墓地に葬られる、場所は麗都花園の海辺にある。これが一般に知られている蕭紅の墓地である。実は、蕭紅の骨は分けられて二か所に葬られている。以下はそれぞれ端木と駱賓基とが友人に宛てた手紙の一部でこれを証拠としたい。端木は一九七七年三月一〇日に丁言昭宛ての手紙でこう述べている。

お手紙を受け取り、詳しく書こうと思っていたところ、体調が悪くなり、遅くなってしまいましたが、今、ご返事しますので、あなたが書き写して彼に送っていただければ、幸いです。この草稿はあなたが記念に残して下さい。当時の友人の中では私はごく少数の人には話しているので、万が一にも私が死んでしまっても、なおこのことを知る人はいるでしょう。もちろん、これは改葬以前に話したことです。当時は、イギリス当局も長くは香港にはおるまい、そのときにはお墓が二つあれば少なくとも一つは保存できる、そのときには再び改葬するか、その場所に記念のものを作っても良い、と思ったのです。もしも香港回復の日があれば、聖セバスチャンの地に記念のものを作れるのです。浅水湾の将来が海水浴場となる運命かどうかはわかりませんが、賑やかになるかもしれず、そうなるとふさわしい場所ではありません。

蕭紅逝去後、当時は交通はまだ断ち切られており、日本軍による軍事管制期間でした。風光明媚な場所に葬れば、慰霊にも便利なので、浅水湾を選んだのです。しかし私は日本のファシスト軍が長期にわたり香港を支配するはずがない、と固く信じていたと同時に、イギリス当局には事情はわからず、保護を強めてくれることもないと信じていたので、二か所に分骨することを思いついたのでした。当時は、大地になおも濃い硝煙の臭いが残り、私はすべて徒歩で進み、山道を登り、数日前に参戦したカナダの一団が全員戦死したところは、なおも血なまぐさく、予め書いておいた「蕭紅の墓」の木札と骨灰瓶を捧げ持ち、浅水湾に至ると、手と石とで地面を掘りました。当時は花園があり、回りはセメント製の欄干で囲まれており、私はこの場所を選びました——大海に面していました。素手で穴を掘り骨灰を葬ったのです。これが浅水湾の墓地に埋めたということです。木札に「蕭紅の墓」と書いているので、誰もがみな、知っているのです。

しかしもう一つのお墓は、知っている人はごくわずか、私が覚えている限りで、方蒙を除くと、ほかには克家と豊村がいますが、それは私が教えたからです。そこは聖セバスチャン女学園のキャンパスです。当時はあとで探しやすいようにと、山の斜面を選んで埋葬しました。斜面にはあまり大きくはない木が生えていました。当時は、この木を目印にしようと思ったのです。それは浅水湾のお墓が万が一壊されても、ここで保存できるからです。同時に、香港がいずれ中国に回復されるだろうと思っていたからなのです。

骨灰瓶、と称するのはもっぱら瓶であったためなのでして、当時は骨箱が手に入らなかったのです。みな骨董屋の門を叩いて高値で購入したのです。聖セバスチャンに埋葬した瓶は、浅水湾の瓶の色よりも薄く、やや小さめでした。そのときに選んだのはすべて無地でした。聖セバスチャンで埋葬したときには、一人の香港大学の学生が、穴を掘るのを手伝ってくれましたが、彼の名前は忘れてしまいました。彼に感謝したい——おかげで浅水湾よりも深く埋葬できたのですから。この学生さんとは馬鑒《マーチエン》（ばかん。一八八三〜一九五九）の家で知り合いました。馬鑒とは馬季明のことで、香港大学中文系の主任です。

駱賓基は一九七七年三月二一日の手紙で次のように述べている。

あなたが知っている主な二点は、正しいことです。

浅水湾での埋葬は衣冠墓（遺体はなく故人の服装などを埋葬した墓）です。

骨灰は別に大きな瓶に入れました。しかし衣冠の灰を入れた瓶は小さめとはいえ、三〇センチ以上あり、壷のように胴が膨らんでいました。容量五ポンドの魔法瓶よりも大きかったのです。

正しくないこと——

浅水湾の蕭の衣冠墓は、手で掘ったのではなく、手ではこの瓶を埋められるほど深くは掘れませんし、そもそもあそこの土は軟らかいものではなく、むしろ岩のように硬いのです。

道具は二本の鉄の鋤で、浅水湾行きの道中に、ある中学で借りたもので、帰り道に元の持ち主に返しましたが、そのときには空は暗くなっていました。

骨灰瓶は結局どこに埋めたのか、については今ではわかりません。そのとき、私はその場にはおらず、その日の午後か翌日の午前になって私が見に行ったときには、地面には何の痕跡も残っておらず、私が何度も尋ねたところ、私を案内した人がようやく一本の横に伸びた幹の上に二個の鉄の輪（ブランコの綱をつなぐためのもの）があるのを指して、鉄の輪から垂直に糸を垂らしたところが、骨灰瓶を埋葬したところだと教えてくれました。私は翌日香港を離れました。

さまざまな回想の文章を前にして、私たちは次のような結論を得られるのではあるまいか。当時の端木は主に対外連絡、費用の工面、病院探しなどを担当し、駱賓基の任務は病床の蕭紅を看護することで、二人は分業して別の仕事に就いていた。

一九九七年三月二〇日の『澳門《マカオ》日報』に一枚の写真が掲載されており、それは趙淑俠《チャオシューシア》（ちょうしゅくきょう。原籍は黒竜江省、一九三一年一二月北京生まれ）と蕭軍、端木、駱賓基の集合写真である。彼らは「終生恋敵」であり、「昔の嫉妬」を抱いており、よくも同席して写真など撮れたものだ、と言う人もいる。

実は一九八六年に、趙淑俠は会議に招聘されて訪中している。会議当日には数多くの作家が現れたが、その中に東北文壇三長老がいた。閉会時に趙淑俠が進み出てこう言った。「蕭伯父さん、私は遥か彼方から帰って来たのですから、先輩方と記念写真を撮らせて下さいませんか」。蕭軍が答えた。「よし、撮ろう！」。駱賓基も言った。「淑俠が遥々帰って来たんだ、みんなで記念写真を撮るべきですな」。趙淑俠は端木にも声をかけた。「端木郷長、一緒にお掛けになって写真を撮りましょう」。こうして驚くべき集合写真が生まれたのである。趙淑俠は次のように述べている。

それから以後、私はこの三人の東北大家と交際するようになる、多くの人が三人を批判する文章を書いており、特に端木蕻良の「陰険冷酷な薄情者」の悪名は定説化して名誉挽回は難しそうであった。しかし私の印象では文壇三長老はなすことにそれぞれ風格があり、大きく異なっているが、三長老共に善良な性格の人である。

蕭軍は外見は粗野であるが、話をすると率直で、内には大変やさしい心を持っている。駱賓基は見た目は憔悴し色黒く、その顔つきは誠心誠意、伝道を続ける、天涯孤独の苦行僧を連想させる。蕭軍や駱賓基と比べると、端木蕻良はやや繊細で、外見も垢抜けており、詩人・芸術家風の雰囲気を漂わしている。端木蕻良は数十年の間、外部でどのように非難されようが、泰然自若として、ひと言の弁解もしなかった。その後、蕭軍が癌を患って入院し、医者からもはや快癒の希望なしと宣告されたときには、端木は病弱な身体で見舞いに行き、五、六〇年来の解けぬわだかまりを解こうとした。これは実に感動的なことであり、端木が冷酷無情の人ではないことを証明するものである。[107]

実は早くも八〇年代初めには、端木側に立とうとする人がいた。一九八六年四月二五日、蕭紅の甥の張抗と金剣嘯の婿の李汝棟《リールートン》そして端木の甥の曹革成《ツァオコーチョン》が舒群を訪ねたところ、彼は一九八一年にハルピンで開催された蕭紅生誕七〇周年記念会に対し批判的で、次のように述べた。「前回の蕭紅生誕七〇周年は、記念の仕方にいささか問題があった。一部の人の圧力に屈して、招くべき人を招かず、招くべきでない人を招いていた」。「会で蕭紅の生涯が回想されたが、端木（蕻良）と蕭紅とのことにはひと言も触れなかったが、それで良いのか？ これは蕭紅を記念するものだろう？ 端木と蕭紅とのことは事実であり、どうして避けて通れようか！ 個人の好みで語って良いことなのか？ 彼らは何をしようとしてるんだ？」。「端木を呼ばずして、陳〇〇〔陳涓の本名、陳麗涓のことか？〕を呼ぶとは……もちろん三〇年代には彼女もハルピンにいたが、我々が連絡した人ではない、〇〇が単独で連絡していた人で……蕭紅の記念に、彼女を連れてくる……これはもちろん五〇年以上も前のことではあるが、蕭紅の記念に、記念会に、彼女を呼んでくるなんていいのだろうか。なんということをしてるんだね！」(108)。

蕭軍と端木は、蕭紅の二人の夫であり、彼女と一緒にいてもあまり仲睦まじくはない、情愛は冷めやすく、感情的にもつれ、実は二人は妻を求めていただけで、才女を求めていたわけではなかった。蕭軍と端木の魂の奥深くには、多かれ少なかれ、見えるにせよ見えぬにせよ、「亭主関白」がなおも存在していたのである。当然、この面において蕭軍と端木とでは、現れ方は異なっていた。筆者が思うに、蕭軍の「亭主関白」はよりひどく、よりはっきりと現れており、端木は潜在意識的な「亭主関白」のほかに、女性（妻）の至れり尽くせりの世話とやさしい愛護を受けたいという渇望も抱いていた。二人は共に蕭紅の才能を評価し、愛したが、純粋な才能は実際生活における確かな満足を与えてくれる妻の役割と比べると、あまりに無力であり、磁石のような吸引力に乏しく、このため、時の流れと共に、二人の婚姻生活に対する満足感は次第に下降し、ついに別れるに至ったのである。

蕭紅自身にも問題があり、彼女が強く望んでいたのは、彼女を思いやり、世話し、愛する夫であるのに、彼女自身はさまざまな主観的客観的原因により、妻としての責任と義務とを十分には果たせなかった。彼女は天性の「赤い花」となる人材で、もしも「配偶者〔ベターハーフ〕」が緑の葉の作用を果たせず、彼女に無理にでも緑の葉となりこの「ベターハーフ」に合わせるように求めると、彼女がいかに豊かな才能に恵まれていようとも、このような結婚が失敗するのは運命づけられているのである。公平に言えば、このような結婚は双方にとって不幸であり、当然蕭紅にとってより大きな不幸なのである〔この記述は「赤い花は緑の葉に彩られてこそ美しい」という諺を踏まえている〕。その内なる苦楽を細部まで玩味すれば、こうも言えるだろう――それは男性の女性観と女性の女性観との衝突から必然的に導き出される結果である。

最後にもう一度、蕭紅の遺言を分析したい。

「空青く水清きところで眠りたい、あの『紅楼夢』後半の執筆を別人に残し」、「半生耐えた白眼視、……身先ず死するや、耐え難し、耐え難し」。

この蕭紅の言葉に対して、梅志には別の解釈があり、次のように述べている。

「耐え難し」、そう、彼女はまだ三一歳だったのだ！　ただし「半生耐えた白眼視」というのは、あまりに感傷的である。本当に旧社会にあってあのような幸運に恵まれた者がいただろうか――二〇歳で芽が出て、『生死場』一冊の原稿を抱えて上海に来て、魯迅や多くの友人たちの称讃と愛護を受けるという幸運。

創作の面でも、彼女個人に対する対応にしても、当時彼女を白眼視し冷遇した者などいなかったし、彼女を批判する文章も見たことはなかったと思う。逆に彼女の家族が、身内が彼女を冷酷に傷つけ、嘲笑し、白眼視して冷たく当たり、したたかに打ちのめしたのだ。それは彼女が抜け出せなかったものであり、当時の古い考えから脱し切れていなかった女性にとっては致命傷でもあったのだろうか？　こうして彼女は一幕一幕と「愛」の悲劇を演じ、そしてこの悲劇はついに彼女の三一年の生命と共に幕を閉じたのだった。(109)

昔の言葉に「鳥《とり》の将《まさ》に死《し》なんとするや、其《そ》の鳴《な》くこと哀《かな》し。人《ひと》の将《まさ》に死《し》なんとするや、其《そ》の言《げん》や善《よ》し」（『論語』「泰伯第八」の言葉。「死にのぞんだ鳥の鳴き声は、かなしい。死にのぞんだ人間の言葉は、すぐれている」という意味。訓読および現代語訳は吉川幸次郎著『論語　上』（朝日選書、一九九六年一〇月、二五五頁）による）とある。今日に至るも、なおも一九四二年一月一九日に蕭紅が残したあの言葉をぜひとも改めて読み直す必要があろう。それは臨終時の蕭紅の思念と情念とを直接に吐露した言葉であり、彼女の生涯の思想と文学創作を研究する際に重要な意味を持つからである。

「空青く水清きところで眠りたい」――この一句には少なくとも以下のような二重の意味がある、と筆者は考えている。

（一）「空青く水清きところ」とは騒がしく偽・悪・醜に満ちた人間世界の正反対で、美しく静かなる大自然を指し、それは真善美の象徴である。蕭紅はこのときには自らがまもなくこの世を去り、すぐに「自然の懐に戻り、本来の姿に帰る」ことを知っていた。これに対し、彼女の気持ちは恐怖から安静へと向かっていたようすである。清らかな大自然と悪しきこの世と比べれば、彼女はより前者に傾倒し、より前者を好んでいた。ほぼ平静に死を迎えられたことは、おそらく幼少期から受けてきた中国古代文化の影響と関わりがあるのだろう。古代において、達人は生命の終わりを「回帰」と見なしており、このような考え方は道家において最も鮮明である。

（二）「空青く水清きところで眠りたい」とは、蕭紅の自らの人生および文学作品に対する楽観的な評価を意味してもいる。彼女にとって、自分の人生は流星のように短かったが、何も成し遂げられなかったわけではなく、世の人に百万字近くの文学作品を残したのである。自らの心血と知恵とを凝縮したこの文学作品は、文学の世界において一つの席を占めるに違いない、と彼女は固く信じていた。この一句は、蕭紅の自信とそれなりの自己満足を明らかに示すものである。

「あの『紅楼夢』後半の執筆を別人に残し」――『紅楼夢』は中国古典文学における芸術的頂点であり、多くの女性の悲惨な運命の描写を重要な内容とする巨著である。蕭紅の幾度かの談話から彼女が『紅楼夢』をいかに好み、これに親しんでいたかを理解できる。たとえば蕭紅は聶紺弩との談話で、自らを『紅楼夢』の世界の人であると述べ、『紅楼夢』の香菱が夢で詩を作る〔香菱は『紅楼夢』の女性登場人物で、第四九回に夢の中で詩作する〕ように、自分も夢で文章を書いているが、人に言ったことがないので、誰も知らないのだ、と述べている。[110]

「あの『紅楼夢』後半の執筆を別人に残し」を、蕭耘と建中〔蕭耘と建中は『蕭軍と蕭紅』の共著者〕は次のように理解している。「この『紅楼夢』とは彼女が以前に話したことがある、抗日戦争勝利後に、丁玲、聶紺弩、蕭軍の諸氏と紅軍のかつての根拠地と雪山、大渡河〔一九三四年一〇月から翌年にかけて、国民党軍に江西省瑞金の根拠地を包囲さた中国共産党が、陝西省北部まで約一万二五〇〇キロメートルの大行軍をした際に通過した地名〕を訪ねて書き続けようと考えていた作品である」。[111]

これに対し、筆者は容易には同意しかねる。その理由は第一に、紅軍の根拠地および雪山、大渡河などは、『紅楼夢』と何の関わりもない。第二に、もしも紅軍の事跡を書くことが半分の『紅楼夢』であるとするなら、すでに存在するもう半分の『紅楼夢』とは何か？　それも紅軍を題材とする作品であるはずだが、逝去前の蕭紅にはそのような作品は一作もない。筆者が考えるに、この言葉は蕭紅が自分のある作品群の性格が『紅楼夢』に近く、女性の運命に関心を寄せていると考えていた点を語るものである。そのいっぽうで、彼女の胸の内には同様の趣旨の新しい作品が計画されていた、あるいは熟していた点を語るものである——しかし命の炎が燃え尽きんとして、執筆は続けられなくなったのだ。彼女は誰かが引き続き女性の運命に関心を寄せ、自分がどうにも完成しようのない残りの『紅楼夢』を書き続けることを願っていたのだ。さらに、もう一つの可能性がある。この「半分の「紅楼夢」とは、形ある作品を指してはいない。蕭紅の目の内では、自分の紆余曲折続きの生涯により、半分の『紅楼夢』を書いたが、今では苦しい人生も終わろうとしているので、残りの人生の物語は他の人に続けて書いて欲しいということなのだろう。これもある程度、彼女の女性の運命に対する不安を体現するものである。

「半生耐えた白眼視」という遺言の一句は再度吟味するに値し、筆者も梅志が述べているように、この言葉は実際の状況にはあまり符合していない、と考えている。蕭紅は家を出る前には、確かに父親と継母さらには祖母からさえも白眼視されたが、それと同時に祖父らから真に暖かみのある愛情を受けている。ハルピンでも、上海でも、彼女は蕭軍やその他の友人の深い愛情を得ており、そのうえ幸運にも魯迅夫妻の世話と保護も得ている。

それでも、蕭紅の「半生耐えた白眼視」という言い方は、まったく根拠がないわけではなく、臨終に際し感情の「棚卸し」をしたときの本当の気持ちであったのだ。彼女は暖かみのある愛情に対し永遠の憧れを抱いており、このために十数年間もたゆまず奮闘したのであり、その結果といえば次々と失望を味わされ、最後まで理想の彼岸には到達できなかった。これまで自分が歩んで来た愛を求める旅を思い返して、このような憤激の言葉を発したとすれば、それも理解できるであろう。

「……身先ず死するや、耐え難し、耐え難し」——蕭紅のこの遺言の句から、私は唐代の詩聖杜甫の武侯（諸葛孔明）を悼む有名な詩句を思い出す。「出師《すいし》　未だ捷《か》たざるに身は先ず死し／長《とこし》えに英雄をして涙を襟に満たしむ」（「蜀相」。訓読は黒川洋一注『中国詩人選集　第9巻　杜甫　上』岩波書店、一九五七年、八八頁）。蕭紅の「身先ず死するや」の一句の前には省略符号があるだけで具体的な内容はなく、私たちに想象の空間を残している。その経歴と人生の道、そして一貫した思考を結び合わせると、彼女が語らんとしていたことは察せられよう。「愛を求めるも未だ得られず、身先ず死する」あるいはこう言いたかったのだろうか。「壮志（さらに『紅楼夢』の半分を書くというような壮志）はいまだ報いられず、身先ず死する」。あるいはこうも言いたかったのかもしれない。「文才高くして立つものの、身先ず死する」。さらには前述の三種の内容を兼ね備えており、すべてを語りたかったものの、時が迫っていたため語れず、空白を残した、とも考えられよう。いずれにせよ、彼女はあまりに早くにこの世を去ることに、心の内では納得できず、情としてそれは避けたく、遺憾の思いを胸いっぱいに抱きつつ、生命に対する未練と運命に対する疑いを表現したのであろう。

第三章　蕭紅の文学作品における女性観

第一節　女性と貧困——苦闘と死

原始社会の中期後半には、実はすでに貧富の差別が現れていた。もちろん、当時の貧と富とは、主に所有する食糧と簡単な生活資材の多少における差であった。階級社会に入ったあとは、生産力の発展に伴い、貧富の差はますます日増しに明らかとなった。しかも真の意味での貧富が現れたあとには、人は誰もが貧困から遠ざかり、幸福で裕福な暮らしを望んだのであり、それはまさに孔子の言う通りであった。「富《と》みと貴《とうと》きとは、是《こ》れ人《ひと》の欲《ほっ》する所《ところ》也《なり》。……貧《まず》しきと賤《いや》しきとは、是《こ》れ人《ひと》の悪《にく》む所也《ところなり》」（『論語』「里仁第四」に見える言葉で、「富と貴は、だれでもほしいものである。……貧と賤は、誰だっていやなものであ」るという意味。訓読および現代語訳は前出の吉川幸次郎『論語　上』（一〇七頁）による）」。これだけでなく、儒家はさらに「老《ろう》をして終《をは》る所《ところ》有《あ》り、壮《さう》をして用《もち》ふる所《ところ》有《あ》り、幼《よう》をして長《ちやう》ずる所《ところ》有《あ》り、矜《くわん》、寡《くわ》、孤《こ》、独《どく》、廃《はい》、疾《しつ》の者《もの》をして皆養《みなやしな》ふ所《ところ》有《あ》らしむ。男《だん》は分《ぶ》有《あ》り、女《ぢよ》は帰《き》有《あ》り」（『礼記』「礼運第九」に見える言葉。「老人には安んじて身を終えさせ、壮者には充分に仕事をさせ、幼少には伸びのびと成長させ、やもめ・みなしご・かたわの人びとに苦労なく生活させ、（一人前の）男には職分を持たせ、女にはふさわしい夫を持たせる」という意味。訓読および現代語訳は竹内照夫著『新釈漢文大系　第二七巻　礼記　上』（明治書院、一九七一年四月初版、一九八八年第一六版二二七頁）による」の美しい暮らしの原風景に憧れた。亜聖の孟子はこの美しい暮らしのために具体的なプランを設計した。「五畝《ごほ》の宅《たく》、之《これ》に樹《う》うるに桑《くは》を以《もつ》てせば、五十《ごじふ》の者《もの》以《もつ》て帛《はく》を衣《き》る可《べ》し。……百畝《ひやつぽ》の田《でん》、其《そ》の時《とき》を奪《うば》ふ勿《な》くんば、数口《すうこう》の家《いへ》、以《もつ》て饑《う》うる無《な》かる可《べ》し。……七十《ななじふ》の者《もの》帛《はく》を衣《き》、肉《にく》を食《くら》ひ、黎民《れいみん》饑《う》ゑず寒《こご》えず」（『孟子』「梁恵王章句　上」の一節。「民には一家に五畝の宅地を与え、ここに桑の木をうえてそれで養蚕を行なえば、五十歳位の者は絹のきものを着て暮らすことが出来よう。……一夫婦に百畝の地をわけ与え、農事の忙しい時に夫役（ぶやく）に引き出すことなどはしないようにするならば、農事に十分手がゆきとどくから豊作になり、従って五人や六人の家族はその百畝の地の収穫で十分に生計が立ち、飢えることはないであろう。……このように七十歳位の年寄が絹物を着、肉類を食べ、若い者も飢えずこごえず、というようになって、しかも王者になれないなどという者は、古来決して無いことである」という意味。訓読および現代語訳は内野熊一郎著『新釈漢文大系　第四巻　孟子』（明治書院、一九六二年初版、一九八九年第四二版一七頁）による」。古代の先哲のこのような美しく魅力的な理想社会は、夜空の北斗星や灯台の光のように、生きる勇気と命の希望を与えてくれるが、二千年来、貧しき大衆がずっと過ごしてきたのは、衣食に事欠く暮らしであった。特に戦乱や飢饉、流行病の年に際しては、野には餓死者が溢れ、平原は白骨に覆われ、「骨《ほね》を析《くだ》きて炊《かし》ぎ、子《こ》を易《か》へて食《くら》ふ」（『史記』「宋微子世家第八」の一句。「人の骨を砕いて薪にして食物を煮、子供を交換しあって食べている」という意味。訓読および現代語訳は吉田賢抗著『新釈漢文大系　第八五巻　史記五　世家　上』（明治書院、一九七七年初版、一九八九年四月第一二版二九一頁）による」の惨状が史書にしばしば記されている。

蕭紅が文壇に足を踏み入れたあとは、中華民族は生死存亡を賭けた試練と残酷な戦争との洗礼を受けており、もともと貧困に苦しんでいた庶民は、さらに飢えと寒さに虐げられ、生死場でもがいていた。蕭紅作品を読むうちに、筆者が気づいたことは、蕭紅の作品の多くは貧しさをテーマとするか貧困の人生という問題を描く小説や散文が占めていることである。中でも、貧しい女性の人生に蕭紅は始終関心を寄せており、それは最も多く取り上げられたテーマである。蕭紅は大量の筆墨を費やして貧しい女性の苦しみと女性の貧困の苦しみとを描いている。客観的に真の社会的現実を反映していると共に蕭紅の女性観を体現しているのである。

一.

蕭紅は飢餓と貧困を自ら体験しているため、貧しさが人の身体と精神とにもたらす苦難と苦痛を切実に感じており、彼女は貧しき無告の民に深く同情していただけでなく、貧困の本質をよく理解しており、女性の人生における貧困の苦しみの鮮やかな描写には深みがある。筆者が思うに、とりわけ、蕭紅が関心を寄せる目線が、通常の意味での困窮者に対してだけでなく、多くの貧しい女性に注がれており、それは彼女の女性の現実と運命、女性の思いに対する深い配慮というこの意志堅固な意識の現れなのである。

さらに筆者が驚愕したことは、蕭紅作品中の死者像を整理すると、直接に死を描くもののほとんどすべてが女性の死であった点である。そのうちの絶対多数が貧しい女性の死であり、それは次頁の表に整理した。これは中国現代文学史においては例外的である。いかなる女性作家も蕭紅のように感じ、考えて女性の死を描いたものはいない。

蕭紅が一九三三年に書いた「王阿嫂の死〔原題：王阿嫂的死〕」が彼女の最初の小説と広く認められている。同作は夫を亡くしたあとに地主に暴力を振るわれ、早産して死を迎える中年女性を描いた。一九四一年執筆の『小城三月』は蕭紅の短い生涯で完成された最後の小説で、作品には若い女性の死が描かれている。蕭紅の小説創作は女性の死で始まり女性の死で終わったのである。

表　蕭紅小説中の女性の死亡原因一覧

作品名	創作年	人 物	年齢	身 分	死亡原因
「王阿嫂の死」	1933	小環のお母さん	中年	農村寡婦	地主の息子にレイプされたあと、憤死
		王阿嫂	中年	農村寡婦	夫が地主に焼き殺されたあと、自分も地主の暴力を受け早産して死亡
「もの言えぬ老人」	1933	小嵐	青年	女工	女工組の頭に殴られて死亡
『生死場』	1934〜1935	小鍾	3歳	農民の幼女	母親が農作業中に鉄の鋤の上に倒れて死亡
		月英	若い婦人	農夫の妻	中風を病むが夫の介護を受けられず死亡
		王婆	老人	農婦	服毒自殺未遂
		小金枝	幼児	農民の娘	若く貧しい父親に投げ殺される
		女学生	学生	学生	日本軍に捉えられたあと、処刑される
		馮丫頭	青年	義勇軍	義勇軍に入り戦死
		麻婆子	中年	農夫の妻	日本軍に殺害される
		菱花奶奶	老年	農婦	息子が日本軍に殺害され、絶望して首つり自殺する
		菱花	3歳	農民の幼女	祖母に道連れにされて共に首つり死を遂げる
『呼蘭河伝』	1937〜1940	小団円の嫁	12歳	童養媳*	婚家と霊媒に虐待されて死亡
		王大姑娘	若い婦人	碾官の妻	わらぶき小屋で出産後に死亡
「裏庭」	1940	馮二成子の母	老年	碾官の母	病死
		老王	中年	碾官の妻	産後2年で死亡、死因不明
『小城三月』	1941	翠姨	若い婦人	寡婦の娘	「なぜ死んだのかわからず、それがみなの気にかかった」、死因不明
「赤いガラスの物語」	1943	王大媽	中年	貧しい女性	欝病で死亡

＊トンヤンシー、息子の嫁用に幼いときに買い結婚までは下女として働かせる女児

これらの魂を震撼させる描写は、どれも血と涙に彩られたこの世の凄惨なる絵巻物であり、当時の社会の真実の姿であり真実の生活風景の縮図であり、貧窮集団特に貧窮した女性の本来の姿にあらざる姿の典型化にして芸術的再現である。

「棄児」は蕭紅が貧窮のため自分が生んだ赤ちゃんを病院に借金のかたとして置いていかざるをえなかった自らの体験に基づき創作した小説である。

「棄児」の中で、蕭紅は自らの悲しい心境を描き尽くしただけでなく、当時の社会に普遍的に見られた貧窮をも語っている――飢えと寒さに泣き叫ぶ平民、餓死者がどこでも見られる惨状。

子供の呟き込む声で、芹は壁に伏せていた顔を動かし、寝床に飛び移ると、自分の髪を引っ張りながら、拳で自分の頭を思い切り殴った。まったく自分勝手なやつだ、何千何万という子供が泣いているというのにどうして聞こえないんだ？　何千何万という子供が飢え死にしているというのに、どうして見えないんだ？　子供よりずっと役に立つ大人だって飢え死にしていて、自分だって今にも飢え死にするっていうのに、何も見えないなんて、まったく自分勝手なやつだよ。(1)

蕭紅がここで社会の普遍的飢餓を描いたのは、それによりお腹を痛めた子供を育てられないために招来した悲痛な心理から抜け出したい、と思ったためであろう。そうでなければ、自分が生んだ幼女を投げ殺す貧困農民成業に対してある種の許しを与える態度を取るはずがないだろう。

『生死場』において、成業が実の子の幼女小金枝《シアオチンチー》を虐殺する物語は読者の心を戦慄させる。

メーデーのしばらく前のこと、成業はいつもずっと街との間を往き来しており、家に帰ると妻と喧嘩をする。彼が言うには――「米価が下がっちまった。三月に買った米は今売りに出すと半分近く赤字になってしまう。売っても借金の半分にもならない。しかし売らずにどうやって旧正月を向かえるんだ?」。

明日には旧正月を迎えるというのに、彼の家では何の準備もなく、一斤の小麦粉も買ってない。食事を作るときにも大豆油の缶も空っぽだった。

成業が怒って帰宅すると、食事を作っているようすもない。彼は怒鳴り声を上げた。「ああ! こんな調子じゃ……。飢え死にしそうだ、飯も食えないなんて……俺は街に行ってくる……街に行ってくる」。

息子が金枝に抱かれてオッパイを飲んでいたので、彼はまた話し出した。「いったいどうなるんだ? これもおまえらのためだぞ、強盗をやろうにもチャンスもない」。

金枝がうなだれてご飯を置くと、息子が横で泣きだした。

成業は……またもや我慢仕切れず話し出した。「うるせえ! この疫病神め、借金のかたに売っ払ってやる」。

息子は泣き続け、母さんは台所におり、掃除しているか薪の片づけをしているかよくわからない。父さんが怒り狂った。「おまえら二人とも売っ払ってやる、役立たずのおまえらなんていらねえよう……」。

これには台所の母さんも火の付いた薪のように怒りだした。

「何様のつもりだね? 帰ったと思えば喚きだして、あたしのことを仇とでも思っているのかい、売るって言うなら売って見ろ!」。

父さんがご飯茶碗を投げると、母さんが跳びかかった。

こうして小さな命は断たれてしまった(2)。

「農民」という言葉は、しばしば愚かしい、遅れている、教養に欠けるなどの悪いイメージを伴うが、質朴・善良などの良いイメージを持ってもいる。成業という農村の大男は残酷にも生後一か月になったばかりの実の子を投げ殺してしまうのだが、彼には質朴・善良な人間性がまったく欠けているのだろうか。彼の人間性が歪み、変態化し、非人間的となるのは、もっぱら貧困と借金、そして展望なき暮らしのためなのである。貧困と借金のために、基本的な生活保障を欠くようになり、赤ちゃんが邪魔ものとなり、心の平和と安静を保てなくなり、夫婦喧嘩が多くなるのだ。こうして成業の心はすさみ、理性が失われ、一生の過ちを犯してしまうのである。のちに、成業と金枝は無縁墓地まで子供に会いに行く。「二人は背を背けあって涙を流した」という細部の描写は、成業が自分の残忍な所業を悔やんでも後の祭というようすを描くものであり、しかも蕭紅は成業を深く責めているわけではなく、この世の悲劇を創り出した最大の原因は、結局のところ成業ではなく、貧困であることを異様なまでに明察しているのである。貧困が彼をギリギリまで追い詰めて、親子の情まで捨てさせて、理性を喪失させ、天にも良心にももとる軽率な行為に走らせたのだ。こうして突然邪念が生じるや、禽獣にも劣ることをしでかしたのである。まさにこの一点から出発して、蕭紅は小金枝の死因を主に貧困に帰し、貧困が弱者たる女性と子供を最後の生け贄としたのである。小金枝の無残な死は、生母である金枝にとっては、どれほど耐えがたい悲しみであり、精神的打撃であったかは、読者の判断にお任せしたい。

「王阿嫂の死」は貧しい農民の生存状況、特に貧しい農家の女性の悲惨な運命を反映した重要な小説である。「王阿嫂は冬になると、地主が豚の餌にしている腐ったジャガイモしか食べられず、一切れの乾燥野菜さえ口に入ることはなかった」、「王阿嫂は小環の手を引いて太陽が顔を出すときに村外れの広場にやって来て地主のために汗を流す毎日だった。小環は七歳だったが、母に倣って地主のために子供の汗を流した……どんな仕事もした――苗を育てて、水田に植える」。小環とは王阿嫂が引き取った女の子である。「小環の父は雇農で、この子が生まれる前に、死んでしまった。この子が五歳のときには、母も死んでしまったのだ。この子の母は地主の張の長男に強姦されて憤死したのだ」。王阿嫂の夫の王大哥は地主の家で御者をしていたのだが、馬が岩で脚を切断して、地主から一年分の賃金を取り上げられてしまった。そのために大いに憤慨し、気がおかしくなって、喚きながら荘園をうろつき回っていた。「張地主は彼が乾し草の山の上で寝ているときに、人にこっそり乾し草に火を点けさせたので、王大哥は生きたまま焼き殺されてしまった」。以来、「王阿嫂は心は空っぽで生きていた。毎日どこにいても大泣きしていた」が、それでも臨月の大きなお腹を突き出して地主のためにジャガイモを拾ったが、「彼女が流す涙はジャガイモよりも多い」、「その日、張地主が彼女を蹴飛ばしたことで、早産が始まってしまった。王阿嫂は血だまりの中で死に、生まれた子供も五分と経たずに死んでしまった(3)」。

「王阿嫂の死」の意図意匠は豊富にして重層的である。地主階級の金儲けのためなら手段を選ばぬ凶悪残忍な姿を描き、また妊娠出産のために女性が払う犠牲の大きさを描いている。女性が男性による暴力の対象となりえることを描くいっぽうで、女性が性的凌辱を受けたのちには、羞恥と憤怒のあまり、この世では生きていけないという真相を描いている。しかし小説の核心的内容の一つは、やはり貧困が農民に、女性にもたらす不幸と災難である。表面的に見ると、王阿嫂は難産で亡くなるが、その根本的原因を探れば、その死は次の二つの原因によるものである――女性と貧乏、貧しさは人を死に追いやることもあり、貧しさは人が虫けらのように殺される原因ともなる。このような意図意匠は異常なまでに明晰である。

小説では、蕭紅は書物の中の人物の口を借りて、気持ちを直接語ることもあるが、それは一度限りの批評ではなく、次のように評するのだ。

貧乏人は妻でさえ自分のものではない。

お金持ちの子供は子供だが、貧乏人の子供は祟りなのだ(4)。

同じ趣旨の考え方が、蕭紅の他の作品でも同工異曲で繰り返されている。たとえば「もの言えぬ老人〔原題：唖老人〕」の中の少女小嵐《シアオラン》は、父が亡くなると母は他の人に嫁いだので、言葉の不自由なお爺さんと共に暮らすことになるが、お爺さんは「物乞いをして暮らし」、小嵐は「路上の針子」をしていたが、その後、工場の労働者になり、現場監督にひどく殴られて死んでしまい、お爺さんは焼身自殺をするというように、祖父と孫は共に直接的あるいは間接的に貧困と孤独のために死んだのである。もう一例上げれば不幸な金枝は「お金のために、生活のために」都市に来て「路上の針子」となるが、「路上の針子も奴らの魔手から逃げられず」、大多数は金持ちの男のセクハラの対象となり、金枝もこの災難を逃れられない。「凧《たこ》を見る」の中の名前は不詳の劉という姓の老人の場合、娘が三日前に工場で死んでおり、老人は心の内でなんとこんな風に考えているのだ。

「貧乏人は生きていたってしょうがない、死んだ方がましさ(5)」。

このような孤独で、訴えようもなく、どうにもならない憤激の言葉は、貧乏人の死は生に勝る状況を暴き出している。作者の蕭紅は極端な言語を用いて、このような貧乏人、特に貧しい女性の生存意義と生命の価値を否定する不平等社会に対し、大いなる憤懣を表明しているのである。

蕭紅の『橋』は貧しい女性黄良子《ホワンリアンツ》の辛酸と不幸を描いており、佳作と称されるに耐えうる優れた短篇小説である。暮らしのために、黄良子は夫のもとを離れ、自分の子供を置いて、資産家一家の乳母となる。彼女はいつも自分の子供を思い、気にかけ、しばしば息子のために食べ物を盗んでおり、当初は自分の子供の方が可愛いと思っていたのだが、時間の経過と共に、資産家の子供も同じように可愛いくなる——これは疑いの余地もなく彼女の善良なる母性愛とその延長によるものである。その後、彼女は資産家の家に住むようになるが、母子の心はつながっているので実の子はいつも彼女に会いに来ていた。ある雨の日、息子は足を滑らせて河に落ち、溺死してしまう。表面的には息子の命を奪ったのは河であるが、本質的にはこの悲劇を引き起こした原因は、子供の両親の貧困である。子供を失った悲しみは長期にわたりこの善良なる黄良子を苦しめ、彼女は生涯、この泥沼のような辛い思い出と自責の念から抜け出すことができないのである。

　蕭紅は善良なる女性の慈悲深い博愛の心と、さまざまな人生模様に対する細かい観察と、貧困が引き起こすこの世の悲劇の一幕一幕の描写と、そして貧困のために生じる人格・人間性の歪みと、変質、消滅の暴露とにより、生き生きとした鮮やかなるイメージを創り出し読者に深い感動を与えるだけでなく、しばしば物事の本質に迫って、厳粛なる思想を啓示したのである。

二、

　蕭紅の小説作品において表現された貧困に関する話題については前述したが、実は蕭紅の散文作品においては、貧困の話題はさらに多く、数えきれないほどである。たとえば「飢え〔原題：餓〕」「借金〔原題：借〕」「質屋〔原題：当舗〕」「彼の上唇に着いた霜〔原題：他的上唇掛霜了〕」「暮らし〔原題：度日〕」「引っ越し〔原題：搬家〕」「十三日〔原題：十三天〕」「籠を持つ人〔原題：提籃者〕」「毛皮の帽子〔原題：買皮帽〕」「没落の街〔原題：破落之街〕」「十元札〔原題：十元鈔票〕」「家庭教師」「家具の投げ売り〔原題：拍売家具〕」「ホテル・ヨーロッパ〔原題：欧羅巴旅館〕」「広告員の夢〔原題：広告員的夢想〕」「ソフィアの悩み〔原題：索菲亜的愁苦〕」「枝先の春の気配〔原題：春意掛上了樹梢〕」「こそ泥車夫と爺さん〔原題：小偸車夫和老頭〕」「家庭教師は強盗〔原題：家庭教師是強盗〕」「彼は職探しに行った〔原題：他去追求的職業〕」「黒い「ドーナツ」と塩〔原題：黒〝列巴〟和白塩〕」「初冬」「最後の一週間〔原題：最後的一箇星期〕」「駕籠〔原題：滑竿〕」「二人の友だち〔原題：両朋友〕」「家族以外の人〔原題：家族以外的人〕」「人力車に乗って〔原題：蹲在洋車上〕」などである。

蕭紅の他の散文をさらに詳細に分析すれば、貧困と人生の問題を直接語らないにしても、ある程度貧困を背景とするものはさらに多いに違いないが、ここでは置いておくことにしよう。

全八〇篇余の散文の中で、貧しさをテーマとする、あるいは人生の貧困問題を描く散文は絶対多数を占めると言えよう。その中で貧しい女性と彼女たちの人生にも蕭紅は常に関心を寄せており、非常に多くの作品で描き出した。

「二人の友だち」は夫を亡くした女性の辛さ苦しみを描いている。金珠のお母さんは結婚して一〇年で夫が病没し、その後生計は苦しく、金珠を連れてお金持ちの親戚の家で家事手伝いをしている。「おむつ洗いに料理、皿洗い、洗濯――纏足《てんそく》なので、家事が朝から晩、夜中まで続くと、足が痛んだ」。辛い労働だけでなく、居そうろうで肩身の狭い思いにも耐えねばならない。「金珠は平民学校に入りたかったが、入れず、華子〔親戚の家の女の子〕と遊びたかったが、やはり遊べず、耳に金の輪を掛けていたが、誰も同情してくれなかった」〔古来、金の耳輪は女子の装飾品で魔除けでもあった〕。しかも「結局はまたもやこのように金珠の母は追い出されたのだ」[6]。その後、母と娘の二人はどのように生きていくのか。どのような運命が二人を待ち構えているのか。作者はこれを書くことなく、重い思考と豊かな想像の空間を読者に残している。

『商市街』という書は、当時の蕭紅・蕭軍の暮らしの実状を描いている。暮らしのために、蕭紅はまず自分が最も大事にしていた物を質屋に持って行った。同書における事実の記録から、人間に対する貧困による深刻な抑圧、飢餓がときには人間の尊厳を奪い、人間を犯罪へと追いやることが読み取れるだろう。たとえ文人、高尚な文人であっても、貧困の脅威の下では盗みさえ考えるに至るのであり、そののちには自己弁護を試みるのだ――「私は飢えていたのだ！　「盗み」をしたのではないんだ！」[7]。作家の頭も、創作に考えをめぐらすのではなく、真っ暗な夜に、冷たいベッドに横たわり、「テーブルは食べられる？　藁布団は食べられる？」と同じことをグルグルと考えている。残酷な現実から蕭紅が学んだことは、愛情はもとより大事ではあるが、食べ物なき愛情は大いに割り引かれてしまうもの、ということである。それは「彼の上唇に着いた霜」で詳しく描かれている。

蕭紅は創作を始めて以来、人の生存環境、生存状態に注目していた。彼女は実家を離れたあと除籍され、非常に苦しい流浪の日々を過ごしており、商市街では飢餓と貧困を自ら体験している。このため貧困の社会、貧困の現実、貧困の人々、貧困の感覚、貧困による人格や人間性の歪み、貧困による人間存在の「物質化」「疎外」など、蕭紅は身にしみて体験しており、このことは蕭紅の筆により余すことなく生き生きと描かれているのである。

三.

自ら飢餓と貧困を体験し、「貧しさ」に対し切実な経験と身を切られる痛みを有する蕭紅は、慈悲と博愛の心情と溢れんばかりの同情の筆致で、彼女が知り尽くしていた旧中国の貧窮に苦しむ民衆、特に女性の苦しみを描き尽くしており、貧困による人間性の歪み、人間存在の「物質化」「疎外」に対する生き生きとして深みのある描写を行った。しかし特に考える価値があるのは、物質的貧困以外にも、蕭紅が旧中国東北農村の深く根を張った、改めがたき精神的文化的貧困にも大きな関心を抱き、作品の中で生き生きとして深みのある描写を行ったことである。

いわゆる精神的文化的貧困とは、まずは人々の精神的文化的素質の劣悪さを指しており、具体的には無知蒙昧な保守性、近視眼的で身勝手、鈍感で是非をわきまえず、現状に甘んじ、進取の精神に欠け、迷信深く、科学的文化的知識を欠いている点などである。

蕭紅は『呼蘭河伝』の第一章第一節で特に力を注いで呼蘭の街の「東二道街上」にある例の深さ二メートル近いどろの穴――そこではしばしば「車がひっくりかえ」る事故が生じ、「車馬の通行をせきとめるばかりか、通行人の邪魔までする」、「子ブタが溺れ死に」、「イヌがもだえ死に、ネコが狂い死んだ」、ニワトリやアヒルもよくここで死んだ――および土地の人々の大きなどろの穴に対する態度を描いている、それは中国東北農民の貧困な精神と文化的貧困の生き生きとした象徴的で芸術的な縮図である。蕭紅は小説の中で多少の感慨を交えてこう述べている。

一年のあいだに、車や馬をかつぎ出す事態が、この穴で何度おこるかわからないのに、ひとりとして穴を埋め立てたらいいじゃないかといい出すものはなかった。ただのひとりも。

……

塀をこわしたらいいというものはあり、木を植えたらいいというものはあったが、土を運んできて埋め立てようというものは、ただのひとりもなかった。(8)

以上の議論を通じて、蕭紅が自ら熟知していた東北農民の精神的貧困と文化的貧困に対し抱いていた相当に皮肉っぽいものの実はとても心を痛めた、とても厳粛な批判的態度を実感できるであろう。

「大きなどろの穴」のイメージが主に村人の一時的な気休め、進取の精神の欠如、変革拒絶の精神状態を批判するものだとすれば、蕭紅が描く東北農民の幽霊・妖怪信仰とそこから発展してきた占いや「巫女《みこ》」などの迷信行為は、正真正銘、科学的文化的知識を欠いた非常に立ち遅れた野蛮な悪習とさえ称せられるものであり、精神文化の貧困のもう一つの典型的な表現なのである。東北農民が幽霊・妖怪を信じ、焼香して占うようすの描写は、蕭紅の作品によく現れる。

漁師村で最も美しい女性の月英は結婚後、中風で寝込んでしまったが、彼女の夫ができることといえば初期に「神様に祈り、線香を供える」ことや、「土地神様の祠の前まで薬をもらいに行く」ことだった。こんなやり方がまったく効果がない（効果がなさそうという）ことに気づいたのちは、夫は彼女を罵り、殴り、苦しめ、ほったらかすようになり、ついには彼女の臀部が腐敗し、蛆が湧き出すに至り、直接的あるいは間接的に彼女を死地に追いやる残忍な殺人者となった(9)。

「巫女」に関しては、蕭紅は『呼蘭河伝』第二章第一節でとても詳しく描いている。ユーモラスでお洒落、美しい文章を通して、私たちは蕭紅による村人の愚かさ、迷信深さ、鈍感さと巫女のペテン、貪欲、狡猾さに対する情け容赦のない暴露と鋭い批判を読み取るだけでなく、農民の極めて貧しい精神文化に対する蕭紅の限りない悲哀と焦慮とを実感できるのである。同節の結びで蕭紅が発する感慨をぜひご覧いただきたいのは、それがはっきりと次のような考え方を明確に表明しているからである。

神おろしを頼んだ家で、果たして病人がよくなったかどうか、隣り近所のものの方がかえって心を痛め、あれこれ思いわずらってついに夜を明かしてしまうということもままある。

空には星がみち、家のなかには月の光がこうこうとさしこんでいる。人生とは、なぜこうも悲しいのだろう。

……

人生にはなぜ、なぜこんな悲しい夜があるのだろう(10)。

すでに幾度も言及した例のわずか一二歳、健康活発だったトンヤンシーが、嫁ぎ先でさんざんイジメを受けて病に倒れたあとも、しばしば姑に殴られる夢を見て、「悲鳴をあげて炕《カン》の上におきなおるなり飛びおりる。引き止めようとして引き止められるものでなく、おさえようとしておさえきれるものでもない」。そこで姑は彼女が「お化けを見たのだ、亡者にとりつかれたのだ」と思い、「お姑さんばかりでなく、家じゅうのものもみんなこの子には亡者がついているに違いないと思った」。「かくてはまた神おろし・厄払い・祈禱・こっくりさん」(11)となるのも、賑やかで楽しいものだった。その結果トンヤンシーはついに巫女というこの最も野蛮な悪習の悲しくも哀れな犠牲となるのである。

さらに痛ましいことに、先頭に立ってトンヤンシーをイジメるのが姑であることだろう。この姑は自分が若い頃は被害者であったというのに、歳を取って姑となると女性に対する直接的加害者となってしまうのだ。

トンヤンシーが人前で罵られ、さまざまなイジメを受けるとき、その回りには盛大な祝日を祝うかのように間抜けた好奇心を抱く見物人が群がっているのだ。

> みんなはこぞって見聞をひろめに出かけたいと思った。半身不随、よいよいといった人たちまでが、自分の身体のきかぬことくらいなんでもないが、胡家の団円媳婦の大がかりな湯浴を見にゆけないのは、これこそ一生の不幸だと思ったほどであった。
>
> ……
>
> そこで人びとはふるいたち、……みながみな目を輝かせ、胸をときめかせていた。一度入れただけで気絶したのだ、二度目はどうなるだろう、三度目となったら、もうまったくどんなことになるか。それで、見物の人たちは、みながみな楽しみに待っていた(12)。

蕭紅の以上の描写は、共に国民性、民族性の宿痾の醜さと病態を筆鋒鋭く指摘している。村人たちが表現する愚かさ、鈍感さ、同情心の欠如および官能的刺激と下品な趣味を求めることは、すべて精神文化の貧困という土壌に根差しているのは言うまでもない――当然のことながら、これと関連するのが「愛の曠野」なのである。

実は、村人たちが精神文化の貧困という土壌に基づき培ってきたさまざまな下種根性、あるいはその貧困な精神文化のさまざまな醜悪で病的な表現は、先に指摘した迷信や鈍感さ、愚かさや保守性、無知のほかに、人情や肉親の情の薄さ、愛情の欠如、生命の軽視、そして人生の意義に対するまったくの無知をも含んでいる。しかも後者のこれらの内容は前述の内容と比べて、村人たちの貧困な精神文化のさらに深層における表現であることは疑いようもなく、そのためさらに哲学的、歴史的、そして文化伝統の各側面からの検討を必要とするのである。

『呼蘭河伝』において王大姑娘《クーニアン》（未婚の若い女性）に関する結婚前後の諸説紛々たる議論から、筆者は思わずその昔に孔子が「群居終日《ぐんきょしゅうじつ》、言《げん》は義に及《およ》ばず」（『論語』「衛霊公第十五」の言葉で、「好《この》んで小慧《しょうけい》を行《おこの》う、難《かた》い哉《かな》」と続く。「一日中一緒にいながら、まともなことに言及せず、小さな知恵だけをはたらかせたがる。それではとても見込みがない」という意味。訓読および現代語訳は前出の吉川幸次郎『論語 下』（二〇六頁）による）と批判した現象を思い出すのであり、この一句は当時の呼蘭の村民の身に当てはまる。ここでは本来は正常なことが、むしろ村人の神経を刺激し、人々は寂寞に耐えきれず、次々と自らの知識と人生体験に基づき勝手な解説を行い、自らの考えが適合しないときでも、いつまでも議論し、批評、批判し続けるのである。村人たちの「ご見識」は、彼ら自身あるいは彼らの近隣の者から見ると、道理あり、根拠あり、着実ではあるのだが、実はまったく「言は義に及ばず」であり、読者に泣くに泣けず笑うに笑えない感想を抱かせる。このような奇妙な現象は、もとより村人たちの精神的空虚と極端に低い文化程度によるものである。さらには強弁や付和雷同、無知愚昧によるものでもあり貧しい精神文化の生き生きとした写実である。

蕭紅が村人のさまざまな議論を物語るとき、筆致は軽く伸びやかにして巧みであり、ユーモアや皮肉さえ感じさせるが、実は行間には暗澹たる思いが漂い、深い悲しみが溢れていることは、注目に値する。それは簡単明瞭な事象、わかりやすい道理が、村人の間では奇想天外、わけのわからぬ、道理の通じぬことに変わってしまうからである。愚鈍頑迷なる村人たちの民度とはこの程度であり、精神的レベルとはこの程度であり、思考方法もこの程度であり、実に悲しむべき、嘆くべき、憂うべき、憐れむべき状態なのだ。しかしこれは村人たちの悲哀と不幸であるだけでなく、本質的には国家、民族の悲哀と不幸なのである。言い換えれば、蕭紅が筆を走らせて描いたのは、東北農民の無知愚昧とおかしな迷信であるが、実は嘆きつつ批判しているのは民族性と国民性の中に数千年の長きにわたり続いてきた恐るべき宿痾、すなわち中国人の歪んだ病的精神なのである。

理論的に言えば、人類は多種多様な欲求を抱くが、概括すれば物質と精神の二つの面に帰するにほかならない。物質面の欲求とは、衣食住に交通手段という各種感覚器官の満足などであり、人類の最も基本的な欲求であり、比較的下位レベルの欲求である（飽きることなき止むことなき貪欲は除外する）。そして精神面の欲求とは、愛し愛され、信じ信じられ、敬い敬われ、教え教えられ、豊かな科学的文化的知識を持ち、有意義な情報を得ることと、偽りなき真実の有言無言、そして生命の旅路における和やかな人倫関係、各種の社会的達成感、人生価値の最大化の実現などであり、それこそが人類のより高い欲求ではあるのだが、高い欲求であるだけにその実現は最も難しいことでもある。

しかし、旧中国の村人たちの暮らしは一般的に貧しかった。腹を空かせて、ぼろをまとうという状況下で、村人たちの最大の関心は当然のことながらまずは物質的欲求であり、解決すべき最初の課題は衣食の不足と「生きる」問題であり、さらに高度な欲求に関しては、考えるゆとりも力もなかった。このことからも村人たちの精神文化の極端な貧しさは容易に察せられよう。春秋時代の政治家である管子が説いた「倉廩《さうりん》実《み》つれば、則《すなは》ち礼節《れいせつ》を知《し》り、衣食《いしょく》足《た》りて、則《すなは》ち栄辱《えいじょく》を知《し》る」（『管子』「軽重甲第八十」の一句。「穀物の倉庫が充実すれば、人民は礼儀や節操を身につけるようになり、衣食の日常生活が充足すれば、栄誉と恥辱をわきまえて行動するようになる」という意味。訓読および現代語訳は遠藤哲夫著『新釈漢文大系 第五二巻 管子 下』（明治書院、一九九二年五月初版、同年五月再版一二九四頁）による）、そして亜聖である孟子が説いた「今《いま》や民《たみ》の産《さん》を制《せい》して、仰《あふ》いでは以《もっ》て父母《ふぼ》に事《つか》ふるに足《た》らず、俯《ふ》しては以《もっ》て妻子《さいし》を畜《やしな》ふに足《た》らず、楽歳《らくさい》には終身苦《しゅうしんくる》しみ、凶年《きょうねん》には死亡《しぼう》を免《まぬが》れず。此《こ》れ惟《ただ》死《し》を救《すく》うて而《しか》も贍《た》らざるを恐《おそ》る。奚《なん》ぞ礼儀《れいぎ》を治《おさ》むるに暇《いとま》あらんや」（『孟子』「梁恵王章句 上」の一節。「今の諸侯のやり方は、民の生産収入を制定しても、（生活の安定など考えてやらず、ただ重い税をとって苦しめるだけで、）人民は上《かみ》父母につかえることも満足に出来ず、下《しも》妻子を十分に養うことも出来ない。豊年にも長く苦しまねばならぬし、凶年には死亡をまぬかれることが出来ない程である。こうして、人民はひたすら、死なないですむようにとばかり勤めるのであるが、しかしそれでもなお、力が足りないのを恐れる、といった有様である。このような状態で、どうして礼儀などを治めているひまがあろうか。そんなひまは絶えてなく、ただただ、どうにかやっと生きるのがせいぜいなのである」という意味。訓読および現代語訳は内野熊一郎著『新釈漢文大系 第四巻 孟子』（明治書院、一九六二年初版、一九八九年第四二版四一頁）による）は実に真理である。これとペアになるもう一つの真理とは、物質的経済的貧困はもとより直接に精神文化の貧困をもたらすが、精神文化の貧困は逆に物質的経済的貧困を加速するため、悪性循環の状況を形成するというものである。しかも精神文化の貧困は蓄積され、踏襲され、歴史的惰性となりやすいため、これは物質的経済貧困よりもさらに恐るべきものであり、徹底的変革はいっそう困難となる。古今内外に、貧乏人が一夜にして金持ちになることはあっても、精神文化の貧しい者が突然精神文化の豊かな者となった事例は今に至るまでない、というのもこの道理による。まさにこのためにこそ、魯迅先生は終生志し固く「国民性改造」に尽力したのであった。

蕭紅は国民性の中の宿痾に対して同様に醒めた認識を抱いていた。早くも東京遊学時期に、蕭軍宛ての書簡で、ズバリとこう書いているのだ。「中国人には民族的な病があり、私たちがそれを改めようとしてももう間に合わない[13]」。蕭紅が早くから国民の魂を改造することの極度の必要性とその困難さを意識していたことが窺える――それは魯迅から知らず知らずのうちに影響を受けていたということなのかもしれない。そして蕭紅の東北農民の貧しい精神文化に対する深く本質に触れる指摘と情け容赦のない批判も、彼女が確かに魯迅の文学精神を継承し、「作家たちの創作の出発点は人類の愚かさに向き合うこと[14]」という自らの文学的主張を真剣に実践していたことの証明でもある。

蕭紅作品がこの世の、女性の貧困の苦しみを描くだけでなく、貧困により生じるこの世の罪悪および貧困により導かれる人類の魂の深刻な歪みと疎外に対しても、情理に合い、論理に合う、イメージ豊かな解釈を行った点も高く評価できよう。世間の薄情さ、肉親の情の疎遠さ、愛情の欠落と変質および人の命に対する軽視とさまざまな驚くべき邪悪さや犯罪などは、「貧」と直接あるいは間接の関係を有し、「貧」という字に明示的あるいは暗示的根源が求められる、と彼女の作品は人々に語りかけている。このような理念は中国の国情と中国の歴史状況に符合しており、歴史唯物主義の基本原理と相い通じるか、期せずして合致するのである。

蕭紅は彼女の文学作品において、旧中国の貧しい民衆の苦しみ、特に女性の貧困の苦しみに対し、全面的にして、深く本質に触れる指摘を行った。このような指摘は、現実に基づき現実を超えている。客観性と歴史的真実性を失わないだけでなく、作家の研ぎ澄まされた理性的思考と濃厚な感情的要素を溶かし込み、この世の貧困の苦しみ、特に女性の貧困の苦しみの高次な典型化と具体的で生き生きとした芸術上の再現であり、多大な社会認識作用と人の心を揺さぶる芸術的力を具えているのだ。蕭紅は貧しい女性の苦しみと女性の貧しさの苦しみとを印象深く描き、このような苦しみが、その前に彼女が描いていた生、老、病、死の苦しみと共に、牢乎として破られることなく広範な女性をすっぽり覆い、たとえ力を振り絞ってもがいても、最後まで逃れられないようすを、苦心惨憺して描いたのだ。

第二節　女性と家――楽園と失楽園

中国の封建社会において、「家」は「国」の原型であり、家庭構成員の関係は国家構成員の関係の原型である。それが表現するある社会秩序の形成は、ある階層あるいは集団が取得する専制統治の表徴である。この秩序において、妻が夫に仕えるのは、孝子が父に仕え、忠臣が君主に仕えるのと同様である。夫が妻の天であることは、父が子の天であり、君主が臣下の天であるのと同様である。それはすべて地が天に従い、天が地の主《あるじ》たる関係なのである。このように類比すれば、自ずと家庭秩序と天下秩序とは同じとなる。それならば、家を治めることと天下を治めることとは同じであり、家を切り盛りすることと天下を切り盛りすることは同じことなのである。こうして「家」の起源と万象の起源とは理を同じくし、夫婦は最も根本的な要素となる。「家」の人倫関係をいかに定義するかは「国」の人倫関係の定義に直接影響するのである。

一．

独自の個人的経歴と時代・地域の影響により、蕭紅の作品は独自の芸術的特性を有している。蕭紅は地主の家庭に生まれ、父はそれなりに勉強をしたこともあるが、蕭紅は父親から教えられたり育てられたりしたことはないと考えている。母親と継母は、自分にとって父親と何ら違いはない、と蕭紅には思えていた――母たちはかわいそうな女性であり、ひたすら父親にお世辞を言って仕えるだけであり、娘である蕭紅の愛と慈しみに対する願望を無視し軽視していた。祖父は蕭紅の友であり、蕭紅に詩を教え暗記させ、彼女の遊び仲間になってくれた。蕭紅はなんとかして中学に入学し卒業したが、その間にも進級をめぐって家と争い、その後も結婚問題で家と決裂し、帰らざる道を歩むことになる。早熟な子供であった蕭紅は、幼少期に早くも寂寞と屈辱とを味わっていた。「父の家」と「裏庭」は二つの対立する生存空間であった。彼女が父の権威を代表する家で辛い思いをさせられるときに、裏庭は避難所であり活力を養う「自分の庭」であった。彼女には年の近い遊び友だちはおらず（裏庭で鶏の卵を火に入れて食べる数人は別として）、生涯で最も重要な段階の一つにおいて、気心の知れた同世代の友だちを持てなかったのである。

大きくなるに従い、蕭紅と父や継母との関係は日増しに冷たくなり、悪化し、家出してハルピン流浪に至るまで、一触即発の状況が続き、通りで弟に出会うと、弟が姉に声をかけた。「寒くなってきたよ、もう放浪生活はできないから、家にお帰りよ！」、「瑩姉さん、やっぱり家に帰った方がいいよ！」と語りかけてくる弟の哀願の眼差しに蕭紅は胸が熱くなったものの、結局は断乎としてこう断っているのだ。「あんな家には帰れない、人を家畜のように飼い馴らす父のやり方に私は絶対反対で受け入れられない……[15]」。

抗日戦争期の一九四〇年、蕭紅は香港にやって来たが、それは蕭紅の生命の後期であり、その間の蕭紅はことのほか孤独であった――恋人兼戦友であった蕭軍はすでに彼女から離れ、その後同棲していた端木蕻良とも十分に心が通じ合っていたわけではなく、寂寞のあまり彼女は特に幼少期を思い出し、愛と安らぎのある家を求めている。

彼女は筆を執って、一九三七年一二月に一部分だけ書いていた『呼蘭河伝』を再び書き続けた[16]。『呼蘭河伝』の第三章はすべて裏庭の描写であり、童年の楽しみで溢れている。第四章全体で、蕭紅は繰り返し語った――「私の家は荒涼としていた」、「私の家の中庭はとても荒涼としていた」、「私の家はとても荒涼としていた」、秋には、中庭は賑やかさを失っただけでなく、「却っていっそう荒涼寂寞に感じられた。大人の眼で幼少期の世界を見ると、彼女の心境は骨身にこたえるほど悲しかった。ありふれた幼少期と幼少期の活動情景は、彼女の非常に個性的な語りにおいて強化されて突出し、そうしてことのほか悲しげな色彩を帯びるのである。

蕭紅が描く「家」は瀟洒なお屋敷でも、繁華な園林でもなく、自然な庭園であり、野草が群生する野性的な花園である。「特に珍しい花もなく、すべて草本植物で、高貴なものとてなかった。冬にはすべて大雪に埋もれてしまい、植物はみな死に絶えてしまう。春が地面を掃除する。また種蒔きするのだ。種を蒔くまでもなく、自分で生えてくるものもある」(17)。女性の命も荒れた庭の野草と同じで、自生自滅し、誰も大切にせず誰も刈り取りもしない。それは自由自在の状態だが、女性が永住する家ではなく、女性は最後にはこの楽園から追い出されてしまうのだ。幼少期に関する蕭紅の物語テクストから、私たちは屋根に登り、木登りし、物を盗み、卵を焼くまで、何でもやってしまう、大胆で活発な子供を発見するが、その後の体験により生命のエネルギーを奪われ、現実に対する自信も奪われた彼女は、変わってしまうのであった。

不幸な個人的感情と経歴、これに加えて不安定な流浪生活が、蕭紅の創作に影響を与えそれを豊かにした。蕭紅作品の中には自己叙述の影があり、彼女は極めて個性的な叙事方式で男性世界における女性の位置を解釈する。蕭紅のような痛手と抑圧を受けている敏感な女性にとっては、父の冷たい視線は忘れられず、故郷の善良で愚昧な長老や兄弟は忘れられず、侵略者の手に落ちた「家」に対しては、健忘症で過剰に楽観的な人々とはまったく同じとは限らない心情を抱いていた。

故郷という観念は、私にとっては本来とても切実というものではないのだが、他の人が話し出すと、私の心は落ち着きを失うのだ。あの土地が日本のものとなる前には、「家」は私にとってはなきに等しかった。

この不眠状態は夜明け前まで続き、高射砲の砲声の中で、私は故郷と同じく原野で震える鶏の鳴き声を次々と聞いていた。(18)

「ハネムーン」の間の辛酸については、蕭紅は十分に嘗めた。彼女はこの世界に向かって叫び声を上げるのだ。

白昼には私は家具に向かって無言で座り、口はあっても、言葉は出ない。足はあるけど、歩けない。手はあるけど、何もできず、障碍者と同様、何たる寂寞！　視線さえすべて壁に遮られ、窓の前の雀をひと目見ることもできず、何もできず、ガラスは綿毛のような霜と雪にぶ厚く覆われていた。これが「家」なのだ、陽差しも入らず、暖みもなく、声もなく、色もない、寂寞たる家、貧しい家、雑草も生えぬ荒涼とした広場。(19)

幼少期には「父の家」の被害者であり、「裏庭」の悪戯っ子でもあり、結婚後は「愛する人の翼」のもと、飢えと寒さで死にかけた流浪の恋人、「天上の暴風雨」が来るときには身を隠すこともできない孤独者。蕭紅の語りの中で、「裏庭」と「愛する人の翼」とはこの世の苦難から逃れる避難所であり、幸福なユートピアであったが、「父の家」「天上の暴風雨」とは強権とイジメ、権威と抑圧の象徴である。このひと組のイメージは彼女の作品に繰り返し現れ、その作品を読解する鍵となっている。

「美しい裏庭を懐かしむ」と「暖かい翼を探す」とは語りのスタイルとなり、『呼蘭河伝』や『生死場』『商市街』シリーズの中で繰り返し現れる、弱者グループとしての女性は、幼少期から弱者グループの運命を耐え忍ばねばならず、その後に嫁に出されれば（あるいは貞操喪失となれば）、人生のもう一つの残酷な幕が上がるのだ。どこに行こうが、女性はすでに幕が上がった人生の惨劇から逃れられない。『生死場』の金枝は貞操喪失後に、一連の悲劇が始まる。結婚とは安売りのようなもの、夫に無視されイジメられ、ついにはすべての男にイジメられるのだ。金枝の悲劇は女性が愛情を探しても望みなく、男性世界でもがいても望みない、ということを読者に明々白々に告げているのである。

蕭紅が「父の家」を離れたのは心の中の愛を追い求めるためであり、彼女が故郷の呼蘭県を飛び出したのは、「両親の命令、仲人の紹介」による封建的な親同士の合意による結婚に反抗するためであり、愛なき家庭生活が耐えがたかったからである。しかしたちまち彼女は相手と妥協せざるをえなくなった——休息できる暖かい空間、一つの家を得るためには、愛せない対象の汪恩甲と共に暮らさねばならなかったのである。

愛のある生活こそが帰るべき家のある生活と見なされる。それが蕭紅の愛と家に対する理解である。愛があれば家ができるのだ。『呼蘭河伝』第七章と「裏庭〔原題・後花園〕」は材料は基本的に似ている。前者は馮歪嘴子《フォンワイツィ》と王《ワン》大姐《ターチエ》との恋愛、結婚およびその後の暮らしを描き、後者は馮二成子《フォンアルチャンツ》と王《ワン》さん〔寡婦の王〕の結び付きと結婚後の暮らしを描いている。蕭紅が二人のヒロインに設定した悲惨な結末もおおよそ相似している。王大姐は前後に二人の子供を産み、「産後死亡」となる。王さんは子供を生んでまもなく、「死んで」しまい、「まもなく子供も死んだ」。「裏庭」もこのような話を物語の結末としている点は注目に値する。「こんな果てしない世の中で、彼はどこに向かうべきなのか？　彼をこのような境遇に導いたのは、生まれさせておいて、進むべき道を与えない、彼に構ってやらないのは誰なのか」。ここでは、「家」に対する一種の転覆が行われている。

これが冰心の「家」とは異なるのは、冰心の方のそれは暖かく庇護してくれるところであり、母の翼であり、安全にして温暖であるからだ。蕭紅の方は実は楽園と失楽園の過程なのである。呼蘭河は幼少期の楽園だが、楽園の中に苦しみと差別とがあった。

蕭紅はまさに幼少期の視点——純潔で中立の語りの立場——から静かなる残酷を描いたのである。幼少期の庭園は賑やかだったが、蕭紅は「私の家は荒涼としていた」と言うのだ。荒涼とは大人の体験である。まさに茅盾の言う通りであろう。「ことのほか物わかりが良い幼き少女の日々の暮らしがこれほどまでに単調とは！　毎年キュウリとカボチャを植え、毎年春と秋の好天には蝶やイナゴ、トンボがいる裏庭には、不用品が山と積まれ、暗くて埃っぽい裏の部屋が、彼女の遊び場だった。やさしく童心を失わぬ老祖父が彼女のただ一人の遊び仲間だった」(20)、「この世の中に、祖父さえいれば十分で、恐いものなどない。父の冷たさ、母の意地悪いもの言いと顔つき、そして針で私の指を刺すなどする祖母のことなど、みんな何でもないことだった——裏庭があるんだから」(21)。

祖父の死がきっかけで、彼女は外に出て愛を探そうと思いついたのだった。「祖父が亡くなると、この世にもう私に同情してくれる人はいない、祖父が亡くなると、この世には凶暴な人しか残っていない。これからは私は家は不要、大勢の大衆の中へ行こう、と考えた」(22)。通りに面した窓、「その中はきっと暖かく楽しく、しかもその中にはきっと心地良い寝床があるのだろう。寝床のことを考えると、私は故郷の馬屋を思い出し、馬屋ではとても居心地が良いだろうと思った。私は犬が寝る場所さえ考えた、そこにはきっと茅草《チガヤ》があり、茅草の上に座ると足が暖まるのだ。私が日頃はかわいそうだと思っていた下等娼館の門前を通ったときには、彼女たちの方が自分よりも幸せだと思った」(23)。

蕭紅のあの久しく漂泊してきた心は、岸を離れた海水と同様に、大風に遇わなければ、逆巻く波とはならない。「腹痛と寒さと飢えが私の伴侶とは、なんという家だろう！　つまり夜の広場なのであり、陽差しもなく、愛もない」(24)。貧しいが楽しい商市街で、蕭紅が「家」の感覚を見つけだそうと苦しい闘いを続けたのは、昔の愛情伝説を信じていたからである。「恋人の身体は炎よりも熱い」のだが、寒さと飢えに襲われると、「このときに至って、私はこの言葉を信じられなくなった」のである。(25)

二

主人公の馬伯楽の思考状態と生存境遇を議論するのも有意義なことだろうが、自分のことを書き続けてきた蕭紅がなぜ筆鋒を改めて「他人の」物語を書いたのか、この問題を考えることの方がさらに有意義であろう。

蕭紅は一九三九年重慶にいたときにすでに『馬伯楽』の構想を練り始めており、一九四〇年に香港到着後、執筆を開始し、一九四一年の夏から秋にかけて、病状悪化のため筆を止めた。小説の前半部は一九四一年一月に重慶の大時代書局から初めて刊行された。そして後半部は一九四一年二月一日から香港の『時代批評』で連載され、一九四一年一一月一日まで続いたが、内容は第九章までにすぎない。当時『時代批評』の編集者であった袁大頓は蕭紅に会いに行ったとき、『馬伯楽』の原稿はすべて載せたが、続稿はどうしようか、と彼女に尋ねた。蕭紅はしばらくぼんやりとしていたが、こう答えた。「大頓、私はもう書けそうにないから、雑誌には私が病気だと書いて、それで終わりにして。憂鬱な馬伯楽にまだ明るい話を書いてあげていないのは、とても残念だわ」[26]。

明らかに、蕭紅は『馬伯楽』に「明るい話」を書いてあげるつもりであったわけで、このことは彼女の「永遠に暖かみと愛を求める」という一貫した考えと関係がある。思えば蕭紅の一生は、常に漂泊流浪していたが、彼女独自の経歴と彼女独自の文学的視点は互いに密接な関係にあり、彼女の一生は常に「逃走」状態にあったのだ。

彼女は小さな街の呼蘭県からハルピンに逃げ、ハルピンからさらに北京へ行き、その後は青島、上海、日本、武漢、臨汾、西安、四川に足跡を残し、最後に香港に辿り着いたのである。しかし戦火の魔手は永遠に彼女を放さなかった。手術を終えた直後に、彼女は無理やりその病院から別の病院に移されたのである。最後は異郷の地に葬られた――「空青く水清きところ」に。

蕭紅は永遠に閑静な家を得られず、自分の故郷の家にも永遠に帰れなかった。この「明るい話」とは蕭紅の願望にすぎず、彼女が生涯実現できなかった夢なのである。

暮らしは常に漂泊の状態にあったので、蕭紅の「家」に対する憧憬と追求とはまさに生涯にわたる執筆の動力となったのだ。

三.

蕭紅の作品を見渡すと、その中の「家」には少なくとも四重の意味があることがわかる。

その一は、幼少期の家。蕭紅は自分の傷痕累々たる経歴で、自分の幼少期の家を見守り、後期に「山の麓〔原題：山下〕」「子供の講演〔原題：孩子的演講〕」「蓮花池」などシリーズの児童ものを創作した。このシリーズは児童の視線で世界を見ており、あるいは児童の暮らしを直接表現している。大人の世界の卑俗さと醜悪さと比べて、児童の世界は純真である。いまだ俗世の塵に汚されていない子供は自らの赤裸々の魂で世界に向き合い、世界は彼らの胸の内で真面目《しんめんもく》を現すのだ。「童心」は子供の天性の表れである。しかしすでに社会的規範の制約を受けている大人は、この純真無垢の状態に戻ろうとするなら、まずは本来の姿に返らねばならない。真面目の生存は詩性の生存であり、詩人はいまだ目隠しされざる真面目の眼光で世界を観察する児童なのだ。幼少期の家にいる人は自然の原始の状態に立ち戻り、世界の真面目に近づき、自我の真面目に近づく。彼女の「家族以外の人」「裏庭」そして『呼蘭河伝』などの作品の材料は、大半が彼女の記憶の中の幼少期の家に由来している。これらの作品は、児童の瞳〔原文：童目〕で観察を行い、児童の心〔原文：童心〕で思考し、児童の言葉〔原文：童言〕で描写しており、子供の面白さや純真さが泉の如く行間に流れて、溢れんばかりである。夜空の星のように、燦々と光を放ち、キラキラと輝き、読んでみると興味津々で妙趣に満ちており、しかも五臓六腑が清められ、深く魅了されてしまうのだ。

その二は、自然の家、蕭紅作品のもう一つのテーマ。裏庭の特別な雰囲気から離れて、馮歪嘴子《フォンワイツイツ》の王大姐に対する愛情は拠り所と程合いを失ってしまう。万物は生死を繰り返し、繁栄しても衰微しても、馮歪嘴子の妻はすでに亡くなり（蕭紅が描く女性は、みな短命である）、子供も亡くなり、裏庭の家主も老衰死して、常に弱者が先に人生の「裏庭」から離れるが、花園の生気はこれにより枯渇することはなく、年々歳々、「カボチャは悪戯っぽく樹上へと蔓を伸ばし、向日葵は大きな花を咲かせて、賑やかな蜜蜂の群を呼び寄せ、大クワイにツタ、馬歯莧《ばしけん》（スベリヒユ。茎・葉は食用となり、利尿・解毒の漢方薬ともなる）、胭粉豆《おしろいまめ》なども花開くのだ。それぞれ色鮮やかなもの、香り高きものである。毎年粉挽き小屋の窓格子まで這い上がるキュウリは、今年もやはり這い上がってきた。毎年実を結ぶものは、今年もやはり実を結んだ」。大昔から続く自然界は、生命の啓示を与えてくれるのだ。「裏庭」のキュウリやカボチャと自生自滅の各種の野草、賑やかな裏庭と静まり返った粉挽き小屋は、ありきたりの光景にすぎないが、蕭紅はここから自分の物語を語り始めるのである。

『荘子』「達生第十九」に「以天合天」という考えが見える。最初の「天」は人の自然、すなわち児童のような天真無垢の心であり、第二の「天」は物の自然、すなわち万物調和して共生する環境である。蕭紅晩期の作品は、郷土化、民俗化の方法で自然の家を見守るようになり、人間の活動を特定の自然環境に置き、人と自然とがよく調和し合うようにした。「黄河」の中では「すべてを飲み込んで流れ去る河」と、流れに逆らい舟を進める豪快な心意気で粋な姿の渡し守たちが互いに照らし合って輝いている。「曠野の呼び声（原題：曠野的呼喊）」では風が強く変わりやすい天気と登場人物の不安げな心境との調子がぴったり合っている。『小城三月』では美しくも短い春と翠姨《ツイイー》の美しき愛情と生命が共に瞬時に消え失せてしまう。「北中国」の中の白雪に覆われた寂寞の庭園と耿大先生の寂寞とは互いに関わり合っているのだ。

蕭紅は臨終の際に、「空青く水清きところで眠りたい」、海辺に埋葬して欲しいと遺言した――筆者が思うに、蕭紅が言った「空青く水清きところ」とは往来かしがましく欺瞞に溢れたこの世とは正反対の、美しく静かなる大自然を指し、それは真善美の象徴なのである。このときの蕭紅は自分がまもなくこの世を去って、「本来の姿に返」り、大自然の懐に帰ろうとしていることがすでにわかっていた。それでも、彼女の気持ちは恐怖から平静へと変化していた。純潔の大自然とこの世とを比べてみれば、彼女は前者に近く、前者をより好んでいた。それは蕭紅の自然の家だったのだ。

その三は、貧しき家。蕭紅の商市街シリーズの作品は十二分に貧しい境遇における女性の暮らしを描いている。このような表現は多くの作品に見られ、枚挙にいとまがない。前節の「女性と貧困」で筆者はすでに詳しく述べたので、ここでは繰り返さない。

その四は、理想の家。「人の本質とは神性に近づき、神意の光を仰ぎ見て、神性により自らを量れることである。まさにこの自らを量ることにより大地と蒼天との間の次元を跨いで、自らの本質に入るのだ[27]」。蕭紅自身の言葉を引けば、「永遠に暖かみと愛を追い求める[28]」となる。現実の世界は「冷酷と憎悪」に満ちており、此岸の世界の足元には深淵が口を開いているが、蕭紅は生涯にわたり神性の光と価値の光に対する仰視と注視とを諦めなかった。いわゆる「神性」とは、現実を超越しようとして、魅力に富み、人をして理想へと思いを馳せさせるものと理解すべきである。「神性の家」とは心の内でこれを愛し、これを敬慕し、たゆまずこれを追求し、死に至りても悔やまぬ理想の家である。

一九三六年一一月一九日、蕭軍宛ての書簡の中で、蕭紅は三枚の絵を購入したことを述べている。「私が一番好きな絵は三枚めでして、子供が軒下の椅子の上で、柔らかな枕に寄りかかって寝ています。そばに来ているのはおそらくこの娘《こ》の母親で、垣根の外で大きな鎌を肩に担いでいるのは父親でしょう。軒下の下には四角い石の廊下、遠くにはピンクの夕焼け空、茅葺きの屋根、軒下には開いた格子窓、この娘《こ》の垂れた左右の足。素適です、本当に。この女の子を見ていると、自分を見ているかのよう、小さい頃の私ってまさにこんなふうだったので、この娘《こ》がとっても好きなのです」。

この描写とは実に、幸福で自由なユートピアへの憧憬であり、ユートピアの写実と言えよう。ここには豪邸も高楼もなく、華麗な衣裳も美食もないが、平和と、静けさ、落ち着いた環境があり、その場の家族の間には和やかで温かみのある関係があり、見る人に軽やかで心地良い、のどかさを楽しむという感覚を抱かせるのである。それはおそらく蕭紅が生涯にわたって憧れ追い求めた理想の家であったのだろう。

蕭紅の家に対する憧憬と追求は生涯にわたり彼女の執筆の原動力であった。蕭紅の作品において、「家」とは涙なくして考えられない永遠の夢であった。貧しい時代の文人として、人類の生存を考えることを自らの任務とした思索家として、蕭紅は自覚的に人類の良心たらんと務めていた。人々が自らの存在の虚無に気づかぬときに、彼女は存在の非真実性を発見していたのである。

蕭紅は自らの傷だらけの経歴で、自らの幼少期の家を守っており、その家とは天真さと自然本来の状態で満たされた庭園である。同時に彼女は常に未来の美しい「家」の温かみに憧れていた。しかし独特の雰囲気の裏庭を離れて以後、蕭紅は愛するものを永遠に失ったのだ。幼少期の裏庭において、少女だけの楽園と父の家という人生の対立する局面において、蕭紅は筆を揮って女性たちの人生一般の問題について考えたのだ——女性の真に胸の内より発する愛、憎、情、愁、女性が渇望する暮らしのスタイル、女性自身の思想とは何であるのか、と。

蕭紅にとって理想的な女性の家とは貧困から遠く離れた平和で安定した環境であり、性的差別がなく、嫌悪や侮辱がなく、温かみと家族愛に満ちた場所であるべきで、それは美しく健康的な生存方式である。

蕭紅は流浪の歌人《うたびと》であり、生涯自らの魂の棲息地を探し続けていた。彼女はこのために数多くの傷を負い、すべての愛を代価とし、最後に得たのは無限の失望と苦痛であった。失意の生涯を送った蕭紅は、最後まで「温かい愛」は得られず、不滅の情熱を抱いて「冷たい憎悪」の現実世界で亡くなった。美しく健康的な人生に対する彼女の個人的な追求とこの追求の失敗は、女性の人生に関する彼女の探究に対する最適の注釈なのである。

第三節　女性と愛——追求と挫折

五・四時期の女性作家が最も関心を寄せた執筆テーマは愛情である。愛情と言っても、生涯、愛を求め続けた蕭紅は結局は「完璧な愛情小説」を書くことはなかった。彼女が正面から愛情を描くことはほとんどなく、彼女が描いた女性像にも正面からの描写はなく、すべては愛するも愛を得られぬ悲哀であり、すべて貧困と無知により、生命を抹殺された青春の悲惨さと愛もなき人生である。

実際の暮らしから見るに、蕭紅の人生は愛を追求した人生であり、彼女が最も書きたがった命題は愛に関するものであるはずだが、彼女の作品には正面から甘美な愛情を描いたものがなく、しかも愛に対する描写にはほとんど明るさが欠けているのはなぜであろうか？

一．

その答は蕭紅の創作および愛を求めた悲惨な人生の中から見つけることができるだろう。まずは蕭紅作品における愛について分析してみよう。

胡風は「『生死場』読後記」において次のような極めて代表的な見方を述べている、この評論は影響力が大きいものの、現在読み直すと誤読している部分もあるかもしれない。「読者が興奮するのは、本書が愚かしき夫婦の悲喜苦悩を描いているだけでなく、蒼天の下の血痕を淋漓と残す大地における鉄のように重い戦闘の意志をも描いているからであり、なんとそれが若い女性の筆によるものであるからだ。ここで私たちは女性的な繊細な感覚を読み取るだけでなく非女性的な勇壮なる胸の内まで読み取ることになるのだ(29)」。

筆者が思うに、蕭紅は『生死場』において主に表現しているのは「非女性的な勇壮なる胸の内」ではなく、一人の女性作家の女性の生存状況に対する深い関心なのである。抑圧を受け、男性に依存し、真の愛を持っていない――これは蕭紅の旧時代の女性の人生に対する基本的な概括である。

『生死場』のヒロイン金枝は男性との数回の付き合いを通して、男に対する認識が冷静になったが、彼女は当初は成業――壮健な村の青年――に誘惑され、愛の喜びと青春の欲望とを抱いて、自らをこの男性に預けたのだ。これはお決まりの物語で、さらに貧しくさらに苦しくなる娘でも、うら若き娘時代には（蕭紅が描く例の温かい「裏庭」時代）みな金枝玉葉に咲く高嶺の花だが、嫁に出されたのちには敝履の如く捨てられ、容色も衰えてしまうのだ。愛し合っているこの男女を除いて、あらゆる人は残酷な現実主義者で、金枝と成業との愛の物語を凝視している。しかしそこには愛情はなく、ただ本能的で動物的なセックスがあるだけだった。蕭紅の描写によれば、女性はみな性的欲望の客体であり被害者である。

五分過ぎても、娘はなおもひよこのように、野獣の下に押さえ付けられていた。男性は狂っていた。彼の大きな手は憎らしいかのようにもう一つの肉体を捕らえており、この肉体を食ってしまい、この熱い肉をバラそうとしているかのようだった。男の肉体は血管を浮き上がらせて、白い屍体の上で跳びはねており、女の赤白斑の円形の左右の足は、男を挟もうにも挟みようがなかった。こうして貪欲な二つの怪物は身体をぶつけ合ってさまざまな音を創り出すのだ。

ユラユラと野の花が揺れるあたりで、背後の長い草が倒された。近くで柴刈りの老人が野草を刈り取っているのだ。二人は驚き、屈強な肉体の青年男性は、娘を連れて、猟犬が獲物をくわえていくように、高粱畑へと入って行った。彼の手は娘の服の下で広がり動いていた。(30)

しかしヒロインの金枝はこのような男女交際後、ただちに罰を受ける——未婚というのに妊娠してしまったのだ。このうえない恥と不安を覚えつつ、彼女は自分からただちに結婚して欲しいと頼まざるをえなかったが、男性にとって最も重要なのは結婚ではなかった。彼女がようやくのこと成業を見つけ、自分の不安を訴えようとしたとき、「成業はそんなことには何の関心もなかった」。

「こん畜生め、あんたがしたいかしたくないか関係ない、もうやっちゃったのだ」。男はまたもや異常な目付きとなり、なおも本能の要求に絶えず突き動かされていた。(31)

出産前夜であっても、成業はまったく金枝と子供の生死を考えることがなく、ひたすら自分の生理的欲求を満足させようとする。その結果、金枝の痛みは止まず、子供は早産となり、危うく命が失われるところであった。ここの蕭紅の描写では殴られ怒鳴られることを恐れる金枝が男の無情を恨むものの、このときになっても男により「ぼんやり」とさせられてしまうのだ。このあたりも考えさせられる描写である。

蕭紅が表現しようとしたのは以下の状況である——女性は嫁に出されたあとは、夫の前では常に人身売買契約書を交わしていない奴隷であり、独立した人格もなく、人身の自由もない。かつて金枝玉葉に咲く愛らしく美しかった女性も、誰もが最後には男性により扼殺されてしまうのだ。

金枝と月英は名前を聞いただけでその美しさが想像されるし、王大姑娘は長いお下げ髪の細い腰、一家の嫁たちは人に会えば笑みを浮かべる……しかしこれらの美しく印象深い人物描写は結婚前の短い期間のみであり、結婚後の彼女たちは燃え盛る炎の中に飛び込むが如く、悲惨な運命を迎えるのである。そして既婚の女性に対する蕭紅の描写はさらに簡潔にして戦慄的だ——男が恐い。女たちは反抗することもなく、夫に仕えることを知るのみで、抑圧と打撃を受けると「蠟の固まりのように溶けて」しまい、胸の内に永遠に悲哀を貯め込み、「心は永遠に衰弱した白木綿のよう(32)」であった。『生死場』にはこんな一幕がある。


成業の言葉に、叔父は彼が酔っ払っているものと思い、その後は叔父は何も言わず、座ったまましばらく考え込んでいたが、笑いながら女房の方を見た。

「あらまあ……あたしたちも昔はそんなもんだったわよ。あんた忘れちまったの？　あんなことがあったの、あんた忘れちまったんだ！　……アハハ……アハハ、おかしいね、若いときのことを思い出すと本当におかしいよ」。女は昔のことを思い出し、その女は福発《フーファー》の腕を引っ張りにいこうとし、甘えかかろうと思った。しかしそうはしなかったのは、男の笑い方が昔の笑い方とは異なることに気づいていたからで、彼女の胸の内は男の数えきれない怒りの顔で埋め尽くされており、彼女は動きを止めたまま、ちょっと笑顔を見せたものの、すぐに笑うのも止めた。笑っている時間が長くなると、怒鳴られるに違いない。男が酒杯を取って来いと言うと、女は命令されたかのように従い、恭しく杯を男に渡した。こうして夫もグッスリとオンドルの上で眠った。

ここで蕭紅はまったく修飾語なしで「怒鳴られるに違いない」「命令されたかのように」などの言葉を用いているほか、貧しい女の口から「男が恐い、男って石のように固くって、あたしには触れられやしない」と語らせている。さらに「成業の叔母は鼠が猫を恐れるかのように成業の叔父を恐れていた」とも書いている。そのうえ、成業の叔母に彼に向かって語らせるに、おまえの叔父は若いときにはおまえと同じだったけど、今じゃ「枯れ木と同じでもう生き返らない」などの言葉をもって表現しており、成業の叔母の夫に対する情熱は消え失せて失望と諦めが残っているという状況を描いている。

成業の叔父は金枝がきれいかどうかには関心はなく、「この娘さんが家《うち》に来たらどんな仕事ができるんだ」と考えている。こんなだから金枝の母は娘の結婚後のことを心配するのである。

金枝は結婚したものの、まもなく「刑罰の日」がやって来て、「嫁に出て四か月と経たぬうちに、夫を呪い始め、彼の情とは変わりやすいもの、と思い始めていた。その思いとは村の他の女たちと同じである」。語りの中で蕭紅は金枝の悲劇を冷静に男性の抑圧と愛なき世界の冷酷さに起因するものとしている。文章では次のように直截に述べている。金枝は男を憎み、金枝は勇敢にも都市へ向かったが、恥辱と憎悪――男の暴力的行為が、再び彼女を村へと追い返す。彼女も「日本の奴ら」を憎んでおり、それは日本の侵略者が彼女を故郷から追い出し、流浪の身に追い詰めたからであるが、最も彼女を悲しませ、彼女の憎悪を掻き立てるのは、やはり男であった。「あたしは中国人を恨んでる、ほかは何も恨んじゃいない」。ここで蕭紅は女性の悲惨な運命の根源を金枝の言葉を通じて鋭く描いたのである。(33) ここで私たちも、金枝の言葉の根本が男性世界に対する失望と怒りであることに気づかされるのである。

最後に、ヒロインの金枝とは、実は作者の蕭紅が自らを純粋な女性世界に捨て去り、男性の侵入を拒否したものである。しかし金枝が出家して尼になろうとしても、最後の「浄土」すら彼女には残されてはいないのだ。それは女性には進むべき道がない現実の悲惨な運命を意味するものでもある。

魯迅先生に「型破りな筆致」と称讃された大胆な描写の中で、氾濫しているのが男性の女性に対する暴力であり、蕭紅の筆は、男性を荒っぽく、暴力を振るい、本能に駆られて迫害しに来る者として描いている。愛情は女性側においては本能的な渇望であるが、男性側においては笑い話となってしまう。『生死場』の中の農村青年成業であろうが、『商市街』の中のインテリ郎華であろうが、女性軽視は軌を一にしている。逆に、女性の思いやりとやさしさ、不安、迎合ぶりは両性世界に存在する不平等を暴露している。蕭紅は女性作家の細やかな観察と「型破りな筆致」により女性世界の沈黙した魂を描いたのである。

女性は一人の例外もなく逆境に甘んじており、内心は敏感で（農民二里半《アルリーバン》の間抜け女房でも夫を恐れ機嫌取りをすべきことを理解している）美しい暮らしに永遠の憧れを抱いている。たとえ屈辱的で粗雑な暮らしであっても、成業の叔母は過去の美しい暮らしを思い出すようにと夫に呼びかけようと考えたではないか。夫が酔って寝込んでしまったのちには、こっそりと庭の門から出て行き、何か考えごとをしていたではないか。この一段の描写はとても感動的で、農婦である成業の叔母の心理を細かく描いたというよりも、蕭紅の内面の独白と言えよう。

> 窓の紙が耳元で鳴る音を聞いていた彼女は、まったく無力で、まったく灰色となっていった。中庭では、トンボの群が向日葵の花の回りで飛び交っていた。しかしこれは若い婦人とは決定的に隔てられている。[34]

結婚後の男性の冷たく情愛を欠いた態度は女性の心を完全に意気消沈させる。女性が求めていた愛は夫婦の生活の中で完全に隔絶されていた。これが蕭紅が思い続けていたことなのだ――女性の逃れられない運命のために永遠の悲哀を抱き続けること。

「面倒な一日」がエピソードとして描く「瓷人《ツーレン》（せとものの人形という意味）」――ある年増婦人の運命も、同様に蕭紅の女性に対する同情と男権中心社会への批判を表現している。「瓷人」は一七歳で結婚し、まだ二四歳だが、すでに苦しみのあまりぼんやりとした表情で、せとものの人形のようだった。彼女はこう訴える。「あたしの夫は殴る怒鳴るで、最初はとてもやさしかったのは、柳行李《やなぎごうり》の店を出すので、出資者を探していて……。私の実家は金持ちなのに、何で開店の援助をしてくれないんだってデマを飛ばすの。この一年、一回も良い気分でご飯を食べちゃあいない、辛いって言ったらありゃしない」。彼女が今の自分の暮らしを語るには、「夫と喧嘩して怒り、怒ると腑抜けのようになっちまい、何もできやしない……。怒らなければ、病気になんてならないんだよ。善人と同じ、善人と同じなんだ」。耐えがたい家庭生活から逃げようとして、「瓷人」は家を出て女中の仕事を探そうとするが、結局は「女性たちが最も心を苦しめられている家に帰って行き、なおも悲惨な暮らしに戻って行くのだった[35]」。

美しい恋愛の結果が家を持つことであり、家とは雨風を凌ぐ場所であり、幸いの港である。しかし蕭紅が描く家とは女性たちが最も悲しむところ、それは「女性たちには厭わしき夫、厭わしき子供がいるからだ」。このような見方は、過激に思えるが、ある意味では鋭い観察であり、男権中心社会に対する嫌悪を含む深刻な批判と徹底的な否定なのである。

同様の悲哀は、やはり女性の悲哀であり、作者は『小城三月』の中の翠姨に授けている。同作は蕭紅が逝去前夜に書いた凄絶な「白鳥の歌」であり、病魔との闘いの中で発した長い溜め息なのである。翠姨の愛は希望なき愛であり、高貴な人生の贅沢品であった。

翠姨は小都市呼蘭のさまざまなタブーに閉じ込められた女性で、天性の気高さにより、本能的に小都市の旧習墨守の暮らしを恐れており、「新文明」において流行する暮らしに同化しながら、穏やかで程のある振る舞いの内に不安な魂を抱えていた。彼女はこの街の人が慣れている愛なき結婚の軛《くびき》から逃れ、妹のような暮らしはしたくないと思っていたが、最後には愛は実らず、鬱々として死に至るのである。翠姨の悲劇は壁に囲まれた人生から抜け出せない女性の悲劇であり、彼女たちの薄暗い人生は女性の救われぬ悲劇的運命を予告している。

女性の悲劇と対応するのが蕭紅の男性イメージの描写である。蕭紅の筆にかかると、結婚後の男性はみな「覇王〔武力・権力で統治する王〕」であり、結婚前の男性は動物的要求を持つのみで、まったく愛情がわかっていない。従兄の翠姨に対する態度には多少の温情もあるが、翠姨の骨身にしみる愛と比べると、従兄はまったく何もわからぬ状態である。商市街で助け合って暮らすカップルの場合、男性はかちかちに堅い雄のイメージの化身であるが、女性である「私」は常に病態の弱者となっている。

金枝の愛には貧困のために扼殺された要素があるとするなら、翠姨の洗練された生涯においては、何が愛を扼殺したのか？　同作中の翠姨と妹との対比は興味深い。翠姨は自ら創り上げた愛の幻想の中で生きており、他人がどのように暮らしているのか、彼女にははっきり見えており、大々的な流行の風に吹かれながら、彼女は自分の願いに叶った暮らしが実現する日を待ち続けていた。妹はそれとは異なり、思い悩むこともなく、なぜこのような暮らしなのかを考えようともせず、単に感覚頼みで現実の流れに乗っているだけである。最後の場面は容易に想像できる——翠姨は自分の理想追求のために命を代価とするのだ。つまるところ、「愛」とは女性がこの世に生を託す重要な拠り所である。翠姨は最後は愛するもこれを得られぬために死ぬ。ここには女性作家としての独特な生命体験がある。これほどまでに女性の「生き方」を真剣に探究し注視した点で、中国現代文学史上に独自の地位を占めているのだ。

この小説で、蕭紅が示す女性世界の独自の視点も純粋に女性的である。「私」の視点から二人の姉妹の暮らしを見ると、それぞれ異なり、「私」の母は翠姨に対しやさしく理解を示すが、それは女性世界にあってありがたくも貴いことである。そして男性世界のこの姉妹に対する感覚は愚鈍であり、姉妹の念入りに買い物しての身仕度、身仕度して男性たちの称讃を得ようとする周到な考えも無視されたり当然のことと見なされてしまう。鈍感な従兄は、春の目覚めに至らぬばかりか、根本的に女性に対し無理解である。翠姨は彼のため、愛のために生命を代価とするが、従兄は惜しいと思うだけで、心の内では、こんなことまでするに値しないと考える。

現代文学史において、蕭紅が得がたい存在である理由を述べたい。重大な事件においてではなく、現実と対話するべきときでもなく、女性はようやく語りに参与するが、実は女性は常にそこに存在しているのであり、彼女自身の生き方があるのだ。彼女たちは一人ひとり異なっている。男性世界にあって、彼女たちは「女性」というジェンダー・グループとして存在し、彼女たち全体の特徴は要求に従い規格化されていることであるが、彼女たち自身の世界では、個人の生き方は千差万別であり、蕭紅が描いたのはまさにこのそれぞれ異なるイメージであった。しかし女性たちは同じく悲劇的結末を迎えるのである。

作家として、蕭紅は女性に対し残酷なほど冷静な観察を行っており、自らの継母と実の父との関係も、蕭紅はいかなる偏見を持つことなく純粋に女性の視点から探究している。母は父に仕えることを終生の職業としており、それは母親としての職責を疎かにするほどであった。

蕭紅は母に同情して、怒り争おうとして声を上げていた。ひとたび母娘二人が統一体の中にあるや、母娘の対抗的衝突は突如として度数を高める。少女時代の蕭紅は幾度も進学を願っては挫折し、ほとんど命懸けの闘いをしており、精神的圧力は主に父を代表とする大家族側からかかってきたが、母もある程度抑圧側の役割を果たした。母には二重の役割がある。被害者であり、また加害者でもあるのだ。蕭紅は母への恨みを持つが、「恨み」とは負の感情であり、両刃の剣なのである。母は自分の「母体」として傷害を受けているが、実は自分の傷害を隠している。結婚問題で、蕭紅は家を出て家族と決裂し、母――「家」との精神的関係の断絶を通じて、精神的「断乳」を行い、自我はこれにより生まれ変わり再び新生を得たのである。

成人後の蕭紅は自らの幼少期の境遇に関し次のように総括している。

過去一〇年、私は父と闘いながら暮らしていた。この時期の私は人とは残酷なものだと思っていた。父は私に対し良い顔を見せず、使用人に対しても良い顔を見せず、祖父に対しても良い顔を見せなかった。使用人は貧乏人、祖父は老人、私は子供だったので、私たちのようなまったく保障となるものがない人は彼の手に落ちたのだった。そののちに私は新たに嫁に来た母も父の手に落ちるのを見ており、父は母を好いているときには、笑いかけるが、怒ると怒鳴るので、母は次第に父を恐れるようになった。母は貧乏人でもなく、老人でもなく、子供でもなかったが、どうして父を恐れるようになったのか？　私は隣の家に行ってみたところ、隣でも女性は男性を恐れていた。母方の叔父の家に行ってみたところ、叔母も叔父を恐れていた。(36)

善良で軟弱な女性は、生涯男性による侮辱から逃れられない。こうして蕭紅に対する母の冷たさ、継母の虐待は、相対的にいって男性世界での凌辱に由来するのであり、それはまったく書くに値しない。そのため彼女の後期の作品の中の母のイメージはそれほど恐ろしいものではない。『小城三月』では母はなんと開明派の人物イメージとなっている。

蕭紅の恋愛体験と対照すると、彼女の家出は愛の追求のためであり、蕭紅はこのようにして自らを幼少期の幸福な「裏庭」から追放し、愛を求める長い旅に出たのであり、彼女の生涯の悲劇はここから始まったのだ。

二.

蕭紅の初恋は中途半端なものであり、相手は品行方正ならずして、遊ばれたのちに棄てられるという経験は、彼女にとって人生最大の打撃となっている。『生死場』において、ヒロイン金枝のいわゆる恋愛過程と数人の女性の出産の苦しみが克明に描かれており、それは蕭紅自身の体験と不可分である。

彼女は女性が経験するであろう各種の苦しみを味わっている――それは貧困、孤独、苦痛、恐怖、孤立無援、絶望である。衝動に駆られ、男女の営みが生じれば、女性は懲罰を受けることになり、妊娠後の出産は刑罰を受けるようなものである。ここにはなおも生と死との交換が存在しており、女性もそのために意味もなく価値もなく死んでいく。苦痛の体験が死んだ方がましと感受させるのだ。自由行動が取れず、逃げ場がなく、身を寄せるべき家族もなく、頼るべき友もない窮地にあって、彼女は新聞社に助けを求めるしかなかった。自分は売春宿に売られてしまうと書いた手紙が、人々の同情を呼び起こした。これまで疑問を提起した研究者はいないのだが、実は筆者は次のように考えている――それは旅館の主人の単なる脅し文句であり、売春宿もお腹の大きい女性を引き受けるとは限らないと思うのだ。このため当時の臨月で一文なしの蕭紅にはまことに行くべき道がなかった。そのような状況下で、彼女はもう一人の男性に希望を託すしかなかったのである。それがそのときに新聞社の主編の指示で彼女に会いに来た蕭軍であった。『生死場』の創作意図は主に当時自らが味わっていた屈辱的生存の真相のすべてを記録して、世の人々に深く考えてもらいたい、という作家蕭紅の希望にあったと言えよう。これらも彼女が初めて男性に振られたあとの主な感覚と言えよう。

そのときの蕭紅は確かに助けを得られた。そして貧乏だが血気盛んな作家蕭軍に救われた。それでは彼女の二度目の結婚の実情を再度分析してみよう。表面的には、彼女と蕭軍の性格の不一致が二人の別離の原因となったが、根本的原因は主に蕭軍自身にあり、蕭軍の男性至上主義の亭主関白、特に東北男児の気風と、彼の愛情に対する不誠実さが、一心に愛を追求していた蕭紅に不平等なる愛の悲哀を抱かせたのである。

蕭紅がかつて聶紺弩に語った次の言葉は、蕭紅・蕭軍の間の問題を明らかにしている。

私は蕭軍を愛している、今日でも愛している、彼は優秀な小説家だし、思想的には同志だし、共に苦労して難関をくぐり抜けてきた仲である。でも彼の妻であることはとても辛い。私にはわからない、あなた方男性はなぜあんなに癇癪持ちなの、なぜ自分の妻に八つ当たりするの。

蕭軍は蕭紅の気持ちがよくわかっておらずしばしば彼女を傷つけた。蕭紅は作品の中で常に女性を弱者として描き、男性を守り神あるいは加害者として描いた。このような世界をはっきりと二分する語りの方法も蕭紅独自の人生に対する見方である。

現実における一連の愛に対する打撃で蕭紅は愛への執着を失い、生きることの拠り所を失い、臨終に際し「半生耐えた白眼視」という恨みの言葉を残すのであった——高名な作家が平等自由の愛を渇望しながらそれを得られぬとは、実に悲惨なリアルな人生であった。

三.

蕭紅の三度にわたる事実上の結婚からは、蕭紅にとって最も致命的な誘惑は男性から来ていたのではなく、自らの「愛情と暖かみに対する永遠の憧れ」から来ていたことが理解できる。生気と情熱に溢れる生命が、むしろ自らの愛への思いに妨げられ、誘殺されたのだ。これは蕭紅がよく考えていたことで、女性が逃れようのない運命のために抱く永遠の悲哀なのである。

実は蕭紅が臨終に際し語った「半生耐えた白眼視」という恨みの言葉も別の面から彼女の愛の暮らしに対する満足指数を反映している。蕭紅の生涯を見渡すと、彼女は暖かみと永遠に愛することへの憧れを抱いて、十数年というものたゆまず努力したものの、結局は連戦連敗、永遠に理想の彼岸には辿り着けなかった。

現実における一連の愛に対する打撃で蕭紅は愛への執着を失い、生きることの拠り所を失った。まさに蕭紅は何度かの結婚に失敗し、愛の苦しみを嘗め尽くしたので、甘美な愛情を正面から描かなかったのである。

蕭紅が描く女性は愛を渇望しているが、真の愛は得られない。抑圧され、男性を頼りとするが、そこには真の愛はない、これが旧社会における女性の人生に対する蕭紅の基本的な理解であった。出生から死に至るまで、女性は階級とジェンダーにおいて二重に抑圧されており、両性対立のジェンダー観念と文化的観念とが女性から自由を奪っており、婦人解放も当然のことながら階級と文化に対する全面的反抗となるのである。まさにフェミニズムのリーダーであったシモーヌ・ド・ボーヴォワールが指摘する通りである。「人は女に生まれるのではない、女になるのだ。社会において人間の雌がとっている形態を定めているのは生理的宿命、心理的宿命、経済的宿命のどれでもない。文明全体が、男と去勢者の中間物、つまり女と呼ばれるものを作り上げるのである」[37]（『決定版　第二の性Ⅱ体験』中嶋公子・加藤康子　監訳、新潮社、一九九七年、一二頁）。女性は男性が求めるように造型され、女性もこのような造型を認めている。男性に気に入られるために、女性は男性の客体とならねばならず、このため女性は自主権を放棄し、自由を放棄せねばならないのだ。女性は自由を失うほどに、自らの主宰者たりえなくなる。このような人生は愛とは無縁である。彼女は生涯にわたり愛を探し続けるが、最後までそれは彼女一生の願望にすぎない。

蕭紅の数回の「破れた恋」の発端と経過、そして元には戻れぬ最終結果は、彼女に身を切り刻まれるような痛みをもたらしたほか、その思考意識の変化や世界観に必然的に重大な影響を与えた。汪恩甲、蕭軍、端木蕻良の三者はいずれも知識と教養を身に着けた人であり、加えて蕭軍、端木は理想を抱き、社会改造の抱負を抱く著名作家であり、このため二人に関しては女性と自分の配偶者への対応において、議論すべき点が多い。結局は、彼らの女性観と蕭紅の女性観との間には乗り越えられぬ壁があり、跳び越せない溝があったのだ。これにより蕭紅は「男権」「夫権」そして女性の運命についてさらに現実的な考え方をするようになった。蕭紅はさまざまな人間像に対する長期にわたる細やかな観察と、自らの叡智と思弁とにより、自分が本来持っていた女性観を深化強化させ、社会歴史文化の範疇と文化伝統に属し、本質的意義と哲学的検討の意義を有する普遍的結論を得て、しかもこれをその後の文学作品に反映させたのである。その後の創作実践はこの点を十分に証明している。

第四節　女性意識——覚醒と絶望

蕭紅は女性の死のイメージを多数描いており、本節では後期蕭紅小説中の女性登場人物の死について分析したい。これらの人物を通じて蕭紅の創作の動機、思考と意識およびその変遷のプロセスを垣間見ることができれば幸いであり、そこに内在する本質、時代への困惑、その困惑の歴史的性質、歴史的結末を発掘し、それにより蕭紅個人の人生理念と創作理念とが時代の意識を超越していたことを証明し、さらにこのような精神的世界の展開により必然的にもたらされた人生理念の現実世界における凋落そして絶望と壊滅に至るまでについて述べたい。

第一節の表で示したように、蕭紅のほとんどの作品における女性の死因はかなり明確に語られている。死の描写も大変大胆で、鳥肌立つほどである。しかし後期の小説、すなわち一九四〇年の作品「裏庭〔原題：後花園〕」および絶筆作『小城三月』そして蕭紅が臨終前に東北作家の駱賓基に口述した「赤いガラスの物語〔原題：紅玻璃的故事〕」という作品群における登場人物の死は明らかに彼女の前期の作品とは異なっている。特に『小城三月』の翠姨の死は、単純な悲劇的物語の主人公個人の運命を描くのではなく、ただ善良な女性作家の同情と感傷とが託されているわけでもない。「なぜ死んだのかわからず、それがみなの気にかかった」という語りの背後には、読者を省察に導こうとする作者の思いが隠されているのだ。

中国新時期〔改革・開放経済体制が始まる一九七八年以後を指す〕の蕭紅研究において初期作品の位置づけは基本的に定説化しているが、後期作品に関する研究、評価に関してはこの数年、さまざまな説が登場しており、評価も分かれている。この面から、視点の移動、発想の転換が蕭紅研究に新たな状況をもたらしていることがわかると共に、蕭紅研究における解決すべき幾つかの問題が顕在化しているのである。

『小城三月』は蕭紅小説研究において、長期にわたり軽視され、あるいは偏見を持たれ、あるいは封建的婚姻に対する批判意識のみが語られてきた作品である。たとえば一九九五年出版の『二十世紀中国女性文学史』は全体的に近代女性文学に対しかなり全面的、客観的、具体的分析を行った得がたい研究書であるが、読者の耳目を一新させる同書であっても、『小城三月』を封建的婚姻反対の範疇に位置づけるばかりなのである。(38)

一九八〇年代からは『小城三月』研究の論文が数篇発表されている。これらの論文において、著者たちが文学理論の新陳代謝を図ろうとして、過去を受けて未来を開こうとしているようすは明らかに窺える。しかし延安における『文芸講話』〔一九四二年五月延安で毛沢東が召集した文芸座談会における毛の講話。文学・芸術の任務とは抗日戦争と解放運動を闘う労働者・農民・兵士の要求に応じて大衆政治家の意見をまとめあげこれを精錬し、再び大衆に戻すこと、と規定した〕から建国後、特に「文革」期に創り出された理論的枠組から完全には飛び出してはいない。

九〇年代に入り、新進気鋭の研究者である皇甫暁濤は独自の慧眼により、真っ先に理性と激情を頼りに、『小城三月』におけるヒロイン翠姨の悲劇的心理的要素と文化的背景へと発想の触角を伸ばしていった。「東方女性」の感情的様式における歴史的負荷や生命に対する抑圧と損傷を指摘しつつ、蕭紅の創作の動機と理念のあり方を判定したのである。(39) それは窮地に陥っていた蕭紅研究に新たな道を切り開いた。ただし遺憾なことに皇甫暁濤の努力は、広さは余り有るが深さにやや足りないところがある。

『小城三月』に関する分析には、近年のこれらの新しい側面からの試みが、今日の研究に対し新たなる活動のための基盤を提供しており、研究の着眼点の審美的尺度はそれぞれ異なるとはいえ、蕭紅という特殊な時代に生まれた作家が持っていた特殊な創作理念あるいは思考、個性的発想を解明せんとする努力が顕著であり、ここに至って蕭紅創作内容の正確な把握が現在の展開における必ずや乗り越えねばならぬ段階にして課題であると認識されるに至ったのである。

『小城三月』において、本来女性作家がしばしば描いていた、時代に密着した表象はすでに隠されている。女性作家が魂の深部で長年苦しみ思念したのち、理念的帆柱に、新しく再建した芸術のスクリーンに、永久に静止しあるいは不断に繰り返す歴史の暗い夜のとばりの絵巻物に、私たちは真に東方の女性が百年千年の夜の夢にうなされていた昏睡から目覚めたときの悲惨なメロディー、断腸の思いの永久の挽歌をはっきりと聞き取るのである。この挽歌の主旋律は、もはや春を惜しむ少女の単純な泣き声や悲しい恨みではない。

『小城三月』は女学校に通う少女を通じて、人々に次のような物語を語る――ある寡婦の家に娘がおり、翠姨といった。翠姨は見目麗しく、道を歩いていても気品があり美しく、話をしてもさわやかでもの静かなようすの娘に成長した。彼女が秘かに愛していたのは、抜群の才能で今は大学生となっている地主の息子――すなわち作品中の「私」の従兄――であった。本来古い決まりを黙って守るべき深窓の令嬢もついに新文明の呼びかけを受けて、無意識に自由結婚を遂げたいという願望を抱くに至る。それは女性が目覚める過程で最初に抱く願望である。そしてまさに新文明の恩恵によるこの人間的願望が、複雑な困惑と無力感を彼女にもたらしたのである。

正規の教育を受けたことがないものの、もとより聡明で新事物に好奇心を抱く翠姨は、婚約後にハルピンに行き嫁入り道具を揃えた。そのとき、道具購入の案内をしたのが「私」の従兄が彼女に紹介した同級生である。こうして愚鈍な日常生活が繰り返される彼女の村とは天地の差がある新文明の世界が、彼女の瞳に映し出され、彼女に多少の驚きと共に大いなる興奮をもたらしたのである。かつて「咸与維新〔みなともにいしんせん〕」〔清朝が明治維新に倣って行った一八九八年変法運動時期のスローガン〕の「私」の家、「私」の伯父の家で多少は見聞きして印象が残っていた新文明のありさまを、翠姨はその目で見て実感したのである。

よりによって彼女の嫁入り道具購入の案内役を務めたのも「私」の従兄が紹介した同級生であった。この学生たちはハルピンの秦家崗に住んでおり、そこは風光明媚で、外国人が最も多いところであった。男子学生たちの宿舎には、スチーム暖房と洋式ベッドがある。そのうえすでにロシア人の習慣を学んでいる学生たちは、何かと女性を尊重するので、女学生のように彼らの歓迎を受けた。翠姨は従兄の紹介状を持っていたので、女学生のように彼らの歓迎を受けた。翠姨も彼らから大いに優遇され、ディナーに招かれ、映画に招かれた。馬車に乗る際には、レディーファースト、下りるときには、学生たちが彼女に手を貸してくれる。彼女の動き一つ一つに誰かが気遣ってくれて、オーバーを脱げば手を添えてくれ、オーバーを着ようとすれば、手伝ってくれるのだ。

嫁入り道具の購入が愉快ではないことは言うまでもないものの、その数日間は、彼女にとって生涯最も愉快な時間であった。

やはり大学生は人柄が良く、開明的で、女性に対し礼儀正しく、彼女の妹の夫のように常日ごろ妹を殴るようなことは絶対にしないのだ。

ハルピンへの嫁入り道具購入の旅から帰ると、翠姨は嫁入りが憂鬱になった。あの小柄な醜男は思い出すだけで恐ろしかった(40)。

五・四新文明の薫陶宜しきを得たうえに、洋式学校の「咸与維新」の新鮮な空気に誘われ、啓発された翠姨は、次第に妹が歩んだ村の女性の旧式結婚の道を自分も繰り返すことが耐えられなくなった。大都市への旅により、翠姨はいっそう目覚めたのである。そこで彼女は親が決めた結婚に対し公然と反抗する決意を固め実行するのだろうか？　いいや、その逆で、都会から帰ると、本を手にした翠姨は知識から闘いに踏み出す力を得ることなく、むしろ「一日中、悶々として」過ごし、考えごとに没頭したのだ。その結果、「翠姨はやがて起きる力もなくなり、寝込んでしまい」、嫁入り前にひっそりと死んでしまったのだ。

翠姨の死、すなわち作品の結末から私たちは、蕭紅が悲哀を抱きつつ次のような考えに至ったと結論せざるをえない——新文明が女性に送った最初の贈り物とは新生ではなく、さらに高次元の困惑と新たな絶望であった。小説は翠姨が大都市ハルピンへの嫁入り道具の買い物旅行に出るや、「よりによって」という言葉を使っているのは興味深いことであり、そこには読者にある不吉な情報を伝える意図のほかに、作者が紙背に隠したものが窺える——それは歴史の時空を越えた女性の覚醒がもたらす深刻な不安である。

ここでは次のような現象にも特に注意すべきである——『小城三月』における「私」の家の雰囲気や家族の描写は蕭紅の他の作品において多く見られるものとはかけ離れている点だ。蕭紅の他の作品では、「私」の家の環境はしばしば暗く恐ろしいほど閉鎖的である。父や祖母、継母らの家族は誰もが陰険な顔つきをしている。たとえば彼女はエッセー「永久の憧憬と追求（原題：永久的憧憬和追求）」で自分の父を「しばしば貪欲により人間性を失った」

と書いており、『呼蘭河伝』でも次のように述べている。

わたしの家は荒涼たるものであった。
表門をはいると、門内の通路の東側の壁につづいて三間つづきの古びた棟があり、西壁にも同じく三間つづきの古びた棟があった。
〔立間祥介訳「呼蘭河の物語」二七〇頁〕

しかし『小城三月』の中の「私」の家は、ちょっと読んでみると、とても和やかで「維新」の文明開化の雰囲気に溢れている。「わが家は最も開明的だと言えよう……」という家には、その昔「維新革命（変法運動を指す）に参加した父と、明朗で常識豊かな伯父、やさしく人の気持ちを良く察してあげる継母（継母と小説中の「私」の二人だけが翠姨の「従兄」に対する秘かな思いを察していた）がいる。景物描写においても「テニス場」や「大正琴」「アコーデオン」などの新文明を象徴するものが突出して多い。

何年も前から、多くの評論家がすでにこれらの景物描写と人物の細密描写が蕭紅の他の作品とは異なる点に注目してきた。ただしこれまでの解釈は困惑を禁じえないものである。一部の研究者は『小城三月』の景物に対する細密描写は蕭紅の自らの旧式家庭に対する未練を示すものと考えている。そして本作をもって蕭紅後期の思想が「下り坂」であったことの証拠としている。別の研究者たちは蕭紅が自らの旧式的家庭を美化したと批判している。尾坂徳司の『蕭紅伝』は中国の学者が『小城三月』に対して行った「家庭美化」説に対し、自らの見解を表明している——この執筆手法には作家が自らの女子中学時代を懐かしむ要素が含まれており、蕭紅の創作リズムから考えて、自らの荒涼として孤独の生涯を慰める安らかな憩いの筆である。(41)

別の『小城三月』研究者の李重華《リーチョンホワ》は別の観点を持っており、物語のプロットの背景を極力蕭紅の少女時代の真の現実的体験と解釈し、この物語の中の、父や継母、翠姨という主要人物は真の現実の家族であり、遠い親戚であると解釈している。[42] 鉄峰や皇甫暁濤はこの観点に対し賛同を表明している。

以上、諸家はそれぞれの説や見解を提示しているのだが、これらの議論にはなおも検討補正の余地があると筆者は考えている。問題の本質に迫り、『小城三月』の謎を解く鍵を捜し当てるには、いかに小説の描写の中の幾重もの表象を通じて作者の真の創作心理と人々の心を戒める奥深い動機を探究するのか、という点に着目すべきであろう。

当然のこと、一九四一年の蕭紅はすでに成熟した作家となっており、彼女が『小城三月』のプロットと景物や人物を構想する際には、家庭と決裂した初期のあのような衝動に駆られることはもはやなかったと推定される。彼女は家族たちの人柄に対する判断や評価において、反省しさらに客観的、理知的になっていた可能性は大いにあろうが、これによりすべてが作者の少女時代の暮らしの風景の真実の描写であると証明することは、決してできないのである。

筆者が考えるに、これは蕭紅が特に用いた執筆手法であり、その真の意図は非常に検討の価値がある――実は蕭紅は表面的な「維新」の虚像を借りることにより、人の他人に対する、特に人々の女性に対する無理解を浮き彫りにしようと考えた、というように。そのために、翠姨が恋い焦がれた「従兄」はまったく彼女の胸の内の思いに気づいていない、という状況まで創り出したのだ。翠姨が死を前にして、大学生となり近代的教育を受けた「従兄」に思いを告げようとするとき、なんと彼は「今は翠姨の立場を守るべきか、それとも自分の立場を守るべきなのか、わからなかった」のだ。新文明の波に乗っている「従兄」は、たまに翠姨のことが話題になると、彼女の死を悼んで「いつも涙を流す」が、「なぜ翠姨は死んだのかわからず、みなは腑に落ちなかった」。生命の中に愛は存在すべきか否かを誰も考えたことがないかのようであり、女性が感情と婚姻において有すべき権利と人間の本能的欲望についてはさらに理解不能のようである。こうして「維新」の「春風」に啓発された翠姨が、むしろ「維新」の犠牲者となってしまったのだ。

作品はここで翠姨に何度かの極めて大きな心理的変化を生じさせたコンテクストを物語ることで、その精妙な描写法を使いながら、二つの文化の構造、風俗習慣そして倫理的基準を包括しつつ、両者の内在的矛盾と衝突を提示している。

おそらくこれは蕭紅が自ら目覚めた女性、「経験者」として、この時代の女性のためにその人生の一つの結末をスケッチしたのであろう。成熟した作家が多少の悲哀を帯びつつ冷静に、そして明らかにこだわりながら女性が目覚めたのちの前途という歴史的命題を探究したのである。愚昧から覚醒へ、これが蕭紅文学の一貫した主張であった。(43)創作とは「人類の愚昧に対するもの」という蕭紅の文学的主張は、彼女のすべての小説に見出せるものである。魯迅が『吶喊』〔一九二三年刊行の魯迅の第一創作集〕に託したのは愚昧から覚めようという人類への呼びかけであり、蕭紅は創作面だけでなく、各方面で魯迅の影響と愛護を受けた作家であったのだ。多くの青年作家の中でも魯迅が彼女に特に目をかけていたのは、蕭紅と魯迅との間には思想と発想において密接な呼応共鳴関係が存在していたためである。魯迅が幾度も蕭紅を称讃したのもこのことに端を発するのであろう。蕭紅の最初の小説「王阿嫂の死〔原題：王阿嫂的死〕」から一九四〇年の『呼蘭河伝』に至るまで、基本的にこのひたすら覚醒を求め、愚昧に反対するという主題で一貫している。そこからは蕭紅の人生生存の意味に対する不断の思索と探求が見出せるのだが、『小城三月』は琴の弦を張りかえたかのように、物語の中に物語があり、弦外に琴の音が響いているのである。

蕭紅のこの最後の小説作品は、彼女が貧困と疾病に苦しめられ、寝込んでから、二度と自分の両足で立てなくなったのちに、香港の病床で一気呵成に書き上げたものであり、それもわずか数日を費やしただけであった。(44)おそらく彼女の胸の内で長いこと温めていたもののなかなか位置づけできず、自分の反抗の生涯が失敗だったと意識したときに、彼女は理智的に十分考えたうえで物語の結末を着想したのであり、「私は父の前に完全に屈伏せざるをえない……」という一句は、蕭紅が自らの結末を悟ったことを物語っているのである。

この作品の意味は、単に人類の愚昧を描いた、また人々に愚昧から覚めるようにと呼びかけたという点にあるだけではなく、覚醒から困惑、苦悶へ、さらに苦悶から滅亡へと進む歴史の展開が女性をいわゆる「死の谷」へと導くという問題を描いた点にあるのだ。小説中の翠姨の死とはその一つの過程である。

作品中の新文明を表象する「春」に対する喜び半分憂い半分という気持ちは、『小城三月』の冒頭部分で絶妙に「春が来た」と漏らされている。作者はことのほか明瞭にこの主体的な雰囲気を強調している。読者の目の前には厳冬を耐えてきて、「春」の訪れと共に次第に覚めていく町や村の姿が広がる。この自然界の「春」は明らかに新文明時代の到来を示しており、久しく旧文化に窒息させられて来た人々が「久しく待ち望まれていた大暴動を、今日の夜に決行する」からは彼らの切なる期待が読み取れ、「人々は犯罪意識を抱いて解放の試みに参加した」のだ。明白に美しい「春」への憧れであり、返答であるが、あいにく村人たちはみな「犯罪」意識を抱き、それは旧文化が人々を物の怪のように束縛し、新文明が人々の本性を啓発することにより創り出された矛盾を余すところなく暴露するのである。翠姨がこの新旧文化の対立の中で犠牲となった人であることは明らかである。彼女は新生活の息吹に染まれば染まるほど、旧生活には戻りたくなくなる。しかし彼女には身の回りに絡み付いている目に見えぬ一族の掟の網を破り抜け出す力はない。彼女は「春は一人ひとりの心の奥深くまで吹き込んで、呼びかけ、誘う」のを感じたのちに悶々として死に至るのである。

「春」は彼女にとって幸い中の不幸であったのか、それとも不幸中の幸いであったのか? 「春」の訪れはどこでも歓迎されるが、「春」は来たかと思えばすぐに去り、人はそれを心ゆくまでは味わえない。「春」は重責を負うかのように「公務多忙で、この春がどこかで少しでも長居をすると多くの生命を損ねてしまう」のである。そしてこの引き止められぬ春光は、これを楽しんだ人にさらに多くの煩悩と不安をもたらす、翠姨とはまさにこのような矛盾した世界に置かれたか弱き女性であった。小城三月の春風は、まさにこの矛盾の外的要素なのだ。そして彼女の覚醒後の深刻な不安と不満を抱く魂は内的要素であった。

これは真剣に考えるべき問題を提起している――覚醒は女性にとって起「死」回生の効用があるのだろうか？　覚醒はある歴史的条件下では、さらなる精神的苦悩をもたらし、滅亡を早めるのではあるまいか？

以上が『小城三月』のテーマであり、蕭紅自身が覚醒に不安を抱いていたと筆者は理解している――覚醒に対する躊躇、あるいは絶望といっても過言ではないであろう。魯迅は『吶喊』を編集したあと、同様に覚醒に対し不安を覚え、そこで『吶喊』に続けて『彷徨』を刊行している。あるいは蕭紅は魯迅と以心伝心で、自らこのことを悟ったのであろうか。彼女は本来とっくに書けたはずの女性の結婚という題材を、自らの生命が衰弱するまで温め続けて、死の瀬戸際で一気に書き上げたのだ。現実に頭をぶつけて血を流した蕭紅は、彼女の生命の蠟燭の残りを燃やして、『小城三月』という絶唱を描き残したのである。

蕭紅逝去の翌年、彼女が臨終の際に口述した「赤いガラスの物語」が駱賓基により整理発表されている。ただしこの作品は研究者から重視されないどころか注目されることさえ稀である。しかし筆者が思うに本作も十分かつ明らかに蕭紅の人生最後の心境と創作動機を良く表現している。

本来生き生き楽しく暮らしていた王大媽《ワンターマ》は、孫娘の誕生日に偶然万華鏡を見て、突然悪夢から醒めたかのように、浮世に見きりをつけてしまった。

王大媽が失神した瞬間に思い出したこととは何だったのか？　やはりこの赤いガラスの万華鏡で遊んだ幼少期を思い出したのであり、その頃の彼女は純真で快活で幸せな子供であり、自分の娘も子供時代には同じく赤い万華鏡で遊んだことも思い出していた。同じく母となって寂しく楽しみのない道を歩んでいる。今の孫娘の小達児《シアオタール》は三代目で、またもや赤いガラスの万華鏡で遊んでいるが、この子も恐ろしい運命から逃れられないのか――嫁入りし、夫は黒河へ砂金採りに行き、女房はこんなに寂しい生涯を送るという運命。夫が砂金を採れるのか、誰にもわからず、夫がいつ女房のもとに帰って来るのか誰にもわからない。

このことを王大媽はこれまで細かく考えたことはなく、今思い出してからこのような孤独、自分が過ごした暮らしとはこのように恐ろしいものだと思い、いったいどうやって長い歳月を過ごせたのか自分でも不思議であった。飢えに苦しんで死ぬこともなく、寂しさに悩んで死ぬこともなかったとは(45)！

ここでは「万華鏡」は『小城三月』の「春」の隠喩に相当する。「春」は女性の運命を変えなかったが、王大媽は運命に対する、人の本能的生存に対する激昂から生命の意義に対し悲観し、最後に生きることに嫌気がさしたのである。人はひたすら祖先が決めた暮らしの法則を毎日毎年繰り返し、単調で寂しく目標もなく暮らしているのだ。こんな人生から目覚めると同時に、王大媽の生命の火は消えたのである。

蕭紅の「赤いガラスの物語」と『小城三月』の内容は異なるが、同じ発想から生まれており、それは人生の価値と女性の生存意義に対する懐疑であり、女性意識の覚醒に対する彷徨である。

一〇年近い苦難の生活と精神的苦悩とを体験した蕭紅は、すでに世の転変を嘗め尽くし沈思熟考するベテラン作家となっており、彼女が描く人物は特に彼女の運命と密接な関係を持つ女性人物であるため、彼女の深い思いのかすかながらも手がかりとなるはずである。蕭紅の生涯とその作品を見渡すと、最初は彼女の女性解放に対する初期の認識があり、その後は苦悶の境地へと落ち込み、最後には絶望状態の渦へと導かれており、明らかに曲線を描いているかのようである。

初期には彼女は女性自立追求の志を抱いて断固として父権に挑戦し、家を飛び出し胸の内の自由に満ち溢れた天空へと飛んで行ったが、社会の残酷な現実により、彼女の天真爛漫な幻想の翼は折られてしまった。お産は近づき、負債は積み上がり、危うく売春宿に売られる危地に陥り、腕力に訴えて助けようという蕭軍が彼女の前に現れたのである。こうして彼女は少しは身も心も休まる避難港を見つけたのである。しかし短くて熱い恋のあと、自由と引き換えに得た愛の結婚により再び独立女性の自由を失った自分を発見して苦しむのであった。彼女は独立した人格を持つ女性作家と付属的なささやかな家庭の主婦という双方向軌道の上でうまく操車することができなかった（それは実際には現代における職業婦人と主婦の役割の矛盾という問題である）。彼女は夫の「亭主関白」を厭い、蕭軍の彼女の作品に対する無理解と揚げ足取りに不満を抱き、従属的地位から脱しようとした――ことに蕭軍が不倫を始めたあとには。まさにこのとき、戦乱をきっかけとして端木と出会い、端木にも欠点がないわけではなかったが――「憶病者で日和見派、おべっか使い」[46]――蕭紅の目には少なくとも端木はそれほど亭主関白ではなく、二人は夫婦として互いに平等であったのだが、これは蕭紅の自強、自立、自尊の心理を表面的に満足させただけであった。

一九二〇～三〇年代の中国では、五・四新文化運動の風潮が古い大地を刷新していた。新旧の道徳観念は互いに対抗し、衝突しており、社会生活において巨大な震動と激突を引き起こしていた。蕭紅はこの特殊な歴史文化を背景として女性の個性解放を追求し、女性の不幸な運命のために鬨《とき》の声を上げた作家である。

当時の教養ある女性が一般に抱いていた希望とは、自主的結婚の追求を通じて女性の自我確立の人生第一の階段を登ることであった。この階段により、「千里の目を窮めんと欲し、更に登る一層の楼《ろう》」〔唐代の詩人王之渙の作品「鸛鵲楼《かんじゃくろう》」の一句〕を幻想していたのである。このグループの代表として、蕭紅の個性は極めて敏感であったので、彼女は他の人よりも強烈で深刻な内面的苦悶と苦痛とを味わった。

何が苦しいかって？

語れない苦しみこそ最も苦しい。(47)

これは蕭紅が早くも一九三七年に書いた詩の一句である。博引旁証するまでもなく、この詩句は最も説得力に富んでいる。

蕭紅は最後まで理想の白馬の王子と出会うことが叶わず、「理想の白馬にも乗れず、夢の中の恋人も愛せず(48)」と嘆いている。夢から覚めた蕭紅は「私は本来何も恋しいとは思わないが、すべてが恋しいとも思っている」ことを発見するのだ。心乱れるというこの思いを呪い、「呪う、悪魔のように呪う(49)」のである。そして自問自答するかのように嘆くのだ。

今何が恐いと問われれば、
こう答えよう——氾濫する感情が一番恐い、と。(50)

夢から覚めた蕭紅が最も恐れたのは久しく抑圧されて甦る女性の愛情である。愛情なき籐の蔓に巻きつかれた荒れ果てた人生も恐ろしいが、愛の意識が芽生え、恋心を抱きながら願いが叶わないのは、さらに苦しい。これこそが蕭紅の愛情をめぐる矛盾葛藤であった。

同じく一九三七年に、蕭紅は戦時中の時事を批評するようなエッセー「眠れぬ夜〔原題：失眠之夜〕」で、女性自身の運命に対する懸念と思索を吐露している。故郷を遠く離れて漂泊し、人の妻となって苦しむことはすべて自己実現を追求する女性が払う代価であると考え、思わずさまざまな恨み辛みと孤独不安の心境を吐露するのである。

あなた方の家では外から来たいわゆる「嫁」に対し同じだろうか？　私は考えながらこう言った。
この不眠はあるいはこのためではないのかもしれない。しかし驢馬を買う者は驢馬を買い、塩豆を食べる者は塩豆を食べる、である。
それでは私は？　驢馬に乗って行く先はやはり見知らぬところである。私が止まるところはやはり他人の故郷である。(51)

一九三八年の蕭紅の批評「『大地の娘』と『動乱時代』」（原題：『大地的女児』与『動乱時代』。『大地の娘』はアメリカの左翼ジャーナリストのアグネス・スメドレー（Agnes Smedley 一八九二？～一九五〇、アメリカの女性ジャーナリストで長く中国に滞在した）による、『動乱時代』はドイツの作家リロ・リンケによる共に自伝的小説で、前者の邦題は『女一人大地を行く』（尾崎秀実訳）、後者の邦題は『憩いなき日々――若き女性の自画像』（阿部知二・安田たきゑ訳））でも、彼女は明らかに意識的に女性の覚醒というテーマを論じ始めている。ただし行間にぼんやりと見え隠れしており「覚醒」の前で思考上の混乱を呈している。他人に説き聞かせようという文章が作者自身の未整理の思いを露呈しているのだ。今日の私たちから見ると、これはまさに蕭紅が「覚醒」の人生の旅において絶えず思考し、探索していたことの必然的過程である。この文章の筋道は明晰ではなく、その内容も傑出しているわけでもないのだが、私たちに蕭紅の「覚醒」の過程における重く、輪郭曖昧な足跡を残してくれているのだ。

しかし一九四一年の作品『小城三月』では、全篇を通じて「覚醒」という言葉は一度も使っていないが、蕭紅は覚醒した女性の末路を悟っている。『小城三月』の中の翠姨のイメージを見渡すと、彼女も新文明の薫陶を得て覚醒した女性である――ただし伝統因襲に対して、作品中の翠姨は現実生活中の蕭紅によりまったく反対の闘争方法を選択させられている。翠姨は個人の内面世界で苦闘するだけであるのに対し、蕭紅は驚天動地の大活躍をするのだが、末路は共に婦人解放に行き詰まるのであった。

魯迅は封建社会の奇形的文化母体を密封された「密室」に喩えたが、この「密室」に蕭紅は身をもって対峙し、最も深く感じた一人の女性体験者と言えよう。この窒息の「密室」においては、抗争も妥協も出口はなく、女性の覚醒後の興奮は、最後には間違った道に迷い込んだ困惑に取って代わるのだ。蕭紅は不安のうちに婦人解放および女性の生存に対する懸念、そして新文明の力不足に対する感慨を語るのである。

こうして新たにさらに大きな怒りと不安、身心共の疲れが重なり合って、貧乏と病気に苦しむ蕭紅に襲いかかったのである。彼女はより深く感じ入っていたことであろう。「女性の天空は低く、羽翼は薄いが、しがらみは重いのだ。しかも困ったことに、女性には自己犠牲の精神が多すぎる。勇敢ではなく、臆病であり、長期にわたり助けもなく犠牲の状態に置かれていたので自己犠牲の惰性を備えてしまったことは、私にもわかっている。それでもこう考えざるをえない――私が何だというのか？　屈辱が何だというのか？　災難が何だというのか？　死さえもが何だというのか？　私にわからないのは、私とは結局一人なのか二人なのか、こう考えるのが私なのかそれともあ考えるのが私なのか。確かに、私は飛びたいのだが、同時にこう思う……墜落するだろう、と[52]」。これこそが蕭紅一生の心の旅路を最も良く写し出すものであろう。

以上が一人の女性解放思想の先覚者としての多難で矛盾多き一生である。抑圧され、侮辱された女性の代言者として、蕭紅は長期にわたる言いがたき深い痛みと反省を有していた。そして蕭紅の個人的特徴が、不断にもがき闘いつつ零落する、零落しつつもがき闘うという人生を決定し、それが客観的には彼女に人生を総括するための徹底的思索の機会を与え、覚醒した女性の運命に対する洞察そして悟りを得させたのである。結論は悲観的ではあるが、それがその時代の客観的事実なのである。

蕭紅の小説『小城三月』を中心とする女性の死に対する分析および蕭紅の人生に対する考察を通じて、私たちはまずは女性の生存意義に対する不断の探求を発見した。女性の運命に対する不断の探求と思考と共に、人の本能的生活に対する懐疑が生まれる。蕭紅は行動と手にした筆とによる一〇年近くの激しい反抗ののちに、次第に興奮する群衆を離れて、誰も知らない、孤立無援の、寒々として荒れ果てた一帯を進む、「吶喊」から「彷徨」へと転じる孤独な旅を歩み始めた。この旅路を歩む蕭紅は苦しみに耐えつつ、次第に理性的に冷静になっていく。彼女の思考領域はある年代の多難な日常現象に限られるだけでなく、人の生命の意義の中からも、特に女性の覚醒というテーマを探索した。ここで、彼女は次第に不安を覚えて彷徨し、最後には完全に悲観し失望するに至った。彼女は歴史的に行き止まりの路地に入り込んでしまったと言えよう――魯迅先生が予言したように「夢から覚めると行くべき道がない」、この時代に創られた喪失感を抱いた「ノラ」となったのだ。これは歴史が彼女に用意した選択るべきではない登場人物であった。四〇年代の張愛玲が皮肉っぽく語ったようでもある――「中国人は「ノラ」のお芝居から出て行くことを習った……でも出てからどこへ行くの？　二階に行くのだ。食事のときに、ひと声かければ彼女たちは下りてくるだろう」[53]。この言葉は、理想の蜃気楼も日々のお米、塩や油の代わりにはなれないという教訓を、人々に教えているのだ。

蕭紅の小説において、私たちはさらに女性の死の分析を通じて、彼女の帝国主義や封建的階級制度に対する暴露と批判を見出すことができる。蕭紅もこのような表現方法を通じて自らの女性の運命に対する無限の感慨を漏らしていたのだ。しかし蕭紅の後期の創作意識には明らかに変化が生じており、特に蕭紅の最後の小説『小城三月』のヒロインの死は、社会階級の構造的改革に頼るだけでは女性の歴史的運命を完全に変革することは不可能であることを彼女が認識していたことを示すものである。

蕭紅の小説はなおも客観的に人々にこう提示しているようである。伝統文化の空気の中で暮らしている人々は、「頓悟」することはあっても、ときに九死に一生を得ることは難しい――つまり仏教思想が宣揚するように「頓悟成仏」は不可能なのだ。なぜなら、この「仏」はもしも「来生」「転生」の仮定を放棄したら、現実的意義はなくなり、当然のことながら精神的な寄託も失うからである。「民は食を以て天と為《な》す」のいわゆる「食」とは現実生活中の物質的需求のイメージ化であり、具体化である。

蕭紅はまた人々に次のように提示している――人の意識がなおも伝統社会文化の束縛から完全に脱していないときには、いわゆる覚醒も精神的夭折の促進剤となるのだ。それは、男性であろうと女性であろうと、社会がすでに改革されても、自らの心理に対する伝統的因襲による束縛を排除し脱却することは、ただちにはできないからである。

第四章　蕭紅と同時代作家

本章では以下の三節の内容を記したい。一．蕭紅と魯迅、二．蕭紅と丁玲、三．蕭紅と関露。筆者はなぜ本書にこの一章を設け、三節の内容をこのように定めるのか？

中国では古代より「師」を尊び教えを重んじ、「師」に崇高の地位を奉り、生涯天地の如く、君主や父母の如く仕え、死後には位牌を作り祭っている。それ故に「天地君親師」と称する。細かく分析すると、実は「天地君親師」の五者のうちで、個人的に関係が最も密接なのは「君親師」の三者のみである。「天」と「地」とは万物を生成発育させるもので、特定の人に恵みを与えるわけではない。「君」とは君主や帝王を指し、士大夫〔官僚知識層のこと〕の奉仕する対象であり、士大夫に名利と地位を与えてくれる主体である。「親」とは両親すなわち父母を指し、自分を生み育ててくれた、身体髪膚と生命を授けてくれた人であり、その役割と地位は当然掛け替えのないものである。「師」とは「老師《せんせい》」のことである。唐代の大文豪韓愈《かんゆ》〔七六八～八二四〕はこう述べている。「師《し》は道《みち》を伝《つた》へ業《げふ》を授《さづ》け惑《まどひ》を解《と》く所以《ゆゑん》なり」〔「師というのは、人間の正しいありかた、即ち道理を後の人に伝え、学問の仕事を教えてくれ、判断のつきかねているところを解きわけるためのものである」という意味。訓読および現代語訳は星川清孝著『新釈漢文大系　第一六巻　古文真宝（後集）』（明治書院、一九六三年初版、一九八九年九月第三六版六八頁）による〕。老師は学生の道徳品格を養い、学生に専門的知識を与え、学生の各種の疑問を解く人である。学生の魂を作り、学生の精神的世界を充実させ、学生の人生を導く人である。その意味では、「師」の作用は掛け替えのないものである。

中国の慣習によれば、学生は自分に技芸を授けてくれた老師を「師傅《シーフ》〔職人らに対する敬称〕」ではなく「師父《シーフ》」と尊称する。「師父」という言葉は当初「一日師たれば、終身父たり」〔『史記』「仲尼弟子列伝第七」中の一段〕を典拠とする。その後は師弟の間はそれほど固くなくとも、「師父」という言葉は現在に至るまで使われてきた。

魯迅と蕭紅とは、本質的に師弟関係にあり文学的伝承関係にある。蕭紅の文学創作の歴史を研究すれば、魯迅は第一の導師となる。

そして蕭紅と丁玲、関露の三人は中国現代文学史において大変著名な女性作家であり、年齢も近く、同じ時代に活動しており、出身家庭や経歴、人生の道、資質や性格が多少異なるだけである。同じく女性作家であるので、彼女たちの作品には自ずと多かれ少なかれ、女性意識の表現と吐露とが見え隠れしている。同じ時代に活動しているので、彼女たちの作品には自ずと時代の刻印が押されており、時代に対する深い考察が記されている。出身家庭や経歴、人生の道、資質や性格が多少異なるので、彼女たちの作品が表現し吐露する女性意識は必然的に異なっており、彼女たちが注目する題材と創作内容、文体、芸術的特徴にも当然のことながらさまざまな差異がある。

比較してこそ識別できるのであり物事の特殊性が明らかになり、物事の本質や特徴を把握し提示できるのである。このような考えで、筆者は蕭紅を丁玲・関露と深く系統的に比較することとした。当然のことながら、このような比較には丁玲・関露の深い研究が不可欠ではあるが、その目的は丁・関二人の人生と作品に対し全面的な歴史的結論を下すことではなく、ましてや蕭紅との優劣を比較することでもなく、このような重要なる比較研究を通じて、蕭紅の人生と作品が同時代の他の女性作家と異なる特質、特にその女性観察の特異性を浮かび上がらせることにあるのだ。

第一節　蕭紅と魯迅

「落紅は是れ情無なき物にあらず／化して春泥と作《な》り更に花を護る」――これは清代の龔《きょう》自珍《じちん》（一七九二～一八四一）の詩集『己亥雑詩《きがい》』の中の名句である（「散りゆく紅い花だとて心なきものではない。やがて春の泥《つち》と化して、さらに花をまもり育てる」という意味。訓読および現代語訳は、田中謙二注『中国詩人選集二集 第14巻 龔自珍』（岩波書店、一九六二年、一二〇頁）よる）。この句を受けて魯迅は、「美しい花が見たいと思えば、かならずよい土が要ります（1）」、「一輪の花でも咲かせることができるなら、いずれは朽ちて腐草となったとしても、まあ悪くはあるまい（2）」と語っている。中国女性文学一九三〇～四〇年代の花園に咲いた蕭紅という珍しい花を育てるため、魯迅は甘んじて春泥となり、喜んで梯子となり、蕭紅に大量の心血を注いだ。魯迅逝去後、蕭紅は深い悲しみの淵から立ち上がり、『馬伯楽』『魯迅先生の思い出（原題：回憶魯迅先生）』『蕭紅散文』『呼蘭河伝』などの秀作を次々と刊行しており、これらの作品も春泥となって、中国文壇の豊かな森と美しい花を育てたのである。魯迅と蕭紅との間の感動的師弟愛はすでに文壇の美談となり、多くの読者に語り伝えられている……

蕭紅と魯迅が初めて会ったのは、一九三四年一一月三〇日のことだが、彼女は中学生時代（一九二七～三〇）には、すでに魯迅の忠実なファンであった。現在では、魯迅研究および蕭紅研究の領域において、両作家間の「影響研究」はすでに重要な研究テーマとなっている。筆者も両者作品の比較研究を通じて、蕭紅文学は魯迅文学と密接な血縁関係にあると考えており、たとえば伝統的規範を大胆に変革する創造性、啓蒙という文学の使命に対する自覚的取り組み、下層の人々の悲惨な運命に対する深い同情、とりわけ民族の精神的病に対する鋭い指摘、これらは魯迅の蕭紅に対する潜在的影響であり、蕭紅が魯迅を自覚的に継承したことの必然的結果なのである。

蕭紅は「作家はある階級に属しているのではなく、全人類に属しているのだ。現在にしても過去にしても、作家たちの創作の出発点は人類の愚かさに向き合うこと」と語った。この理論は明らかに魯迅の『狂人日記』や『阿Q正伝』における愚かさに対する叫びを受けたものである。

蕭紅は魯迅の作風を次のように評している。「魯迅の小説の語り口は重苦しく、登場人物の多くは物そのものであり、動物的と言っても良く、人としての自覚がない。彼らは作品において無自覚に罪を受けており、魯迅は自覚的に彼らと共に罪を受けている」、「魯迅は自覚した知識人であり、高みから作品の登場人物を憐れんでいる」。

このほか、蕭紅は人民革命を主張したが、党派に加わることはなく、組織においては孤独を貫いており、このような立場はしばしば左翼人士には許されなかった。その作品には権威的なところはなく、彫刻風に冷酷に人類の弱点を攻撃するような描写もないが、画竜点睛風の諷刺はあり、ホトトギスが血を吐くまで鳴くかのように創作に励むことなどからも、魯迅の人格と作品の影響を見て取れよう。

魯迅逝去は、蕭紅にとって何よりも耐えがたいことで、彼女はとても感動的な、模倣も不可能な詩「墓参」を書いており、筆者はこの詩を読むたびに、「落紅、春泥」の師弟愛に胸を打たれるのだ……

蕭紅と魯迅との影響関係を深く掘り下げる研究の学術的意義は、言うまでもなかろう。そこで私は先行研究を基礎として、両作家の交流に関する全資料を系統的に収集分析し、その中でも最も感動的にして精彩を放つものに対する整理と再現を行い、さらに『魯迅先生の思い出』と『民族の魂・魯迅〔原題：民族魂魯迅〕』の創作過程について比較考察を行ったうえで、細部に踏み込んだ理論的分析により、両作に対する研究の不足を補い、魯迅・蕭紅の影響関係に関する研究の深化を図ることを試みたのである。

一・

一九三四年六月から一一月にかけて蕭紅は蕭軍と共にハルピンから青島に渡った。この間に、蕭紅は長編小説『生死場』を完成させている。同年一〇月初め、蕭軍・蕭紅は二人が精神的にも文学的にも師と仰ぐ魯迅に最初の手紙を送ったところ、折り返し魯迅の返書を受け取った。魯迅は一〇月九日の返信で、創作題材問題についての二人の質問に回答しただけでなく、多忙な身にもかかわらず蕭紅の『生死場』を査読することに同意した。

この返信を受け取って、蕭紅と蕭軍は突然子供に返ったかのように喜び、あるいは一人が朗読して一人がこれを聞き、あるいは散歩しながら、ピーナッツを食べながら、読んだり話し合ったりした。読むたびに、二人は手紙から新たな意義、新たな啓示、新たな感動と勇気を読み取った。四四年後、蕭軍は魯迅の手紙に改めて注釈したときになおも感動を新たにして次のように述べている。

読者は実感できるだろうか、実感できないかもしれないが、私たちがあの時代、あの境遇、あの思想と心情という状況下で先生の返事をいただいたとは、具体的に喩えてみれば、寒風長雨の黒雲が空を覆う季節に、モクモク湧き上がる黒雲の間から、突然黄金の陽光が一筋差してきたようなもの、それは希望であり、命の源泉だった。あるいはどこまでも続く夜の海を、正確な航路も見えず、安全な停泊地もないままに進む一艘の小舟……そんな私たちにとって魯迅先生のこの手紙はどこか遠くから差してきた灯台の明かりのようであり、私たちに進むべき航路を教え、前に向かって勇敢に漕ぎ続ける新しい力をくれたのだ。(3)

同年一一月三日、魯迅は、『生死場』の清書原稿と蕭紅・蕭軍共著の小説エッセー集『跋渉』、そして二人のツーショットを受け取った。写真の中の蕭紅は青白の斜め縞模様の紋布の半袖旗袍《チーパオ》を着ており、左右の短いお下げ髪を淡い紫の胡蝶結びで結い、まことに天真爛漫に見えた。

蕭紅・蕭軍は一九三四年一一月一日に、貨物船の雑貨船倉で塩漬けの魚や春雨と一緒に詰め込まれて、青島から上海に流れて来た。まず拉都路〔Route Tenant de la Tour 現在の襄陽南路〕一帯に住んだ——先に拉都路二六三路に住み、のちに同じ通りの四一一弄二二号に転居、さらに三五一号に転居している。彼らの住まいと魯迅の家との距離は、一〇キロほどであった。当時の彼らは窮乏していたうえ、身近に親類知己もいなかった。このような流浪の歳月の中で、最初の魯迅との面会と最初の魯迅の招宴の情景が、忘れ得ぬ思い出となったのも無理はあるまい。

最初の面会日時は一九三四年一一月三〇日午後二時、場所は霞飛路〔ジョッフル路。現在の淮海路〕の白系ロシア人が開いていたコーヒー館である。それは冬の上海にはよくある暗い日であったが、蕭紅と蕭軍の胸には陽光が満ちていた。魯迅が自分の妻の許広平に蕭紅を紹介したとき、許広平の手を固く握った蕭紅は、不覚にも落涙した。魯迅は別れに際し、封筒を贈っており、その中には蕭軍・蕭紅が至急必要とする二〇元のお金が入っていた。二人は一文なしという窮地に陥っており、魯迅は銀貨銅貨の小銭を残して、帰りの電車賃としてあげた。

魯迅のお金を受け取った蕭紅は、ひどく心苦しかった。魯迅は一二月六日に手紙を書いて慰めている。「……どうぞご遠慮なく。私はもとよりロシアのルーブルや日本の円は受け取りませんが、出版界での資格の関係で、原稿料は若い作家よりも楽に入りますから、あの中のものは若い作家の原稿料のように汗水垂らして稼いだものではありません——気にせずお使い下さい。こんな細かいことで、くよくよしていては、神経衰弱になってしまい、鬱病になりますよ」。

実際に会ってくれて、小説の書き方を指導するばかりか、経済面でも細やかな心遣いをする魯迅の人間的偉大さに、蕭紅が深く感動したのは、神聖なる講堂に入ったばかりでなく、暖かな家庭をも見いだしたからである。

最初に魯迅の招宴を受けたのは、一九三四年一二月一九日（水）午後六時のこと、場所は上海広西路三三二号の梁園豫菜館で、胡風夫妻の息子の満一か月の祝いがその名目だった。しかし、「主賓」であるはずの胡風夫妻は招待状が間に合わなかったためか出席しなかった。同席者は魯迅一家の三人、蕭軍・蕭紅、聶紺弩夫妻、葉紫、その他一名の計九名で、このその他一名について蕭軍は「私たちが初めて参加した魯迅先生の宴会」という作品では故意に本名を書かず、C先生と呼び、「店の経営者」であるとしている。[4]

この「ミスターX」とはいったい誰だろうか？　魯迅の当日の日記を見ると、この経営者は「仲方」と書かれている。考証によれば、仲方とは茅盾のことで、彼の筆名の一つであった。

魯迅が上海の著名な左翼作家を蕭軍・蕭紅に引き合わせたのは、駆け出しの東北エミグラント作家を、政治面でも、創作面でも、暮らしにおいてもすべての面で気にかけていたからである。この宴会の記念に、蕭紅と蕭軍はわざわざフランス租界の万氏写真館に赴き写真を撮っており、この写真の中の蕭紅は悪戯っぽくパイプをくわえ、丸い童顔には幸せそうな微笑が広がっている。

この招宴をめぐってはさらに二つの印象鮮やかなエピソードがある。一つは蕭紅が蕭軍のために急いで礼服を作ったこと、もう一つは蕭紅が海嬰（魯迅と許広平の息子）に「洗濯棒」を贈ったことである。蕭軍はもともと灰色とも青色ともつかぬボロの上着を一着持っていただけであった。宴会のため、蕭紅は安売りの白黒チェックのビロードを購入し、特に気合いを入れ、一日足らずで蕭軍にルパシカ風の大きめのシャツを縫い上げた。出かける前に、蕭軍はさらにベルトを締め、絹の襟巻きを巻いたので、あか抜けして颯爽とした姿になっている。

洗濯棒とは蕭紅から小さな海嬰への贈り物である。蕭軍の記憶によれば、この棗の木を削った小さな洗濯棒は、一九三四年に彼らがハルピンから大連に立ち寄った際に王福臨という友人から贈られたものだった。そして許広平の記憶によればこの洗濯棒のほかに、蕭紅は海嬰に二つの赤い胡桃を贈っている——それは彼女の祖父の形見である。蕭紅が家伝の宝といかなるときにも肌身離さず持っていた玩具をプレゼントしたので、魯迅一家は深く感動した。海嬰はこの洗濯棒をもらってとりわけ喜んでいる。魯迅は同年一二月二〇日の蕭軍・蕭紅宛ての手紙でこう述べている。「海嬰に代わって、お二人が下さった小棒へのお礼を申しますが、私もこれを初めて見たのです。しかし彼は私に対しては、確かに小さな棒喝団《ファシスト》です。彼は去年また質問しました。「お父さん食べていい?」。私の答えは「食べるなら食べてもいいけど、やっぱり食べるのはやめておきな」。今年は聞かなくなったのは、多分食べないことにしたのでしょう」。

二.

蕭紅は直接魯迅にこう尋ねたことがある。「先生の青年たちに対する感情とは、父性的でしょうか、母性的でしょうか」。魯迅はしばし考えたのち、ゆっくりと答えた。「私の青年に対する態度は〝母性〟的、だと思いますよ」(5)。魯迅は当然、青年については一概には言えないことを熟知していた。自分をまず利用したのち攻撃してくる青年たち、官僚に迎合して密告し、友人に縛り首の縄が掛けられたときになおもその足を引っぱろうとする青年たち、年寄りじみて城府の奥深くでワーワーとスローガンを語り、空論を発する青年たちに対しては、魯迅は警戒心を抱いていた。だが彼は青年全体には無限の希望と愛情を寄せていたのだ。蕭紅に対する思いやりと引き立ては、魯迅が青年を助け、育てたことの鮮やかな一例である。

だが、魯迅が接触した青年の中でも、魯迅が蕭紅に与えた〝母性〟愛はいささか多めだったようだ。ある研究者は次のように描いている。「若き亡命者である蕭紅の到来により、彼の久しき寂寞の心は、雪融けを迎えたかのようだった。彼女は魯迅と同様に、あまりに若くして婚姻というトラウマを受けていた。しかも肺を患っており、身も心も深く傷ついていたのである。帰らざる故郷に対し、二人は共に熱くして沈鬱なる郷土愛を抱いており、両者の小説は、詩のように大地の苦難の息吹を発していた」。さらに「同じく美術を愛し、美に対して特に敏感であった。こうして、二人の間にはさらに多くの共通言語があったのだ」[6]。このような共通点が蕭紅と魯迅との間には確かに存在している。だが筆者が思うに、魯迅が蕭紅と蕭軍に対し門戸を開き援助を惜しまなかったのは、二人が奴隷となるのを拒んだ北方人であったからということだけではなく、彼らの「稚気」と「野性」とも関係があったろう。魯迅は青年の「稚気」と「野性」とを特に愛したのである。蕭紅の「稚気」は、魯迅に青年あるいは児童の心を再びもたらしたのである。これについては彼の手紙を証左として上げられるよう。

例1：蕭軍・蕭紅が魯迅に三度目の手紙を送ったとき、「劉軍、悄吟」と署名している。蕭軍の本名は劉蔚天《リウウェイティエン》（りゅういてん）、蕭紅の本名は張廼瑩《チャンナイイン》（ちょうだいえい）であり、ペンネームが悄吟《チアオイン》（しょうぎん）だったので、魯迅は返信に際して蕭軍を「劉様」と呼び、蕭紅を「奥様」「吟女士」と呼んでいる。蕭紅は先輩たる魯迅が後輩に対し遠慮しすぎと考えたのであろうか、あるいはこのような女性としての主体性を欠いた呼び方を好まなかったのであろうか、手紙で無邪気に「抗議」を申し立てている。魯迅の一九三四年一一月一二日の返信はおどけた調子でこう答えている。「悄女士は抗議をお申し立てですが、それでは私は何と書いたら良いのでしょうか。悄叔母様、悄姉様、妹の悄ちゃん、姪の悄ちゃん……どれも良くなく、やはり夫人・奥様、あるいは女士様でしょう」。

例2：蕭紅は魯迅先生は「ヤモリ」が大好き、と聞いたので手紙で問い合わせている。魯迅は一九三四年一一月一七日の返信で次のように答えている。「私の母は北京にいます。大ヤモリも北京におりますが、ヤモリが好きなのは私だけで、今ではおそらく彼らに追い出されてしまったことでしょう」。その後の面会時にも蕭紅はこの大ヤモリの話に触れている。すると魯迅先生はこう語ったのだ。「実は私も特にヤモリが好きなのではなく、ただ追い払ったりしないだけ、それというのもヤモリは無害で、しかも有益なところもあり……顔形が恐ろしくて醜いことばかりに気を取られてはいけません……」。

例3：上海文壇の複雑な状況を考慮した魯迅は、一九三四年一二月二六日の蕭軍・蕭紅宛ての手紙でこう言い聞かせている。「話すときには気をつけた方が良く、一番良いのは他人の話を多目に聞いて、自分が話すのを少な目にし、話さねばならないときには、無駄話を多目に話すのです」。魯迅は蕭紅の「稚気」を好ましく思ったが、「稚気」では人に騙されやすく、被害をも受けかねず、このため二人の社交範囲が次第に広がるようすを見て注意を喚起したのである。だが蕭紅の方はそうは思わず、これは「鼠が猫を避ける」消極策だと考えた。魯迅は一九三五年一月四日の返信で弁明している。「吟奥様は結局吟奥様でして、我ら殿方のような精密正確な観察はしていません。少な目に話したり多目に無駄話することが、どうして鼠が猫を避けることでしょうか。猫が一日中ニャーニャー鳴いているなんて見たことがありません――春の一時期を除いては。猫は鼠よりもさらに音を立てない。春になるとうるさいのは猫にも他の目的があるので、別に論じましょう。普段は、猫はいつも静かに聞き耳を立てており、機会があれば飛び掛かる――これは猛獣の方法です。当然、猫はネズミと無駄話をしませんし、鼠も猫とは無駄話をしないのです。

例4：蕭紅は一時期ものぐさになって、寝ていることが多くなり、太り始め、自分で満足のいく作品を書いておらず、魯迅に厳しい師匠のように自分を督促して下さい、手の平を鞭打って下さいとまで書いている。これに対して魯迅は一九三五年一月二九日の返信でこう述べた。「私が鞭で吟奥様を叩こうと思わないのは、作品とは叩けば出て来るものではないからでして、昔の塾の教師は、生徒が本を暗誦できないと手の平を叩きましたが、叩けば叩くほど暗誦できないものですから、やはり催促しないのが良いのだろうと思います。もしもキリギリスのようにお太りでしたら、きっとキリギリスのような作品ができることでしょう」。蕭軍・蕭紅の作ではしばしば東北地方の生い茂る草、高粱、キリギリス、蚊が描かれるので、魯迅は肥った蕭紅を「キリギリス」に喩えたのである。

このような魯迅と蕭紅との往復書簡からは、後輩である蕭紅が魯迅の前で固くならず率直で可愛らしい悪戯っ子であったことが見て取れるだけでなく、先輩である魯迅の蕭紅に対するやさしい思いやりと茶目っ気を可愛がるようすも見て取れる。蕭紅は九歳で母を亡くし、父は横暴な性格だったので、祖父のもとでのみ、人生には冷酷と憎悪のほかに温かさと愛があることを知りえたのだった。蕭紅は生涯にわたり人の世の「温かさ」と「愛」に憧れ、これを追い求めたが、魯迅との交友においてのみ最も満ち足りた思いに浸ることができたに違いない。

当然のことながら、魯迅は蕭紅の細々とした暮らしのことばかりを心配していたのではなく、より重要な点は蕭紅の代表作『生死場』の刊行を助け、彼女の現代中国文壇における地位を確固たるものにしたことである。『生死場』は清書の際にカーボン紙で日本製の薄く柔らかい紙に書き写されたため、細かくてびっしりと書き込まれていた。魯迅は老眼鏡を掛け、原稿用紙の下に白紙を敷いたが、それでも良く読めない字があった。しかし魯迅は蕭紅の粗忽さをいささかも咎めることなく、「ああ、目がダメになりました……」と自らを責めるのだ。この小説が描き出す北方民衆の生に対する強靱さと、死に対する抗いは魯迅を深く感動させ、女性作家としての蕭紅の細やかな観察と既製の枠を越えた筆致は、彼女が創作において前途有望であることを魯迅に確信させたため、彼はこの作品を熱心に生活書店に推薦し、刊行の同意を得るに至ったのだ。

ところが国民党中央宣伝部書籍新聞検査委員会の審査に送られたところ、半年も棚上げにされた挙げ句、結果は不許可であった。そこで魯迅は、蕭軍、蕭紅、葉紫が奴隷社を結成し「奴隷叢書の三」という名義で『生死場』を自費出版するのを支持したのである。魯迅はこの書名に大賛成で、しかも序文執筆も引き受けた。執筆前に、魯迅は蕭紅が丹念に校正した最終校で再読し、その中から若干の誤字を見つけたほか、組版形式を多少改めている。

一九三五年一一月一四日、魯迅は音もなく静まり返った真夜中に、犬の遠吠えを聞きながら、多くの読者がこの力作小説から強靭さと抵抗を読み取ることを願いつつ、『生死場』のための序文を書き上げた。当然、魯迅もこの小説が完璧とは思はなかった。だが販売を考慮して、魯迅は「叙事と情景描写は、人物描写に優る」という婉曲な言い方を選んでいる。蕭紅は校正原稿と序文を読み、魯迅の厳格さに感歎すると共に、魯迅の厚意に感動したが、さらに隴《ろう》を得てさらに蜀《しょく》を望む〔欲張りの喩え。隴は甘粛省、蜀は四川省の古称〕かのような願いを抱いたのだった――それは魯迅に自筆のサインをねだり、亜鉛版を製版することである。そして魯迅はこの「子供染みた」おねだりを大目に見てあげている。彼は同年一一月一六日の返信で次のように答えた。

私は自筆サインの製版など大してありがたくもなく、ちょっと子供染みていると思いますが、悄吟奥様がご執心なので、署名して送りますので、字が大きすぎたら、製版時に縮小すると良いでしょう。この奥様ときたら、上海ご到来後は、背も少し伸び、左右のお下げも伸びましたが、子供染みたところは変わらず、まことに困ったものです。

許広平の『蕭紅の思い出』によれば、魯迅は生活書店への紹介のほか、蕭紅のために大いに手を尽くして『生死場』出版を助けている。陳望道《チェンワンタオ》〔ちんぼうどう。一八九一～一九七七、日本に留学して早稲田大学などで学ぶ、言語学者、『共産党宣言』の中国語訳者〕氏主編の『太白』、鄭振鐸《チョンチェントウ》〔ていしんたく。一八九八～一九五八、中国の学者、作家、編集者〕氏主編の『文学』などに対してである。そのうえに蕭紅をアメリカ人のスメドレーと日本人の鹿地亘に紹介してもいる。

蕭紅が魯迅と最も頻繁に会っていたのは一九三六年の春から夏にかけてのことだった。一九三五年六月、蕭軍・

蕭紅は拉都路から薩坡賽路（Rue Chapsal 現在の淡水路）一九〇号に転居した。一九三六年三月、再び北四川路西側の永楽里に転居したが、そこは魯迅宅から至近距離だった。蕭軍によれば、このたびの転居の目的は「近くにしたのは、さらに多くの手伝いをするのに、便利でもあったから」である。だが、その後の蕭軍が頻繁に魯迅家に手伝いに出かけることはなかったが、蕭紅は魯迅家の常連客となり、毎日一度ならず二度出かけ、そのたびごとの訪問時間も特に長かった。この頃には蕭紅・蕭軍の間に感情の亀裂が生じており、蕭紅の心の内の幸福とは、風が吹けば飛ばされる薄絹の如くして、感傷と鬱屈だけが残されていたのだ。彼女は短い詩の中でこう書いている。

愛が何なの、何が受難者は共に苦しみの道を歩き通すなの！　すべては昨夜の夢、昨夜の灯《ともしび》となりました。(7)

このような心境にあって、彼女が特に「温かみ」と「愛」とを必要としたのも無理からぬことだった。折悪しく、魯迅は三月初めには肺病が悪化し、五月中旬に再発、六月にはほとんど起き上がれなくなっていた。魯迅は一九三六年三月一七日唐弢《タンタオ》〔とうとう。一九一三～九二、中国の文学史家〕宛ての手紙で次のように述べている。

私の住所をまだ公開しないのは、人間不信のためではなく、いったん来客があり面会するとなると、時間が自由にならなくなり、読書の時間さえも寸断されてしまうからです。しかも今は以前とは異なり、体力的にもおしゃべりは許されません。

それにもかかわらず魯迅の家では変わることなく蕭紅の好き放題の訪問を歓迎していた。接客が病気の魯迅の負担にならぬよう、許広平はしばしば一人で蕭紅のおしゃべりの相手をせねばならず、魯迅の世話が疎かになることさえあった。許広平は『蕭紅の思い出』でこんな風に回想している――夏のある午後、魯迅先生が昼寝をするときに窓を閉め忘れてしまい、風もかなり強かったので、寝冷えして、重病になってしまった[8]。だが、当時の蕭紅はそんなことは知るはずもなかった。仮にも自分の訪問により魯迅の病状が悪化したと知ったら、魯迅から二〇元の援助を受けたときよりもさらに激しく心の痛みを感じたことだろう。

一九三六年の夏、蕭紅は夫婦関係の悪化などが原因で、単身日本へと渡った。出国前に、彼女は蕭軍と約束していた――病気の魯迅への負担を増やさぬため、二人共魯迅に手紙を書くのはやめよう、と。だがこの後頭部が偏平で、天真爛漫な東北娘のことを魯迅はいつも気にかけていたのだ。逝去一四日前でも――すなわち一九三六年一〇月五日のことだが――魯迅は茅盾宛ての手紙の中でこう記している。「蕭紅は旅立ったきり、一通の手紙もくれず、住所もわかりません。すでに上海に戻ってくるようだ、という噂も聞きましたが、詳しいことは不明です[9]……」。

蕭紅は思いもよらずこの年一〇月二一日、日本の新聞で魯迅一九日逝去の報道記事を読むことになる。日本語がわからぬため、半信半疑でもあり、魯迅先生の名前は死という文字と関わってはならないとも思われ、さらには三か月前の魯迅との別れの場面がなおもありありと目の前に浮かぶ。それは同年七月一五日のこと、許広平が自ら台所に立って蕭紅のためにご馳走を何品か作ってくれたのだ。病中の魯迅は籐の椅子に座って煙草を吸いながら蕭紅に助言してくれた。「港に着くたびに、検疫係が乗船してきますが、恐れることはないのです、中国人がもっぱら中国人を脅かすのでして、ボーイはこう言うのです――検疫だー、検疫だー……」。頭脳明晰にして、弁舌さわやかな魯迅が突然この世を去る、そのようなことがあるだろうか?

二二日、彼女は再び日本の新聞で「逝去」「損失」「巨星墜つ」などの文字を目にし、しかもそれは魯迅の名前と共にあるので、目に涙を浮かべながら急ぎ電車に乗りある中国人の友人を訪ねた。彼女も日本語はよくわからなかったので、日本語辞典を引きながらこう慰めてくれた。「「逝去」というのは魯迅が他の人の「逝去」について話した言葉よ。あなたって人は！　そんなに神経質になっちゃだめよ！　最近でも『作家』や『中流』などの雑誌に魯迅の文章が載っているでしょ、ご病気も回復期に入っているのよ……」。ようやく、蕭紅は気持ちが落ち着き、安心して帰宅したのだった。

しかし二三日の夜に、蕭紅が泣き出してしまったのは、中国の新聞で魯迅が病床に仰臥する遺影を確かに見たからだった。二四日、彼女は蕭軍に手紙を書き、自分の代わりに魯迅に花輪を送り、深い悲しみに沈む許広平をできる限り慰めて欲しいと書いている。「ご令息のためにも、あまり泣いてはいけません」。さらにこのようにも書いている。「今日で先生が逝去なさって五日になりますが、今はどちらでお休みのことでしょうか」。蕭軍はこの手紙に次のような註釈を付けている。「この天真爛漫、子供染みた問いかけに、どれほど多くの人が悲痛の思いをしたことだろうか。それは無邪気な子供が母が死んでも、また戻って来てくれると思うのと同様だったろう」。

蕭紅は手紙の中で、「一足飛びに帰りたい」、泣いて魯迅を追悼する中国の人たちの中で共に泣きたいとも書いている。こうして、蕭軍、胡風、周文、聶紺弩が連名で魯迅に献花する際には蕭紅の名も加えられたのだった。雑誌『中流』も「海外の哀悼」という題で、蕭紅のこの手紙を一一月五日出版の第一巻第五期に掲載した。

一九三七年一月、蕭紅は日本から帰国した。上海到着後に彼女が最初にしたことは魯迅墓参だった。それは曇天の日、蕭紅は蕭軍と許広平母子に付き添われて、魯迅のお墓の回りに一本小さな花を植えている。このとき、墓前には石工が石碑に鑿を振るう音が聞こえてきた。その石工が手にする鉄槌は同時に蕭紅の心の扉を激しく打ちつけるかのようだった。彼女は目に溢れる涙を禁じえなかった。

続けて蕭紅は『魯迅先生記念集』編集作業に加わった。この記念集は「魯迅先生記念委員会」の名義で魯迅逝去一周年の際に出版されている。同書の「あとがき」は編集分担に触れて、「一部の新聞の切り抜きと訂正は、蕭紅が担当した」と述べている。

三．

蕭紅は多様な文体を駆使できる女性作家で、回想録を得意とし、回想録を深く愛し、常に記憶の奥深くから作品の素材を掘りあてる作家であった。彼女は生命を自らが回想する人物に注ぎ込む。いっぽう、回想が蕭紅の暮らしを春の陽のような温かさで満たすのだった。蕭紅の回想的ないしは自伝的名エッセーの中でも、屈指に数えるべきは彼女の長篇回想録『魯迅先生の思い出』である。

魯迅逝去直後には、蕭紅は魯迅回想の文章が書けなかった。一九三六年一一月九日の蕭軍宛ての手紙で彼女は次のように述べている。

> L（魯迅を指す）の回想のような作品が、当面書けそうにないのは、作品が書けないのではなく、感情をうまく整理できないからなのです。本来は生きている人なのに、無理やりに死んだなんて言えるでしょうか！こんな風に考え始めると、大変辛いのです。

一九三八年、蕭紅の情緒の揺れはやや安定し、二篇の魯迅回想録、すなわち「魯迅先生のこと㈠（原題・魯迅先生記㈠）」と「魯迅先生のこと㈡（原題・魯迅先生記㈡）」を書いており、同時に『蕭紅散文』に収録して、一九四〇年六月香港の大時代書局から出版した。「魯迅先生のこと㈠」は魯迅宅の灰藍色の花瓶に生けられた「万年青《オモト》」を主に描写したものである。魯迅はかつて煙草を吸いながら彼女にこう言ったという。「この花は「万年青」と言い、永久にこんな風なのです」。この数株の万年青は魯迅生前には客間の黒い長机の上に置かれ、魯迅の死後になって魯迅の遺影の前に置かれ、のちに魯迅先生の墓前に運ばれたのだ。

その後の苦難流浪の歳月に、蕭紅はこの数株の万年青を思い出し、魯迅の墓の磁器の半身像を思い出し、墓の回りで伸び放題の荒草《あらくさ》を思い出している。これらすべてが、彼女の胸にしっかり刻まれていたのだ――魯迅とは彼女の心の内なる「万年青」であったから。『魯迅先生のこと(二)』は魯迅逝去の知らせが日本の東京で引き起こした反響を記している。心から哀悼の意を表する者もあれば、魯迅を誤解している者もいた。この二篇の回想録は大変短いもので、内容豊かとは言えず、魯迅への思いを十分に語ることもできなかった。一九三九年三月一四日、蕭紅は許広平に魯迅回想の長篇を自分が創刊準備をしていた雑誌『魯迅』に寄稿していただきたいと誘っている。彼女は許広平宛ての手紙で次のように丁重に述べている。

先生の長所について、私たちはほんの少ししか存じあげませんので、立派な人になろうとしても難しいのです。実に先生の作品は多く、私たちのためにこれほどの心血を絞ってもまだ足りなかったのでしょうか。でも私ども青年はとても阿呆で、その阿呆さ加減ときたら石ころのようであり、もしも先生がどのように友人付き合いなさったか、どのようにハサミで本を縛った麻縄をきちんと切り揃えたかを見るだけでも、私どもがさらに早くに一人前となるのを助けていただけるので、私どもはご飯の食べ方から歩き方まで根本的に勉強しなくてはならないので、私は青年を代表してあなたに助けを求め、あなたに教えを請うのです。(10)

その後、許広平は蕭紅と広範な読者の要求に応えて、次々と『喜びの記念〔原題：欣慰的紀念〕』『魯迅の暮らし〔原題：関于魯迅的生活〕』などの回想録を完成して、私たちに魯迅の暮らしと思想そして創作を研究するためのなくてはならない最も重要な一次資料を提供したのである。

一九三九年一〇月、蕭紅も重慶で二万四千字の長篇回想録『魯迅先生の思い出』を完成し、魯迅逝去三周年の記念として彼女の敬愛の念を表している。一九四〇年七月、この作品は重慶婦女生活社から初版が発行された。同書の付録として、魯迅の親友である許寿裳《シュイショウシャン》（きょじゅしょう。一八八三～一九四八）先生の『魯迅の暮らし（原題・魯迅的生活）』と景宋（許広平）の『魯迅と青年たち（原題・魯迅和青年們）』の両篇も収録されている。それは蕭紅の『魯迅先生の思い出』の字数が少なく、単行本としては薄すぎるため、許寿裳、許広平の同意を得て、二人の関連する作品を収録したのである。許寿裳氏は当時、成都・華西大学で教えており、一〇月初めに重慶に出かけている。彼は蕭紅に向かって「もっと書いて、書き留めて、続編を出したら良いでしょう」と激励した。『魯迅先生の思い出』の「あとがき」は端木蕻良が一九三九年一〇月二六日に蕭紅の名義で書いたものである。

以上の一章は今は亡き魯迅先生の日常の暮らしについて書いたもので、学問に対する姿勢、世間との付き合い方については、ここでは触れていない。将来機会があれば、続編として書くことになろう。

蕭紅はこの言葉に同意せず、削除したい、「私にこんなことが言えるでしょうか?」と考えた。再度激励したのはやはり許寿裳である。「削除すべきでなく、将来続編を書くときに、知る限りのことを語り、何か知っていればそれを書き、理解している通りに書けば、読者はあなたの理解から大いに考え方を学べるのです」(11)。一九四〇年一〇月一三日、魯迅逝去四周年の前夜、許寿裳氏は蕭紅の『魯迅先生の思い出』を購入し、この件を丁寧に当日の日記に書き込んでいる。残念至極にも、蕭紅が若くして亡くなったため、『魯迅先生の思い出』の続編は完成されなかった(12)。臨終に際しては、彼女もこのことで「身先ず死するは、耐え難し、耐え難し」と感じていたのだろう。

魯迅は中国文壇において崇高な地位に置かれているため、彼に関する回想録は特に多く、日本の友人たちが書いた魯迅回想録だけでも六〇万字にも達するという。一九九九年一月、北京出版社は六巻本の『魯迅回憶録』を刊行しており、これに収録された作品も二四〇万字にも達するのである。しかし、数多い魯迅回想録の中でも、蕭紅の『魯迅先生の思い出』は特に優れている。それは魯迅回想録の中の宝であるだけでなく、現代中国における人物回想エッセーの模範とも言え、魯迅霊前に献げられた永遠に枯れない花輪である。

蕭紅のこの人物回想エッセーは「史」と「詩」との二重の要素を兼ね備え、エッセーの美質を有すると同時に、伝記の基本的特質——実在人物を叙述対象とし、題材を取捨選択し精錬する——を備えている。作者である蕭紅が回想対象である魯迅と直接交遊していたので、回想対象に対する敬愛の情に溢れており、素材も自らの体験、自らの見聞に基づくため、作品は史伝性に富むばかりでなく、文学性にも富んでいるのだ。

蕭紅のこの魯迅回想エッセーはおおよそ四五の断章に分かれ、短いものは一、二行、長いものは八〇行余りで、内容は魯迅の飲食起居など日常生活や世間との交際、読書と執筆、休息と娯楽などで、特に闘病生活に関することは他の人では与り知らない記述である。同書は魯迅に関する史料を提供しているほか、さらに話題は許広平や海嬰にも及び、彼らの暮らしも描いており、魯迅研究のため、特に魯迅伝記の編纂に、豊富な史料を提供している。読者は魯迅の著書を通じて、思想家であり文学者であった魯迅を知ることができるとすれば、蕭紅およびその他の人の回想録を通じて、豊かな血肉を備え、身体と精神とを兼備した「生きている魯迅」を眼前に思い浮かべられるのである——「人の子」「人の夫」「人の師」「人の友」としての魯迅を。

『魯迅先生の思い出』の断章四五篇には内容的には厳格な論理的順序はなく、題材と題材の間にも関連はなく、むしろある種の断絶が感じられ、数篇の断章の配列を組み換えても作品の流れは損なわれない。このことは、本作がとても情緒的な文章であることを示している。作者は執筆前に全篇の構成に対し無頓着で、構想を練ったようすはまったく窺えない。むしろ執筆開始後に、作者の心中の感情が泉水のように噴き出し、激しく水しぶきを上げ自由奔放な流れとなり、筆墨により書き留められて芸術として結晶したのである。およそ自らが抱く詩的な素質と思いの丈を語ろうとする衝動的内容とを彼女は断続的に書き連らね、情念の赤い糸で真珠の如き題材をつないで明晰な画を織り上げたのだ。これは稀に見る火のような体験の文章化であり、思いに任せて手繰り寄せた詩的文章であり、理性に感性が混ざった文章であり、男性的叙事構造を打ち破る女性的表現の風格を備えた文章であった。作品の冒頭はまさに絶妙である。

　魯迅先生の笑い声は明るく、心の内なる歓びであった。何かおかしいことを話す者がいれば、魯迅先生はタバコを指の間から落とさんばかりに笑い、しばしば咳き込むほどに笑った。

このわずか数句の言葉により、明朗快活な、親しき魯迅像が行間から躍如として現れ、一部の人々の「疑り深く怒りやすい」、「冷酷無情な」魯迅像とは鮮やかな対照をなすのである。これは蕭紅自らの魂が感受した極めて個性的な魯迅であり、常人が近づき手を伸ばして触れられる親しき魯迅なのである。

歴史家がしばしば個々の石斧や石弓、火打ち石を通じて先史時代を研究するように、人々は魯迅の同時代人が部外者の与り知らぬ暮らしの細部を語ることを期待し、魯迅の一挙手一投足、一喜一憂を通じてこの文化的ヒーローの脈動を感受し、真実にして人間味に溢れる偉人に近づきたいと願っているのだ。蕭紅の『魯迅先生の思い出』は溢れんばかりの誠実さと、素直な思いという特徴を備えているほか、まさに女性作家の細心の観察により、魯迅先生の多くの霊感に満ちた暮らしの細部を鋭敏に捕らえ、魯迅の個性、情趣、魅力、気質、そして細部から見出される魯迅の偉大な思想と人格を表現している点でも注目に値する。

蕭紅が『魯迅先生の思い出』で採用した手法は、実は中国歴代の人物回想エッセーの伝統的手法である。唐代の文豪韓愈の「十二郎を祭る文」と清代の文人袁枚《えんばい》〔一七一六～九七〕の「祭妹文」は、共に凡人の瑣事を取り出して追悼対象を浮き彫りにし、人の心に刻みつけ、深い感動に導くという芸術的効果を収めている。袁枚は「祭妹文」の中で「これらの細々したことも、すべては過去となったが、私の命ある限り、一日として忘れることはない」と述べている。蕭紅の魯迅回想もまさに暮らしの細部を通じて真情実感を筆写することにより、自らの「一日として忘れることはない」記憶を広範な読者の心の中にとこしえに共有するに至ったのである。

たとえば、魯迅は二種類のタバコを常備していた――高価な方は来客用に、廉価な方は自家用に。夜中に映画を見終えると、他の親友たちにはタクシーで帰宅してもらうのだが、自分は幼い海嬰を連れて蘇州河の橋のたもとに座って車を待ち、その物腰は田舎の老人のように落ち着いていた。このような些細なことが、無言のうちに自らは質素でも他人を大切にする魯迅の風貌を表している。蕭紅の筆に描かれる魯迅は、崇高ではあるが、人に超人的とか信じがたいなどと感じさせることはないのだ。

とりわけ高く評価すべきは、蕭紅の『魯迅先生の思い出』が提供する魯迅の暮らしの細部の多くが高度に個性的であり、魯迅の生命世界全体を描写する際に彼の個性的性格を突出させている点である。たとえば魯迅は「硬い物、揚げ物を好んで食べ、お米のご飯も固めのを好んだ」し、「仕事用の椅子は固く、休息用の椅子も固く、階下で接客する際に座る椅子も固かった」。「食べる」と「座る」の両面から、魯迅の意志強く毅然とした個性を表現しているのだ。

蕭紅はさらに外見と内面との両面から魯迅の習慣や仕種を描き出しており、たとえば歩き方は敏捷で、「帽子を取って頭に載せると同時に、左足を踏み出している」、「ドアを押して家から出て来ると、両手を外に突き出したまま、広目の袖を風に向けて前に進むのだ」。このような仕種は、魯迅の勇往邁進して、義としてあとへは引かぬ何をも恐れぬ毅然たる精神を表すものだ。淡々とした短い言葉で、画竜点睛の如くほかに二人といない、生気潑剌とした「活ける魯迅」を描き出している。

すでに述べたように、蕭紅と魯迅との接触が比較的多かったのは、一九三六年三月から七月中旬までの期間である。この時期には、魯迅の暮らしにおいて生じたある変化が、彼の暮らしや思想、そして晩年の創作に深い影響を与えており、その例としてロシア作家ゴーゴリの名著『死せる魂』の翻訳や、烈士瞿秋白《チュィチウパイ》〔くしゅうはく。一八九九～三五、中国の文学者、革命家で魯迅の親友〕を偲んで編集校正した『海上述林』〔瞿秋白が国民党に処刑されたのち、魯迅が上海で編集刊行した遺文集〕とその序文執筆などが上げられる。延安から上海に来た中共中央の特使である馮雪峰を受け入れたことや、アメリカの肺病専門医のトーマス・ダンに、ヨーロッパ人がこれほど重症になれば五年前には死去していると診断されたこと……これらのエピソードは、蕭紅のこの回想録にほとんど多かれ少なかれ反映されている。

魯迅が自宅で馮雪峰を迎え宴席を設ける一場の描写は特に精彩を放っている。蕭紅の筆になる馮雪峰は快活にして話好き、教養も深く、見聞も広く、「二万五千里を歩いて来た」ものだから、魯迅が戯れに彼を精神的武器を売る「商人」と称したほどだった。蕭紅の上述の回想と馮雪峰本人のこれに関わる回想は、魯迅晩年の暮らしを研究する際の極めて重要な史料である。

蕭紅『魯迅先生の思い出』という作品が人に深い感動を与えるのは、やはり彼女の言葉に備わる情緒的美と音韻的美によるものである。情緒的美とは内なる感情と外なる物質との融合調和により決定され、音韻的美とは言語に内在するメロディーとリズムにより決定される。蕭紅が描く徹夜で執筆する魯迅のようすを見てみよう。

> 魯迅先生が横になると、陽が高く昇ってきた。陽は中庭を隔てた隣家を照らして、キラキラ光り、魯迅先生の庭の夾竹桃を照らして、キラキラ光る。

鲁迅先生の机はきれいに整頓されており、書き上げた作品には重しの本が載せられており、毛筆は陶器の小亀の背の上で直立している。一足のスリッパがベッドの脇に並び、鲁迅先生は枕を頭に当てて眠りに就いている。

この一段は、人物と風景とが融合した精巧美麗の散文詩と言えよう。太陽も、夾竹桃も「金不換」（万金にもかえがたい）の意味で、紹興製の毛筆のブランド名。『南腔北調集』「楊邨人氏に答える公開書簡（答楊邨人先生的公開信）」に見える。その写真は上海魯迅紀念館編『上海魯迅紀念館蔵文物珍品集』（上海古籍出版社、一九九六年、六一頁）に収録されている）の毛筆も、仕事に没頭する魯迅と完全に融合して一体となり、読者を不思議な情緒的美に満ちた崇高な境地へと導くのだ。蕭紅はさらに文字と文型とのさまざまな組み合わせ、長短の交差、張りと余裕の交替、緩急自在、類語の連続と畳韻そして色彩の融合の巧みな運用を通じて、音韻美に富む文章を産み出している。蕭紅は魯迅臨終四日前のようすを次のように描写する。

一九三六年一〇月一七日、魯迅先生はまたもや発病した――このたびも喘息だ。
一七日、徹宵不眠。
一八日、終日咳き込む。
一九日、夜半、極度の衰弱に至る。夜まさに明けようとするとき、魯迅先生はいつものように、仕事を終え、眠りに就いた。(13)

この一段は、蕭紅が魯迅のために作曲した悲しみに耐える鎮魂歌である。蕭紅は魯迅逝去という残酷な現実を受け入れがたく、魯迅臨終の苦しい闘いを浮き彫りにすることなく、淡々と「喘息」「咳き込む」の二語のみを記すことにより、極めて静謐なる雰囲気を醸し出している。文中では類語が連らなり、対偶法に長句短句が続き、朗誦すればゆっくり滑なめらかにして、自ずと韻律が生まれ、抒情詩のような調べが奏でられるのだ。

ところで遠慮なく言えば、いかなる回想も校正が必要である。文学的史料という点から見た場合、蕭紅の『魯迅先生の思い出』には時々不注意な点や欠点が見受けられる。たとえばある長い段落で、一九三五年一〇月一日彼女が魯迅夫妻と傀儡政権の満州国をめぐって、「食後に話し始めて、九時、一〇時となりついには一一時となった」と回想している。だが魯迅の当日の日記には、「夜、広平と光陸大戯院で『南美風光』〔原題・Under the Moon アメリカ、フォックス社一九三五年公開の映画〕を見る」と書かれているのだ。ほかにも魯迅が紹興の師範学堂〔正式名称は山会初級師範学堂でのちに紹興師範学校と改称された。現在の紹興文理学院〕で教えていたとき、夜中に「幽霊」〔実は墓泥棒〕を蹴飛ばした話を書く際に、「『紹興にいた頃……二〇年前のことだが……』と魯迅先生は言った」と書いている。魯迅が紹興で教師をしていたのは一九一〇年秋から一九一二年初めのことなので正確には「二五、六年前」と言うべきなのだ。だがそれもみないわゆる玉に傷というものであり、作品全体の史料的価値と文学的価値を損なうものではない。

四

一九四〇年八月三日、香港ではザーザーと大雨が降っていた。午後二時過ぎ、三百余名の熱心な香港市民が、傘を差し、レインコートを着て、四方八方から加路連山道〔Caroline Hill Rd.〕にある孔聖堂に集まってきたのは、全国文芸界抗敵協会香港支部など六団体が連合して「魯迅先生六十歳誕生日記念大会」を開催するからだった。これは第二次世界大戦期間の香港における盛挙であり、「民族魂」魯迅の記念を通じて抗日救国運動を大いに推進しようというのだ。

記念大会の責任者は著名な作家の許地山《シュイティーシャン》〔きょちざん。一八九四～一九四一〕である。同年一月重慶から空路香港に来ていた蕭紅はこの会で魯迅の生涯について報告した。会場は大いに盛り上がった。『星島日報』の記者郡嬰の報道によれば、報告者の「一語一句が聴衆の関心を惹きつけ、他の会場のように聴衆が居眠りしたりおしゃべりしたりする光景はまったく見られなかった(14)」。

その夜の七時三〇分から始まった公演はさらに精彩を放っている。三種の演目があり、一つは田漢脚色の新劇『阿Q正伝』〔一九三七年五月『戯劇時代』第一巻第一期に発表された。邦訳は『改造』一九三八年一月号（山上正義訳）〕で、李景波が演出し阿Q役を演じてもいる。もう一つは無言劇『民族魂・魯迅』で、馮亦代と「文協香港支部」「香港文協漫画協会」の同人が蕭紅作の同名の脚本を参照して改編したものである。魯迅役は元上海銀行職員の張宗占が演じた。張宗占は外見が魯迅に似ているうえに、画家の張正宇がメーキャップを担当したので、身体、精神共に魯迅らしい俳優となった。三つ目は新劇『過客』で、魯迅原作、馮亦代演出である。夜の部の観衆は約八〇〇人だった。蕭紅は喬冠華と二列目に座って公演を見ている。彼女は幾度も舞台の俳優に敬意を表し、公演終了後は感動のあまり舞台上に駈け上がって俳優と握手した。

無言劇『民族魂・魯迅』は蕭紅が「幾日もかけ昼夜兼行で完成させた」もので、一九四〇年一〇月二〇日から三一日までの一〇日間にわたり香港『大公報』に連載された。全四幕で、各幕は登場人物と物語の紹介、そして演出に関する指示の三つの部分から構成されている。第一幕は魯迅の少年時代を紹介し、魯迅作品の中の阿Q、孔乙己《コンイーチー》、祥林嫂《シアンリンサオ》、藍皮阿五《ランピーアーウー》らの人物群像を通じて、旧時代の中国人の悪賢くて軽佻な性格を描き出し民族性の改良は一刻も猶予できないと説くものである。

第二幕は魯迅青年時代の学問探求と辛亥革命前夜の教師生活を紹介し、主に魯迅が科学救国の道から文学救国の道へと転じる過程を重点的に描いている。第三幕は魯迅の北京、厦門、広州時期の暮らしを概説し、魯迅と胡適を精神的リーダーとする現代評論派との論争を重点的に表現した。第四幕は魯迅の上海時期の暮らしと、彼の逝去後の広範な民衆による追悼を描き、特にファシストの暴力に反対した魯迅の戦闘精神と晩年の彼が商人やブローカーから受けた傷の深さを突出させている。無言劇の登場人物は三〇名余に及び、舞台美術の演出もなかなか精彩を放っていた。

無言劇は一八世紀のヨーロッパで流行した演劇形式で、その特徴は台詞を用いず仕種と表情で物語を表現する点にある。無言劇はまた登場人物により一人芝居と集団無言劇の二つに分類される。蕭紅の『民族魂・魯迅』は後者である。

通常ヨーロッパの無言劇は軽い場面と厳粛な場面とが交替で演じられ、多くの厳粛な場面は人々が熟知している史実と神話に取材しているので、観衆は俳優の身体行動の寓意性を理解できる。軽い場面の物語は即興性が強く、時間、場所、人物、事件は劇的効果を高めるためにアドリブで変更される。蕭紅の『民族魂・魯迅』はヨーロッパ無言劇の基本形式を借りており、厳粛な場面は魯迅の伝記史料と作品（たとえば幻灯事件、墓地で「幽霊」を蹴飛ばしたこと、そして魯迅の名作「阿Q正伝」「孔乙己」「明日」など）に取材し、軽い場面では誇張や象徴などの表現手段を用いて、抽象的な哲理を可視的な具体的形象に変えている。

たとえば、第三幕は「寛容」で「包容力」（いわゆるフェアプレー）のある地主が強盗に殴られ略奪される物語を通じて、「水に落ちた犬は打て」という魯迅作品のテーマを描いている。また同じ幕では実験主義者が試しに手で歩き、バナナの皮を食べてみるというプロットを通して、直接的経験を強調し理性を軽視する一面的理論を諷刺するのである。このような処理方式は、すばらしい劇的効果を収めた。

蕭紅創作の無言劇は中国の状況と中国観衆の趣味から出発し、ヨーロッパ無言劇の表現様式を越えるものである。

ヨーロッパ無言劇は古代ローマの仮面の伝統の影響を受けており、俳優の多くが滑稽で冗談風に顔を白く塗り潰したメーキャップである。蕭紅の無言劇の登場人物はそのようなメーキャップはせず、第四幕の「坊っちゃん」「旦那様」の演技で中国伝統の二人羽織《ににんばおり》形式を採用するだけである。また、ヨーロッパ無言劇は上演に際し視覚効果を追求し、セットも複雑で精密だが、蕭紅の無言劇は戦時中の香港の物質的条件を考慮して、ありあわせの物で間に合わせる簡素なセットを採用している。幻灯がなければ「のぞきからくり」の方法で画面を転換し、エレベーターがなければ、黒い紙と材木でエレベーターの模造品を組み立て、回りに豆電球を結び、人力で上げ下げした。

以上のことは、蕭紅の無言劇形式における独創性をよく示している。蕭紅は『民族魂・魯迅』創作時にすでに上演条件を考慮していたものの、中華全国文芸界抗敵協会香港支部の経済的制約に、人手不足と時間不足（稽古期間はわずか一週間）などが加わり、蕭紅のこの無言劇は原作通りに観衆と相見えることは叶わなかった。その夜に上演された『民族魂・魯迅』は香港文協の責任者馮亦代が蕭紅の原作を参照して改編したものである。全体は依然として四幕に分かれ、第一幕では画家の丁聡《ティンツォン》（ていそう。一九一六～二〇〇九）が一人芝居を演じて、当時の彷徨う青年の姿を表した。第二、三、四幕の上演状況は不明である。

改編に加わった人物の一人である郁風の回想によれば、上演の際には原作にはなかった左連五烈士追悼の場面が追加されたという。舞台に登場した魯迅が月光の中で徘徊しつつ黙想するというこの場面では、伴奏と共に男性の歌声が流れるが、その歌詞は魯迅の七言律詩「長夜　春時《はる》を過ごすに慣れたり」（『南腔北調集』収録の「忘れんがための記念（原題・為了忘却的記念）」に見える詩。訓読は竹内実による（『魯迅全集　6』東京・学習研究社、一九八五年四月））である。この無言劇は規模を圧縮して上演されたが、その結果は成功であった。上演終了後には八百名の観衆は拍手喝采を続け、いつまでも会場から去ろうとしなかった。[15] 馮亦代氏も次のように回想している。「当日の会は尋常ではなく、香港の各救国組織が団結しただけでなく、酔生夢死の境地にいる高等華人たちにショックを与え、祖国存亡のときには、一人ひとりが救国のため貢献すべきことを教えたのだ。この会以後、態度を変えた高等華人も確かに少なくなく、その後の私たちの敵後方の根拠地〔一九二七年の第一次国共合作崩壊以後、一九四九年の人民共和国建国まで、中共が支配した地域。解放区とも称される〕を支援する募金活動にとっては着実な基礎固めとなった(16)」。

五．

一九四二年一月二二日、太平洋戦争の砲火轟く中、蕭紅が香港で病死したとき、享年三一歳だった。臨終前、この「半生耐えた白眼視」の女性作家はなおも友人と魯迅の作品を語り合っているが、魯迅先生と面識を得た経緯に至ると、魯迅に訴えたいもののひと言も語れない心境となった。彼女の目の前に浮かんでくるのは故郷の黒い大地や、黒光りする石炭、目映いばかりの黄金、潮のように波立つ大豆、門の飾り屋根の上のハト、柳の木の下のハトの群れ、原野を駆ける馬……それだけでなく厳格な師であり慈父でもある魯迅のやさしい面影も浮かび、その姿は許広平にこう尋ねているようだ。「蕭紅が作った葱油餅〔葱油餅《ツォンヨウビン》は刻みネギを混ぜた小麦粉を捏ねて発酵させ丸く焼いた主食〕は、僕はあと何個食べてもいいの?」。そして寝室の回転椅子に座った魯迅がクルリと向き直り、毎日のように会いに来る彼女に向かい「お久しぶり、お久しぶり……」と冗談を言うのだ(17)。

ロシアの有名な作家ツルゲーネフの『父と子』では、民主主義を信奉する「息子」の世代と貴族保守派を代表する「父」の世代とが激しく衝突している。だが現代中国作家の間では、魯迅を代表とする「父」の世代と蕭紅、蕭軍、胡風らを代表する「息子」の世代とは血脈は相連なり、精神も通じ合っている。魯迅は精神的にも暮らしの面でも、青年たちに無限の激励を与え細かいところまで気にかけていた……

もしも魯迅による熱心な育成がなければ、蕭紅が現代文学史においてこのような高い地位に置かれることはまずなかったであろう。蕭紅には魯迅のような豊富な人生体験も優れたな知的体系もなく、そのため魯迅のように多方面で貢献し、現代中国文化の先端的方面を代表する大作家にはなりようもなかったが、蕭紅の「作家たちの創作の出発点は人類の愚かさに向き合うこと[18]」という宣言は、彼女が魯迅精神の奥義を理解し、魯迅創作の精髄を吸収していたことを示すものと言えよう。魯迅逝去後に、蕭紅は「L（魯迅を指す）の未完の事業は、私たちが引き継ぐ[19]……」と述べた。蕭紅のすべての文学活動は、彼女がこの約束を果たしたことを物語っている。

このほか、蕭紅作品の故郷コンプレックス、その人生から垣間見られる深い哲理と情念に対する感動的なまでに深い探索、そして広範な働く女性の苦難と悲哀のために発する叫びもまた、魯迅の真髄を継承したものである。

魯迅は「私は女性問題を研究したことがない[20]」と述べてはいるものの、中国女性の運命に対し一貫して関心と同情を寄せている。魯迅作品は具体的にこう表明しているのだ——ピラミッド型の中国社会では、女性はこれまで底辺に押し込められ、息子以外の一切の男性の軽蔑を受けてきた。旧中国では至るところ女性の人肉を呑み下す宴席が繰り広げられていた。祥林嫂は旧礼教によりズタズタにされて死に、単四嫂子《シャンスーサオツ》は常に「明日」への幻想により騙され、長らく愚弄と欺瞞の暗い影の中で暮らした。

魯迅の散文詩「崩れた線の震え（原題：頽敗線的顫動）」（一九二五年七月発表、『野草』収録）が創り出した老婦人の像とは、子供を育てるため屈辱に耐えたにもかかわらず、家族から蔑みの言葉を受け、ついに崩れた身体を震わせて自らの棄てられた者の苦悩と復讐とを表現するのだ。このような芸術的イメージの描写は、魯迅が常に女性の運命に関心を寄せていたことを証明するだけでなく、女性の悲惨な運命を創り出す現実社会と歴史文化の沈殿物に対し、哲学的で高度な全体的理性的批判を加え、人々に深刻な思想的啓示と文化的養分を与えたのである。

五・四新思潮に呼び覚まされた子君（魯迅が一九二五年一〇月に執筆したと思われる短篇小説「愛と死（原題：傷逝）」の

女性主人公。同作は周囲の好奇の眼をはね返し、肉親の反対を押し切って同棲に踏み切った若い男女の愛の破綻を、男性の手記という形式で描いた〕は、わずかに新しき道の第一歩を踏み出しただけで、精神・物質双方の重圧を受け、まもなく烈日の如く権威的な家で死んでいくのだった。魯迅が描く女性の中では愛姑〔魯迅が一九二五年一一月に発表した「離婚」の女性主人公。愛姑の夫で施《シー》家の息子は若い後家と不倫したうえ、舅の同意も得て愛姑を離縁すべく家から追い出す。愛姑は正当な妻の地位を主張して譲らず、最後まで争うが……〕は非常に大胆で潑剌としている一人だ。愛姑の父は当地では大変声望の高い人物だが、彼女は孤独な闘いを三年続けるものの、最後には夫権制度と伝統観念との圧力により敗れ去る。

　蕭紅の人生は魯迅の筆が描く愛姑と子君のイメージにいささか似たところがある。蕭紅は中学卒業後、封建的家庭が自分に押し付ける請負い仲人による紹介結婚から逃げ出すため、家出しており、従兄と共に北京まで進学しようと逃げて行く。しかし蕭紅が思いもよらなかったことに、彼女のこの一大決心が彼女のその後の暮らしと人生の方向性を徹底的に変えてしまい、次々と襲いかかってくるさまざまな打撃と不幸は、彼女のこの決心と深い関係があり、すべては直接あるいは間接にこの決定から始まっており、ついには一〇年に及ぶ力一杯の闘いと追求を経て、最後には蕭紅も愛姑や子君のように、現実生活の中では徹底して敗北するのであった。

　魯迅の婦人解放に関する思想は前後一貫している。前期のエッセー「ノラは家を出てからどうなったか〔原題：娜拉走後怎様〕」〔魯迅の一九二三年一二月二六日北京女子高等師範学校文芸会で行われた講演に基づくエッセー〕で、魯迅が婦人解放は参政権の獲得だけでなく、独立した経済権も必要であると強調したのは、「自由はもとよりお金で買えるものではないが、お金のために売ってしまうことはできる」からである。経済制度を改革するためには、まずクールで粘り強い闘いが必要なのは、「中国の改変はとても難しく、テーブル一つ動かすにも、ストーブ一つ換えるにも、ほとんど血を見る」からである。

後期のエッセー「婦人解放にかんして〔原題：関于婦女解放〕」〔一九三三年一〇月二一日執筆、『南腔北調集』収録〕において魯迅は、男女の間に生理的心理的差はあるにしても、女性は同等の経済権を獲得すべきで、男女の間で「養う」と「養われる」という境界が消滅しない限りは、女性の苦痛は永遠に消えるはずがない、と再度強調している。このような論理的視点は独特であり、突出しており、蕭紅に大きな影響を与えたに違いない。蕭紅はこのような体系的理論を語ってはいないが、彼女の実人生はまさにこの理論を証明するものである。蕭紅の聡明さと理解力があれば、幾度も壁に突き当たったのちには、この道理を悟ったに違いなく、彼女の創作実践もこの点を明らかにしている。

魯迅による死の描写の意義が伝統文化に対する全面的な反省と批判にあるとすれば、蕭紅は女性自身の歴史的命運をさらに多くさらに具体的に究明しようと試みたのである。魯迅が第三者の立場で、鋭い洞察力により、理知的な分析と描写により女性の悲しき歴史の重荷、歴史的運命、歴史からの出口そして歴史的前途を論証したとすれば、蕭紅は女性特有の敏感さと理解力、そして細やかな観察、さらには彼女独自の生身の体験を結合させて、女性が置かれているさまざまな状況に対し、客観的にして生き生きとした具体的描写と指摘を行ったのである。魯迅の女性関係の作品が強烈な理論的色彩と、濃厚な哲学的意味を呈示しているとすれば、蕭紅の作品はさらに多くの客観的描写と常軌を越えた筆使い、さらに突出した感性的色彩を特徴とするのである。

第二節　蕭紅と丁玲

丁玲《ティンリン》（ていれい。一九〇四～八六）と蕭紅は共に中国現代文学史上、特色がありまた文壇で重要な影響力を有する傑出した作家である。同時に、二人は新・旧民主主義革命時期に封建的家庭を飛び出し、時代の潮流に従い、自らの解放と社会的価値を追求した世代の新女性である。

丁玲八二年の人生は波瀾万丈の旅路であり、死後には三百万字以上の文学作品を残した。これに対し、蕭紅は一瞬輝く流星の如く、瞬く間に消えてしまった。彼女の失意の連続の三一年という短い人生は、無念悲哀の旅路であり、一〇年足らずの創作期間に特異な作風で味わい深い作品約百万字を残した。

丁玲は革命の気運盛んな湖南省に生まれ、最後には革命の道を歩んだ。蕭紅は占領下東北の黒竜江省に生まれ、青年時代には各地を漂流したあと、魯迅と知り合うに至り、文学創作の道を正式に歩み始めた。

丁玲・蕭紅は出身も性格、作風も大いに異なるが、一九三〇年代前後には期せずして五・四新文学後の中国文壇に登場した。もしも〔謝〕冰心や林徽因《リンホイイン》〔りんきいん。一九〇四～五五〕ら女性作家により構成される「五四女性作家群」が中国現代女性文学の新たな一頁を開いたとすれば、丁玲の「夢珂」や「ソフィー女史の日記〔原題・莎菲女士的日記〕」と蕭紅の『生死場』や『呼蘭河伝』などの作品の出現が、中国現代女性文学の発展と成熟のメルクマールとなったのである。魯迅は早くからこの二人の女性作家をひとまとめにしていた。彼は二人の創作の前途を鋭く見抜き、蕭紅は中国で最も有望な女性作家であり、大いに丁玲の後継者となりえると考えていた。

さらに、丁玲と蕭紅は出会い、共に暮らし、得がたい日常生活の記憶を残してもいる。しかし、二人の個性や好みなどは大いに異なり、最後には二人は異なる人生の旅路を選んでいる。

かつての丁玲と蕭紅の研究においては、研究者は作家個人の経歴と作品の研究に偏重することが多く、両者の作品の比較研究は少なかった。つまり多くが上下一方向に着眼し、左右双方向の検討はほとんどなされなかったのである。このため、本章では時代の大背景から出発し、両作家の生活のディテールに着手し、丁玲と蕭紅との交流過程で浮かび上がって来る二人の個性と共通性およびそれにより二人の作品に反映された異なる風格を分析し、さらに中国現代女性文学における幾つかの特徴と法則とを考察したい。

一・

丁玲は本名を蔣冰之といい、一九〇四年に湖南省臨澧県で生まれた。二一歳のときに、青年作家の胡也頻と結婚している。二三歳で葉聖陶《イエションタオ》（ようせいとう。一八九四〜一九八八）主編の『小説月報』に小説第一作の「夢珂」を発表、二か月後には「ソフィー女史の日記」を発表して、文壇で名を上げ、大いに注目を集めた。一九三〇年、丁玲と胡也頻は共に「左連」（「左翼作家連盟」の略称。中国文学界の統一戦線組織。一九三〇年上海で結成し、周揚・魯迅らが運営。無産階級革命文学のスローガンの下に左翼文化運動の中心となった。三五年解散。以上、『広辞苑』第六版による）に加入し、さらに一九三二年に中国共産党に入党した。一九三一年、胡也頻ら「左連五烈士」が国民党に殺害され（魯迅の弟子である柔石《ロウシー》（じゅうせき。一九〇二〜三一）ら若い左連会員が国民党に逮捕され処刑された事件）、丁玲も一九三三年に国民党に逮捕された。一九三六年九月、丁玲は共産党地下組織に助けられ南京から上海へと逃れ、陝西省北部のソビエト地区へ行く準備をしていた。彼女は上海に到着するや、胡風により北四川路の倹徳マンションに引き取られた。そこで、彼女が読んだのが蕭紅の『生死場』であり、それが彼女の蕭紅の作品と名前との初めての出会いであり、深い印象を受けたのである。

蕭紅が丁玲の作品を読んでいたか否かに関する記録は未見であるが、読んだことがある、少なくとも丁玲という名前を聞いたことがあるものと推定される。丁玲が『生死場』を読んだときには、蕭紅は日本にいた。その後、孤独と苦悩の中で、蕭紅は短篇小説「王四《ワンスー》の物語（原題：王四的故事）」「赤い果樹園（原題：紅的果園）」「牛車にて（原題：牛車上）」およびエッセー「孤独な暮らし（原題：孤独的生活）」「家族以外の人（原題：家族以外的人）」などの作品を書いている。

一九三七年一月、蕭紅は東京から上海に戻った。そして半年後、「盧溝橋事件」が勃発する。八月一三日、日本軍は上海攻略を開始した。同年一〇月、蕭紅と蕭軍ら上海文化人の一部はやむをえず武漢へと撤退した。武漢では、蕭紅と胡風・蕭軍・端木蕻良らは文芸誌『七月』にしばしば寄稿して同誌を支えている〔『七月』は胡風が創刊した文芸誌で、週刊版は一九三七年九月上海で、半月刊版は同年一〇月一六日武漢でそれぞれ創刊され、一九四一年九月に停刊した〕。蕭紅はこの時期に「小さな命と戦士〔原題：小生命和戦士〕」「鉄路の完成〔原題：一条鉄路底完成〕」「一九二九年の愚かさ〔原題：一九二九年底愚昧〕」などの作品を書いた。一九三八年一月、蕭紅は李公樸《リーコンプー》〔りこうぼく。一九〇二～四六、民主党派のリーダーで社会教育家〕の招きで、蕭軍・田間・端木蕻良・聶紺弩らと武昌から山西省臨汾に行き、「民族革命大学」で教鞭を執った。彼らは二月末に運城を出発し、三月五日頃に延安に到着する予定であった。しかし蕭紅は辿り着けなかった。

一九三七年八月一二日に成立した「西北戦地奉仕団」〔略称「西戦団」〕では、丁玲が主任と共産党支部書記を兼任していた。同年九月二二日、丁玲は「西戦団」を率いて延安を出発、山西省の抗日戦争前線へと出動している。一〇月一日、同団は黄河を渡り、山西省の国民党閻錫山統治区に入り、そこで六か月間活動した。こうして、山西で蕭紅は丁玲と初めて出会ったのであり、これは中国文学史上著名な両女性作家による貴重なる初めての対面であり、時は一九三八年の初春である。

蕭紅は、頭に八角帽を被り身に八路軍の軍服を纏った丁玲を見て、英雄の気概を備えていると感じた。それでも彼女の笑み、明るい瞳はやはり柔和で女性的だった。丁玲は蕭紅の青白い顔、固く閉ざされた唇、敏捷な動作を見て、神経質な笑い声と、自然で率直な話し方を聞いて、やや幼くて軟弱と思った。しかも作家である蕭紅が、なぜあんなにも世間知らずなのか、不思議だった。二人は考え方も感性も性格も大きく異なっていたが、互いに理解し合い、初対面から親友同士となった。二人は思い切り歌い、痛飲し、毎晩夜更けまで議論したものである。それまではまったく異なる生活環境にいた二人の左翼作家は、最初から魂の交わりを結んだのである。

臨汾で、蕭紅と蕭軍は歴史的「別れ」を果たした。丁玲はすべてを見ており、大変蕭紅に同情したが、彼女の生き方に対し決定的な意見を出すことはできず、二人の交際は所詮日の浅いものであり、二人の生き方は大きく異っていたのである。長い軍隊生活で、すでに粗っぽさに慣れていた丁玲は、多忙な仕事が人を苦痛から解き放ってくれると信じていたので、蕭紅に団と共に移動している数人の作家や戯曲家と一緒に脚本を創作するように要望した。果たしてこれは効果があり、蕭紅は気持ちを奮い起こし、個人的なことはしばらく脇に置き、筆を執って壮烈なる抗日救亡運動に身を投じたのであった。これも丁玲のひと苦心であった。

丁玲は蕭紅と塞克、聶紺弩、端木蕻良に「西戦団」のために脚本執筆を依頼した。こうして彼らは路上で、歩きながらプロットを考え、一幕書いては一幕稽古したのであり、劇目は『突撃』で、塞克が監督した。『突撃』が描くのは一九三八年初春、日本軍に奪い尽くされた村から逃れて太原付近の丘までやって来た一群の民衆である。田大爺《ティエンターイエ》は息子が殺害され、李二嫂《リーアルサオ》は息子が惨死し、自分もレイプされて、精神異常となっている。一三歳の男の子の福生《フーション》と若い農民の石頭《シートウ》、成年男子の王林《ワンリン》、趙伍《チャオウー》は自発的に組織して、畜生どもの拠点に行き、銃を奪って復讐する。福生は畜生どもを殺して戦死する。村人たちは連帯して蜂起し、銃を持って戦場へ突入する。塞克はこう述べている――これは「中国人民の日本侵略軍に対する抵抗を描く新劇である」[21]。

丁玲は「風雨の中で蕭紅を思う」で蕭紅との友情を次のように述べている。

> 二人は心の底を打ち明けあったが、今思うと、私たちが語り合ったことはなんと少なかったかと思うのだ。私たちは自分のことについては一度も話さなかったと思う――特に私は。しかし自分を失った言葉はひと言も話していないと思う――二人は確かに真実を語った、友の前に自分の精神をさらけ出すことを願っていたから

で、このため私たちは確かに親友同士と思っていた。それでも話し合ったことがあまりに少ないと私が思うのは、彼女のような別け隔てなく、自由で、何の遠慮もなく話せる相手は滅多にいないからだ(22)。

丁玲と蕭紅はどのような話をしていたのか？「心の底を打ち明け合った」からには多くのことを語り合ったのであろうが、二人は「語り合ったことはなんと少なかったか」と言うのである。一見矛盾するが、実はそうではないのだ。それには理由があるのだ。蕭軍が西安にいたとき、蕭紅と端木に向かってこう言っている。「蕭紅、君は端木と結婚したまえ！　僕は丁玲と結婚するつもりだ(23)」。これは彼と蕭紅との別離を決定した言葉と考えられよう――蕭紅と丁玲とは親密であったのだが。実際に、ここでも蕭軍の蕭紅と別れたい気持ちが述べられており、しかもこれは蕭軍が蕭紅に対して別れる理由を明らかにしたとも理解できる(24)。蕭紅が西安から武漢に戻ったとき、池田幸子は彼女になぜ延安に行かなかったのかと尋ねている。蕭紅は「もう丁玲と一緒にいるのは耐えられない(25)」と答えた。

蕭軍の言葉は当時の数人の若者の間の感情的衝突を伝えるものであろう。そして最も暮らしからの取材に長けていた蕭紅がどうしてか丁玲との交際についてはひと言も語っていない。これは意味深長な現象と言わざるをえない。

筆者が思うに、この現象に対する合理的解釈は次のようになるだろう。丁玲と別れる前の蕭紅はすでに丁玲に対しそれなりの見方ができていた。その見方は誤解に基づくものかもしれないし、理由のあることなのかもしれないが、確かな結果を伴うものであった。彼女は生涯の行方を決定するに十分なほどの感情的紛糾の渦中にはまっていたのであろう。女性特有の細やかで鋭い感覚で、蕭紅は再び何かを察しており、彼女の繊細な神経は再び打撃を受けたのであろう……蕭軍の「丁玲と結婚するつもりだ」という言葉はわざと蕭紅の気を引こうとしたにせよ、本当に丁玲に対し何らかの思いがあったにせよ、蕭紅にとって気持ち良いものではなく、自然と丁玲とは「語り合ったことはなんと少ないか」となった――これも人情に適う解釈であろう。こうして彼女が丁玲と共に延安に行かなかった重要な原因となったのであろう。また蕭紅の情緒不安定期に端木蕻良が現れたため、ついに彼女は端木と共に南方への「死に至る道」を歩むことになるのである。

実は蕭軍が丁玲に対しそれなりの感情を抱いていた可能性もないわけではないのだ。蕭紅と比べて、丁玲は考え方も成熟しており経験も豊富、そして性格も明朗であるなど、蕭軍にとってそれなりに魅力的存在であったろう。当時の丁玲は敵による軟禁から逃れてきたところで、「伴侶にあらざることは明察しつつも、危機に際して従っていた馮達と離れ、延安に来ており、心の奥底ではとても孤独であった。彼女は蕭軍にこう言った。「私は今……何も考えたくない……わが魂が目覚めぬようにしている……私には子供がおり、母もいる……それでも何も考えたくない……仕事のことだけ考える、仕事、仕事……仕事から必要とするものを得るのだ……私には家がない、友がいない……私のものは何もなく、あるのは同志のみ……私たちの「党」……私は文学の仕事に戻るのが恐い……あの寂寞の苦しみにもはや耐えられないから……」(26)。

このような親密な対話は、二人の間に相当な交際とそれなりの感情的基盤ができていたことを物語る。その後、蕭軍が五台山行きの最後の決断をするのを助けたのが丁玲であった。蕭軍が延安に着くと、丁玲が毛主席に会いに行くよう説得してもいる。これらの点は、蕭軍の「丁玲と結婚するつもりだ」という言葉を信じる人のそれなりの根拠となっているのだ。丁玲が蕭軍の蕭紅に対する言葉を知っていたか否かは不明だが、彼女の蕭紅を懐かしむ言葉は真実である。彼女は回想録で次のように述べている。

そのとき彼女にぜひ延安に来て、しばらく静かに暮らしたあと、執筆に全力を注いで欲しいと強く願っていたのは、抗日戦当初の短い時期の疲れにより、彼女はどこなら暮らしていけるのかわからなくなっており、私よりも平安優美な場所がふさわしく、延安は執筆に理想的な環境ではなかったものの、抗日戦争中は、確かに日常の些事にわずらわされることなく、遠大な構想を練ることができる場所だった。そしてここは活気が溢れ、彼女の健康回復にも良い効果があることだろう。しかし蕭紅は南方に行ってしまったのであり、あのとき彼女の生き方に対し私はもっと意見すべきだったと今でも後悔しており、それは二人の交遊関係が浅かったのと、彼女と私の生き方があまりに異なっていたためなのだが、善意も空回りしては人のお役に立たずとはいえ、個人的には心が休まるものである。(27)

蕭紅は丁玲と西安でひと春を過ごしたのちに別れており、二人は互いに一通の手紙も書いてはいないのだが、端木は丁玲に数通の手紙を書いている。端木は最後の一通で蕭紅が病気となって、皇后医院から出て、よその場所に転院したことを丁玲に知らせている。

当時の丁玲には蕭紅は長生きできないという予感があり、しかもこの予感を白朗に話していた。果たしてのちに蕭紅逝去の知らせが届いたのである。丁玲は次のように記している。

私が生きていれば、友の死は次々と私の胸を締め上げることだろう。特にこの風雨の日々に、私には背中の荷はいっそう重く、自分の仕事がすでに私の生涯を磨滅させてしまったと思われ、さらにあなた方の無念の死と未完の事業が加わるのであるが、私はきっと持ちこたえて、この風雨を借りて、あなた方に言葉を送りたい——亡くなりし友よ、健在であられる友よ、私は自らの残りの生命からすべてを絞り出す——あなた方の安らぎと光栄のために。たとえそれがあなた方のためだけのことであろうと、あなた方は受難の労働者であり、あなた方の理想とは真理なのだから(28)」。

二、

丁玲と蕭紅は年齢が七歳離れているが、同時代に属している。それは五・四運動後の知的エリートが覚醒し奮起した時代であると同時に、中国軍閥混戦と第一次国内革命戦争および抗日戦争の時代でもある。このため、戦争が社会と民族そして作家自身にもたらした災難は彼らの創作に深い影響を与えている。彼女たちの人生体験、生活体験および時代により呼び覚まされた女性意識などが、彼女らの作品で大いに展開されていると言えよう。これもまた中国現代女性文学特有の思想的特徴、特色ある人物、歴史背景などの独特な文学現象の構成要素なのである。

一九一八年夏、丁玲は湖南省の桃源県第二女子師範学校予科に入学した。一九一九年の五・四運動勃発後、その影響は桃源にも及び、わずか一五歳の丁玲は王剣虹《ワンチエンホン》〔おうけんこう。一九〇一～二四、女子師範学校で丁玲の二年先輩、上海で学生生活を送りながら婦人解放運動に参加し、一九二三年文人でのちに中国共産党指導者となる瞿秋白と結婚するが、二四年に肺病で死去した〕、楊代誠《ヤンタイチョン》（王一知）〔ようだいせい。一九〇一～九一、教育家、政治家〕ら先輩女学生に引き連れられて、積極的にデモや講演、断髪などの学生運動に参加した。さらに同校付属の平民学校で算盤教育の若い先生にもなった。秋には、丁玲は長沙の著名な進歩的学校である周南女子中学に転校し、陳啓民《チェンチーミン》（ちんけいみん）先生の薫陶宜しきを得て、〔謝〕冰心や周作人、胡適、兪平伯《ユィピンボー》〔ゆへいはく。一九〇〇～九〇、詩人、『紅楼夢』研究者〕、康《カン》白情《バイチン》〔こうはくじょう。一八九六～一九五九、詩人、学者、一九五七年右派分子とされて病死〕、陳独秀そしてドーデらの作品に触れている。この陳啓民はありきたりの教員ではなく、湖南第一師範学校の卒業生で、毛沢東の学生仲間にして新民学会の会員であった。一九二一年夏、学校側が理解なく陳啓民先生を解雇したことに対し、丁玲と一部の生徒は共に退学している。

王剣虹の激励を受けて、一九二二年二月末、丁玲は王剣虹に付いて上海に至り、平民女子学校高級班に入学した。これは陳独秀と李達《リーター》〔りたつ。一八九〇～一九六六、日本の第一高等学校（現在の東京大学教養学部）留学生、陳独秀らと共に中国共産党の創始者となる〕らが創設した中国共産党最初の女性幹部養成学校であり、学生には働きながら学ぶことを呼びかけ、学生はほぼすべて反逆の女性であった。丁玲も親が決めた結婚を解約して出て来たのである。上海の平民女子学校は二〇年代では大変斬新な学校だったと言えよう。ここでは社会科学や共産主義の課程が開かれ、教員には高語罕《カオユイハン》〔こうごかん。一八八八～一九四八、早稲田大学留学生、一九二〇年代には中国共産党活動家〕、邵力子《シャオリーツー》〔しょうりきし。一八八二～一九六七、政治家、教育家〕、陳望道、沈雁冰（茅盾）、陳独秀、李達らがいた。一九二三年丁玲は上海大学文学系に入学し、瞿秋白、施存統《シーツントン》〔しぞんとう。一八九九～一九七〇〕ら初期の共産党員の面識を得ている。

一九三〇年、丁玲は潘漢年《パンハンニエン》〔はんかんねん。一九〇六～七七、文芸結社創造社のメンバー、のちに革命家となるが、一九五五年〝漢奸〟として逮捕され終身刑を受けて病死した〕の紹介で中国左翼作家連盟（略称「左連」）に参加し、彼女が責任者となった創作批評委員会（創委）は左連秘書部の下に設けられた三委員会の一つであった。一九三二年秋、丁玲は銭杏邨《チエンシンツン》〔せんきょうそん。一九〇〇～七七、筆名阿英〕より左連の共産党・共産主義青年団書記を引き継ぎ、書記役を一九三三年五月に逮捕されるまで続けている。

一九三一年二月七日、夫の胡也頻が革命の犠牲となったのちは、生後百余日の息子を湖南の母のもとに送ると、ただちに中国共産党組織にソビエト区に赴き工作したいと申し出た。しかし組織は彼女を上海に留め、左連の機関誌『北斗』の主編に任じた。馮雪峰は彼女に任務を命じるときに特に強調した――『北斗』は表向きにはグレーにしなくてはならない、と。一九三一年九月二〇日、『北斗』創刊号は上海・湖風書局から刊行された。

この期間、丁玲は魯迅と付き合いがあった。彼女が魯迅に『北斗』のために図版と文章を提供するように依頼したからである。その後、果たして魯迅は冬華、長庚、隋洛文、洛文、豊瑜、不堂などのペンネームで、『北斗』に十数篇のエッセーと訳文を発表しており、その中でもよく知られたものが「私たちはもう騙されない〔原題：我們不再受騙了〕」「北斗雑誌社の問いに答える〔原題：答北斗雑志社問〕」などである。このときには、蕭紅はちょうどハルピンの小さな旅館に幽閉されており、ようやく一九三四年に上海に至ったときには、丁玲は国民党に逮捕されて、南京で軟禁されていた。

延安に駆け付け、前線に赴いたあと、上海の物置部屋から出て来たこの女性作家は変身した。苛酷な行軍暮らしが丁玲を変えたのであり、毎日三〇キロ以上の山道の強行軍で、彼女は縫い糸に油を付けて、足のマメに通し、〝大マメ〟を潰すことを学んでいた。夜は、台所や馬小屋に寝て、両足はしびれて硬直したが、彼女はめげることなく、揺れ動く炎の下で、筆を揮って一気に書いた。三年の南京幽閉生活が彼女に深い恨みを教え込んだとすれば、ここでは彼女は深い愛を学んだ。丁玲は多くの紅軍兵士および彭徳懐《ポントーホワイ》〔ほうとくかい。一八九八～一九七四。抗日戦争から朝鮮戦争にかけての名将軍〕、左権《ツオチュアン》〔さけん。一九〇五～四二〕、賀竜《ホーロン》〔がりゅう。一八九六～一九六九〕ら著名な紅軍将軍と接触しており、人生と創作に対する彼らの言行からは多かれ少なかれ影響を受けたことであろう。

これに対し、蕭紅は蕭軍を伴侶としたのちは、しばしば共産党と進歩的人士が組織する活動に参加した。彼女はしばしば東北抗日進歩的文化人の活動場所「アサガオの家」に出かけてもいる。[29] 一九三二年一一月には地下党員の金剣嘯が始めた「ヴィーナス・チャリティー絵画展」にも参加している。彼女は積極的にその準備と組織の仕事に参加したほか、さらに自分の絵も出品している。一九三三年七月、金剣嘯はまた星劇団を組織することをも手がけた。同劇団のメンバーには蕭紅・蕭軍のほかに、劉莉、洛虹、舒群、白濤らがいた。

一九三四年一一月、蕭紅は上海到着後に魯迅に会い、魯迅を通じて一群の上海文化人と知り合っており、その中には多くの地下党員や進歩的人士、それから外国の友人たちもいた。このような経歴と社会的関係が、蕭紅の民族解放戦争に対する基本的な立場と態度とを決めたのであり、彼女の作品の基本的な思想傾向を決めたのである。

文学の創作態度、手法、取材そして言語的風格において、丁玲と蕭紅はそれぞれ異なる理解と理想とを抱いていた。これは中国現代女性文学の多様な風格と特徴を示すものである。

「ソフィー女史の日記」は初期丁玲の代表作である。「ソフィー」の描写は芸術的典型として十分に成功している。丁玲が積極的に革命闘争に身を投じるに従い、彼女の文学創作の方向も絶えず変化し続けた。短篇小説「一九三〇年春上海」（その一、その二）で、丁玲は革命闘争と民衆運動が盛んに発展するとと同時に、「ソフィー」の姉妹の運命を主体的自覚的に理想的にあらざる結婚から抜け出して、勇敢に革命闘争へと進んで行くようすをも語ろうとした。孤立し絶望的な「ソフィー」と比べて、「ソフィー」の姉妹たちは新たな人生の目標を探し当てたかのようである。

一九三一年胡也頻が犠牲となったあと、丁玲は共産党の要望で上海の工場と難民地区に入り込み取材した。そののちに短篇小説「ある夜（原題：某夜）」「田家冲」「夜会」「法律（原題：法網）」「奔」「水」および長篇小説『母（原題：母親）』などを続々と発表した。これらの小説はほとんどが現実の革命闘争に取材したものであり、プロレタリア革命文学の精神に満ち溢れている。一九三六年、丁玲が延安に到着すると、その創作活動には再び変化が生じている。斬新な生活環境と創作視野により彼女は素速く「霞村にいた時（原題：我在霞村的時候）」「病院にて（原題：在医院中）」などの短篇小説を書いた。一九四六年一一月に至ると、丁玲は長篇小説『太陽は桑乾河を照らす（原題：太陽照在桑乾河上）』を書き始めており、自らの作品をもう一つのピークへと押し上げたのである。

『太陽は桑乾河を照らす』は刊行直後に解放区読者の好評を博しただけでなく、多くの外国語に翻訳されて世界に伝えられている。この作品の成功は丁玲の謹厳な創作態度を示すだけでなく、同時に中国女性文学における新時代の到来を明示するものでもあるのだ。

丁玲と共に時代の歩みに付き従い、革命と共に進退を同じくしたものの、創作の歴程を異にする蕭紅にとって、創作の源泉は東北のあの広大な黒い大地にあった。丁玲と比べて、蕭紅の特徴的な点は、創作の際に常に封建的で愚昧という民族心理の深みにまで浸透している痼疾を忘れなかったことである。民族の生存空間に蔓延しているこの歴史的惰性は、蕭紅という抑圧されている鋭敏な女性にとって、たとえ抗日戦争の烽火で覆われていようとも、やはり異民族侵攻の苦難と同様に彼女に身を切られるような痛みを与えていたのである。

『呼蘭河伝』は蕭紅後期創作のもう一つの名著であり、情愛も尋常ならず奥深い。当時、蕭紅は香港に寄寓しており、心中無限の悲しみを押さえきれず、毅然として記憶の弦を爪弾き、筆致を一転させて生涯忘れられないあの異常に寂寞とした幼少期の暮らしを描いており、それは常に思念を離れることがないものの、実は相当に呪うべき故郷の風俗であった。

呼蘭と呼ばれるこの小さな街には、金銀首飾りの店に反物屋、食料品店、茶屋、薬屋があるが、門の前には何の広告もないため、例の歯医者は、門前に大きな看板を掛け、そこに米を量る一斗升もの大きさの一列の歯を描いてこの街の人を驚かしたが、人々にはそれが何かわからず、その前に二、三人ずつ連れ立ってこれを眺めていた。蕭紅が筆を執ると、静かに、赤裸々に故郷の保守的で時代遅れの人々が描かれていくのだ。

そこでは溢れる故郷への想いを基調として、無知蒙昧のようすがたっぷりと描かれている。この小さな町では、毎年神おろしに秧歌《ヤンコー》踊り、灯籠流し、村芝居などが行われて、四月一八日には娘娘廟〔子授けの女神〕のお祭が開かれた。たとえば巫女《みこ》は、神は病を治せる、病気の者はみな神に祈るとよい、と言う。巫女は必ず奇妙な服を着ており、そんな服は普通の人は着ない。赤いスカートなのだが、そのスカートが腰に巻かれるや、その女は一変する。当初は、静かにしており、この赤いスカートを巻くや震え出すのだ。頭の先から足の先まで、全身が震えている。しばらく震えたのち、震え方が大きくなる。巫女が暴れると、病人の家族は恐ろしくなり、急いで赤い布をお供えとして、位牌に掛けるのだ。巫女がさらに騒ぐと、鶏をつぶす。この鶏と布は巫女のものとなる。神おろしが終わると、巫女は帰宅して鶏を食べるのだ。赤い布はどうするのか？ それを藍色に染めてズボンにする。[30]『呼蘭河伝』は蕭紅の生涯において最も心血を注いだ作品である。『生死場』と異なるのは、『呼蘭河伝』には「抗日」や時代の硝煙の影がないことであり、同作が抗日戦争とは密切な関係を持たないために、性急に重いテーマを求め、それに読み慣れた人々を失望させてしまい、故に発表当時は強い反響を呼び起こすことはなかった。表面的に見れば、故郷をめぐるノスタルジーの『呼蘭河伝』は、確かに「熱い闘い」の現実や大時代の「血だらけ」の現状から遠く離れており、民族解放戦争という主流の話題から遠く離れている。しかし改革・開放後は、ついに多くの研究者が『呼蘭河伝』に対し再評価を行い、それが蕭紅文学ないしは現代文学史において重要な地位を占めることを確認している。

三．

丁玲と蕭紅のほとんどの作品は二人が熟知している環境と人物とに取材している。それと同時にすべての作品には二人の歴史や時事に対する深い愛と憎、希望と苦悩の思いが浸透している。二人の作品はその時代の平凡な風貌を展開し、一群の人物を描き出すだけでなく、同時に二人の精神的苦痛と漂泊の人生体験を厳粛に展開しており、これにより現代女性作家の非凡な創作過程を示している。

丁玲と蕭紅の作品は、大部分が自らの現実体験と人生経験に基づき、両者を結合しているが、各作の題材や芸術的構想について二人の重点の置き方はそれぞれ異なっている。

丁玲は一九二七年から、「夢珂」「ソフィー女史の日記」「夏休み（原題：暑假中）」「阿毛姑娘」「自殺日記」など十数篇の小説を書き、読者の熱烈な反響を巻き起こしており、「丁玲女史」は社会的記号となって注目を集めた。

一時名声を博した「ソフィー女史の日記」では、一九歳の肺病を患う少女ソフィーが感性鋭く病的な独身生活を送っているが、生来健康優良な丁玲が肺病であったという情報はないので、このソフィー女史のイメージにはもっぱら王剣虹の影が投影されているのであろう。しかしソフィーの絶望的心情は、他人の経験を借りて書くのは難しい。ソフィーは封建家庭の圧力を受けている女性ではなく、彼女が直面している問題とは、社会に出て、十分に自由と権利を享受している女性が、結局のところ完全な価値を体現できるか否か、なのである。

彼女の前には二人の男性がいる――一人は泣き虫で小柄の（度量が小さい）葦弟《ウェイティー》、もう一人は見た目がハンサムというだけの華僑凌吉士《リンチーシー》で、ソフィーにも普通の女の子と同様に虚栄心があるが、男らしい男が不在の社会にあって、彼女は恐ろしき絶望を感じざるをえない。凌吉士の腕の中に抱かれるとき、彼女は抵抗すると同時に女性の身体で性的快感を覚えており、そのいっぽうで目を大きく見開き、心の内で男性を征服したいと叫んでいるのだ。

読者はこのような驚くべき行為に衝撃を受けざるをえない。しかしこのような社会にあっては、勝者は永遠に凌吉士たちであり、それはこの社会がこのような男性に属しているからである。ソフィーは伝統的良妻賢母風の生活に陶酔する女友だちを常に自己麻酔と批判していたが、やがて自らの愚かさと軽薄さとに突然気づくのだ――彼女が男性権力社会に対し行っている戦争は凌吉士たちにまったく損害を与えておらず、道化役を演じているのはやはり「新女性」と自惚れている自分自身なのだ。こうして、ソフィーは深く絶望し、敗北を認めて、誰も知らないところに行き、残りの余生を浪費しよう――秘かに生きて、秘かに死んで行こうと決めるのであった。

この小説を書いたときは、すでに一九二七年の暮れのことで、丁玲はすでに胡也頻・沈従文《シェンツォンウェン》〔しんじゅうぶん。一九〇二～八八、民国期の大作家、人民共和国期には創作を止め、博物館の学芸員・中国服飾史研究者となった〕と知り合っており、しかも屈強な馮雪峰とは知り合ったばかりで、彼女の人生には一生涯の愛の高潮期が訪れていたというのに、どうしてわざわざこのような絶望的なソフィーの物語を書いたのであろうか。この疑問に対する回答は一つしかないだろう――彼女の女友だちの王剣虹の悲劇に彼女は苦しめられており、丁玲にとって、これは肝に銘ずべきことであり、目を閉じるや、彼女のことが頭に浮かんできていたのである。

しかし丁玲はソフィーに対し別の解釈も示している。彼女によればソフィーのモデルは長沙の周南女子中学と岳雲中学時代の学生仲間の楊没累《ヤンメイルイ》であるという。北京の丁玲には艶やかな理想に満ちた女友だちがおり、彼女たちは男性と恋をしても、個人の独立を保つために性的関係は持たなかった。特に楊没累は、一九二四年に丁玲が北京で彼女に出会ったときには、すでに恋人がいた――有名なアナーキスト哲学者の朱 謙之《チューチエンチー》〔しゅけんし。一八九九～一九七二〕である。朱謙之は多くの啓蒙的哲学書を書いて、一世を風靡しており、想像力豊かな人でもあった。楊没累は彼に一度会うなり、魅了されてしまい、彼を風呂や理髪に連れて行き、本来のむさ苦しいイメージを変えてしまった。その後、二人は同棲を始めている。楊没累の朱謙之に対する愛は、すでに無我夢中の境地であった。朱謙之に来客があっても、十分と経たぬうちに楊没累は客を追い出してしまうのである。数年後、丁玲は杭州で再び二人に出会うが、二人は初恋当時のまま、親密かと思うと口喧嘩をするのだ。楊没累はしばしば丁玲のもとに来て苦しみを訴えていたが、その主な内容は、彼女の理想は実現しておらず、今の暮らしに満足していない、というものだった。

当時、楊没累は重病を患っており、丁玲は彼女は少し病的だと思った。数か月後、楊没累は亡くなった。のちに朱謙之は丁玲に対し恨み言を述べている――没累という人は変人で、四、五年も同棲してもただの友人、恋人で、夫婦の関係を持つことはなかった。このような関係は人情にもとるが、楊没累はこれを堅持する、そんな変人だった、と。

丁玲には楊没累のことがよくわかり、彼女ならそうするだろうと思った。丁玲は親友の徐 元度《シュイユアントゥー》〔じょげんど。一九〇七～八六〕（すなわち徐霞村）に手紙を書き、楊没累に触れてこう言っている。「他人は彼のこんな話は信じないでしょうが、私は信じるし、とても当たり前のことだと思います。あの時代の女性は愛情をとても理想化しており、プラトニック・ラブをとても大事にしていたからです。私が知っている数人の女性たちも、多かれ少なかれこんなものでして、とても恋愛を求めているのに、普通の恋愛では満足できず、とても幸福なのに、なおも虚しさを感じるのです。彼女たちは夢を見すぎており、現実的ではありません(31)」。

一九二九年、「革命文学」が一時的に流行した。しかし丁玲の筆からは悲劇的物語が現れており、彼女が書いた最初の中篇小説『韋護』がそれである。丁玲は上海大学で学んだとは言え、自由気ままな天性のため職業革命家たちを間近で見ることは少なかった。彼女が知っていた瞿秋白とは、すべて一般人の側面であり、彼の実際の革命活動に関してはぼんやりとした印象を抱いたにすぎない。四年の星霜を送り、丁玲は職業革命家のプライバシーへの対応の難しさを理解したようすではある。これに加えて当時流行していた文壇の「革命＋恋愛」の公式に刺激されて、彼女は女友だちの悲劇にこの流行の公式を軽々しい気持で当てはめたのである。彼女の『韋護』執筆はとても順調で、一日で五千字書いたこともあり、非常に興奮していたのである。

『韋護』のプロットはかなり簡単で、ひと言で話せるほどである――革命家の韋護《ウェイホー》は女性の麗嘉《リーチア》と同棲したあと、「恋愛」は革命工作の邪魔と考え、断固として立ち去るのである。丁玲は心理描写に長じており、スラスラと八〜九万字も書いている。

「革命＋恋愛」という公式はフィクションにすることができ、韋護と麗嘉が別れる理由もまだまだ不十分である。もしも瞿秋白が王剣虹にもたらした悲劇を丁玲が本当にこのように理解して瞿秋白を許していたとしたら、時流の思想に追い着いた丁玲は自己欺瞞の方法で瞿秋白に対する恨みを消し去ったというしかなく、事実、瞿秋白は妻の死後わずか三か月で次の恋愛結婚騒動を起こしており、人生観の鉄の規律に従ったとはとても弁解できない。しかし丁玲はすでに女友だちの悲劇を忘れかけており、このスマートで秀才の英雄男子を許す理由を自分で探し出したのである。彼女は小説の中のヒロインに美しい結末を用意し、麗嘉にも革命の道を歩み始めさせている。瞿秋白は『韋護』を読んでも、何の意見も発表しなかった——何か言ったのかもしれないが、他の人にはわからない。しかし、彼が丁玲に宛てた手紙の末尾には「韋護」という署名がある。丁玲と胡也頻との間に長男が生まれたときには、彼はやはりこの子の名前を「韋護」としては、と勧めているのだ。

中国の多くの女性作家の中にあって、丁玲の暮らしと作品は、ほとんどが中国の戦争・政治運動と密接な関係がある。丁玲は単なる女性作家ではなく、中国特有の、政治と緊密に結び付いた革命作家なのである。彼女の波瀾万丈の一生は、中国の社会と歴史を如実に反映しているのである。

丁玲は故郷の湖南省から上海、北京そして延安へと移動し、新中国成立後は、一九五五年に丁玲・陳企霞反党集団として批判されて北大荒〔中国東北地方北東部の面積五三万平方キロの荒野〕に行き、一九七六年一〇月、「四人組」が歴史の審判台に乗せられたあと、ようやく二二年間消えていた丁玲が表に出て来たのである。彼女が初めて人民大会堂に現れて首都各界人民が開催した春節〔旧正月〕懇親会に参加し、『人民日報』が初めて彼女の写真を掲載し、新華社が初めて彼女の消息を報じたとき、人々は驚喜し駆け回って知らせ合った——丁玲は生きていた。

丁玲は延安に入ったあとは、創作小説は次第に減少し、ほとんどの作品は通信、スケッチ、雑文、ルポルタージュ、散文、エッセー、時事ニュース風刺劇などであるが、それは戦争の時代にあって、抗日戦争宣伝の必要性に従う文芸スタイルを採用したからである。実は、感性と意識自体が変化したものの、彼女の本来の女性としての自我は完全に消滅したわけではなかった。このように多くの苦難を経験して、彼女の自我の視野は開かれ、審美的関心の焦点は個々の女性の運命から集団的な女性の運命へと転回した。小説『水』『太陽は桑乾河を照らす』などがそれである。

『水』は農民の悲惨な運命と闘争——自然との闘争、統治者との闘争——を描いている。『水』を読んだ人々は本を閉じても、耳元ではなおも山が崩れ地が裂けるような水の音が木霊するようであり、眼前では逃れる難民の幾つもの群が揺れ動いている——祖母が孫の手を引いて、散り散りに高地に向かって駆けるが、よろけて、デコボコ道のためしばしば転倒するのだ。その女たちは、走るうちに靴が脱げてしまって裸足となり、長い髪を振り乱して、ヒステリックに声を嗄らして泣き叫び、お天道様、父さん母さんと叫び、夫や子供の名前を叫んでいる。男は死神の前で獣のように凶暴となり、逆巻く波に脅えて平静さを失い、遠近《おちこち》の女の叫びに心は乱れ、激しく痙攣しながら、全身の力を奮い起こし、歯を食いしばって、十数年来、抑圧され搾取されても、普段は上げることのない怨恨の声を吐き出しているのだ。『水』には主役はいないが、みなが主役とも言えよう。丁玲が『水』で描き出した農民群像は窮地に追い込まれ、危険を犯し、「迫られて梁山に登る」農民群像である。この小説は丁玲の創作の道における重要な一里塚であり、中国新文学に対する重要な貢献でもあった。

蕭紅が触れあった現実社会の範囲は丁玲ほどには広くはなかったが、彼女の想像域は広大であり、作品には歴史感が漂っている。取材に際しても女性や女性の現実にばかり注目していたわけではない。彼女の代表作『生死場』と『呼蘭河伝』の中に登場するのは、しばしばある集団の生存方式やある「類」あるいは「群」の生活行為や思考言語である。

蕭紅が『生死場』と『呼蘭河伝』を書いていたとき、集団的生存に着目するという彼女の芸術的構想は、創作の発想から言えば、個人的——すなわち女性的体験を起点として民族、人類へと拡大していくのである。彼女は広い心で自らの体験、苦痛を感受し、消化し、理解して、個人的不幸、女性の苦しみを集団の生存状況と関連づけるのである。彼女は聶紺弩との対話で、この問題に対する理解の仕方を明らかにしている。蕭紅はこう語ったのだ。

魯迅小説の語り口は低調です。登場人物たちは、多くがお気楽で、動物的にして、人としての自覚がない。

そこでは彼らは無自覚に罪を受けるが、魯迅は自覚的に彼らと共に罪を受けているのです……

私も当初、自作の人物を哀れんでいたのは、彼らは生まれながらの奴隷、すべて旦那様の奴隷であるからです。しかし書くうちに、私の感覚は変化しました。自分には彼らを哀れむ資格などなく、むしろ彼らが私を哀れむべきところなのです。(32)

蕭紅にはわかっていた――自分も中国人集団の一人であり、自分の苦しみはある一人の男により創り出されたものではないことを。自分の髪を引っ張ってこの集団から自分を引き離すことは彼女にはできず、そこで彼女は筆を握って自覚的に人間の愚かさに向き合い、集団的愚かさを見つめたのである。

このほか、蕭紅作品における女性意識および女性の生存状況に対する全面的関心も、丁玲と比べていっそう明白で、集団的で、強烈である。彼女の『生死場』が描く対象はある一人の女性ではなく、老年、中年、青年、子供を含む女性集団全体であり、彼女たちの生誕、結婚、出産、病気、老化、死亡という人生の旅のすべてであり、この旅の中の苦しみともがきである。

彼女の『小城三月』は、女性が覚醒から不安を経て最後の絶望、壊滅に至るまでの心の軌跡と歴史の展開を描く点で、明らかに丁玲の「ソフィー女史の日記」とある種相通じるところがある。しかし翠姨の覚醒、翠姨の希望、翠姨のイメージは、ソフィーとは異なる点もある。翠姨は新文明の洗礼を受けて幸福な結婚への願望を抱いているが、最後には愛しても愛を得られぬ絶望と憂愁のために死に至る。ソフィーの場合はすでに自由と権利を享受する新女性が、愛の暮らしの中でさらに高次元の段階に至り、完全な価値を実現しようとして失敗し、悲哀と絶望を抱くというタイプである。ソフィーと翠姨とはもとより両者共に典型的なイメージであるが、当時の社会に対しては、『小城三月』が見つめる範囲の広さと、描き出す哲理の確かさも、「ソフィー女史の日記」が及ばぬところなのである。

四

蕭紅の小説は小説の伝統的構造スタイルを打破し、新しい独自の小説の構造スタイルを創り出した。彼女はこう述べている。

小説学というものがあり、小説には一定の書き方があり、幾つかのものを備えていなくてはならず、バルザックあるいはチェーホフの作品のように書かねばならない――こんな説を私は信じておらず、さまざまな作者がいれば、さまざまな小説があるのでして、こう書いてこそ小説になると言うのなら、魯迅の小説のあるものは小説ではなくなる――たとえば「髪の話〔原題：頭髪的故事〕」「小さな出来事〔原題：一件小事〕」「あひるの喜劇〔原題：鴨的喜劇〕」などです。(33)

蕭紅は散文の手法や抒情詩の手法と絵画の技法とを小説創作において融合し、自らの小説を散文化、絵画化して、強烈な感情的色彩により独自の風格を創り出した。蕭紅は大胆に伝統的小説の叙述スタイルを突破し、プロット創りの物語構造を捨て去り、感情の起伏を事件の断片と暮らしの情景を貫く基本線とした。そこには煩雑な人物関係はなく、緊張し二転三転するプロットもなく、自ずと伸びやかで、物事の事実より感情の流れのままを形成し、風格のある小説構造を備えるに至ったのである。

初期の蕭紅は、『生死場』で故郷の農民の牛や羊への愛情や、自らの生命に対する軽視を描いて、情調は悲しく同情的であった。これらの愚かな農民がついに日本人の侵略に激怒し、七尺の大男が涙を流して、赤い蠟燭を点し銃口に向かって宣誓するとき、作者は他の言葉でその思いを書くことはない。後期の蕭紅は、『呼蘭河伝』の中で、精神が麻痺し、現状に安んじたあの平凡な大衆に向かい、批判的であり、同情的でもある心境で描いている。

そして丁玲は奮闘してプチブル作家から素速くプロレタリア革命作家となった。「ソフィー女史の日記」のあとは、時代と中国社会の変動に従って、丁玲の創作は新たな方向へと進み出した。彼女は短篇小説「一九三〇年春上海」（その一、その二）を創作し、激しい革命闘争と大衆運動というこの時代の特色を表現すると同時に、再びソフィーの姉妹たちがいかに主体的自覚的に理想的にあらざる恋愛結婚生活から抜け出して革命闘争に身を投じるかに注目した。

丁玲が白色テロと文化的「包囲殲滅」の中で急速に「左傾」したのは、先に述べたように、一九三一年二月七日、丁玲の暮らしの伴侶であった胡也頻が殺害されたあとのことで、丁玲は共産党の要望に従い、上海の工場と難民地区で取材し、親しく語り合い、材料を集めたあと、短篇小説「ある夜」「田家冲」「夜会」「法律」「奔」「水」および長篇小説『母』などを続々と発表した。これらの小説はほとんどが現実の革命闘争に取材したものであり、反帝反封建反官僚資本主義のプロレタリア革命文学の創造的精神に満ち溢れている。

一九三六年、丁玲は延安に到着したのち、暮らしと創作両面で斬新な段階に入っている。彼女は短篇小説「霞村にいた時」「病院にて」などを書いた。一九四六年一一月には長篇小説『太陽は桑乾河を照らす』の創作を始めており、創作のピークに向かって歩んでいる。

丁玲は初期の「私の告白（原題：我的自白）」と晩年に発表した「私の生涯と創作（原題：我的生平与創作）」で繰り返し強調している――社会の中のいかなる材料でも書けるが、それは必ず自分が体験して熟知している現実と人物でなければならない、と。さらにこうも述べている。

私は書くときに、形式という枠を考えたことがないし、何かの主義で自分を縛りたいとも思わず、発表後に作品が歓迎されるか批判されるかも考慮したことがない。私は考えの赴くまま筆に任せて書くのであり、自分の最初の、本来の、魂に触れたことと、歪曲なき現実で私が恋い慕い素晴らしいと思う人物を保持することに努めさえすれば良いのだ(34)。

丁玲の言葉はこのように語っているが、実は、彼女は小説を書くときには、やはりある程度の芸術的構想を練ってもいる。一九四六年五月四日、中共中央が「税と利息の軽減の決定および土地問題に関する指示」を発令すると、丁玲はこの文件の伝達を知るや、中央組織の晋察冀土地改革工作隊への参加を希望している。まずは丁玲は駆け足で数か村を見て回ったあと、最終的に温泉屯にやや長い期間滞在した。

一九四六年一一月、丁玲は『太陽は桑乾河を照らす』を書き始めた。最初、彼女は三部構成とするつもりであった——第一部は闘争、第二部は土地分配、第三部は軍への入隊である。しかし第二部の半ばまで書いたときには、すでに一九四七年の初夏となっており、土地再検査工作が行われていた。丁玲は胸の内で確信が持てず、人物描写に自信を持てなかったので、行唐県に行き再び土地再検査工作に参加している。そして一九四八年六月に至ってこの長篇小説は脱稿したのであった。のちに丁玲は『太陽は桑乾河を照らす』について語ったときにこう述べている。

私たちが土地改革を始めたときには、富裕中農という言い方はまったくなかった。雇農、貧農、富農、地主だけである。私たちは確かに顧涌《クーヨン》のような人を富農に分類し、地主に分類したことさえあった。土地を取り上げるときにも、なんと彼の良い畑を取り上げ、とても「左」っぽいやり方もしており、表面的には土地献上とは言っても、実際には土地を取り上げており、しばしば良い土地をすべて取り上げ、悪い土地を残しても大家族の食用分は維持できないことがちゃんとわかっているのに、やはり取り上げており、しかもこれこそ階級的立場を固持することだと考えていた。こんなことをしている間に、私は疑い始めた。……そのため筆を執って書き始めたとき、自ずと顧涌から書き始めることとなり、しかも彼の歴史は誰よりも詳しく書いた。私は彼の階級区分を決めることができず、ただ彼が一四歳で他家のために羊の放牧をするようになり、一家全員が労働した、とのみ書き、彼の土地に対する渇望を書き、私たちはこのような人に対しどうすべきなのか、を読者に評論してもらおうと思って書いたのだ。(35)

ここで丁玲は実際に文学創作の真の意味に触れている。つまり「熟知している現実と人物」を書くべきであり、自分に「形式という枠」を嵌めてはならず、そして「最初の、本来の、魂に触れたこと」を保持するべきである点。この一点において二人の女性作家には合い通じるところがあると言えよう。

丁玲と蕭紅は南北二つの小都市の出身で、相異なる地域文化が二人の美学の理想と言語風格の背景的要素となった。駿馬と秋風と塞北〔河北省北部など万里の長城以北の土地〕、杏花と春雨と江南、という異なる文化芸術の傾向と審美的基準から二人は潜在的影響を受けたに違いない。蕭紅の故郷では、清朝光緒年間にようやく内地文化が大量に移入された。丁玲は湘楚文化〔春秋時代の楚国の文化を源流とする湖南省地方の文化。湘は湖南省の別名〕の薫陶を受けると共に彼女の母の剛毅な性格から直接影響されてもおり、また革命の大潮流の洗礼も受けている。二つの文化の薫陶を受けた作家の言語的風格は当然異なっている。蕭紅の明快スマートと丁玲の緻密率直は、鮮やかな対照をなしている。

蕭紅は『小城三月』の冒頭で次のように述べている。

三月の原野はすでに緑にして、苔のような緑に変わっており、そこかしこから染み出している。郊外の野原の草は、何度も曲がってからようやく地面に顔を出せるのであり、芽は皮が破れた種の殻を頭に載せており、二、三センチの高さとなって、うれしそうに地面から抜け出してきた。

蕭紅は明快で楽しげなタッチで北国の春の絵を描き出すのだ。まさに魯迅が『生死場』のために書いた序で「叙事と風景描写は人物描写に勝る」と述べた通りである。『小城三月』の結びで蕭紅はこのようにも書いている。

翠姨の墓にはすでに草がムクムクと芽ばえて、土と混ざり合い、墓は淡い緑に覆われて、いつも白い山羊が駆け寄って来る。街には籠を提げたタンポポ売りが現れ、小さなニンニクを売る者もいる。さらに子供たちの中には、時期を見計らって芽が出たばかりの柳の枝を折り、うまい具合に捩って笛にすると、口にくわえて街中で吹き鳴らす。高音低音と異なるのは、笛の太い細いに拠るのだ。

ここで蕭紅は楽しげな光景により悲しい風景を描き、賑わいにより悲しみを際立たせ、華やかな春景を描きながら、実は孤独と寂寥の情感を語っているのだ。事物を描いて心を伝え、深い思いを表す叙景叙情融合の境地に達しているのである。

丁玲が蕭紅と異なる点は、緻密で率直なタッチであり、それはしばしば人物の深層心理の描写に用いられている。「霞村にいた時」の貞貞のように、作者は彼女に対し深く同情しており、「短い時間であったが、彼女が抱く多くの感傷と怨恨は探し出せなかったものの」、「しかし私もこう考えた――彼女は傷を負い、まさに重傷を負ったので、今のような強情な態度を見せるのであり、人の助けなど求めぬようすなのだ。しかし愛撫が、普通の同情とは比べられぬ慈愛があるのならば、彼女の魂を温めてあげれば良いのだ。私は彼女が泣くと良いと思う、泣ける場所を探し当てて泣くのだ[36]」。

丁玲はこのように率直な言葉遣いで人物描写を行った。小説『水』では、この緻密さが人物同士の対話を通じて表現されている。そして『太陽は桑乾河を照らす』では、李子俊の妻が果樹園で考える過程において、この緻密な心理描写は新たな高みに到達しており、時代の息づかいを捉えているだけでなく、芸術的技巧もマスターしている。丁玲の緻密に掘り下げる言語的特色と心理描写、心理分析の手法は非常に密接に結合している。人物描写の面では、丁玲の方が蕭紅よりも優れているであろう。

五

以上述べたように、一九三〇年代に文壇で名を馳せた丁玲と蕭紅は、あの激動の時代のめぐり合わせにより出会ったのである。二人の間には多くの不一致があったものの、ある意味で、丁玲と蕭紅が歩んだ文学の歴程と人生の道は、それぞれの側から中華民族この百年の苦難と挫折の歴史を映し出しており、現代史における中国女性のたゆまず努力し、自らの解放を勝ち取った奮闘の歴程を反映してもいる。

丁玲は現代文学史上の著名な作家であり、彼女の波瀾万丈の人生と不朽の文学作品は中国革命の歴史と苦楽を共にしており、時代の潮流は彼女に対し巨大な影響を与えている。一九二二年に湖南から上海に来て、一九三六年には上海から延安へ出奔しており、丁玲の作風と取材方法にはある変化がある。

延安時代には、当時の革命のために、彼女の小説創作は大変限られており、ほとんどの作品は通信、スケッチ、雑文、ルポルタージュ、散文、エッセー、時事ニュース風刺劇などである。新中国成立後の一九五五年、丁玲はまたもや「丁陳反党集団」批判により、北大荒へと送られた。一九七六年一〇月、「四人組」失脚後、苦しみを嘗め尽くしてきた丁玲はようやく再び自由な執筆の機会を得たのである。

そして晩年の丁玲は病をおしてなおも「杜晩香」『酷寒の日々〔原題：在厳寒的日子裏〕』などの作品を書いた。さらに多くの公職を務め、中国新時期文芸事業の発展のために不朽の功績を残している。中国女性文学史において、丁玲は独自の道を切り開いた作家である。「自由」「幻想」「飛翔」は、丁玲作品の中で特別な意味を持つ言葉である。大胆、孤独、反逆は、丁玲が描く女性イメージに共通する特徴である。

一九三〇年代末期から七〇年代末期までの約四〇年間、主観的希望と客観的条件による多重の影響を受けて、丁玲はまず自分を一人の革命家と考え、それから一人の作家と考えたと言えよう。このためこの時期の彼女の創作は、客観的には主に革命事業に奉仕するという色合いを表している。もっともこの現象はすべて彼女の本意によるものとは限らない。私たちが歴史の眼差しをもって彼女の創作行程を分析するときには次のような発見があるだろう――丁玲は創作の道において女性文学から革命文学への転向を経験し、女性意識を民族意識・革命意識に融合させる転向を経験した。

丁玲は文学創作の内容および形式表現において時空の変化により変化することがあったが、彼女の内心深いところでは、常に女性自立の立場から社会人生を考察するという理念を堅持していたに違いない。丁玲が追求した革命とは人間の価値、人間の尊厳に対する高度な尊重を目標としており、その中には当然のことながら女性に対する尊重と価値の認知が含まれており、それゆえに彼女が延安に来て、革命に身を投じたあとも、女性の運命に対する一貫した関心が減少することはなかった。彼女の小説「病院にて」は「十分な情熱と、わずかな経験を持つ」愛すべき女性陸萍《ルーピン》のイメージを描き出し、革命陣営内部の個人と組織との矛盾を明らかにして、女性を傷つける官僚主義と男尊女卑意識を批判している。

小説「霞村にいた時」は強制されて日本軍の慰安婦となった女性貞貞に対し深い同情を注いでいる。伝統的考え方では、貞貞のような敵に踏みにじられた女性は貞節を破っているのだが、丁玲は彼女を名付けるに特に「貞貞」という二字を用いており、この女性の罪深き魔窟での体験に暖かみある趣きを与えているのだ。

丁玲の創作実践の過程を分析し、合わせて九死に一生を得る人生体験と関連づけると、彼女も同様に鮮明にして強烈な女性意識を持ち、同様に女性に対し深く、情熱的にヒューマニスティックな関心を示し、同様に異なる身分の女性登場人物に注目していると、筆者は考えるのである。この点において、丁玲は蕭紅と共通点を持っている。しかし前述の通り、丁玲は革命家であり、共産党員であり、創作活動を含めて彼女の一挙手一投足はすべて党の利益となることを目的とすべきであり、無条件に革命のために役立たねばならない。まさにこのために、丁玲は自分が思うこと、自分の女性独立の立場に基づき社会人生に対し考察して得た理念を何の遠慮もなく文字化し文章に表して、広く世に問うことはできなかった。このため、心の奥底は常に矛盾、苦悶の状態に置かれていたのかもしれない。

最も言及に値するのは丁玲が一九四二年三月九日『解放日報』に発表した「「国際婦人デー」に思うこと（原題：「三八節」有感）」という一文である。この雑文は長くはないが、研究者により「フェミニズム宣言」「中国フェミニズム運動史上重要な一里塚」と見なされている。同作の切っ先が向かうところも「田舎者」の妻を棄てた二人の延安の軍政の要人を直接指していると疑われ丁玲は批判され打撃を受けたが、しかし実際には同作の女性解放の考えは具体的な人物や事件を遥かに超えて普遍的意義を有している。

丁玲はこの文章で「世界にこれまで無能な人、すべてを所有する資格のある人はおらず、女性が平等を得るためには、まず自らを強くせねばならない」と述べている。「自らを強く」するとは、女性の自強と自尊、自信を持ち続けることである。これは丁玲の女性自我の体験と思考に対するものであり、また完全な女性自我成立の視点から指摘する、階級闘争では代替できない男女平等を勝ち取る道なのである。この短篇は丁玲に長期にわたる政治的迫害をもたらしたが、それと同時に彼女を中国現代フェミニズム運動の重要なスポークスマンたらしめた。

この文章を書いて客観的見解を発表したことによりいわれなき批判と不公正な待遇を受けたことは、その後の丁玲の創作にマイナスの影響を与えたことは疑いようもなく、その後は創作の内容、発想、理念、形式が制限され、女性をテーマとする作品は豊かであったとは言いがたく、女性意識は十分に強く明らかに表現されることはなく、彼女の聡明さと才能および創作能力が十分に発揮されることもなかった。これは丁玲個人の悲哀と不幸だけでなく、中国現代文学の損失でもあった。

しかし蕭紅は組織から離れていたために、彼女の文学創作の空間と自由度はより大きかった。彼女は主に女性の視点から出発し、人間本位、特に女性本位の主体的創作を行った。彼女の創作の多くは生命の意義および女性の生存願望に基づくため、この一点が人々の彼女の作品および個人的運命に対する同情と関心を呼び起こすのである。北方出身の性格強靱だが体質病弱な女性は、家を棄てて飛び出し、蕭軍と苦しい旅をして上海に至り魯迅に会うにおよび、中国現代女性文学の発展のために不可欠の足跡を残すべく運命が定まったのであろう。

丁玲と比べて、蕭紅が接した社会生活の範囲は狭いが、彼女の視野は広く、視点もより深く、彼女の思索はしばしば知者の憂慮と切望を反映していた。彼女は中国北方の広大にして閉鎖的、保守的にして封建的なあの地域を離れて以来、生活の苦しみと精神的抑圧を味わい尽くしたあと、伝統文化の軛《くびき》から抜け出した反逆者となったのであり、彼女の作品も反封建、反伝統にしてフェミニズム、リベラリズムの時代の流れを体現しているのだが、それと同時に激しい歴史的変革の中で浮き沈みしており、女性の行く手に対する憂慮と、女性の自我意識の覚醒に対する不安を明示しているのである。

現在、この二人の先駆者の作品を読み返すと、筆者にはやはり作者のイデオロギー方面の苦悶が感じられ、それと同時に作品の中で今もなお耀き続けているヒューマニズムの色彩を永遠に忘れてはならないとも思われるのだ。

文学創作の態度、手法、取材および言語の風格において、丁玲と蕭紅はお互いに相異なる習慣と理想を持っており、中国現代女性文学の多様な風格と特徴を示している。創作理念と作品テーマの思想的な深さについて言えば、二人の作家は同様の高みにあり、創作手法と言語的技巧について言えば、両者の間にはそれなりの違いがありそうだ。丁玲の文学言語は彫琢されていてもその痕跡を残さず、質朴だが味わいがあり、その文章力は最高の域に迫っている。いっぽう蕭紅の言語は花なくして素朴、ときに稚拙でさえある。しかし実際には意外な芸術的効果を上げており、言語表現能力の高低はときには作品の文学的水準の高低にはつながらないのである。ある種の特殊な状況にあっては、文章力がそれほど優れぬ作家でも独自の風格と味わいを備えた文学作品を創り出せるのだ。彼女の独自の風格を備えた散文および散文的小説が、中国現代文学発展の空間を広げ、女性文学の創作形式を豊かにしたのである。

全体的に、蕭紅がしばしば描く単刀直入のスケッチと丁玲の練り上げられた彩色画とはまったく異なる言語的風格を示しており、言語的運用においておのおの長所があると言えよう。

丁玲と蕭紅は思考方式、個人的気質、現実体験、言語風格などの方面で多くの相異点があるが、二人の作品のほとんどが彼女たちが熟知する環境と人物に取材したものである。二人の文章からは至るところ伝統と現実と生命、とりわけ女性自身の運命に対する深い関心と真剣な考察が見出せる。二人の精神的苦痛と漂泊の人生体験も作品にくっきりと反映されており、これにより現代女性文学の初期形成期の風貌と特質が表されているのである。

蕭紅の夭逝により魯迅の「蕭紅が丁玲に取って代わるだろう」という予言が正しいか否かは証明されなかったが、丁玲と蕭紅は魯迅が期待した通りに、中国現代文学の夜空で永遠の耀きを放つ二つの明星となったのであった。

第三節　蕭紅と関露

関露《クアンルー》（かんろ。一九〇八～八二）は一九〇七年生まれ、蕭紅は一九一一年生まれで、二人は共に女性作家であり、年齢の差は四歳、同時代を生きた同じ文化的背景と反逆的性格を持つ作家である。東方文化の薫陶を受けて、二人は明らかに憂患意識と歴史的使命感とを抱いていた。二人の人生の道は曲がりくねり、共に故郷に別れを告げたのちにようやく文学活動を始めている。

本節は「憂国の情」「参照系」「反逆精神」「芸術的風格」など幾つかの方面から、蕭紅と関露の人生と作品について比較し、蕭紅作品の思想的内容とその芸術的特色についてさらに確かな理解を得たい。

一．

東方文化は中国文化を核としている。中国文化の主流である儒家思想は、その強い社会参加の精神により歴代の中国文人に影響を与えてきた。一九世紀以来の巨大な歴史的変化により、この影響は文人の憂国の情において突出して現れてもいる。この憂国の情は二重の危機に源を発している。一つは中国の社会・文化制度自体の衰退であり、もう一つは外国植民勢力の侵入である。二〇世紀に至り、この二重の危機はさらに加速し、中国人一人ひとりが危機から目をそらせない状態に置かれ、その影響から抜け出すことができなかった。関露と蕭紅は迫り来る危機に対し強い憂国の情を抱いていた作家である。

関露の憂国の情は初期には自己の生活環境に対する憂患意識として現れた。彼女が一〇歳のときに父が亡くなり、一六歳のときに母が亡くなり、寄る辺のない身となり、幸いにも助けてくれる親戚がおり、母の姉妹に従い南京に行った。関露の母方の祖母は新思潮の影響を受けていたとはいえ、やはりほとんど封建的伝統教育を受けており、叔母に至っては言うまでもなかった。二人が考えることとは「女子は才なきが徳なり」、唯一の道は結婚で、暮らし向きが豊かな夫を探せば、生涯幸福に暮らせる、というものだった。

自分たちの暮らしが苦しいのは、運命であり、夫が夭逝したからだ、と二人は考えていた。このため、祖母と叔母は関露のために良い嫁ぎ先を探そうと、日夜腐心していた。そのとき、南京美術専科学校に通っていた関露は、自分の学業を放棄すまい、このような祖母たちが決める結婚には屈従しないと決意した。たとえ結婚するにしても、まず学問を修め、自力で生活できるようになってからだ。結婚をめぐり彼女はしばしば祖母と叔母と対立し、誰が仲人であろうと、すべて拒否したのである。

一九二七年の春、関露が上海法科大学法律系で学んでいたとき、家では彼女を呼び戻して見合いをさせるため、祖母が危篤と偽り、ただちに南京に帰るようにと言ってきた。関露は南京に駆け付けてから、初めて騙されたと知るのだった。彼女は毅然と家を出て、わが道を行くことを決意した。

関露と比べると、蕭紅の自己の生活環境も大変変わっている。父は冷たく、継母は無慈悲で、彼女は幼少期から愛なき世界で暮らさねばならず、彼女に子供時代の楽しみを与えてくれたのは祖父だけであった。祖父が亡くなると、蕭紅はいっそう孤独を覚え、父が命じる結婚の圧力をいっそう感じるようになった。早くに母の愛を失い、婚約者の家から催促され、進学は難しく、こういったことが蕭紅を深く悩ませていた。

成人後、二人の悩みの中味は共に変わり、そしてそれぞれ異なる道を歩み始める。

関露は一九二八年夏、南京中央大学哲学系に入学し、のちに文学系に転じた。大学では欧陽山《オウヤンシャン》（おうようざん。

一九〇八～二〇〇〇）、張天翼《チャンティエンイー》（ちょうてんよく。一九〇六～八五）、鍾潜九、韓起《ハンチー》（かんき）ら進歩的青年と知り合い、小説、散文、口語詩などを書き始めた。一九三一年、関露は進歩的学生たちと共に女学生宿舎指導員を追い出したあと、中央大学を離れて上海に出た。一九三二年、満二四歳になったばかりの関露は中国共産党と中国左翼作家連盟に参加した。彼女の憂患意識は、外来資本主義文化の中国文化への侵蝕に対し民族文化の消滅を憂慮するものとして表現されている。彼女の中篇小説『新旧時代』、詩集『太平洋上の歌声（原題：太平洋上的歌声）』などの作品には、鮮やかな文化の憂患意識が書き込まれているのである。

蕭紅が社会に出たあと、彼女の憂患意識は家庭を憂うものと民族を憂うものとして表現されている。幼少期の家、青春期の家、蕭軍と決裂した家、端木蕻良との名目だけの家は、蕭紅を家は恋しくとも家はないという憂いに沈ませた。『商市街』や『呼蘭河伝』のような彼女の初期と後期の作品では、家に対する理想を託して家が描かれており、それと同時に亡国の恨みと民族復興の希望が述べられている。

伝統による影響は二人の憂国の情を深めただけでなく、さらに二人の発想に東方的色彩を帯びさせた。二人の創作には優れた短篇と中篇はあるが、長篇小説は少ない。関露の『新旧時代』と『苹果園』、蕭紅の『呼蘭河伝』と『生死場』、そして二人の未完成の遺作――関露の『黎明』と『朝』、『党の娘、劉麗珊（原題：党的女児劉麗珊）』、蕭紅の『馬伯楽』からはこのような考え方から生まれた創作の長所と短所が見られる。そのいっぽうで二人は優美なる一瞬を捕まえる能力があり、関露は『新旧時代』で、封建家庭の束縛から抜け出して来た「私」――革命青年の影響を受けて、自由と幸福と革命を求める――の物語を通じて、中国の光明とはまさに革命であり、まさに民衆が血を流して奮戦してこそ、革命は勝利を得られる、と描いている。蕭紅は呼蘭の街の中の象徴性の高いどろの穴や批判的内容を含む場面や民俗を描き出した。そのいっぽうで、彼女たちの大長篇創作の構想は共に挫折している。関露は上海に来たあと、「左連」のための任務についた。上海が占領されたのちには、雑誌『女声』担当の特殊任務の命を受けた。一九四九年一〇月以後は、二度入獄しており、長篇創作の条件に恵まれなかったのである。そして蕭紅は若くして亡くなり、「身先ず死するや、耐え難し、耐え難し」、「あの『紅楼夢』後半の執筆を別人に残し」という遺憾を残しただけであった。

二.

物事に対する認識には一つの参照系が存在する。作家の創作は比較的複雑な過程であり、その認識のレベルや価値判断あるいは文化的位置づけに影響を与える参照系は、この創作にとっていっそう重要なのである。関露と蕭紅は共に故郷を離れ、都市に定住したのち創作を始めた。大脳に蓄えられた記憶の中の温かいイメージとは、あるいは旧情であり、故郷である。こうして、彼女たちが都市およびその他の事物を観察し描写する際に、故郷や実家が独特の参照座標となったのである。

関露は山西省に生まれ、八歳で母と母方の祖母と共に南京に転居したのち、その後上海に転居した。すなわち、彼女は故郷を離れたのち、また別の見知らぬ世界——都市の世界で暮らしていたのである。作品中で、関露は山西の鮮やかな山水、純朴な人情と古風な風土を賛美している。たとえば『新旧時代』の第一章で、山西太原に関しては濃厚な郷土意識と生き生きとした風情のある暮らしを描いており、読者を一気に特定の歴史地理的環境へと引きずり込むのだ。関露はこう書いている。

中国の北部、多くの素朴で美しい城壁に囲まれた街にこのような場所がある。そこでは、春には雪が積もり、秋には南方へと若い雁が飛んで行く。朝には大きな車を走らせ、郊外から城内へと向かう、フェルト帽を被った運送人がおり、夜には足音と共に鳴るラクダの鈴の音が聞こえる。

緑の苔と野草が生えている崩れかけた城壁があり、夕日に照らされ、赤い泥砂に覆われた古道がある。私の幼少期、人があの場所を語るときには、いつも太原と呼んでいた。(37)

関露の作品にはほかにも「彼女の故郷（原題：她的故郷）」というような故郷を懐かしむエッセーもある。このエッセーには胡楣《フーメイ》と署名されており、これは本名の「胡寿楣」のうちの二字を取ったものであり、一九三〇年四月七日出版の『幼稚』第六期に掲載された。

関露と同様に、自伝的色彩を帯びた蕭紅の作品にも、彼女の幼少期の暮らしや苦しい闘いの末に故郷を出る過程が多く語られており、『呼蘭河伝』には故郷を思う気持ちが浸潤しているのは明らかである。しかし関露が力一杯に故郷を歌い上げたのに対し、蕭紅は愛憎こもごもの眼差しで故郷を振り返っている。

祖父の愛と父の冷淡とは鮮明な対比となっている。このため、蕭紅の心の内の故郷は二重の内容を有する参照系となっているのだ。作者は胸いっぱいの懐旧の思いを抱きつつ「背が高く」、「常日ごろ冗談好き」なやさしい祖父を描き、「蜂、蝴蝶、トンボ、イナゴ、何でもいる」美しい大きな庭に思いを馳せるようすには、天真爛漫な愛が満ちている。これが蕭紅の心に留められていた幼少期の故郷の印象である。そのいっぽうで、蕭紅は成熟した理性的眼光で故郷の情景を観察している。

ここには呼蘭人の惰性を照らし出す大きなどろの穴も登場する。大きなどろの穴は人や馬車の通行の妨げとなり、しばしば家畜が溺死したが、なんとかしてこの現状を変えようとする者はいなかった。人や家畜、馬車がどろの穴にはまったときだけ、呼蘭の沈黙は破られ、人々に無限の「楽しみ」がもたらされるのは、街中の人が溺死した豚の肉を食べられるからである。それと同時に蕭紅は小団円の嫁さんの死により、民族の愚かさ、人間性のねじ曲がった病んだ社会のようすも示している。一二歳の小団円の嫁さんは、一四、五歳にも見えて、色黒で、ハハハッと笑い、飛ぶように歩いて、おしゃべりしながら笑っていた。自然で大らかで健康活発だった若い娘が、嫁ぎ先の家に入るや、隣近所の監視を受け、あれこれ評定され、文句をつけられ「小団円の嫁さんは小団円の嫁さんらしからぬ」と見なされる。

姑は「まともな嫁にしつけ」ようとして、彼女にひどい折檻を行い、ついに彼女は精神的におかしくなり、寝込んでしまう。すると親切な隣近所は「治療」を献策し、姑も数千銭の出費に苦しみながら、巫女《みこ》を呼んで「幽霊払い」をしてもらい、最後に小団円の嫁さんは巫女に熱湯に漬けられ生きたまま火傷死させられてしまうのであった。小説には男尊女卑の状況なども描かれており、それは作者の苦しみに満ちた懐旧の思いを述べるものである。蕭紅は故郷を思い返すとき、昔の温かい愛情を思い出してはいるものの、基本的に批判的な立場に立っているのである。

蕭紅小説の展開の背景は故郷であり、主な内容は故郷の人々の「生」と「死」の運命である。安定した環境で創作するために、蕭紅は西安から大後方の重慶に行き、最後は香港に至る。彼女は親友の白朗宛ての手紙でこう書いている。

　ここではすべてがとても落ち着いており上品で、畑があり、野も山も花と美しい鳥のさえずりで覆われており、そのうえ、澎湃たる白い波頭の海があり、青く透き通った海を見ていると、人は必ず酔い痴れてしまうもの、このすべてこそ私がかつて夢見ていた理想郷ではありませんか。ところがです、今の私は却って寂しさを覚えているのです！　この地では私は人との交流がありません——腹蔵なく話せる友人がいないから。それで、いつもあなたのことが思い出されるのです。莉さん、私は冬には戻ることでしょう。(38)

つまり蕭紅の心情的世界において、彼女が選んだ相手は同郷人の範囲を出ておらず、蕭軍と端木蕻良そして臨終までの四四日間彼女のそばで看病した駱賓基、さらには彼女の最も親しい女性の友人の白朗も東北の出身なのである。故郷コンプレックスが彼女の心の内で固く結ばれていたのである。実は同郷人への思いも故郷コンプレックスの具体的な表現と言えよう。総じて、故郷参照系が関露と蕭紅の創作の独自性を形成した、と結論づけられる。

三、

関露と蕭紅は共に家庭に反逆し、社会に反逆し、二人の作品は女性文学の伝統に順応しこれを継承しているだけでなく、時代の前衛の刻印を深く押されている。

関露が彼女の芸術的個性を引っ提げて文壇に入って行ったとき、時代が求めていたものは彼女が描く余君や杜菱の物語よりもさらに深刻で、さらに社会的意義のある作品であった。一九二七年に国民革命が失敗し、一〇年の内戦と八年の抗日戦争が相次いで勃発し、中国の社会状況は激烈な変化を生じていた。時代の急激な変化に、作家は、これを静観する心理状態を保てず、文学は憂国の情や救亡意識に満ち溢れていった。当時は「左傾化」した幼稚なプロレタリア文学が中国で急速に発展しており、このような時代の空気の下で、沸騰する現実や急激な社会的変化を描くことを文学に求め、この一代の女性作家に旧時代の女性の思考方式を改め、新しい文学思潮から自らの新しい落ち着き先を探し、新しい現実の側面を描くように求めた。

関露は一九三二年に上海で入党したあと、法南区馬路支部に編入された。南市紡績工場、南市電車公司、美亜織綢工場で、前後して労働者夜学校を開いた。彼女はさらに自分が工場に入った体験に基づき、「少年工〔原題：童工〕」「兄〔原題：哥哥〕」「シルク工場労働者〔原題：綢廠工人〕」「モーターが鳴る〔原題：馬達響了〕」など工場生活を反映する詩歌を書いた。

関露は次のように考えていた。「詩も、その他の芸術と同様に、人の世から離れられず、客観的現実を背景とする。同時に、その他の芸術と同様に、社会変革の原動力の中に浸透し、歴史の発展と人の暮らしの前進を促す積極的任務を担っている。詩が現実社会と分離できないからには、当然のこと、ある社会の政治体系や経済制度と密接な関連を有しているのだ[39]」。怒りが詩人を誕生させるのであり、「詩が最も発生しやすいのは動乱の時代であり、中国の眼前の時代とは動乱の時代であり、中国の眼前にあるのは詩の時代であると言えよう[40]」。関露は一九三五年一年来の詩壇の概況を列挙し、詩歌を掲載する雑誌には『詩歌季刊』『青光』『雑文』『知識』『生活知識』『第一線』などがあり、詩集には『宇宙の歌』『未明集』などがあり、と彼女のこの観点を説明し、詩の作者は「希望を抱く者の歌声、闘う者の歌声」を歌うのだと指摘している[41]。

一九三六年という民族が最大の危機に直面していたとき、関露は次のような希望を抱いていた。「あらゆる文芸作家たちは、救国統一戦線に立つべきであり、民族を救う国防文学を創作すべきである。私たちあらゆる文芸作家は、私たちの文芸作品を反帝抗敵の武器とすべきなのである[42]」。

関露は自分の理論を詩の創作中に傾注することを主張し、作詩を戦闘とし、個人的な楽しみのために小声で歌うことはしなかった。彼女の詩作の中には、淑女風女性詩人の恨み悲しみに沈むというような作風は見あたらない。一九三六年の「九一八」記念日〔一九三一年九月一八日に勃発した満州事変を記念する日〕の前夜、関露が情熱的に書いた一首は、「故郷よ、あなたを敵には渡さない〔原題・故郷，我不譲你淪亡〕」という題名だけでも人々を勇気づける作品である。祖国の故郷は美しいが、日本侵略者に荒らされており、故郷には「敵の旗がたなびいている／あなたの緑の原野には／戦場の砲煙がたなびいて」おり、「演舞場や妓楼の芸者」も「亡国の老衰が青春に取って代わった」。これらすべてに向かって、この愛国者はこのように回答する――「私の願いはこの熱血と体温を／あなたの戦闘の槍刀とすること」[43]。

時代が関露のような作家に与えた任務は重かったが、彼女たちが、具体的に創作するときには、迂回手段を取る必要があった。関露は『新旧時代』の結びを書くときには、当時の環境と状況を考慮し、「影」という代名詞を用いて主人公が追い求める革命を暗示している。作者は次のように書いている。

このような影が私に近づいて来たとき、私はときには楽しく新鮮に思い、ときには恐れ悩んだ。私が生まれて以来、遥か古代と創世記以来、存在しなかったあの力に自分は動かされていたからだ。このような影を、私は恐れたが、追いかけたくもあった。それを前にした私は苦しむが、それなしではいられなかった。私はこれを避けたいと思ったが、避けるときにはやはり追いかけたくなるのだ。不眠症の人が何も考えたくないと思いながら、結局は考えてしまうのと同様である。それと共にいると、自分に特殊な生命の力が出て来るかのようなのだ。私には豊かな青春があり、特殊な美しさがある。私はあらゆる美しい事物を想像するのだ――そこからすべてを得られ、私には幸福があり、美しき永劫の世界があり、宇宙の壮健なる生命と戦っても勝てるだろう[44]。

ここで、小説の意図は明らかに昇華されている。作者が描く新旧の時代交替と新青年の思想生活と闘争の任務は完成したのである。

そして蕭紅の反逆的性格は、その人生の軌跡においても、また文学創作上においても、鮮やかに表現されている。彼女は家から出て、東北から逃れて、上海で生計を立て、一人で日本に渡り、蕭軍と訣別し、香港で客死した――この一連の俗世を驚かせる行動は、個性鮮やかな反逆者の精神を表している。蕭紅の生涯は、常に運命との闘いの中にあったかのようであり、波瀾の人生は彼女の反逆的性格を形成しただけではなく、彼女の創作に宝の山のような材料を提供し、視点の独自さと題材のユニークさは彼女の文壇的成功を助けたのである。

東北が占領される前後の現実を背景とする『生死場』は、帝国主義と封建主義とに二重に抑圧されている二重の災難の下での、東北人民の生のたくましさと必死のもがきを描くと同時に、板挟みの暮らしという命題を悲惨なまでに浮き彫りにしている。至るところに危機が潜む村の生活と対応しているのが、女性の低く暗い生存空間である。小説は一つ一つバラバラの暮らしの画面により、農婦たちの悲劇的生態を展開して見せるのだ。このため『呼蘭河伝』の後半で浮かび上がる小団円のトンヤンシーと王大姐の二人の女性イメージも、特定の時代の女性の悲劇的生存形象を浮き彫りにしている。蕭紅は男女の常軌を逸した性愛を描くとき、同様に反逆の鮮やかな烙印を打ち込んでいるのである。

文体から見るに、蕭紅は小説と散文の境界を打破し、『呼蘭河伝』を代表とする散文体小説を書き、それと同時に詩的イメージを融合しており、これらは彼女の大胆な反逆精神を体現するものと見なせよう。

蕭紅の反逆精神の形成は、一面ではもとより家庭環境に原因があり、別の一面では友人の影響を受けたものである。『跋渉』刊行を熱心に資金援助した舒群も、革命家であった。一九三二年三月、彼は第三インターナショナル中国班で工作し、八月中国共産党に入党、この年の末に洮南〔吉林省西北端の地名〕に派遣され第三インターナショナルが設置した秘密連絡所の所長となった。ほかにも魯迅、金剣嘯、孔羅蓀、茅盾、葉紫、許広平ら進歩的作家が蕭紅と密切に交際し、日本の緑川英子、池田幸子らも蕭紅の親友であった。

蕭紅と関露には共通の友人がいた――姜椿芳《チアンチュンファン》〔きょうちんほう。一九一二〜八七、ロシア語通訳、江蘇省の出身だが、中学入学前にハルピンに転居〕である。姜椿芳は一九三二年に中国共産党に入党、当時は共産主義青年団ハルピン市委員会宣伝部長に任じられ、その後、共青団満州省委員会〔一九二七年一〇月に中国共産党は東北地方に最高指導機関として中共満州省委員会を設立した際に共青団満州省委員会も設立している〕宣伝部長に転任、年末には再び中国共産党満州省宣伝部で工作した。このとき、金剣嘯の組織関係も、宣伝部に転じたため、その後、二人は深い友情を結び、さらに金剣嘯の友人の蕭紅、蕭軍、塞克、舒群らも姜椿芳の友人となった。

姜椿芳はある研究者のために次のように書いている。「一九三二年から一九三四年の間、ハルピンで蕭紅に会い、彼女が『国際協報』副刊に発表した文章を読み、彼女が『ヴィーナス』展覧会に出品した絵を見て、彼女が演技指導をしたものの上演できなかった一幕物の新劇を見たのち、彼女が主編した（悄吟の筆名で）文芸副刊『夜哨』に寄稿した。一九四九年四月香港の海岸にある蕭紅の墓（墓表として丸太が一本立っているだけ）で写真を撮り、その後も胸の内で彼女を思い出している」[45]。

一九三六年八月、姜椿芳は東北から上海に移動し、ソ連映画上映専門の上海大戯院で働いた。関露はしばしばこの映画館に映画を見に来ており、ソ連映画の解説と字幕は姜椿芳が翻訳していると知り、石凌鶴《シーリンホー》（せきりょうかく。一九〇六～九五、劇作家）を通じて、ロシア語を教えていただきたいと姜椿芳に頼んだ。当時、姜椿芳は多くの文芸界の友人と知り合い、関露の名前も聞いていたが、あまりに多忙で、しかも二人の住まいは離れていたので、ロシア語教授の一件は当時は実現しなかった。抗日戦争が勃発したあと、一九三七年から一九三九年までの二年間、関露はようやく姜椿芳にロシア語を学べた。関露はロシア語をマスターすると、翻訳の仕事を始めている。

四

関露と蕭紅との間では家庭環境、文化的背景、生活体験、教養素質が異なるため、創作においても、構想、叙述、さらには人物描写、用語法にも異同がある。

蕭紅は彼女の家庭意識により、切り口となる題材は家という窓口である。彼女の作品における物語の展開とは、窓を開けるかのように、内面の感情を歌い上げるのだ。いっぽう関露は「大我」（個人よりも社会を重んじること）の態度で、外から内へ、集団から個人へという様式を採用している。

蕭紅は『呼蘭河伝』の中で、自分の故郷の呼蘭県から書き始め、零細商人や「大きなどろの穴」「廟の塑像」などのイメージを組み合わせて、二伯や馮歪嘴子《フォンワイツィツ》、王大姐、小団円のトンヤンシーらの人々がいる物語を編んで、自分の主観的批判意識を伝えている。

関露は『黎明』で、杜菱の成長を主軸とし、同時にその他数人の若い男女の境遇と理想を語っている。呉沼と同じ学校で学んだ叔父の成英との恋愛は、強烈な時代の刻印を押された悲劇である。当時の状況では、『黎明』は、鮮明な政治色を出すことはできなかった。関露は当時のあの特殊な環境で暮らし闘っていた青年世代の心理を間接的に表現し、特定の時代の刻印を押された青春の歌を作曲しようと努めたのである――私は私たちが愛するものを愛し、私たちが憎むものを憎む。

上海陥落期、関露は命令を受けて日本人の佐藤俊子が主編する雑誌『女声』に入り、創刊と編集の仕事に参加したが、彼女は自分に対し原則を定めた――絶対に「大東亜共栄圏」を鼓吹する文章を書かない、および中国革命に不利となる文章は書かない、である。佐藤の前で彼女はこう言った。「私は文学を学んだ者で、政治はわかりませんから、政治評論は書きません」。花鳥風月を愛するプチブル階級の知的女性のイメージで出現したのである。特に彼女が組織の許可を得て、日本に行き第2回「大東亜文学者大会」に参加したのちに書いた「東京寄語」（その一、その二）や「東京憶語」などの一連の文章は、用心深く日本の女性や、会場の配置、自分の生命などについて書いている。

いっぽう蕭紅は動乱の日本軍占領下の東北からやって来たが、遠く故郷を離れている悩みから逃避するために日本で暮らした経験があり、その時期には蕭紅は創作に専念し、苦行僧のような暮らしをしており、しかも蕭軍に宛てた手紙の中で、自らの日本観と日本暮らしに対する真の感想を率直に述べている。この時期の彼女の作品のほとんどが比較的淡々としている。

関露の小説は明朗素朴、滑らかな芸術的風格を有しており、一見散漫でまとまりがないようだが、実は形式は散漫でもテーマは散漫ではない。言語は平凡だが、その意図は奥深い。たとえば母の死は、本来は重大事だが、小説はこのように書いている。

「お母さんって呼びなさい、早く呼んで、呼び戻すのよ！」。祖母が突然、爆竹のような声を上げた。薬湯を入れて来た茶碗を持つ左右の手がブルブルと震えており、涙が祖母の目の輝きを覆い隠している。部屋中の人が母が寝ているベッドのそばに集まっていた。医者は母の脈を取ったが、何も言わず、処方箋も書かず、帰って行った。

母の目は閉じられており、再び開くことはなかった。

わずか数行だが、作者の心の奥深くで起伏する思いを読者によく伝えている。同様のことは、蕭紅が『呼蘭河伝』で王大姐の死を描く際に見られる。彼女はこう書いている。

こうしたある夜、みつくちの馮《フォン》の女房が死んだ。あくる朝、カラスが渡ってゆくころ、野辺の送りをした。

〔立間祥介訳「呼蘭河の物語」三五〇頁〕

その後の野辺送りに関する具体的描写も、わずか数語で簡単に述べられているだけである。蕭紅作品ではこのような描写に少なからず出会う。表面的に見ると、簡素で平淡だが、実は作者は深く悲しんでおり、そのような感情は深淵の底の波となって木霊しているのだ。こうして見ると、素朴端麗さに濃厚深遠さを託すのは、関露と蕭紅に共通する特色のようである。

関露と蕭紅の間にある創作上のもう一つの共通点は、事実の要素が虚構よりも多い作品の場合は、すべて第一人称を用いて、文体が平明自然で、リアルで親近感を抱かせる点である。作者と語り手を完全に重ね合わせ、自伝的色彩を強化し、作品の説得力と真実性を強めているのである。

前述の差異と共通性のほかに、実は関露と蕭紅の作品の思想芸術における風格の最大の差異は「灼熱」と「深沈」との違いとまとめることもできよう。

関露は職業革命家兼作家であり、中国共産党の党員でもあり、常に党組織の指示に従い、秘密戦線工作に関わっており、それと同時に大量の詩歌を創作し、多くの小説と論争的エッセーを書いた。彼女が考えるに、詩歌とは「歴史の発展と人の暮らしの前進を促す」ための「戦闘用の武器」であり、このためその詩作は資本家の搾取と欺瞞を暴露し、労働者の苦しみと闘いを表現し、革命家の強靭なる勇気を賛美し、敵に投降する売国奴の無恥を批判し、強烈な時代の息吹と灼熱の愛国心を抱き、直接に民族革命解放戦争に参加するものである。灼熱が彼女の作品の主な風格なのである。このほか、関露が書いた女性に関する論争的エッセーは、やはり灼熱の思いで、勇敢にも自らの女性観を本音で語っている。たとえば唐代の女性皇帝武則天の政治的才覚を大胆に称讃し、愛なき結婚への批判を公開し（「離婚論」）、女性の殉死や貞操観を非難し（「貞操と恋愛至上主義〔原題：貞操与恋愛至上〕」）、敢えて潘金蓮のためにまで不服を表明し（「潘金蓮と「武松の兄嫁殺し〔原題：潘金蓮与「武松殺嫂」〕」）、女性を「花瓶」と見なすことに反対する（「職業女性と無業女性〔原題：職業婦女与無職業婦女〕」）などした。

関露とは反対に、蕭紅は無党派の作家である。蕭紅作品が主に探求しているのはその時代の女性の運命と人生の意義である。彼女は強烈な女性意識を抱きながら、女性の運命のために悲しみ、闘いの声を上げ、不平等に怒り、苦しみながら出口を模索して、「王阿嫂の死〔原題：王阿嫂的死〕」『生死場』『呼蘭河伝』などの不朽の名作を書いたのである。しかし、自らの人生体験をつなぎ合わせ、長年の沈思黙考を経て、彼女は最後に、女性の悲しむべき宿命はその時代には不可避にして逆転できぬものである、と考えるに至り、そうして『小城三月』などの作品でこのような考えを具体化して生き生きと表現したのである。疑いもなく、これは確かな歴史観に裏打ちされた、空間的境界を越えた重いテーマである。そのため作品の題材に深みがあり、思想内容にも深みがあり、タッチと芸術的風格にも深みがあるのだ。生きとし生けるものの内側には奥深さが隠されており、複雑な物語の背後には奥深さが潜んでいるのであり、静かに見える叙述の背景には奥深い物語が含まれているのだ。奥深さとは蕭紅の作品の最も重要な風格の一つなのである。

五.

以上の比較を通じて以下のことが理解できる。関露と蕭紅は共に二〇世紀初頭に生まれ、三〇年代に名を成した女性作家である。人生の境遇が異なるため、二人の人生は交わることはなく、創作においても直接交流には至らなかったが、二人は共に民族と社会から賦与された歴史的使命を自覚してこれを担い、作品の傾向を自我中心のものから広範な社会を対象とするものへと転換させ、彼女たちが生きた時代のために永遠の命を持つ記録を残した。関露が私たちのために「都市の煩悩」をより多く語ったと言うならば、蕭紅は私たちのために「農村の悲喜」をより多く描いたと言えよう。

関露と蕭紅はどちらも創作面において多才であった。蕭紅は小説により文壇で著名となったが、関露は「春」など広く愛誦された詩歌により読者に美しい記憶を残した。しかし蕭紅は同様に詩人気質を備えており、彼女は心の内を独白する詩作により読者を感動させただけでなく、小説が次第に詩と化していった傾向も彼女の詩人としての潜在的能力を示すものである。

そして故郷が二人の世界観察の独自な参照系となった。関露は「大我」文化の価値観を用いて都市文化を観察し批評したのであり、蕭紅は自我の家庭意識を用いて故郷の文化を批判した。

同じく女性作家であり、二人はフェミニストではなかったが、作品には鮮明な女性という性的特徴があった。職業革命家の関露と比べて、蕭紅の作品の方がより女性化しているというだけである。関露と蕭紅はもとより強い女性意識を抱いていたが、前述の通り二人の女性意識の表現はすべて同じであるわけではない。関露は主に散文形式で、直接かつ明確に大声で叫び、雄弁にして説得力のある理論を述べている。いっぽう蕭紅は主に小説を通じて、物語のプロットや人物形象を用いて、読者に自らの女性意識と女性観を会得させ感じさせている。

関露と蕭紅は共に民族的矛盾と社会的衝突の大波の中を勇敢に泳いでおり、その意味で彼女たちは幸運であったと言えよう。しかし同時に二人はそれぞれ不幸であった。蕭紅は戦争による八年の流浪ののちに異郷で客死し、夢に見続けた黒い大地には帰れなかった。そして関露は同じ陣営の仲間たちに誤解され、長期にわたる政治的迫害を受けたあと、苦しい生涯の幕を自ら閉じた。

二人の幸と不幸とが私たち民族の命運と血でつながっているからこそ、彼女たちが私たちに残した沈思黙考の作品は、閨房の些事と「お茶碗の中の嵐」を描いて流行作家となったような凡庸な女性の作品を遥かに越えているのである。私たちは二人の文学的業績を追想し、さらにその創作精神を継承してこそ、中国女性文学の新局面を開拓できるのである。

結び

蕭紅は中国現代文学史において属目される女性作家である。数十年来、学界は彼女の生涯と作品に関する研究を絶えることなく続けてきており、各種の研究成果は日増しに豊かになっている。しかし長期にわたり、政治環境や政治動向の影響を受け、伝統的文学観と研究理念の制約を受けて、蕭紅およびその作品に対する研究は、人々にとって霧の中での花見のようであり、彼女の文学の本質に迫ることは難しかった。改革・開放の春風は人々の思想を解放し、蕭紅研究に大いなる活気をもたらし、学界では新理念、新思考、新視点、新方法による蕭紅に対する新たな理解と評価が続々と試みられ、蕭紅研究は未曾有の繁栄を謳歌する局面が現れ、さらに国際的な「蕭紅ブーム」も出現し、衰えることなく続いている。

一九三〇年代を生きた蕭紅と彼女の作品は長い歳月を経てもなおも多くの人々の関心を呼び起こしており、これは一つの文学現象であるだけでなく、一つの社会の発展と、社会の進歩と密接に関連する人文主義の現象であり、歴史の進化の過程で出現する哲学的批判の意義を持ち、人類文明の水準をさらに一歩高める社会的歴史的現象なのである。

本書は上述のような社会的文化的背景の下で執筆が開始され、一章一章と書き上げられたものである。筆者は先人の研究成果を継承したうえで、真理探求の学術的態度を堅持しつつ、社会・歴史・文化の伝統を頼りにして、中国近現代文学史を参照しつつ、蕭紅の人生とすべての作品（小説・散文・詩歌・書簡を含む）に対し改めてほぼ全面的に再検討と位置づけを行い、先人とは大いに異なる一系列の観点と結論を得た。これらの観点と結論は必ずしもすべて誤りなしというものではないであろうが、筆者の長年心血を注いだ研究の結晶であり、ここにおいて公刊し、学界の検証と批評を頂戴できることを幸いに存ずる次第である。

筆者は蕭紅の生涯に対する考察と研究を通じて、ある意味において彼女は「心は天よりも高く、命は紙よりも薄い」女性であると考えている。彼女は人生において、一人の女性が一生に出会うであろうあらゆる苦難を経験した。幼少期に母を失い、娘として成人してからは、父により家から放逐され、族籍を剥奪され、その後は流浪の苦しみを味わい、男性による侮辱に耐えねばならなかった。初めて人の母となったが、生計困難のために赤ちゃんを人手に渡さねばならず、その後二度妊娠したものの、不幸にして悲しい結果となった。「妻」として彼女は妊娠したが、残酷にも許嫁に遺棄され、さらには夫に「妻らしさ」に欠けた人と見なされ、夫の浮気に苦しみまたその暴力や心変わり、差別に耐えねばならず、夫婦間のもめごとを味わい尽くした。彼女は戦乱の世に生き、生存のために中国最北端の黒竜江省から流亡を始め、前後して北京、青島、上海、日本、武漢、臨汾、西安、重慶、香港などの地を転々として、三一歳の若さで異郷にて客死したのである。

蕭紅の作家生涯は前後一〇年足らずだが、小説、散文、詩歌など百余篇と多作で、その中でも小説が最もよく読まれている。筆者は蕭紅の作品に対し全面的分析を行い、その思想的芸術的特徴を総括した。

蕭紅の人生と結び付けると、彼女の多くの作品が自叙伝と見なせることに気づく。蕭紅は私生活に関する語りにおいてはときに大いに韜晦しているが、彼女が表す情感と情緒は非常に真実味がある。蕭紅は関係する作品を通じて自分の人生と真の経験をさらに豊かな芸術的表現へと昇華した。このためときに蕭紅と彼女が描く人物とは情念において見つめ合うことにより、もう一つ別の意義が生じている——つまり蕭紅と彼女の女性主人公が実際に互いに主体となるのである。

蕭紅の多くの作品において、彼女自身と作品中の主人公とは実は一体であり、ときには作者が話して行動し、ときには主人公が話して行為し、二列の主題はしばしば語りを妨げるのである。「自我とは隠喩である」。フェミニズム批評の視点によれば、女性の創作は常に二重の声を伴っており、それは脱構築するにせよ再構築するにせよ男性文学の中から女性イメージを継承しているからである。女性作家が描くイメージは、ほとんどが「作者本人のイメージと重なり合う」のである。

魯迅は「悲劇は美しきものを壊してみせる」（魯迅は一九二五年二月発表の「再び雷峰塔の倒壊について（原題・再論雷峰塔的倒掉）」で「しかし舞台の上でのことだが、悲劇は人生の価値あるものを壊してみせ、喜劇はその無価値のものを引き裂いてみせる」と記している）と言っている。女性とは俗世における美の化身であり、浮世における悲劇の源泉でもある。女性は魂の奥深くにしばしば現実に対する独特にして時宜に合わぬかもしれぬ敏感さを有している。蕭紅の作品は、まさに女性のもがきと滅亡を赤裸々に人々に提示している。蕭紅という天賦の知恵と才覚に溢れた女性作家は、文壇に足を踏み入れて以来、彼女の独自性と周縁性を表現したのである。彼女がその時代の左翼作家と異なる点は、戦争を正面から直接描くことは稀で、長期にわたり「女性とは何か」という彼女に困惑と苦難をもたらした問題を注視していたことである。彼女は鮮やかにして「常識を越えた筆致」で、たゆまず女性の世界を描き続けた。彼女の文学作品は真の女性文学なのである。

蕭紅は「五・四新文学」後三〇年の女性作家グループの中で丁玲、羅淑、張愛玲らと共に第二世代に属するが、やや特殊な存在でもある。彼女の作品には強烈なリアリティーがあり、芸術性追求へのこだわりがあり、作品内容の先進性と独自の芸術性とを結合した完璧さにより近いという点で一頭地を抜いており、同時にその女性意識は最も強烈であった。彼女が時代のテーマを表現すると同時に、常に自らの女性としての立場と女性意識を失うことなく、女性への関心を忘れなかったことは、他の作家が蕭紅に及ばない点でもある。

蕭紅が描く人物は、男女を問わず、ほとんどが群像と記号化されたイメージで登場する。描かれる女性イメージは、しばしば独立した個人として生きているのではなく、男性世界の付属品なのである。女性がこの世界にやって来ても、単に棲息しているだけであり、彼女たちはかつて楽園を持っていたものの、最後には追放され、その後はひとりとして例外なく実家から婚家へ、楽園から地獄へと漂泊するのである。

蕭紅は常に人の生存状況に関心を寄せていた——特に女性の生存方式に対して。「人」とは彼女の筆においては活動的な主観的能動的な個体ではなく、一種の「物象化」した「他人」である。蕭紅は作品においてこのような本来の生存方式にあらざるものを否定すると同時に、本来の生存方式へのこだわりと追求を表現している。このようなこだわりと追求に訴える主体は、往々にして一群の女性であり、そして女性はこのような実現できないこだわりを男性の背に託すのだが、実際には男性こそこのこだわりの扼殺者なのである。

蕭紅はさらに女性の顔に被されていたやさしさというベールを外し、彼女たちの真の面目、真の内心、そして女性の欲望と争い、愛憎の情念を露わにして、家父長制文化が女性の身体に加えた自己定義を正すべく努力した。

蕭紅の語りの言語において、「裏庭」と「愛する人の翼」はこの世の苦しみから逃れる避難所であり、幸福のユートピアであり、「父の家」「天の暴風雨」とは強権、侮辱、威厳、抑圧の象徴であった。作品に繰り返し登場するこのひと組のイメージは、その作品を解読するための鍵である。

蕭紅の暮らしは長期にわたり漂泊の状態にあったため、「家」に対する憧憬と追求は生涯において彼女の創作の原動力となった。彼女の作品では、「家」は涙なくして考えられない永遠の夢であった。彼女は傷だらけの体験により、自らの幼少期の庭を守り、未来の美しく暖かな「家」を憧れていた。しかし裏庭の特別な雰囲気から離れると、蕭紅は永遠に愛を失ってしまったのである。

生涯、愛情を探し求めていた蕭紅が愛情を正面から描くことは稀であり、正面描写の女性像もほとんどなく、彼女が描くのはすべて愛するも得られぬ悲哀であり、貧困と無知と無理解が生命の青春を抹殺してしまう悲劇と愛なき人生である。

「常識を越えた筆致」と魯迅に称讃された大胆な性描写の中に溢れているのは、男性の女性に対する暴力であり、そこでは男性は荒っぽく横暴で、本能に駆られる迫害者として描かれるが、女性は例外なくこれを耐え忍びつつ、内心は敏感で永遠に美しい暮らしに憧れている。

蕭紅の小説を見渡すと、大量の死が描かれているという驚くべき現象に気づくだろう。彼女の前期の小説では女性の死者は主に暴力や虐待、貧困や戦争など、そのほとんどの死因は一目了然である。だが後期の小説、すなわち一九四〇年執筆の「裏庭」と絶筆作『小城三月』では、登場人物の死はそれまでの作品と明らかに異なり、特に『小城三月』における翠姨の死は単純にある悲劇的人物の個人的運命に関する描写ではなく、また作者の善良なる同情と感傷が語られているわけでもなく、読者を深い思索へと導く作者の思いが隠されているのだ——本来黙って旧習に従っていた深窓の女性が、ついに新文明に感化されて、無意識に恋愛結婚の欲望を抱き始める。これは女性が目覚める過程で最初に抱く鮮明な希望であるが、まさにこの新文明の恩恵による最初の人間的欲望こそが、女性に錯綜とした困惑と無力感をもたらすのである。翠姨の死というこの作品の結末から、私たちは次のような結論を導き出さざるをえない——作者の蕭紅が悲しみを抱きつつ悟ったことは、新文明が女性に贈る最初の贈り物とは、新たな生命ではなく、さらに一つ次元の高い困惑と新たな絶望なのである。

『小城三月』を中心とする女性登場人物の死の分析と研究および蕭紅の人生に対する考察を通じて、私たちは彼女の女性の生存意義に関する不断の探求を発見した。霊性の高い作家として、女性の運命に対する不断の探求と思索を行うに従い、蕭紅は人の本能的生活に対し疑いを抱き始める。彼女は自らの行動と手中の筆により一〇年近く激しく反抗したあと、次第に衝動的な人々から離れ、「吶喊〔ときのこえ〕」から「彷徨〔さすらい〕」へと転じて、誰も知らない、孤立無援の、寒冷荒漠とした孤独な旅を始めたのである。この道を歩む蕭紅は苦しむが、次第に理性的になっていった。彼女の思考領域はすでにある時代の苦難の日々という限定を越えていき、人の生命の意味を求めるうちに、特に女性の覚醒というテーマの探求に至ったのである。そのとき、彼女は次第に不安を覚え、彷徨し始めた。それは社会階級構造の改革だけでは女性の歴史的運命をすべて変えることは不可能であることを知ったからであった。

筆者が作家同士の比較研究により発見したのは、以下のことである――蕭紅の同時代の女性作家たちはすでに審美的眼差しを、伝統的な外在世界から女性の内心の情緒的世界へと転じており、これにより中国女性の限りなく秘密にされていた精神世界が、初めて何の憚りもなく、赤裸々に小説の中に突入してくることとなり、読者の眼前でまったく新しい女性心理の波動が一系列の情緒として展開された。そして蕭紅はさらに女性的な独自の視点からの洞察により、もとより不幸な女性の肉体、特に精神が受ける巨大な痛みを捉えていた。蕭紅は女性に恵まれているくもりのない視線により、愛しつつ抑圧されている女性の内心奥深くの最も激しい心情をも発掘した。封建的文人の好奇心丸出しの鑑賞、さらには汚れた視線とは異なり、また趣味的軽薄な嘲笑とも異なり、彼女の目には強い愛情と重い慨嘆の色が漂っていたのである。

蕭紅の作品には「女の国」は現れず、特に廬隠のような異性と隔絶された「女の国」は存在せず、題材も女性人物と女性の現実に特化するということもなかった。彼女の小説、特に代表作の『生死場』『呼蘭河伝』に登場するのは、しばしばあるグループの生存方式であり、ある「類」あるいは「群」の生活行為、思考言語である。そこには男性もいれば、女性もいる。

彼（彼女）らは来る日も来る日も、あたかもずっとこのように生きてきたかのようである。蕭紅は女性の体験を出発点として、果てしない人生へと拡張し、民族的、人類的な各方面を包含するのである。彼女は自らの体験、自らの苦痛を広い心で感じ、消化し、理解し、自分が個人的不幸や女性の苦痛、そしてグループの生存状態を一つに連係していく際の助けとするのであった。蕭紅は女性だけを書いているのではなく、人の群の中で活動している女性、特に苦労多く屈辱を受け被害を受けた女性を描いているのだ。ヒューマニズムと自らの屈辱と苦難の体験に基づき、女性の苦難を民族と人類の苦難の中に置いて表現するというのは、情理に適ったことである。

蕭紅の基本的な性格上の特徴と執筆上の特徴は彼女が全体的に感性的な作家であって、強い理性を持つ作家ではないことを示している。このため、彼女の作品の内容および創作の動機を分析するときには、蕭紅の文章の背後に隠されているある種の特殊な情緒の流れに特に留意する必要があり、この種の情緒の流れとは蕭紅を生涯にわたり苦楽と憂患、さらには彷徨と不安に導いた根源なのである。蕭紅の作品には固く果断な反伝統意識があるいっぽう、生命の意義自体に対し抱いた懐疑もあるのだ。当然のことながらこの種の思考傾向は蕭紅一人のものではなく、内外の著名な作家や思想家にもこのような現象はしばしば見られ、たとえばサルトル、ニーチェ、魯迅らはみな同様である。ここでは蕭紅も古今内外の多重の思考方式から影響を受けているのである。

筆者は蕭紅と魯迅の関係に関する考察を通じて、以下のように考える――中国現代作家たちの中にあって、魯迅を代表とする「父」の世代と蕭紅・蕭軍・胡風らを代表とする「子」の世代とは血脈が相つながり、精神が相通じ合っている。魯迅の配慮と援助がなければ現代文学史上で高い名声を得ている蕭紅はいなかった、と言えよう。蕭紅には魯迅ほど豊富な人生体験はなく豊かで体系的な教養学識もなかったので、魯迅のように多方面で貢献し、代表的な中国現代文化を牽引する大作家にはなりようもなかったが、蕭紅が「作家たちの創作の出発点は人類の愚かさに向き合うこと」と宣言したことからは、魯迅精神の真髄を理解し、魯迅創作の精髄を吸収していたと言えよう。

そして蕭紅も自らの創作により自らの宣言を実践したことを証明している。魯迅が高度な理性により生存の意味を探求した努力と比べると、蕭紅が苦労多き女性の苦難と悲哀に対し発した吶喊はさらに切迫しており、さらに質朴であり、感性的であり、原始的である。このような覚悟は蕭紅の思考体系において確かに存在している。

筆者はさらに蕭紅と丁玲・関露に関して、別個に深く系統的な比較研究を行った。蕭紅・丁玲・関露は共に中国現代文学史において著名な女性作家であり、しかも年齢も近く、同じ時代に活躍したが、出身家庭や生活体験、人生履歴、天賦の性格に違いがあった。彼女たちの作品には、多かれ少なかれ女性意識の表現と流露が見られ、またその時代の痕跡とその時代に対する深い思考が残されている。

しかし彼女たちの作品に表現され流露される女性意識にも異なるところがあり、彼女たちが関心を寄せた題材および創作内容、文体、芸術的特徴にもさまざまな差異が存在している。事物は比較してこそ識別できるのであり、それぞれの特殊性を理解でき、より深く本質的特徴を把握し示すことができるのである。蕭紅と丁玲・関露との比較研究を通じて、蕭紅の人生と作品の同時代の他の女性作家とは異なる特質をさらに明らかに析出することができることであろう。

筆者が考えるに、蕭紅は階級的抑圧や民族的災難、飢餓貧困、病気の女性に対する脅威を見ていただけでなく、ジェンダー意識の支配下で、女性自身が抜け出せない宿命について考え、女性の悲劇的生存を創り出しているさらに深い原因の一つが、伝統的家父長制、特に夫権の重圧であることを鋭く見抜いていた。

外在的な生活の苦難と内在的な思想的変化衝突を長年体験したあと、蕭紅は関連し制約し合う幾重もの矛盾に困惑させられた。女性の自己解放の過程において、客観的現実による障碍のほか、女性自身の主観的「惰性」も強大にして天敵であることを蕭紅は認識するに至っている。女性の「惰性」は深くて遠い歴史的文化的根源を持ち、目覚めて舞い上がった女性でも、彼女たちの体内には不可避的に歴史の遺伝子が残されているのである。蕭紅が痛切に意識したことは、生涯たゆまず「自己実現」を追求していた彼女自身も根絶できない「自己犠牲精神」を有している点である（これは家父長制文化を中心とする社会的思考方式が女性に現れたものである）。女性における人としての自己実現と自己犠牲との対立が、女性心理における歴史的に錯綜とした状態を形成しているのである。

蕭紅は生涯をかけて伝統文化の束縛を破り、自由な女性の理想的空間を勝ち取ろうとしたが、時代の変化はこの蕭紅の努力にいくらかの客観的契機をもたらしたものの、新女性および新女性文学の代表的人物のひとりとしての蕭紅は、伝統文化が知らず知らずのうちに彼女に与えた影響と誘導から抜け出すことはできなかった。

女性の運命に関する思索の分析・研究を通じて、蕭紅の文学における人生の探求は奥深く、同時代の大多数の女性（女性作家を含む）と比べると彼女の覚醒は先駆的であったことが理解できよう。そのため心の奥底の苦しみと共に常にいることはさらに重く逃れようのない苦しみを彼女に与えたのである。彼女はときに意志固くときに彷徨う。ときに自信に満ちときに無力感に打ちひしがれる。私たちは彼女の生命の軌跡と創作の流れにおいてしばしばこのような蕭紅を見る――すなわち旧道徳への反逆者、新女性の道への探求者。目覚めの過程で奮い立ち、目覚めたあとで憂鬱に襲われるのだ。女性の人格の独立を望むいっぽう、男性世界にも未練を残す。守られたいが、束縛はされたくない。安全を求めるが凡庸さは耐えられない。新しい人生を渇望しつつ古い情けが懐かしい……このように調整しがたくかつ相互作用・相互補助の多元的矛盾の中にあって、彼女は目覚めることにより自由を得たのだが、この自由は彼女を孤独にして、行くべき道を与えなかった。こうして彼女は魅惑の光芒を放つ思索の翼を時代の風雨の中で折り、不承不承、恨みと感傷、苦しみと不安を抱きながら、スーッとこの世を離れてしまい、人々に重い課題を残したのである。

もう一つ、説明すべきことがある。蕭紅後期の小説では伝統と反伝統が反発し合っているが、それは単純な文化観の衝突ではなく、彼女の失意の生涯に対する不満と無力感との創作における芸術的投影なのである。彼女が永遠の憧憬を抱いていたのは「温かみ」と「愛」であったが、結局は彼女が嫌う人には騙され、愛する人とは別れ、最後には愛していない人を選んでいる。彼女は自分が求めていた温かみを感じ取ることなく、孤独憂愁のうちに夭折した。青少年時代には伝統に反逆して族籍を剥脱されたが、臨終前には、「今では父に降服する、惨敗で、兜《かぶと》を棄てて敗走よ」と宣言している。かつて彼女は日本帝国主義に蹂躙され封建的伝統とその魔手に支配された東北の閉鎖的小都市からさんざん苦労して脱出して来たのだが、臨終前には「偽満〔「偽満州国」の略称で、日本が操る傀儡政府を指す〕に帰ろう」と決めたのである。

蕭紅はこう言っていた。「女性の天空は低く、羽翼は薄いが、しがらみは重いのだ。しかも困ったことに、女性には自己犠牲の精神が多すぎる。勇敢ではなく、臆病であり、長期にわたり助けもなく犠牲の状態に置かれていたので自己犠牲の惰性を備えてしまったことは、私にもわかっている。それでもこう考えざるをえない――私が何だというのか？　屈辱が何だというのか？　災難が何だというのか？　死さえもが何だというのか？　私にわからないのは、私とは結局一人なのか二人なのか、こう考えるのが私なのかそれともああ考えるのが私なのか。確かに、私は飛びたいのだが、同時にこう思う……墜落するだろう、と」。この言葉は実は蕭紅が自らの内心の葛藤の状況を描いたものである。

蕭紅が時代変革の激流の中で幾度も浮沈を繰り返すようすは、伝統と未来の二つの天秤《てんびん》の皿で一つの魂の重みを量るのを象徴するかのようであった。彼女の一切の困惑は私たちに伝統に対する遥かなる思いを掻き立てるが、蕭紅の小説のヒロイン翠姨の死にしても現実における蕭紅の死にしても、どちらも個人の「目覚め」と集団との「密室」における衝突では、個人がしばしば犠牲者となり遣り場のない恨みと無力感と絶望感を抱く点を無情にも証明しているのである。

長年の外在的および内在的な思想の衝突を経験する中で、蕭紅が耐えた重みの一つは、伝統の有形無形の圧力である。彼女の薄い翼は、ついに伝統の土煙を突き抜けて、温かい愛の天国まで飛ぶことはできなかった。そのため蕭紅後期小説の登場人物の運命の輪廻は、作家自身の迷い、苦しみ、彷徨を反映すると同時に、中国の婦人解放の過程におけるさらに深層にある問題を如実に反映しているのだ。

筆者が思うにいわゆる伝統は、動いている文化的実体と考えるべきであり、相対的に安定している社会構造において確乎として存在しており、伝統の変化は一般に緩やかで温和である。時代の歩みが歴史法則の急流に踏み込むとき、既知の文化的雰囲気に対する倦怠感と反逆の中で、未知の文化への憧憬と期待の中で、新旧文化勢力がせめぎ合う隙間にいる開拓者は、しばしば最後にはやむなく自らを心情的にも理念的にも同時に時代を越える悲哀の体験者に創り上げるのだ。

この悲哀そのものとは、歴史的意義から見れば、その時代に対する最も貴い貢献であり、同時に後人のためにその時代思索全体の進化の過程の明晰な輪郭と典型的な証拠を残すものである。それゆえ私たちは蕭紅がこのような悲哀の体験者であると同時に、それ以上に開拓者であると言えるのだ。蕭紅が「転落」したのちに流した思想の「血液」は、新旧文化の「父子二代」をじかに接続している。この「父子二代」は文化理念的に猛烈な対立関係にあるが、錯綜とした血縁関係と解きがたい百年の恩讐関係とを凝結している。この歴史的深層意識への目配りを忘れると、主観的で一面的な判断と評価を安易に下すことになり、蕭紅個人の「転落」と「下り坂」現象に対し一面的理解を抱きかねないのである。

蕭紅は一人の女性作家として、時代の周縁にいるという意識により、党派闘争を歴史的背景とする各種団体と距離を保っていたが、これも彼女がかつて軽視され忘れられていた原因の一つであり、七〇年代後期に始まる経済改革、八〇年代後期の女性は家に帰ろう論、および九〇年代女性のさまざまな困惑は、すべて蕭紅研究が明らかに現実的意味を持つことを表明するものである。今日新たに彼女を理解することは、人々が女性解放の過程や方法に対し、合理的客観的な認識と選択を行うことを意味する。蕭紅という遅れて来た研究課題の真の意義はあるいはここにあるのかもしれない。

この歴史的な展開は、少数の専門家が大いに慈悲の心を傾けた結果ではない。「蕭紅現象」はヒューマニズム文学が中国文化史に生まれる過程とその影響および作用の再認識であった。こうして、ヒューマニズムの立場から人間生存の意味と女性の運命とを久しく必死に思索し探究した蕭紅という女性作家が、自ずと人々に尊敬され注目されるようになったのである。

前世紀の蕭紅作品は現代文学の各種のテーマ――個人、階級、民族、父と子、啓蒙と救国、国民性改造など――を体現していたが、その中でも最も突出し生命力を持つのが女性である。その作品は五・四新文学の反帝愛国の伝統を継承したうえで、魯迅の文学による国民精神改造という批判的リアリズム精神を発揚している。階級的抑圧、民族的抑圧というその時代のテーマに触れるだけでなく、「生まれ育った」この黒い大地の随所に見られる原始的な愚昧で野蛮な悪習を厳しく暴露し、中国女性の生存環境に対し特殊で系統的な関心を示してもいる。これが「蕭紅ブーム」出現の主要な原因である。

蕭紅の天賦の才能とは「哲学」的ではないことは明らかであるが、彼女は哲学的な直感と鋭敏さを持っている。蕭紅の作品は現代人をも大いに啓発し、再読の価値がある。蕭紅がその作品で論じている「女性の生、老、病、死」や「女性と家」「女性と愛」「女性意識」などの問題は、特定の時代と空間においてのみ存在し、意味を有する社会的テーマでは決してなく、女性や人間をめぐる時空を越えた永遠の基本的命題なのである。彼女が描き出す女性イメージや人生の各場面、女性に関する命題は、宿命論や本質探究の意義を備えている。すなわち男性作家や一部の女性作家が女性問題を一つの社会問題として考察し解決しようとしていたときに、蕭紅が関心を寄せたのは女性の人生の本質的生存方式であり、女性に共通する悲劇的運命とこの運命の不可避性を描き出したのであった。

まとめれば、中国女性文学史において、蕭紅は女性意識が極めて強い作家であった。彼女は主観的、抒情的な天才的女性作家として出現した。彼女が心血を注ぎ、霊肉を融合した作品には、絶大な文化的意味と深刻な人生哲理が内蔵されており、男性テクストには欠けている女性的主体性が表現されている。彼女は小説、散文、詩歌の間に介在する文学様式を創造しただけでなく、女性の生存の困難な状況と生死が繰り返される生命体験を提示した。彼女の文学は中国現代文学史における優れた遺産であり、手本であり、一里塚であり、時空の限界を越えて、読者に豊かな滋養と永遠の啓示を与えているのである。

原注

第一章　蕭紅研究の概況と課題

（1）エドガー・スノー『活的中国（生きている中国）――中国当代小説選』（*Living China Modern Chinese Short Stories*）付録。
（2）茅盾「蕭紅的小説『呼蘭河伝』」、『東北民報』一九四六年一二月六日掲載。
（3）駱賓基『蕭紅小伝』、上海『文萃』に連載後、一九四七年七月、上海・建文書店より出版。
（4）原綴：Howard Goldblatte〔中国語名は葛浩文〕。
（5）結婚後に平石淑子と改姓。東京・大正大学教授を経て、現在は東京・日本女子大学教授。
（6）黒竜江省作家協会『創作通訊』一九八一年第四期。
（7）葛浩文『蕭紅評伝』「序」、ハルピン・北方文芸出版社、一九八五年三月。
（8）葛浩文「「蕭紅与美国作家」補遺」、『華僑日報』一九八〇年二月一一日掲載。
（9）平石淑子は『蕭紅研究』により東京・お茶の水女子大学にて博士学位を取得し、同作を二〇〇八年二月、東京・汲古書院より出版した。
（10）秋山洋子「ふたりの女流作家」『世界女性史17　中国Ⅱ　革命の中の女性たち』東京・評論社、一九七九年六月。
（11）川俣優「蕭紅の『呼蘭河伝』について」『法政大学教養部紀要』四一、外国語学・外国文学編、一九八二年一月。
（12）堀田洋子「蕭紅の『散文』について」『杏林大学外国語学部紀要』一六、二〇〇四年。
（13）子夏「夢中我們曾相会」（上海『文学報』一九九〇年一一月一五日）より再引用。
（14）高小蘭「評劇電視劇『生死場』強調生活化」『文芸報』二〇〇八年一月一〇日。
（15）楊建国「女作家蕭紅成為研究熱門」上海『新民晩報』一九九六年七月二四日。その後さらに数作の伝記が新たに出版されており、冊数は筆者の新たな統計結果である。
(16) 鄒午蓉「独特的視角，深切的憂憤」『現代作家作品評論』(南京・江蘇教育出版社、一九九四年一〇月) 収録。
(17) 曹利群「時代、女性関懐和女性文本」『中国現代文学研究叢刊』一九九九年第二期。
(18) 注 (17) と同じ。
(19) 胡風「『生死場』読後記」『蕭紅全集』ハルピン・哈爾浜出版社、一九九八年一〇月。
(20) 杜玲「論蕭紅「越軌的筆致」」『中国現代文学研究叢刊』一九九七年第四期。
(21) 范智紅「従小説写作看蕭紅的世界観与人生観」『中国現代文学研究叢刊』一九九二年第三期。
(22) 沈衛威「東北的生命力与東北的悲劇」『中国現代文学研究叢刊』一九八九年第四期。
(23) 陳潔儀「『馬伯楽』対「抗戦文芸」的消解方式」『中国現代文学研究叢刊』一九九九年第二期。
(24) 楊義『中国現代小説史』第二巻、北京・人民文学出版社、一九八八年一〇月。
(25) 蕭紅『商市街』上海文化生活出版社、一九三六年八月。
(26) 蕭紅「橋」『散文小説合集』収録、上海文化生活出版社、一九三六年一一月。
(27) 『蕭紅散文』香港・大時代書局、一九四〇年。
(28) 蕭紅『回憶魯迅先生』重慶婦女生活社、一九四〇年七月。
(29) 范培松『中国現代散文史』南京・江蘇教育出版社、一九九三年九月。
(30) 「蕭紅自集詩稿」『中国現代文学研究叢刊』一九八〇年総第四輯。
(31) 平石淑子「有関蕭紅在東京的事迹調査」『北方文学』一九八四年第一期。
(32) 盧瑋鑾「蕭紅在香港発表的文章」香港『抖擻』第四〇期、一九八〇年九月。
(33) 丁言昭「蕭紅在上海事迹考」『東北現代文学史料』第四輯、一九八二年三月。
(34) 肖鳳『蕭紅伝』天津・百花文芸出版社、一九八〇年一二月。
(35) 丁言昭『蕭紅伝』南京・江蘇文芸出版社、一九九三年九月。

(36) 秋石『蕭紅与蕭軍』上海・学林出版社、一九九九年一二月。
(37) 秋石『両個倔強的霊魂』北京・作家出版社、二〇〇〇年一二月。
(38) 肖鳳『蕭紅蕭軍』北京・中国青年出版社、一九九五年一月。
(39) 謝霜天『夢回呼蘭河』台北・爾雅出版社一九八二年二月。
(40) 慧心・松鷹『落紅蕭蕭』成都・四川人民出版社、一九八三年六月。
(41) 葛浩文『蕭紅評伝』ハルピン・北方文芸出版社、一九八五年三月。
(42) 譚桂林「論蕭紅創作中的童年母題」『中国現代文学研究叢刊』一九九四年第四期。
(43) 陳潔儀「論蕭紅『商市街』四個重要的空間意象」『中国現代文学研究叢刊』一九九八年第二期。
(44) 茅盾「論蕭紅的『呼蘭河伝』」『文芸生活』一九四六年八月。
(45) 艾暁明「女性的洞察」『中国現代文学研究叢刊』一九九七年第四期。
(46) 蕭紅一九四〇年六月二四日華崗信に致す。
(47) 秦林芳「魯迅小説伝統与蕭紅小説創作」『魯迅研究月刊』二〇〇〇年第一期。
(48) 秋石『蕭紅与蕭軍』を指している。
(49) 魯迅「『生死場』序」、『蕭紅全集』(ハルピン・哈爾浜出版社、一九九八年一〇月)収録。
(50) 邱仁宗等『中国婦女与女性主義思潮』北京・中国社会科学出版社、一九九八年一二月。
(51) 逢増玉「淪陥時期東北女作家小説創作的基本軌跡」『中国現代文学叢刊』一九九三年第一期。
(52) 劉式訳『泰西礼俗新編』上海・中新書局、一九〇七年。
(53) 謝冰心「『関于女人』後記」銀川・寧夏人民出版社、一九八〇年一二月。
(54) 毅真「幾位当代中国女小説家」、黄人影編『当代中国女作家論』(上海・光華書店、一九三三年)収録。
(55) 孟悦・戴錦華『浮出歴史地表』鄭州・河南人民出版社、一九八九年七月。
(56) 注(16)と同じ。

(57)注(17)と同じ。
(58)金小玲「女性人文主義視域下的蕭紅」『浙江師大学報・社会科学版』二〇〇一年第三期。
(59)朱錦花「女性低空下的吟唱——蕭紅前期作品女性特徴探微」『上海師範大学学報・社会科学版』二〇〇一年第六期。
(60)趙樹勤「尋找家園的孤独之旅——論20世紀女性文学的逃離主題」『江蘇行政学院学報』二〇〇二年第一期。
(61)劉麗奇「蕭紅作品中的女権思想」『北方論叢』二〇〇二年第五期。
(62)林幸謙「蕭紅小説的妊娠母体和病体銘刻——女性叙述与怪誕現実主義書写」『清華大学学報』二〇〇一年第三期。
(63)林幸謙「蕭紅小説的女体符号与郷土叙述——『呼蘭河伝』和『生死場』的性別論述」『南開学報』二〇〇四年第二期。
(64)林幸謙「蕭紅早期小説中的女体書写与隠喩」『南京師範大学学報』二〇〇四年第四期。
(65)孫麗玲「自然的和綺麗的——蕭紅張愛玲小説語言、色彩比較」『曲靖師範学院学報』二〇〇三年第三期。
(66)劉軍「魯迅影響下的蕭紅与張愛玲」『佳木斯大学社会科学学報』二〇〇五年第三期。
(67)宋剣華、楊姿「女性悲劇命運的自我言説——廬隠、蕭紅、張愛玲小説創作的文本意義」『求是学刊』二〇〇六年九月。
(68)張慶玲「丁玲与蕭紅作品中女性意識的関照視角」『遼寧教育行政学院学報』二〇〇五年七月号。
(69)柴平「女性的痛覚:孤独感和死亡意識——蕭紅与伍尓夫比較」『外国文学研究』二〇〇〇年第四期。
(70)林賢治「林賢治談蕭紅——〝自由〟追求的悲劇困境」『新京報』二〇〇九年二月二一日。

第二章　蕭紅の生涯——苦しい人生の旅

(1)茅盾「『呼蘭河伝』序」、『蕭紅全集』(ハルピン・哈爾浜出版社、一九九八年一〇月)所収。
(2)肖鳳『蕭紅蕭軍』(北京・中国青年出版社、一九九五年一月)五頁では蕭紅は「一九一一年六月二日(旧暦五月初五端午節)生まれ、と記されている。査張耘、劉大敏等編『大事紀要百年暦』(北京・農村読物出版社、一九九〇年五月)、中国科学院紫金山天文台編『大衆万年暦』(上海・上海科学技術出版社、一九九四年一〇月)は共に一九一一年旧暦五月初五は六月一日と明記している。

（3）蕭紅「永久的憧憬和追求」、『蕭紅全集』収録。
（4）白執君「蕭紅身世真相大白」、『文学報』一九八四年八月三〇日掲載。
（5）蕭紅「初冬」、『蕭紅全集』収録。
（6）注（5）と同じ。
（7）蕭紅『呼蘭河伝』、『蕭紅全集』収録。
（8）注（7）と同じ。
（9）蕭紅「祖父死了的時候（祖父が亡くなった頃）」、『蕭紅全集』収録。
（10）注（3）と同じ。
（11）注（3）と同じ。
（12）〔蔣〕錫金「蕭紅和她的『呼蘭河伝』」、『長春』一九七九年第五期掲載。
（13）注（1）と同じ。
（14）蕭紅「春曲」、『跋渉』（ハルピン・五画印刷社、一九三三年一〇月）収録。
（15）注（14）と同じ。
（16）王恩甲とする学者もいるが、長年統一見解には至ってない。本書では何宏「関于蕭紅的未婚夫汪恩甲其人（蕭紅のフィアンセ汪恩甲という人）」（孫延林編『蕭紅研究』第一輯、ハルピン・哈爾浜出版社、一九九三年九月）の中の蕭紅の同級生の説を採用し、統一して「汪恩甲」と称することにした。
（17）蕭紅の親友で学友の劉俊民によれば、蕭紅は法廷に汪家を提訴し、彼の長兄が結婚の邪魔立てをしたため、汪恩甲は蕭紅との離婚を宣言せざるをえなかったと非難しており、裁判所も法廷でそれを認め、裁判所に公布した（劉俊民口述、何宏整理「我的同学蕭紅」孫延林編『蕭紅研究』第一輯を参照）。その後、二人の関係は失効した。この説は以前の研究者の定説と大いに異なっており、注目に値する。
（18）蕭軍『蕭紅書簡輯存注釈録』ハルピン・黒竜江人民出版社、一九八一年一月。

(19) 注(18)と同じ。
(20) 張琳「憶女作家蕭紅二三事」、王観泉編『懐念蕭紅』(ハルピン・黒竜江人民出版社、一九八〇年二月)収録。
(21) 孟希口述、何宏整理「蕭紅遇難得救」、『東北現代文学史料』第五輯(一九八二年八月)掲載。蕭紅の救出方法に関しては、幾つかの説がある。舒群の説明は以下の通り。「まもなくハルピンには大水が溢れ、誰もが避難に忙しく、例の旅館は三階建てであったが、すでに床上浸水していた。旅館の主人は家財道具を守るのに必死で、彼が監視していた「人質」に対しては、当然のことながら、警戒を緩めていた。私と蕭軍とはこの機会に乗じて「ダグラス・フェアバンクス」(一八八三〜一九三九、アメリカの俳優)を演じた……この六か月間も幽閉されてきた旅館から彼女を秘かに連れ出したのだ!」(注(20)と同じ)。方未艾の説明は以下の通り。「蕭紅は八月六日に柴積み舟に乗って旅館を離れ、下船後は蕭軍を訪ねて道里の斐さんの家に行った。蕭軍はこの日の午前、舟に乗って東興順旅館まで蕭紅に会いに行ったが、会えず、斐さんの家まで戻って、ようやく蕭紅に会えたのだった。舒群によれば彼は旅館の一階でひと晩過ごしたというが、それはありえないこと、前後の説明が矛盾しており、彼の世迷い言を事実と思い込んだ人がおり、広まったのであろう(王徳芬「伝記必須真実」、『文学報』一九九四年一〇月一三日掲載)。もう一つ、説がある。「一九三二年夏の洪水で、蕭紅が住んでいた旅館が浸水する恐れが出てきたので、裴さんが旅館の主人と掛け合い、半額払って借金を帳消しにしてもらい、蕭紅を請け出し、裴家に転居させた」(司馬桑敦「三郎、悄吟的「跋渉」歳月」香港『明報月刊』一九八一年三月号)。
(22) 注(18)と同じ。
(23) 蕭紅「餓」、『蕭紅全集』収録。
(24) 蕭紅「搬家(引っ越し)」、『蕭紅全集』収録。
(25) 注(18)と同じ。
(26) 蕭紅「広告員的夢想」、『蕭紅全集』収録。
(27) 蕭紅「同命運的小魚」、『蕭紅全集』収録。
(28) 蕭紅「最後的一个星期」、『蕭紅全集』収録。

(29) 注(18)と同じ。
(30) 注(18)と同じ。
(31) 西蒙・波伏娃(シモーヌ・ド・ボーヴォワール)『第二性』長沙・湖南文芸出版社、一九八六年、四七六頁〔『決定版 第二の性 Ⅱ体験』(中嶋公子・加藤康子 監訳、新潮社、一九九七年四月)五六四頁の該当部では以下のように訳されている。「男が手にする特権、子どもの頃から自分にあると感じている特権、それは人間としての使命が男としての運命を制約しないということである。男根《ファルス》と超越の同一視によって、社会的、精神的成功が男に男性的威信を与えることになるのだ。男は分裂していない。一方、女には、女らしさを完成させるために、自分を客体、獲物にすること、つまり絶対的主権をもつ主体としての要求をあきらめることが求められる。まさに、この葛藤が、解放された女の状況をとりわけ特徴づけているのだ」〕。
(32) 蕭紅「一个南方的姑娘」、『蕭紅全集』収録。
(33) 一狷「蕭紅死後——致某作家」『千秋』創刊号、一九四四年六月。
(34) 注(33)と同じ。
(35) 注(33)と同じ。
(36) 注(33)と同じ。
(37) 注(33)と同じ。
(38) 注(33)と同じ。
(39) 注(33)と同じ。
(40) 陳涓一九八一年五月一九日丁言昭宛て書簡。
(41) 注(33)と同じ。
(42) 駱賓基『蕭紅小伝』上海・建文書店、一九四七年九月。
(43) 注(18)と同じ。
(44) 蕭耘・建中『蕭軍与蕭紅』北京・団結出版社、二〇〇三年七月。

(45)注(44)と同じ。
(46)許広平「追憶蕭紅」、王観泉編『懐念蕭紅』(注(20)と同じ)収録、原載『文芸復興』巻六、一九四六年七月一日。
(47)梅志「「愛」的悲劇——憶蕭紅」、梅志『花椒紅了』(北京・中国華僑出版社、一九九五年九月)収録。
(48)蕭紅一九三六年一二月末蕭軍宛て書簡、『蕭紅全集』収録。
(49)聶紺弩「在西安」、王観泉編『懐念蕭紅』(注(20)と同じ)収録。
(50)注(47)と同じ。
(51)注(18)と同じ。
(52)注(42)と同じ。
(53)注(47)と同じ。
(54)倪美生「蕭紅遺物的几点説明(蕭紅遺品に関する数点の説明)」『北方論叢』第四輯。
(55)注(46)と同じ。
(56)蕭紅「苦杯」、『蕭紅全集』収録。
(57)注(18)と同じ。
(58)注(18)と同じ。
(59)注(18)と同じ。
(60)注(42)と同じ。
(61)蕭軍『人与人間』北京・中国文聯出版社、二〇〇六年六月。
(62)曹革成『我的嬸嬸蕭紅(私の叔母蕭紅)』付録、長春・時代文芸出版社、二〇〇五年一月。
(63)注(49)と同じ。
(64)秦牧「漫記端木蕻良」『花城』第七集、一九八〇年一二月。
(65)注(64)と同じ。

(66) 鍾耀群『端木与蕭紅』北京・中国文聯出版社、一九〇八年一月。
(67) 注(49)と同じ。
(68) 梅林「憶蕭紅」、王観泉編『懐念蕭紅』〔注(20)と同じ〕収録。
(69) 注(64)と同じ。
(70) 周鯨文「憶蕭紅(蕭紅を思う)」、『蕭紅自伝』(南京・江蘇文芸出版社、一九九六年一〇月)収録、。
(71) 劉以鬯『端木蕻良論・周鯨文先生談端木蕻良』香港・世界出版社、一九七七年。
(72) 靳以「悼蕭紅」、王観泉編『懐念蕭紅』〔注(20)と同じ〕収録。
(73) 注(47)と同じ。
(74) 注(66)と同じ。
(75) 国興「文壇馳騁聯双璧(共に疾駆する文壇)」、『鉄嶺師専学報』一九九四年第一期掲載。
(76) 注(66)と同じ。
(77) 注(42)と同じ。
(78) 注(68)と同じ。
(79) 〔孔〕羅蓀「憶蕭紅」、王観泉編『懐念蕭紅』〔注(20)と同じ〕収録。
(80) 〔蔣〕錫金「蕭紅和她的『呼蘭河伝』」、王観泉編『懐念蕭紅』〔注(20)と同じ〕収録。
(81) 注(66)と同じ。
(82) 方蒙「送端木蕻良遠行」、『人民日報』一九九六年一一月一三日掲載。
(83) 欧陽翠「読『蕭紅小伝』」、『時代日報』一九四七年九月八日掲載。
(84) 正端「我読『蕭紅小伝』」、『時代日報』一九四七年九月一日掲載。
(85) 注(84)と同じ。
(86) 駱賓基の一九八〇年六月一五日丁言昭宛て書簡。本書簡および以下引用の各書簡は、すべて丁言昭の提供による初公開のものであり、謹んで感謝の意を表したい。

(87) 柳無垢「憶蕭紅」、曹革成『月光曲・在蕭紅最後的日子里（月光曲・蕭紅最後の日々）』（北京・作家出版社、一九九九年六月）より再引用。

(88) 柳亜子「記蕭紅女士」、王観泉編『懐念蕭紅』（注（20）と同じ）収録。

(89) 駱賓基の一九八〇年四月一六日丁言昭宛て書簡。

(90) 駱賓基の一九八〇年七月四日丁言昭宛て書簡。

(91) 許小為「蕭紅最後的日子——駱賓基晩年旧事重提（蕭紅最後の日々——駱賓基が晩年再び語った過去）」、『工人日報』一九九四年一〇月九日掲載。

(92) 張慕辛の端木蕻良宛て書簡。曹革成『月光曲・在蕭紅最後的日子里』より再引用。

(93) 注（88）と同じ。

(94) 駱賓基の一九八〇年四月九日丁言昭宛て書簡。

(95) 注（42）と同じ。

(96) 注（70）と同じ。

(97) 劉以鬯「小伝・評伝・旧体詩」、香港『海洋文芸』一九七九年掲載。

(98) 注（89）と同じ。

(99) 端木蕻良の一九八〇年六月二五日アメリカの研究者H・ゴールドブラッド（葛浩文）との談話記録、欧陽翠「読『蕭紅小伝』」、『時代日報』一九四七年九月八日掲載より再引用。

(100) 注（42）と同じ。

(101) 注（42）と同じ。

(102) 注（42）と同じ。

(103) 注（42）と同じ。

（104）注（91）と同じ。
（105）注（42）と同じ。
（106）駱賓基の一九八〇年六月二三日丁言昭宛て書簡。
（107）趙淑俠「東北文壇三老之間的恩恩怨怨」、『文摘周報』一九九七年六月九日掲載。
（108）曹革成「人去楼空斯言永存（人去りて楼は空しくとも、その言葉永久《とわ》に存す）」、曹革成『月光曲・在蕭紅最後的日子里』収録。
（109）注（47）と同じ。
（110）聶紺弩「回憶我和蕭紅的一次談話――『蕭紅選集』序」『新文学史料』一九八一年第一期。
（111）注（44）と同じ。

第三章　蕭紅の文学作品における女性観

（1）蕭紅「棄児」、『蕭紅小説全集』（北京・中国文聯出版、一九九六年五月）収録。
（2）蕭紅『生死場』、『蕭紅全集』（ハルピン・哈爾浜出版社、一九九八年一〇月）収録。
（3）蕭紅「王阿嫂的死」、『蕭紅全集』収録。
（4）注（1）と同じ。
（5）蕭紅「看風箏」、『蕭紅全集』収録。
（6）蕭紅「両箇朋友」、『蕭紅全集』収録。
（7）蕭紅「餓」、『蕭紅全集』収録。
（8）蕭紅『呼蘭河伝』、『蕭紅全集』収録〔本訳書では立間祥介訳「呼蘭河の物語」（『中国現代文学選集7　抗戦期文学集1』平凡社、一九六二年九月）より引用。ここは二〇八～二〇九頁〕。
（9）注（2）と同じ。

（10）注（8）と同じ〔立間祥介訳「呼蘭河の物語」二二七頁〕。
（11）注（8）と同じ〔立間祥介訳『呼蘭河の物語』三五〇頁〕。
（12）注（8）と同じ〔立間祥介訳「呼蘭河の物語」三〇六頁、三〇九頁〕。
（13）蕭紅書簡、『蕭紅全集』収録。
（14）「現実文芸活動与〈七月〉――座談会記録」、『蕭紅全集』収録。
（15）蕭紅「初冬」、『蕭紅全集』収録。
（16）〔蔣〕錫金「蕭紅和她的『呼蘭河伝』」、『長春』一九七九年第五期掲載。
（17）蕭紅「後花園」、『蕭紅全集』収録。
（18）蕭紅「失眠之夜」、『蕭紅全集』収録。
（19）蕭紅「他的上唇挂霜了（彼の上唇に着いた霜）」、『蕭紅全集』収録。
（20）茅盾「『呼蘭河伝』序」、『蕭紅全集』収録。
（21）蕭紅「永久的憧憬和追求」、『蕭紅全集』収録。
（22）蕭紅「祖父死了的時候（祖父が亡くなった頃）」、『蕭紅全集』収録。
（23）蕭紅「過夜」、『蕭紅全集』収録。
（24）蕭紅「搬家（引っ越し）」、『蕭紅全集』収録。
（25）蕭紅「最末的一块木柈」、『蕭紅全集』収録。
（26）袁大頓「懐蕭紅――紀念她的六周年祭」、『星島日報』一九四八年一月二二日掲載。
（27）劉小楓『詩化哲学』済南・山東文芸出版社、一九八六年一〇月。
（28）注（21）と同じ。
（29）胡風「『生死場』読後記」、『蕭紅全集』収録。
（30）この大胆な描写の一場面は「麦場（麦打ち）」という題名で『国際協力報』に発表されたが、一九三五年の『生死場』発表時には削除された。のちに『生死場』に収録された。『蕭紅全集』を見よ。

(31) 注(2)と同じ。

(32) 注(2)と同じ。

(33) 日本の学者はかなり初期に鋭くもこの言葉とその含意に注目している。たとえば秋山洋子「ふたりの女流作家」(『世界女性史17 中国Ⅱ 革命の中の女性たち』東京・評論社、一九七九年六月)、平石淑子『蕭紅研究』などの論文はこの問題にも触れている。

(34) 注(2)と同じ。

(35) 蕭紅「煩擾的一日(面倒な一日)」、『蕭紅全集』収録。

(36) 注(22)と同じ。

(37) 西蒙・波伏娃(シモーヌ・ド・ボーヴォワール)『第二性——女人』長沙・湖南文芸出版社、一九八六年一二月。

(38) 盛英主編『二十世紀中国女性文学史』天津・天津人民出版社、一九九五年六月。

(39) 皇甫暁濤『蕭紅現象』天津・天津人民出版社、一九九一年八月。

(40) 蕭紅『小城三月』、『蕭紅全集』収録。

(41) 尾坂徳司『蕭紅伝——ある中国女流作家の挫折』東京・燎原書店、一九八三年、三〇五頁。

(42) 李重華「『小城三月』的思想性与人物来源漫談」、『蕭紅研究』(ハルピン・哈爾浜出版社、一九八三年)収録。

(43) 「抗戦以来的文芸活動動態和展望」『七月』第七期(一九三八年一月一六日)掲載。

(44) 丁言昭『蕭紅伝』南京・江蘇文芸出版社、一九九三年九月。

(45) 蕭紅「紅玻璃的故事」、『蕭紅全集』収録。

(46) 聶紺弩『脚印』北京・人民文学出版社、一九八六年三月。

(47) 蕭紅「沙粒・三十四」、『蕭紅全集』収録。

(48) 蕭紅「沙粒・二十」、『蕭紅全集』収録。

(49) 蕭紅「沙粒・三十三」、『蕭紅全集』収録。
(50) 蕭紅「沙粒・二十七」、『蕭紅全集』収録。
(51) 蕭紅「失眠之夜」、『蕭紅全集』収録。
(52) 注(46)と同じ。
(53) 張愛玲「走! 走到楼上去(さあ出て行こう、二階へと)」、『張愛玲散文全編』(杭州・浙江文芸出版社、一九九二年七月)収録。

第四章　蕭紅と同時代作家

(1) 魯迅「未有天才之前」、『魯迅全集 第一巻』「墳」(北京・人民文学出版社、一九八一年一二月)収録(邦訳は北岡正子訳「天才の出るまえ」、『魯迅全集 1』(東京・学習研究社、一九八四年一一月)収録)。
(2) 魯迅「『近代世界短篇小説集』小引」、『魯迅全集 第四巻』「三閑集」(北京・人民文学出版社、一九八一年一二月)収録(邦訳は松井博光・中野清・三木直大、『魯迅全集 5』(東京・学習研究社、一九八五年四月)収録)。
(3) 蕭軍『蕭紅書簡輯存注釈録』ハルピン・黒竜江人民出版社、一九八一年一月。
(4) 蕭軍「我們第一次応邀参加了魯迅先生的宴会」『人民文学』一九七九年第五期。
(5) 端木蕻良「魯迅先生和蕭紅二三事」『新文学史料』一九八一年第三期。
(6) 林賢治『守夜者札記』青島・青島出版社、一九九八年一二月。
(7) 蕭紅『苦杯・十一』、『蕭紅全集』(ハルピン・哈爾浜出版社、一九九八年一〇月)収録。
(8) 許広平『追憶蕭紅』、王観泉編『懐念蕭紅』(第二章の注(20)と同じ)収録。
(9) 『魯迅全集 第一四巻』(北京・人民文学出版社、二〇〇五年一一月)収録。
(10) 「乱離中的作家書簡」『魯迅風』一九三九年第一二期。
(11) 注(5)と同じ。

(12)『許寿裳日記』東京大学東洋文化研究所、二〇〇三年三月。
(13)『回憶魯迅先生』、『蕭紅全集』収録。
(14)「紀念巨人的誕生，加山孔聖堂昨天一个盛会」『星島日報』一九四九年八月四日。
(15)郁風「那个時代的最強音」『魯迅研究動態』一九八七年第九期。
(16)馮亦代「戴望舒在香港」『新文学史料』一九八二年第四期。
(17)注(13)と同じ。
(18)一九三八年四月二九日在『七月』座談会上的発言,『抗戦以来的文芸活動動態和展望』『七月』一九三七年第七期。
(19)一九三六年一一月二日致蕭軍信、『新文学史料』一九八七年第三期。
(20)魯迅「関于婦女解放」、『魯迅全集　第四巻』「南腔北調集」(北京・人民文学出版社、一九八一年一二月)収録。
(21)「紀念蕭紅、学習蕭紅――著名作家塞克、蕭軍、舒群在蕭紅誕辰七十周年学術討論会開幕式での講話」『東北現代文学史料』第四輯、一九八二年三月。
(22)丁玲『風雨中憶蕭紅』、王観泉『懐念蕭紅』(第二章の注(20)と同じ)。
(23)秋山洋子「『風雨中憶蕭紅』我感」『丁玲与中国女性文学』編選小組編『丁玲与中国女性文学――第七次全国丁玲学術研討会文集』長沙・湖南文芸出版社、一九九八年七月。
(24)曹革成『我的嬸嬸蕭紅』長春・時代文芸出版社、二〇〇五年一月。
(25)注(23)と同じ。
(26)蕭軍「側面」、注(23)『丁玲与中国女性文学』から再引用。
(27)注(22)と同じ。
(28)注(22)と同じ。
(29)「アサガオの家」はハルピンの道里区水道街公園付近のロシア式平屋である。ここに住んでいた袁時潔はアサガオを育てるのが好きで、毎年夏になると蔓が垣根や屋根を覆って、家全体が黄、赤、青、白など各種のアサガオに包まれたため、「アサガオの家」と称された。
(30) 蕭紅『呼蘭河伝』、『蕭紅全集』収録。
(31) 徐霞村「丁玲与莎菲——写在厦門丁玲創作討論会之後」、『文学報』一九八四年一〇月一一日掲載。
(32) 聶紺弩「回憶我和蕭紅的一次談話——序『蕭紅選集』」、『新文学史料』一九八一年第一期掲載。
(33) 注(32)と同じ。
(34) 丁玲「我的自白」、『我的生平与創作』収録、『時代的報告』一九八二年第五期より採録。
(35) 丁玲「生活、思想与人物」『人民文学』一九九五年第三期掲載。
(36) 丁玲『我在霞村的時候』『女性小説』上海・上海文芸出版社、一九九四年一二月。
(37) 関露『新旧時代』上海・上海書店、一九八四年五月影印。
(38) 蕭紅の書簡、『蕭紅全集』収録。
(39) 胡楣(関露)「用什麼方法去写詩」『新詩歌』第二巻第四期掲載、一九三四年一二月一日。
(40) 関露『一年来中国的詩歌』、『大晩報』一九三六年一月二六日掲載。
(41) 注(40)と同じ。
(42) 関露「関于国防詩歌」、『大晩報』一九三六年七月一〇日掲載。
(43) 関露『太平洋上的歌声』上海・生活書店、一九三六年一一月。
(44) 注(37)と同じ。
(45) 一九八三年一月二六日、姜椿芳が丁言昭の『蕭紅紀念卡』に寄せた題辞。

あとがき

私の学部と大学院修士課程での専攻は中国現代文学ではなかったのですが、博士課程進学に際しては自らの思いを押さえきれず、この分野を選んだのでございます。綺羅星の如き現代作家たちと海のように広大な現代文学作品を前にしながら、なぜか蕭紅とその作品に魅せられ、多くの時間と精力を注ぎ込み、そして次第に蕭紅に近づいていき、彼女の考え方や感情、そして魂の奥深くまでが理解できるように思われ、いつも胸の内で蕭紅と対話するようになりました。彼女の胸の鼓動が聞こえ、彼女の一挙手一投足、談笑する姿が見えて、喜怒哀楽と愛憎や恋心が感じられるかのようでした。私は心の底から彼女を愛おしくまた気の毒に思い、その思いがわかるようになりましたので、次第に彼女について何かを語りたくなり、この思いは押さえ切れず、ついに一九九七年から国の内外の学会で幾度か発言し、雑誌に幾つか蕭紅関係の文章を発表するようになりましたが、その目的はもっぱら彼女の短く不遇な人生を描き出し、彼女の希望を抱き続け、奮闘を続け、連敗にも挫けることのない人生を再現し、彼女の愛と憎と思うところとを示し、あの聡明で繊細、そして憂鬱で不安な彼女の魂を慰めたいがためなのです。

蕭紅を研究する過程で、私はしみじみと感じておりました——蕭紅を解読する過程とは、実は自分を分析解剖する過程であり、自らに打ち克ち、自己をより良く変えていく過程なのだ、と。私は蕭紅とその作品から多くのことを学びました。蕭紅と私との間には、世に申します「前世の因縁」があるのかもしれません。

蕭紅を研究しているためでしょうか、私はいつも意識してあるいは無意識に、蕭紅と自分を並べて比べております。蕭紅の一生は不幸続きで、女性が出会うであろうさまざまな不幸に出会い、ついに若くして亡くなりました。しかし私は幸運にも、幼少期から飢餓に苦しむこともなく、各地を流浪することもなかったのです。私がこの世で憧れ追い求める真善美は、願い通りに叶わないこともありますが、蕭紅のように次々と致命的打撃を受けることがなかったことは、さらに大きな違いでございます。蕭紅は勤勉にして怠けることなく、病の苦しみと心の傷に耐えながら、人類のために百万字近くのたいそう貴重な文学遺産を残してくれたのです。これに比べて、私は中年に至るも、日々の仕事に追われているだけ。これを思うたびに、恥ずかしさのあまり赤面し、居ても立ってもいられません。

もちろん蕭紅と私との間には、似ているところもございまして、生涯絶えず「貴人」に助けていただいてきたことです。「貴人」には尊き恩師もおられ、親しき友人もおります。この方々のご指導ご教示と大事な節々でのご助力がなければ、今日の私はおらず、私の今日はなかったことでしょう。この方々に、深い敬意を抱くと共に、いつの日かはご恩に報いたいと思い続けております。

実は数年前に版元は本書の主要部分の出版を決めておりましたが、私の事情により延期してまいりました。歳を重ねると共に、私は蕭紅の歴史の元の状況を客観的に評価し復元することの重要性をいっそう強く意識するようになりまして、私は原稿に対し幾度も大幅に加筆修整を行い、読みやすさを追求するいっぽうで、研究の客観性と私自身の学術的立場を可能な限り追求いたしまして、本書は現在のような内容へと変じたのです。近年の学術研究の急速な発展により、旧稿では「最先端」とも言えた見解や論述も、今ではすでに本来の輝きと新鮮味を失っており、この点には不安が残っております。それでも、まずは本書を読者に献じようと決めましたのは、これはつまりは私自身が蕭紅の真実に接していく過程の記録であり、蕭紅関係の自らの研究の総括であり、社会と学界に対する誠心誠意の報告であるからなのです。もちろんこれで私の蕭紅の読書が終わるわけではなく、起点の礎石にすぎません。蕭紅と私とは「前世の因縁」で結ばれているのですから、さらに多くのさらに良き蕭紅関係研究の成果を続けて刊行したいものと希望しております。

長年海外を漂泊しておりました私は、今では幸いにも故郷に帰りまして、江蘇省特聘教授として南京師範大学に勤めており、しかも本書刊行は光栄にも「江蘇省高等教育優勢学科建設工程助成プロジェクト」に選抜されました。

末筆ながら、これまで私を無私の精神でご指導下さった先生方、研究者各位、そして拙稿のために多くの精力を費やして下さった版元の編集者の皆様に心を込めて御礼申し上げます。そして読者の皆様と専門家各位より拙著に対する忌憚のないご指導を賜ることを切に願っておる次第でございます。

二〇一一年八月

林　敏潔

訳者解説――蕭紅への篤い共感に溢れる評伝、作品論

民国期の中国文壇を代表する作家蕭紅《シアオホン》（しょうこう）について、日本の国語辞典は次のように述べている。

中国の女性作家。本名、張廼瑩（だいえい）。黒竜江省に生まれ、蕭軍と満州国を脱して上海に行き、魯迅の援助で「生死場」を刊行。蕭軍と離別後、日本軍侵略下の香港で病死。（一九一一～一九四二）（『広辞苑』第六版より）

本書は、日本で文学博士号・応用言語学博士号を取得した中国人比較文学研究者が、この悲劇の作家に対し深い共感を抱きながら執筆した詳細な伝記であり、優れた作品論である。著者で共訳者でもある林敏潔教授は、魯迅文学の繊細な感性と国民性批判の思想性とを継承した点で、蕭紅を現代文学史上最も著名な作家の一人と評価している。蕭紅の三〇年ほどの短い人生と、その間に執筆された名作の数々に関しては、本書が詳細に論じているので、訳者の解説は最小限に留めたい。

とは言え、蕭紅についてもう少し解説を加えておこう。彼女は黒竜江省呼蘭県の地主の家に生まれ、八歳の年に母を失い、強固な家父長意識を振り回す父と厳格な祖母、そして父に隷属する継母に育てられた。柔和で園芸好きの祖父だけが、お茶目で聡明な彼女に愛情を注いだという。一九二六年に小学校を卒業、父親の進学反対に抵抗して二八

年ハルピンの第一女子中学に入学、親の決めた婚約者のアヘン癖などに失望して従兄と共に進学を目指して北京に出奔するが従兄に裏切られ、迎えに来た婚約者とハルピンで同棲を始めるが再び裏切られ、妊娠中にホテルに置いてきぼりされたところを、士官学校出で新進作家の蕭軍《シアオチュン》（しょうぐん、一九〇七～八八）に助けられるのであった。多額の宿泊料未払いのため軟禁状態にあった身重の彼女が、大洪水を天祐としてホテルから脱出するようすは、スタンダール『赤と黒』で梯子を担いで逢い引きに出かけるジュリアン・ソレルも顔負けのエピソードである。

蕭紅と蕭軍は一九三四年に日本の傀儡国家であった満州国を脱して青島に行き、魯迅に創作上の指導を仰ぐ手紙を出して上海に移動、魯迅の親身の援助を受けて蕭紅の『生死場』と蕭軍の小説『八月の村』（共に三五年）を自費出版し、中央文壇に登場している。これまで『生死場』は東北の村で苦しみと悲しみの日々を送っていた人々が、日本の傀儡政権である満州国成立を境に中国人としての自覚に目覚めていくようすを女性の視点で描いた小説で、一九三〇年代東北エミグラント文学の代表作と評価されてきた。

そして蕭紅は一九三六年七月に日本に留学し、一〇月東京で魯迅逝去の報に接した。上海滞在中には毎日のように魯迅宅に立ち寄り、ときには食欲不振の魯迅のために餃子などの北方料理を作っていた彼女は、いわば魯迅の娘のような存在で、その回想録『回憶魯迅先生』（一九四〇年）はほのぼのとした筆致で晩年の魯迅を描き出している。日中戦争中の一九三八年西安で蕭軍と離別、妊娠中の身ながら、同じく東北地方出身の作家端木蕻良《トワンムーホンリアン》（たんぼくこうりょう、一九一二～九六）と結婚して四〇年に香港に渡り抗日文学運動に従事するが、太平洋戦争勃発後の日本軍侵攻下で病死し、浅水湾（レパレスベイ）に埋葬された。本書の副題は彼女の辞世の言葉「空青く水清きところで眠りたい……」（本書一二七頁で詳述）に因むものである。

本書第一章「蕭紅研究の概況と課題」が詳しく紹介するように、蕭紅をめぐる批評・研究は魯迅の『生死場』批評以来、現在に至るまで中国では大量に蓄積されている。欧米では莫言《モーイエン》（ばくげん、一九五五～）や李昂《リーアン》（りこう、一九五二〜）の翻訳で著名なH・ゴールドブラッド教授が一九七四年に『蕭紅評伝』で博士号を取得している。蕭紅を深く敬愛する同教授をめぐっては、現代中国文学研究者の間で次のようなエピソードが伝わっている——一九八一年八月アメリカ・カリフォルニア州アシロマで開かれた魯迅国際学会には蕭軍も招聘されており、夜の茶話会で彼に対しゴールドブラッド教授が、なぜあなたはあのとき蕭紅を棄てたのか、と語気鋭く迫ると、蕭軍は決然と、自分が棄てたのではない、彼女が去って行ったのだと答えたが、あたかも蕭紅の霊がゴールドブラッド教授に憑依したかのようだった。

日本では一九三七年一一月に高杉一郎氏がエドガー・スノー（一九〇五〜七二）の英訳より重訳した「馬房の夜」を雑誌『文芸』（改造社）に発表して以来、「紅い果樹園」「生死の場」などが翻訳されており、特に「手」と「呼蘭河の物語」は岡崎俊夫、立間祥介、市川宏、平石淑子ら各氏の訳が現代中国文学の選集に繰り返し収録されており、蕭紅の人気の高さを窺わせる。

ちなみに短篇小説「手」は上西晴治（うえにし はるじ、一九二二〜二〇〇九）の北海道を舞台とする短篇小説「オロフレ峠」（『ポロヌイ峠』風濤社、一九七一年、収録）を連想させる点も興味深い。

研究書としては尾坂徳司『蕭紅伝 ある中国女流作家の挫折』（燎原書店、一九八三年）、平石淑子『蕭紅研究その生涯と作品世界』（汲古書院、二〇〇八年）も刊行されている。

林敏潔教授は、一九八七年に中国江蘇省運動学校高等部師範部を卒業後、日本に留学して東京学芸大学教育学部、同大学院修士課程社会科教育アジア研究専攻で学んだ。社会学を学ぶうちに文学への関心を深めた彼女は、慶応義塾大学大学院文学研究科博士課程で現代中国文学を専攻するに至る。私事で恐縮だが、中国における魯迅研究の第一人者である陳漱渝・北京魯迅博物館副館長が、当時慶大に客員研究員として招聘されており、林教授を前途有望な次世代研究者として私に紹介して下さった。陳先生は私の一九七九年の中国留学以来の恩師でもある。

その後、林教授は東京学芸大学特任准教授（のちに同教授）を勤め、二〇一一年江蘇省の第一回特聘教授として迎えられ、南京師範大学外国語学院日本語学科の主任教授として活躍して現在に至っている。そして帰国を前に日本留学時代および東京学芸大学教授時代の現代中国文学研究の集大成として本書中国語版を刊行したのである。原書版元の人民文学出版社は『魯迅全集』（一九八一年一六巻本、二〇〇五年一八巻本）を刊行するなど、魯迅とも縁の深い出版社である。

本書は著者の蕭紅に対する篤い共感を語る「序詩 世紀の孤独——蕭紅生誕一〇〇周年に捧ぐ」から始まり、第一章「蕭紅研究の概況と課題」で中国内外の蕭紅研究史を詳細に辿り、今後の課題を指摘している（そして課題の多くは本書において達成されている）。

第二章「蕭紅の生涯——苦しい人生の旅」は改革・開放期において急速に進んだ蕭紅文学の版本研究および関係者へのインタビューなどの新資料を駆使して、華麗にして苦難に満ちた蕭紅の人生を辿るものである。特に父による苛酷なまでの躾けと祖父の慈愛にみちた養育、家出前後の恋人たちとの大胆な交際、蕭軍との劇的な出会いと別れ、香港での臨終を見届けた夫の端木蕻良と後輩作家駱賓基との確執などを冷静な筆致で描き出しており、興味は尽きない。

第三章「蕭紅の文学作品における女性観」は前の二章を受けて、緻密な作品論を展開し、蕭紅が自らの地主の家や故郷の町や村での見聞やマッチョな蕭軍との結婚生活の体験に基づいて、伝統的家父長制における女性の悲惨な境遇を女性の情念と論理で描いた点を明確にしている。それはこれまで蕭紅に与えられていた、満州事変（一九三一年）および日中戦争（一九三七〜四五年）による日本の中国侵略への抵抗としての抗日文学という評価を、大きく展開させるものである。本章を一読すると、北はハルピンから南は香港まで——その間に東京にも半年ほど滞在——流浪し続けた彼女は、まさに父権文化の重圧と日本帝国主義の侵略から逃亡しつつそれらと闘い続けたエミグラント作家であったことが納得させられるであろう。

第四章「蕭紅と同時代作家」は蕭紅を現代文学の父とも言うべき魯迅および蕭紅と同世代の二人の女性作家とを比較研究するものである。これにより魯迅と蕭紅という二人の師弟作家が、共にその繊細な感性と郷土の人々に対する愛情深く細やかな観察に基づき、「人が人を食う」が如き伝統社会の腐敗した一面を抉り出した点を明らかにしており、このような魯迅と蕭紅との間に著者は国民性批判の文学的系譜を見出している。

確かに著者の分析に従い蕭紅の作品を読むと、私たちは彼女の故郷である東北地方呼蘭県で、阿Qや孔乙己《コンイーチー》、祥林嫂《シアンリンサオ》（しょうりんそう）らが姿を変えて彷徨うようすを目の当たりにするのである。蕭紅晩年の名作『小城三月』のヒロインで地主の娘の翠姨がハルピンまで嫁入り道具購入の旅に出たことがきっかけで、恋に恋して伝統的婚姻に絶望し、衰弱死していく姿は、魯迅の悲恋物語「愛と死〔原題：傷逝〕」のヒロイン子君《ツーチュン》と比べてもさらにその悲しみは深い。

第四章第二、三両節で比較の対象となる丁玲《ティンリン》（ていれい、一九〇四〜八六）と関露《クアンルー》（かんろ、一九〇七〜八二）も共に日本でも研究が蓄積されているが、中産階級出身で共に伝統的な家と故郷を飛び出たこの女性たちと蕭紅を比較することにより、著者は新たな視座を確保したと言えよう。特に丁玲は蕭軍が蕭紅と別れるまでして追いかけた才媛であることを考えると、蕭紅と丁玲の比較評伝の試みは特に興味深い。

最近の中国では蕭紅を主人公とする伝記映画『蕭紅』（二〇一二年）と『黄金時代』（二〇一四年）の二作が相次いで公開されて大きな話題を呼んでいる。前者は『山の郵便配達』『故郷〈ふるさと〉の香り』などを監督した霍建《フォチエン》起《チー》（かくけんき、一九五八〜）が、後者は香港の著名な女性監督許鞍華《シュィアンホワ》（きょあんか、アン・ホイ、一九四七〜）がメガフォンをとったものであり、その余波は日本にも着実に及んでいる。私はアン・ホイ監督の『黄金時代』を北京の映画館で見たほか、ＪＡＬの中国線や欧州線で四回見ている。
本書の翻訳がきっかけとなって、日本でも蕭紅の再評価が進むことを期待して、この短い解説の結びとしたい。

二〇一九年四月五日

清明節の南京にて　藤井　省三

人物索引

あ行

か行

さ行

た行

な・は行

ま・や行

ら行

著訳者紹介

林 敏潔（リン ミンジエ）

1987年日本留学、1993年東京学芸大学卒業、1995年同大学院修士課程修了、2000年慶應義塾大学大学院博士課程修了。1995～2011年慶應義塾・早稲田・國學院・明海など各大学で教鞭を執り、2009年より東京学芸大学特任教授就任。2011年中国江蘇省特別招聘教授に就任、南京師範大学東方研究センター長となって現在に至る。専攻は現代中日比較文学研究など。文学博士・応用言語学博士。主な著書に『日・中大学生の価値観比較Ⅰ――大学観・学習観・人生観』『日・中大学生の価値観比較Ⅱ――国際観・結婚観・仕事観』（万葉舍）、『莫言の思想と文学』『莫言の文学とその精神』（共訳、ともに東方書店）など。

藤井 省三（ふじい しょうぞう）

1952年生まれ。1982年東京大学大学院人文系研究科博士課程修了、1991年文学博士。1985年桜美林大学文学部助教授、1988年東京大学文学部助教授、1994年同教授、2018年東京大学名誉教授、現在は名古屋外国語大学教授および南京大学海外人文資深教授、2005～14年日本学術会議会員に就任。専攻は現代中国語圏の文学と映画。主な著書に『魯迅と紹興酒』（東方書店）、『中国語圏文学史』『魯迅と日本文学――漱石・鷗外から清張・春樹まで』（以上、東京大学出版会）、『村上春樹のなかの中国』（朝日新聞出版）、『中国映画　百年を描く、百年を読む』（岩波書店）など。

本書は、《生死场中的跋涉者――萧红女性文学研究》（林敏洁、人民文学出版社、2011年10月）を日本語に翻訳したものである。

本書の刊行に際し“中国图书对外推广计划”の助成を受けた。

蕭《しょう》紅《こう》評《ひょう》伝《でん》――空青《そらあお》く水清《みずきよ》きところで眠《ねむ》りたい

二〇一九年六月二〇日　初版第一刷発行

著　者●林敏潔

訳　者●藤井省三・林敏潔

発行者●山田真史

発行所●株式会社東方書店

東京都千代田区神田神保町一―三　〒一〇一―〇〇五一

電話〇三―三二九四―一〇〇一

営業電話〇三―三九三七―〇三〇〇

編集協力●朝浩之

装　幀●クリエイティブ・コンセプト（松田晴夫）

組　版●小川義一

印刷・製本●モリモト印刷株式会社

定価はカバーに表示してあります

ISBN978-4-497-21911-4 C3098

乱丁・落丁本はお取り替えいたします。
恐れ入りますが直接小社までお送りください。